W0381708

Anne Perry

DER WÜRGER VON DER CATER STREET

Adrian Crime

Band 1

DER WÜRGER VON DER CATER STREET

Band 2

CALLANDER SQUARE

Band 3

NACHTS AM PARRAGON PARK

Anne Perry

DER WÜRGER VON DER CATER STREET

Die Thomas & Charlotte Pitt-Reihe

Übersetzt von Michael Tondorf

ISBN: 978-3985850396
1. Auflage 2022

THE CATER STREET HANGMAN / 01 PITT
Copyright © Anne Perry 1979

Dieses Werk wurde vermittelt durch die Literarische Agentur
Thomas Schlück GmbH, 30161 Hannover.

© für die deutsche Ausgabe
ADRIAN VERLAG
Adrian & Wimmelbuchverlag GmbH
Friedrichstraße 126, 10117 Berlin

Text copyright © Anne Perry 1979
Umschlagmotiv: © Lee Avison/Trevillion Images
Übersetzung: Michael Tondorf
Korrektorat deutsche Ausgabe: Gerda M. Pum, Lara Krüger
Satz deutsche Ausgabe: Catherine Strefford

Alle Rechte vorbehalten
Printed 2022 in the EU

www.adrian-verlag.de

Kapitel 1

Charlotte Ellison stand in der Mitte des Salons; in der Hand hielt sie eine Zeitung. Ihr Vater war sehr nachlässig gewesen, sie auf dem Beistelltisch liegen zu lassen. Er missbilligte es, wenn sie solche Sachen las, und zog es vor, ihr über die Ereignisse von allgemeinem Interesse, die er für junge Damen geeignet hielt, selbst zu berichten. Und das schloss alle Skandale, gleichgültig, ob es sich um private oder politische handelte, ebenso aus wie umstrittene Angelegenheiten und – natürlich – Verbrechen aller Art: also eigentlich alles, was interessant war!

Das hieß, dass Charlotte, seit sie sich die Zeitungen aus dem Anrichteraum nehmen musste, wo sie der Butler Maddock für die eigene Lektüre deponierte, bevor er sie wegwarf, immer mindestens einen Tag später informiert war als das restliche London.

Nun, jetzt las sie die Zeitung von heute, vom 20. April 1881, und die fesselndste Neuigkeit war die Nachricht, dass Mr. Disraeli am Tag zuvor gestorben war. Ihr erster Gedanke galt Mr. Gladstone. Wie mochte er sich wohl fühlen? Ob er das Gefühl hatte, etwas verloren zu haben? War ein großer Feind ebenso ein Teil des Lebens eines Mannes wie ein guter Freund? Bestimmt. Solche Dinge waren es, die die Welt der Gefühle ausmachten.

Aus der Eingangshalle hörte sie Schritte. Schnell legte sie die Zeitung weg. Sie hatte den Wutanfall ihres Vaters noch nicht vergessen, als er sie vor drei Jahren dabei erwischt hatte, wie sie eine

Abendzeitung las. Natürlich, damals hatte es sich um einen Artikel über den Verleumdungsfall zwischen Mr. Whistler und Mr. Ruskin gehandelt – und das war schon ein Unterschied! Aber selbst letztes Jahr, als sie Interesse für die neuesten Nachrichten über den Zulukrieg gezeigt hatte, über den Leute berichteten, die selbst in Afrika gewesen waren, hatte er dies mit demselben Missfallen beobachtet. Er hatte sich sogar geweigert, ihr solche Passagen vorzulesen, die er als geeignet ansah. Schließlich war es ihr Schwager Dominic gewesen, der sie mit all dem erfreut hatte, an das er sich noch erinnern konnte – selbstverständlich immer mit mindestens einem Tag Verspätung.

Beim Gedanken an Dominic vergaß sie Mr. Disraeli und diese ganze Sache mit der Zeitung. Seit sich Dominic vor sechs Jahren zum ersten Mal vorgestellt hatte – Sarah war erst zwanzig, Charlotte siebzehn und Emily dreizehn Jahre alt gewesen –, war sie von ihm fasziniert. Es war natürlich Sarah, die er besuchte; Charlotte war es nur in Anwesenheit ihrer Mutter gestattet, sich im Salon aufzuhalten, damit die Begegnungen in einem für die Brautwerbung angemessenen Rahmen durchgeführt wurden. Dominic hatte sie kaum beachtet; seine Worte waren höfliche Floskeln gewesen, seine Augen starrten irgendwo über ihre linke Schulter hinweg auf Sarahs blondes Haar, auf ihr zartes Gesicht. Charlotte – mit ihrem dicken, mahagonifarbenen Haar, das sich so schwer bändigen ließ, und ihrem kräftigeren Gesicht – war eine Last, die es mit Anstand zu ertragen galt.

Ein Jahr später hatten sie – wie nicht anders zu erwarten – geheiratet, und Dominic hatte etwas von der geheimnisvollen Aura eingebüßt. Er gehörte nicht mehr zu der magischen Welt einer fremden Romanze. Aber selbst nachdem sie sich nun fünf Jahre kannten und in demselben großen, wohlgeordneten Haus lebten, hatte er für sie nichts von seinem anfänglichen Charme und seiner ursprünglichen Faszination verloren.

Es waren seine Schritte in der Eingangshalle – sie spürte es einfach. Es war ein Teil ihres Lebens, zu horchen, ob er kam, ihn als Erste in einer Menschenmenge zu sehen, zu wissen, wo er sich gerade im Raum befand, sich an all das zu erinnern, was er sagte – sogar die unwichtigen Dinge.

Sie hatte sich damit abgefunden. Dominic war immer unerreichbar gewesen. Es war nicht so, als ob er sie je besonders beachtet oder auch nur die Möglichkeit dazu gehabt hätte. Das hatte sie auch nicht erwartet. Eines Tages würde sie vielleicht jemanden treffen, den sie mögen und respektieren konnte, jemanden, der passend war, und Mutter würde mit ihm sprechen, sich vergewissern, dass er sozial und persönlich annehmbar war, und natürlich würde Papa die anderen Arrangements treffen, wie auch immer die aussahen – so wie er es bei Dominic und Sarah getan hatte und wie er es ohne Zweifel auch bei Emily und irgendeinem Mann zur rechten Zeit tun würde. Aber das war etwas, worüber sie nicht nachdenken wollte, auch wenn sie diese Vorstellung nicht mehr losließ.

Die Gegenwart war Dominic, dieses Haus, ihre Eltern, Emily, Sarah und Großmama, die Gegenwart war Tante Susannah, die in zwei Stunden zum Tee kommen würde, und die Tatsache, dass sich die Schritte in der Halle wieder entfernt hatten, was ihr die Möglichkeit gab, erneut einen kurzen Blick in die Zeitung zu werfen.

Kurze Zeit später trat ihre Mutter so leise ein, dass Charlotte sie nicht hörte.

»Charlotte!«

Es war zu spät, um noch zu verbergen, was sie tat. Sie senkte die Zeitung und schaute ihrer Mutter in die braunen Augen.

»Ja, Mama.« Es war ein Eingeständnis.

»Du weißt, was dein Vater davon hält, wenn du in solche Sachen schaust.« Sie blickte auf die gefaltete Zeitung in Charlottes Hand. »Ich weiß auch gar nicht, was dich daran so interessiert. Es steht nur sehr wenig darin, was erfreulich ist, und dein Vater wird uns diese Dinge schon vorlesen. Aber wenn du sie dir schon unbedingt selbst durchlesen musst, mache es bitte unauffällig – in Maddocks Anrichteraum, oder lass es dir von Dominic erzählen.«

Charlotte spürte, wie ihr die Röte ins Gesicht stieg. Sie schaute weg. Sie hatte keine Ahnung davon gehabt, dass ihre Mutter über Maddocks Anrichteraum Bescheid wusste, geschweige denn von Dominic! Hatte Dominic sie verraten? Warum konnte sie dieser Gedanke so verletzen? Das war lächerlich. Sie konnte keine Geheimnisse mit Dominic haben. Was hatte sie sich bloß dabei gedacht?

»Ja, natürlich, Mama. Entschuldige.« Sie ließ die Zeitung hinter sich auf den Tisch fallen. »Ich pass' schon auf, dass Papa mich nicht erwischt.«

»Wenn du unbedingt lesen willst, warum liest du keine Bücher? Da drüben im Bücherschrank steht etwas von Mr. Dickens, und ich bin sicher, dass du noch nicht Mr. Disraelis *Coningsby* kennst.«

Es ist schon merkwürdig, dass die Leute genau dann behaupten, sie seien sich einer Sache sicher, wenn sie es nicht sind.

»Mr. Disraeli ist gestern gestorben«, erwiderte Charlotte. »Ich hätte im Moment keinen Spaß daran, nicht jetzt.«

»Mr. Disraeli? Wirklich? Das tut mir leid. Ich habe Mr. Gladstone nie besonders gemocht, aber lass das deinen Vater nicht wissen. Er erinnert mich immer an unseren Pastor.«

Charlotte musste ein Kichern unterdrücken.

»Magst du den Pastor etwa nicht, Mama?«

Ihre Mutter fing sich sofort wieder.

»Aber natürlich mag ich ihn. Und jetzt geh bitte, und mach dich für den Tee zurecht. Oder hast du etwa vergessen, dass Tante Susannah heute Nachmittag zu Besuch kommt?«

»Aber doch frühestens in anderthalb Stunden!«, protestierte Charlotte.

»Dann stick eben etwas, oder mal doch ein bisschen an dem Bild weiter, an dem du gestern gearbeitet hast.«

»Es klappte nicht so toll …«

»Ausdruck, Charlotte. ›Es ging mir nicht so gut von der Hand.‹ Das tut mir leid. Vielleicht solltest du dann lieber erst die Schals zu Ende stricken. Dann kannst du sie morgen der Frau Pastor bringen. Ich habe versprochen, dass wir sie morgen abliefern würden.«

»Glaubst du wirklich, dass sie die Not der Armen lindern?« Sie meinte diese Frage durchaus ernst.

»Was weiß ich?« Angesichts dieses neuen Aspekts, über den sie sich nun offensichtlich zum ersten Mal Gedanken machte, entspannte sich das Gesicht von Charlottes Mutter ein wenig. »Wahrscheinlich habe ich noch nie wirklich arme Leute gekannt. Aber der Pastor hat uns versichert, dass Schals helfen, und wir sollten doch annehmen, dass er es weiß.«

»Auch wenn wir ihn nicht besonders mögen.«

»Charlotte, jetzt werde bitte nicht ausfallend.« Aber ihre Stimme klang nicht streng. Eher unabsichtlich hatte sie etwas Wahres gesagt, und sie war nicht verstimmt, dass man sie dabei erwischt hatte. Vielleicht ärgerte sie sich über sich selbst – sicherlich aber nicht über Charlotte.

Gehorsam verließ Charlotte den Raum, um hinaufzugehen. Sie konnte ebensogut die Schals zu Ende stricken. Irgendwann musste das ohnehin erledigt werden.

Dora, das Küchenmädchen, servierte den Tee im Salon. Der Nachmittagstee war eine unerhört abwechslungsreiche Sache. Er fand immer pünktlich um vier Uhr statt, und wenn sie zu Hause waren, trank man ihn grundsätzlich in dem Raum mit dem blassgrünen Mobiliar und den großen Fenstern, die auf den Rasen hinausgingen und die jetzt geschlossen waren, obwohl die helle Frühlingssonne auf das Gras und die letzten Narzissen strahlte. Es war ein kleiner Garten, nur wenige Meter Rasen, ein Blumenbeet und eine einsame zarte Birke, die an der Mauer lehnte. Über die alte Backsteinmauer rankten die Rosen, die Charlotte am meisten liebte. Den ganzen Sommer, vom Juni bis zum November, breiteten sie ihre Pracht aus, alte Rosenstöcke, die in wilder Üppigkeit wucherten, sich verzweigten und einen Teppich von Blütenblättern ausstreuten.

Das Aufregende waren die Leute, mit denen man Tee trank. Entweder sie selbst besuchten jemanden, um in irgendeinem Salon – auf ungewohnten Stühlen hockend – reservierte Gespräche zu führen, oder einer von ihnen empfing Gäste hier im Haus. So hatte Sarah junge, verheiratete Freunde, die Charlotte unsäglich langweilten. Emilys Freunde waren auch nicht viel besser – immer nur Klatsch über Liebesaffären, Mode, wer gerade wem den Hof machte oder demnächst machen würde. Die meisten von Mamas Freunden waren steif und ein wenig zu sehr von ihrer eigenen Rechtschaffenheit überzeugt. Immerhin waren wenigstens zwei darunter, die mit Vorliebe in Erinnerungen schwelgten. Charlotte liebte es, ihnen zuzuhören, den Erinnerungen an ehemalige Verehrer, die schon vor langer Zeit ihr Leben im Krimkrieg, vor Sewastopol, bei Balaclawa, beim Todesritt der Light Brigade verloren hatten, und den Erinnerungen an die wenigen, die zurückgekehrt waren. Und man erzählte Geschichten über Florence Nightingale; über sie sprach man mit einer Mischung aus Bewunderung und Missfallen: »So unweiblich, doch man muss ihren Mut bewundern, meine Liebe. Sie ist gewiss keine Dame, aber eine Engländerin, auf die man recht stolz sein darf!«

Noch interessanter waren Großmamas Freunde. Nicht, dass Charlotte sie sonderlich mochte, zumindest nicht viele von ihnen; es handelte sich um bemerkenswert unangenehme alte Damen. Aber Mrs. Selby war über achtzig und konnte sich noch an die Nachrichten über Trafalgar und den Tod Lord Nelsons erinnern, an die schwarzen Bänder in den Straßen, die weinenden Menschen, die schwarz umrandeten Zeitungen – jedenfalls behauptete sie, sich daran erinnern zu können. Ihre Lieblingsthemen waren Waterloo, Wellington, die Skandale der Kaiserin Josephine, die Rückkehr Napoleons von Elba und die hundert Tage. Das meiste davon hatte sie wohl selbst in Salons aufgeschnappt, die ähnlich diesem hier waren, vielleicht ein wenig schmuckloser, spärlicher möbliert, heller und klassizistisch; und dennoch waren die Geschichten für

Charlotte faszinierend – eine Wirklichkeit, die greifbarer war als ihre eigene.

Jetzt aber schrieb man das Jahr 1881; Welten trennten sie von alldem. Mr. Disraeli war gestorben; es gab Gaslaternen in den Straßen und Frauen, die an der Londoner Universität einen Abschluss machen durften! Die Königin war Kaiserin von Indien, und das Empire erstreckte sich bis in die letzten Winkel der Erde. Wolfe und die Höhen von Abraham, Clive und Hastings in Indien, Livingstone in Afrika und der Zulukrieg – all das war Geschichte. Der Prinzgemahl war schon vor zwanzig Jahren an Typhus gestorben; Gilbert und Sullivan schrieben Opern wie *H. M. S. Pinafore.* Was Kaiser Napoleon wohl dazu gesagt hätte?

Heute war Mrs. Winchester da, um Mama zu besuchen – was schrecklich langweilig war –, und Tante Susannah war gekommen, um sie alle zu sehen – und das war wunderbar. Sie war Papas jüngere Schwester; tatsächlich war sie erst sechsunddreißig, neunzehn Jahre jünger als ihr Bruder und nur zehn Jahre älter als Sarah – für Charlotte war sie eher wie eine Cousine. Seit drei Monaten hatten sie sich nicht mehr gesehen – und das waren drei Monate zu lang. Sie hatte einen Besuch in Yorkshire gemacht.

»Du musst mir unbedingt alles darüber erzählen, meine Liebe.« Mrs. Winchester beugte sich leicht nach vorne; ihr Gesicht glühte vor Neugier. »Wer sind eigentlich diese Willises? Du hast mir bestimmt schon von ihnen erzählt« – eine subtile Andeutung, dass ihr jeder alles erzählte! –, »aber ich muss leider allmählich feststellen, dass mein Gedächtnis längst nicht mehr so gut ist, wie ich es mir wünsche.« Mit hochgezogenen Augenbrauen hielt sie erwartungsvoll inne.

Susannah war ein Thema, das sie stets interessierte: alles, was sie tat, und vor allem jeder kleine Hinweis auf eine Romanze oder – besser noch – auf einen Skandal. Hierfür verfügte Susannah über alle notwendigen Voraussetzungen. Mit einundzwanzig Jahren hatte man sie mit einem Gentleman aus guter Familie verheiratet, und als dieser ein Jahr später, 1866, bei den Hyde-Park-Unruhen getötet wurde, hatte er sie aufs beste versorgt – sie besaß einen gutgeführten Haushalt; zudem war sie noch sehr jung und außergewöhnlich attraktiv. Sie hatte nie wieder geheiratet, obwohl man ihr zweifellos zahlreiche Anträge gemacht hatte. Die Meinungen hierüber schwankten zwischen der Ansicht, dass sie immer noch um ihren Mann trauerte und – wie die Königin – niemals über den Schmerz hinwegkommen würde, und der entgegengesetzten Ansicht, dass sie so unter der Ehe gelitten hätte, dass sie keinen Gedanken an ein zweites derartiges Unternehmen verschwenden würde.

Charlotte glaubte, dass die Wahrheit irgendwo in der Mitte lag, dass sie, nachdem sie den Erwartungen der Familie im besonderen und der Gesellschaft im allgemeinen durch ihre Heirat einmal entsprochen hatte, jetzt kein Verlangen verspürte, sich noch einmal zu binden, es sei denn aus echter Zuneigung – ein Fall, der bisher offensichtlich noch nicht eingetreten war.

»Mrs. Willis ist eine Cousine mütterlicherseits«, antwortete Susannah mit einem leichten Lächeln.

»Ach ja, natürlich.« Mrs. Winchester lehnte sich zurück. »Und was macht Mr. Willis, wenn ich fragen darf? Das interessiert mich doch nun sehr.«

»Er ist Geistlicher in einem kleinen Dorf«, erwiderte Susannah gehorsam, wobei sie jedoch Charlotte heimlich einen amüsierten Blick zuwarf.

»Oh!« Mrs. Winchester konnte nur mit Mühe eine gewisse Enttäuschung verbergen. »Wie schön. Ich nehme an, du warst in der Gemeinde eine wertvolle Hilfe? Sicherlich würde es unseren eigenen lieben Pastor ermutigen, wenn er von diesen Aktivitäten erführe. Und erst die arme Mrs. Abernathy. Gewiss wäre es für sie sehr tröstlich, etwas über das Leben auf dem Land und die armen Leute zu hören.«

Charlotte fragte sich, wie eine Schilderung des Landlebens oder Erzählungen über die Armen irgendjemanden trösten sollten – geschweige denn Mrs. Abernathy.

»Oh, ja. Das ist eine ausgezeichnete Idee«, pflichtete ihre Mutter bei.

»Du könntest ihr etwas Eingemachtes mitbringen«, fügte Großmutter hinzu und nickte dabei mit dem Kopf. »Es ist immer schön, Eingemachtes zu bekommen. Es zeigt, dass die Leute an einen denken. Die Menschen sind einfach nicht mehr so aufmerksam wie in meiner Jugend. Schuld sind daran natürlich diese ganzen Gewalttätigkeiten, all diese Verbrechen. So etwas muss die Menschen einfach verändern. Und dann diese Schamlosigkeit: Frauen, die sich wie Männer benehmen und alle möglichen Dinge verlangen, die nicht gut für sie sind. Es wird nicht mehr lange dauern, und die Hennen auf den Bauernhöfen fangen an zu krähen.«

»Die arme Mrs. Abernathy«, stimmte Mrs. Winchester zu und nickte mit dem Kopf.

»Ist Mrs. Abernathy krank gewesen?«, erkundigte sich Susannah.

»Natürlich!«, antwortete Großmutter scharf. »Was hast du denn gedacht, Kind? Genau, was ich Charlotte immer sage.« Sie warf Charlotte einen durchdringenden Blick zu. »Du und Charlotte seid doch beide gleich!« Das war eine Anklage, die Susannah treffen sollte. »Ich habe Caroline stets Vorwürfe wegen Charlotte gemacht.« Sie wies den unausgesprochenen Einwurf ihrer Schwiegertochter mit einer Bewegung ihrer dicken, kleinen Hand zurück. »Aber ich kann sie wohl kaum für dich verantwortlich machen. Du bist in der falschen Zeit aufgewachsen. Dein Vater ist nie streng genug mit dir gewesen, aber wenigstens liest du nicht diese entsetzlichen Zeitungen, die es in diesem Haus gibt. Ich habe dich zu spät bekommen. Da kommt nichts Gutes bei heraus.«

»Ich glaube, Charlotte liest gar nicht so viel Zeitung, wie du befürchtest, Mama«, verteidigte Susannah sie.

»Wie oft muss man denn deiner Meinung nach etwas lesen, ehe man Schaden nimmt?«, fragte Großmutter.

»Es gibt sehr unterschiedliche Zeitungen, Mama.«

»Und woher weißt du das?« Großmutter war wendig wie ein Terrier.

Susannah bewahrte ihre Haltung; lediglich ein Hauch von Röte überzog ihr Gesicht. »Sie drucken Nachrichten, Mama, und die Nachrichten müssen sich jeden Tag unterscheiden.«

»Unsinn! Sie drucken Verbrechen und Skandale. Die Sünde hat sich nicht verändert, seit unser Herrgott sie in den Garten Eden ließ.«

Damit schien das Gespräch beendet zu sein. Für einige Minuten herrschte Schweigen.

»Nun erzähl doch schon, Tante Susannah«, sagte Sarah

schließlich, »ist die Landschaft in Yorkshire sehr reizvoll? Ich bin noch nie dort gewesen. Vielleicht würden die Willises Dominic und mir erlauben ...« Taktvoll führte sie den Vorschlag nicht weiter aus.

Susannah lächelte. »Sie würden sich sicherlich sehr freuen. Aber ich kann mir kaum vorstellen, dass Dominic Gefallen an einem solch ländlichen Leben finden könnte. Er macht auf mich eher den Eindruck eines Mannes mit – nun ja – kultivierteren Neigungen, als arme Leute zu besuchen und auf Teegesellschaften zu gehen.«

»Das hört sich ja schrecklich öde an«, entfuhr es Charlotte. Von allen Seiten erntete sie überraschte und missbilligende Blicke.

»Zweifelsohne genau das, was die arme Mrs. Abernathy braucht«, antwortete Mrs. Winchester mit einem weisen Kopfnicken. »Gott erbarme sich der armen Frau.«

»In Yorkshire kann es im April noch ungewöhnlich kalt sein«, entgegnete Susannah ruhig, wobei sie einen nach dem anderen anblickte. »Wenn Mrs. Abernathy krank gewesen ist, meint ihr dann nicht auch, dass Juni oder Juli die günstigere Zeit wäre?«

»Die Kälte hat damit überhaupt nichts zu tun!«, fuhr Großmutter sie an. »Kräftigend. Sehr gesund.«

»Aber nicht, wenn man gerade krank war...«

»Soll das heißen, dass du mir widersprichst?«

»Ich möchte lediglich darauf hinweisen, Mama, dass Yorkshire zu Frühlingsanfang nicht der geeignete Ort für jemanden ist, dessen Gesundheitszustand noch geschwächt ist. Statt neue Kräfte zu sammeln, könnte sie sich leicht eine Lungenentzündung holen!«

»Wenigstens wird es sie auf andere Gedanken bringen«, stellte Großmutter mit Bestimmtheit fest.

»Die arme, gute Seele«, fügte Mrs. Winchester hinzu. »Eine Reise – selbst nach Yorkshire – würde sicherlich eine Besserung herbeiführen. Sie würde ihren Gemütszustand ändern.«

»Woran fehlt es ihr denn hier?«, fragte Susannah, wobei sie zuerst Mrs. Winchester und dann Charlotte ansah. »Für mich war das hier immer ein ungewöhnlich angenehmer Ort. Wir haben alle Vorteile einer Stadt – ohne die Enge der dichter bevölkerten Gegenden beziehungsweise die Kosten der vornehmsten Wohngegenden in Kauf nehmen zu müssen. Unsere Straßen sind ebenso sauber wie dort, und man kann nahezu alles, was interessant oder unterhaltsam ist, bequem erreichen – ganz zu schweigen von unseren Freunden.«

Mrs. Winchester fuhr herum.

»Natürlich, du bist ja auch fort gewesen!«, bemerkte sie vorwurfsvoll.

»Aber doch nur für zwei Monate! Soviel wird sich in dieser Zeit ja wohl nicht verändert haben, oder?« Die Frage klang ironisch, sogar ein bisschen sarkastisch.

»Wie lange wird es dauern?« Mrs. Winchester erschauderte theatralisch und schloss die Augen. »Ach, die arme Mrs. Abernathy. Wie kann sie den Gedanken daran nur ertragen? Kein Wunder, dass die arme Seele Angst hat, schlafen zu gehen.«

Jetzt verstand Susannah überhaupt nichts mehr. Hilfesuchend blickte sie zu Charlotte.

Charlotte entschloss sich, ihr alles zu erzählen – und die Folgen auf sich zu nehmen.

»Erinnerst du dich an Mrs. Abernathys Tochter Chloe?« Sie

wartete die Antwort nicht ab. »Sie wurde vor ungefähr sechs Wochen ermordet, erdrosselt; die Kleider waren ihr vom Leibe gerissen worden, und die Brust war verletzt.«

»Charlotte!« Caroline warf ihrer Tochter einen ungehaltenen Blick zu. »Wir wollen nicht darüber sprechen!«

»In gewisser Weise haben wir den ganzen Nachmittag darüber gesprochen«, protestierte Charlotte. Aus dem Augenwinkel heraus konnte sie sehen, dass Emily ein Kichern unterdrückte. »Auch wenn wir nur Andeutungen gemacht haben.«

»Das ist auch besser so.«

Wieder erschauderte Mrs. Winchester.

»Ich wage nicht, daran zu denken; allein der Gedanke daran macht mich ganz krank. Man hat sie auf der Straße gefunden, auf dem Bürgersteig zusammengesunken wie ein Bündel Wäsche. Ihr Gesicht war schrecklich entstellt, blau wie – wie – ach, ich weiß nicht wie! Und ihre Augen waren aufgerissen, und ihre Zunge hing heraus. Hatte schon stundenlang im Regen gelegen, als man sie fand – vielleicht schon die ganze Nacht.«

»Machen Sie sich nicht selbst verrückt!«, murrte Großmutter knapp, wobei sie in Mrs. Winchesters erregtes Gesicht schaute.

Sofort erinnerte sich Mrs. Winchester wieder daran, dass sie ja eigentlich bekümmert war.

»Oh, wie schrecklich!«, jammerte sie und verzog das Gesicht. »Bitte, meine liebe Mrs. Ellison, wir wollen nicht weiter darüber sprechen. Die ganze Sache ist so entsetzlich. Arme Mrs. Abernathy. Ich weiß nicht, wie sie das ertragen kann!«

»Was bleibt ihr anderes übrig, als es zu ertragen?«, fragte

Charlotte ruhig. »Es ist nun mal passiert, und jetzt kann niemand mehr etwas daran ändern.«

»Ich nehme an, das konnte man von Anfang an nicht.« Susannah starrte in ihre Teetasse. »Ein Verrückter, ein Räuber – niemand hätte das voraussehen können.« Sie runzelte die Stirn und blickte auf. »Sie war doch sicherlich nicht allein auf der Straße – nach Einbruch der Dunkelheit?«

»Meine liebe Susannah«, protestierte Caroline, »im tiefen Winter wird es bereits um vier Uhr dunkel – besonders an regnerischen Tagen. Wie soll man es bewerkstelligen, immer schon um vier Uhr zu Hause zu sein? Das hieße ja, dass man nicht einmal mehr Nachbarn zum Tee besuchen könnte!«

»Sie kam vom Tee?«

»Sie war ausgegangen, um dem Pastor ein paar alte Kleidungsstücke zu bringen – für die Armen.« Caroline sah plötzlich wirklich traurig aus. »Das arme Kind; sie war kaum achtzehn Jahre alt.«

Ohne Vorwarnung war das Gespräch ernst geworden, es ging nicht länger bloß um einen Skandal, über den es sich leichtfertig plaudern ließ; es handelte sich nicht mehr um einen bloßen Nervenkitzel, sondern den wirklichen Tod einer Frau, die wie sie gewesen war: Schritte hinter ihr, ein plötzlicher furchtbarer Schmerz an der Kehle, entsetzliche Angst, das Ringen nach Atem, berstende Lungen – Dunkelheit.

Keiner sagte etwas.

Es war Dora, die eintrat und die Stille beendete.

Charlotte fühlte sich immer noch niedergeschlagen, als ihr Vater kurz nach sechs nach Hause kam. Der Himmel hatte sich verfinstert, und die ersten schweren Regentropfen prasselten auf den Weg, als die Kutsche vorfuhr. Edward Ellison arbeitete für eine Handelsbank in der Stadt, was ihm ein überaus zufriedenstellendes Einkommen sicherte und eine gesellschaftliche Position verschaffte, die man mindestens der gehobenen Mittelklasse zuordnen konnte. Charlotte war so erzogen worden, dass sie diese sogar eher noch höher bewertete.

Edward kam herein und klopfte sich den Regen vom Mantel, bis nach wenigen Sekunden Maddock erschien, um ihm diesen abzunehmen und den Zylinder auf seinen Platz zu legen.

»Guten Abend, Charlotte«, begrüßte er sie liebevoll.

»Guten Abend, Papa.«

»Ich hoffe, du hattest einen schönen Tag?«, erkundigte er sich und rieb sich dabei die Hände. »Betrüblicherweise scheint das Wetter genau der Jahreszeit zu entsprechen. Sieht mir ganz nach einem Sturm aus. Die Luft ist so drückend.«

»Mrs. Winchester war zum Tee da«, beantwortete sie indirekt die Frage nach dem Nachmittag. Er wusste, dass sie Mrs. Winchester nicht ausstehen konnte.

»Oh Gott!« Er lächelte schwach. Es herrschte jetzt eine Art stillschweigendes Einverständnis zwischen den beiden – auch wenn es diese Momente nicht so oft gab, wie sie es sich gewünscht hätte. »Ich dachte, Susannah wollte kommen?«

»Oh, sie ist auch gekommen, aber Mrs. Winchester hat die ganze Zeit damit vergeudet, sie über die Willises auszufragen und über Chloe Abernathy zu reden.«

Edwards Gesicht verfinsterte sich. Charlotte merkte zu spät, dass sie durch diese Unbedachtheit ihre Mutter verraten hatte. Papa erwartete von ihr, dass sie solche Gespräche in ihrem Salon zu unterbinden wusste. Es musste ihn beträchtlich verstimmen, dass sie es in diesem Fall nicht getan hatte. In diesem Augenblick kam Sarah aus dem Wohnzimmer in die Halle; das Licht hinter ihr ließ ihr blondes Haar wie einen Heiligenschein wirken. Sie war eine schöne Frau und kam mehr nach der Großmutter als auf Caroline – mit der gleichen Porzellanhaut, dem schön geschwungenen Mund, dem gleichen zarten Kinn.

»Hallo, Sarah, mein Liebes.« Edward gab ihr einen liebevollen Klaps auf die Schulter. »Du wartest auf Dominic?«

»Ich dachte, er sei es«, antwortete Sarah, wobei ein Hauch von Enttäuschung in ihrer Stimme mitschwang. »Ich hoffe, er kommt noch vor dem Gewitter zurück. Ich glaube, vor ein paar Minuten Donner gehört zu haben.«

Sie trat einen Schritt zurück, und Edward ging ins Wohnzimmer; er steuerte sofort den Kamin an und blieb – den Rücken zum Feuer gewandt – dort stehen, wodurch sich die anderen kaum noch an der Glut erwärmen konnten. Emily saß am Klavier und blätterte träge in den Notenblättern. Er betrachtete seine Töchter mit Wohlgefallen.

Erneut donnerte es leise, und die Haustür fiel geräuschvoll ins Schloss. Automatisch drehten sich alle zur Wohnzimmertür um.

Von draußen waren Geräusche zu vernehmen, die Stimme Maddocks, und dann kam Dominic herein.

Charlotte spürte, wie sich ihre Kehle zuschnürte. Also ehrlich – das sollte sie inzwischen doch nun wirklich hinter sich haben! Einfach lächerlich! Dominic war schlank und kräftig; er lächelte, und seine dunklen Augen blickten – so, wie es Anstand und Erziehung in dem patriarchalisch geführten Haus verlangten – zuerst Edward und dann Sarah an.

»Ich hoffe, du hattest einen angenehmen Tag«, begrüßte ihn Edward, der immer noch vor dem Kamin stand. »Nur gut, dass du es noch vor dem Sturm nach Hause geschafft hast. Ich glaube, dass er innerhalb der nächsten Viertelstunde ganz schön heftig wird. Hab' immer Angst, die Pferde könnten scheuen und einen Unfall verursachen. Weißt du, Becket hat auf die Weise sein Bein verloren!«

Die Unterhaltung plätscherte über Charlottes Kopf hinweg; es war eins der typischen betulichen Familiengespräche, mehr oder weniger belanglos – eins der täglichen Rituale, das dem Leben einen geordneten Rahmen gab. Würde sich nie etwas ändern? Endlose Tage, die man mit Handarbeit, Malen, uninteressanten Tätigkeiten im Haus, Gelegenheitsarbeiten und Nachmittagstees verbrachte, die tägliche Rückkehr von Papa, von Dominic ... Was machten andere Leute? Sie heirateten, erzogen Kinder, führten den Haushalt. Die Armen arbeiteten natürlich, die bessere Gesellschaft ging auf Parties, machte Ausritte oder Kutschfahrten – und hatte wahrscheinlich die entsprechenden Familien.

Sie hatte niemals jemanden kennengelernt, den sie sich als ihren Lebensinhalt hätte vorstellen können, niemanden – mit Ausnahme von Dominic. Vielleicht sollte sie es Emily gleichtun und vermehrt Freundschaften mit Leuten wie Lucy Sandelson oder den Hayward-Schwestern pflegen. Die schienen stets gerade am Anfang oder am Ende einer Romanze zu stehen. Nur wirkten sie alle so unglaublich dumm! Armer Papa. Es war schon hart für ihn: drei Töchter und keinen Sohn.

»... nicht wahr, Charlotte, das könntest du doch?«

Mit hochgezogenen Augenbrauen schaute Dominic sie an;

sein feingeschnittenes Gesicht wirkte amüsiert.

»Träumt mit offenen Augen«, kommentierte Edward.

Dominic lächelte süffisant.

»Du könntest Mrs. Winchester in ihrer Spezialdisziplin doch das Wasser reichen, nicht wahr, Charlotte?«, wiederholte er.

Charlotte hatte keine Ahnung, wovon er überhaupt redete.

»Genauso neugierig wie sie zu sein«, erklärte Dominic geduldig. »All ihre Fragen mit Gegenfragen zu beantworten. Es muss doch einfach etwas geben, über das sie nicht gerne spricht!«

Charlotte war ehrlich – so wie sie es ihm gegenüber immer war. Vielleicht war das ja auch der Grund, warum er Sarah liebte.

»Du kennst Mrs. Winchester nicht«, sagte sie geradeheraus. »Wenn sie über ein Thema nicht reden möchte, ignoriert sie dich ganz einfach. Sie sieht überhaupt keine Veranlassung, warum sich ihre Antwort auf deine Frage beziehen sollte. Sie sagt einfach das, woran sie gerade denkt.«

»Und das war heute die arme Susannah?«

»Nein, es war die arme Mrs. Abernathy. Susannah war nur der Anlass, der sie dazu brachte, sich darüber auszulassen, wie gut es doch für die arme Mrs. Abernathy wäre, wenn sie nach Yorkshire ginge.«

»Im April?« fragte Dominic ungläubig. »Die Unglückliche würde erfrieren und vor Langeweile umkommen.«

Edwards Gesicht verdunkelte sich. Unglücklicherweise kam Caroline in diesem Moment herein.

»Caroline«, sagte er steif, »ich höre gerade von Charlotte, dass ihr euch heute Nachmittag über Chloe Abernathy unterhalten habt. Ich dachte, ich hätte mich deutlich genug ausgedrückt; aber sollte dies nicht der Fall sein, so werde ich es jetzt tun. Ich dulde es nicht, dass der Tod jenes unglücklichen Mädchens in diesem Hause zum Gegenstand von Geschwätz und Spekulationen gemacht wird. Wenn du Mrs. Abernathy in ihrer Trauer irgendwie beistehen kannst, dann bitte ich dich: Tu es! Ansonsten ist das Thema abgeschlossen. Ich vertraue darauf, dass es ab jetzt bei diesem Punkt keine Missverständnisse mehr bezüglich meiner Wünsche geben wird.«

»Nein, Edward, natürlich nicht. Es tut mir leid, dass es mir nicht gelingt, Mrs. Winchester zu bremsen. Sie scheint ...« Sie brach ab, wohlwissend, dass es zwecklos war. Edward hatte seine Meinung zum Ausdruck gebracht und war nun bereits mit anderen Gedanken beschäftigt.

Maddock kam herein, um ihnen mitzuteilen, dass das Abendessen serviert sei.

Am nächsten Tag hatte sich der Sturm gelegt, und die Straße lag sauber da im weißen Aprillicht; der Himmel war gleißend blau, der Garten taubedeckt, und die Grashalme glänzten. Charlotte und Emily verbrachten den Vormittag mit den üblichen Pflichten im Haushalt, während Sarah zur Schneiderin gegangen war. Caroline hatte sich mit Mrs. Dunphy, der Köchin, zu einem vertraulichen Gespräch über Küchenabrechnungen zurückgezogen.

Am Nachmittag ging Charlotte allein zur Frau des Pastors, um die Schals abzuliefern. Es war eine Pflicht, die sie schnell hinter sich bringen wollte, besonders an einem Tag, an dem der Pastor höchstwahrscheinlich zu Hause sein würde – ein Mann, in dessen Gegenwart sie sich stets unwohl fühlte. Nun, es ließ sich diesmal nicht vermeiden. Sie war an der Reihe, und weder Sarah noch Emily hatten auch nur den geringsten Eindruck erweckt, als wollten sie sie von der Bürde befreien.

Kurz vor halb drei kam sie am Pfarrhaus an. Nach dem Sturm war es nun mild, und sie hatte einen schönen, fast drei Kilometer langen Spaziergang gemacht. Sie war Bewegung gewohnt, und die dicken Schals waren nicht so schwer.

Das Hausmädchen öffnete ihr fast sofort die Tür. Sie war eine ernste hagere Frau von undefinierbarem Alter, deren Namen Charlotte niemals behalten konnte.

»Vielen Dank«, sagte sie höflich, während sie eintrat. »Ich nehme an, Mrs. Prebble erwartet mich.«

»Ja, Ma'am. Wenn Sie mir bitte folgen würden.«

Die Frau des Pfarrers saß in dem kleineren Gesellschaftszimmer; der Pfarrer selbst stand mit dem Rücken zum rauchenden Feuer. Charlotte verlor ihren ganzen Mut, als sie ihn sah.

»Ich wünsche einen guten Tag, Miss Ellison«, sagte er mit einer leichten Verbeugung, indem er eigentlich mehr den Rücken krümmte. »Es freut mich zu sehen, wie Sie Ihre Zeit mit kleinen Diensten an anderen ausfüllen.«

»Oh, das ist nicht der Rede wert, Herr Pfarrer.« Instinktiv hatte sie das Bedürfnis, die Bedeutung ihrer Hilfe herunterzuspielen. »Es sind nur ein paar Schals, die meine Mutter und meine Schwestern gemacht haben. Ich hoffe, sie werden...« Sie verstummte, als sie merkte, dass sie nichts von alldem wirklich meinte, was sie sagte, sondern irgendetwas von sich gab, um die Stille auszufüllen.

Mrs. Prebble streckte die Hand nach der Tasche aus und nahm sie an sich. Sie war eine stattliche Frau von kräftiger

Statur, einem üppigen Busen und schönen starken Händen.

»Im nächsten Winter wird es bestimmt so manchen geben, der zutiefst dankbar dafür sein wird. Ich stelle immer wieder fest, dass, wenn man kalte Hände hat, der ganze Körper durchgefroren ist. Sie nicht auch?«

»Ja, ja. Ich denke schon.«

Der Pfarrer starrte sie an, und sie blickte schnell weg, um seinem kalten Blick zu entgehen.

»Im Moment scheinen Sie etwas durchgefroren zu sein, Miss Ellison«, sagte er sehr bestimmt. »Mrs. Prebble würde sich sicherlich freuen, Ihnen eine Tasse heißen Tee anbieten zu dürfen.« Es war eine Feststellung. Sie konnte nicht ablehnen, ohne unhöflich zu erscheinen.

»Vielen Dank«, sagte sie nicht sehr enthusiastisch.

Martha Prebble läutete das Glöckchen auf dem Kaminsims und bat das Hausmädchen, als es nach einem kurzen Augenblick kam, um Tee.

»Und wie geht es Ihrer Mutter, Miss Ellison?«, erkundigte sich der Pfarrer. Er stand immer noch mit dem Rücken zum Feuer, wobei er die gesamte Wärme von ihnen fernhielt. »Sie ist so eine tüchtige Frau.«

»Oh, danke, Herr Pfarrer«, antwortete Charlotte. »Ich werde ihr ausrichten, dass Sie sich nach ihr erkundigt haben.«

Martha blickte von ihrer Handarbeit auf.

»Wie ich höre, ist Ihre Tante Susannah aus Yorkshire zurückgekehrt? Ich hoffe, die Luftveränderung hat ihr gutgetan.«

Mrs. Winchester hatte also keine Zeit verloren!

»Ich denke schon. Aber eigentlich war sie gar nicht krank.«

»Wie schwer muss es manchmal für sie sein«, meinte Martha

nachdenklich. »So ganz allein.«

»Ich glaube kaum, dass es Tante Susannah etwas ausmacht.« Charlotte redete, ohne zu überlegen. »Ich glaube, es ist ihr lieber so.«

Der Pastor runzelte die Stirn. Der Tee wurde hereingebracht. Offenbar war schon alles vorbereitet gewesen, und man hatte nur ein Zeichen abgewartet.

»Es ist nicht gut für eine Frau, allein zu sein«, sagte der Pastor grimmig. Er hatte ein großes eckiges Gesicht mit einem energischen dünnen Mund und einer ausgeprägten Nase. Als junger Mann musste er recht gut ausgesehen haben. Charlotte war beschämt darüber, wie tief ihre Abneigung gegen ihn war. So sollte man nicht über einen Mann der Kirche denken. »Es macht sie für Gefahren aller Art anfällig«, fuhr er fort.

»Susannah kann nichts passieren«, erwiderte Charlotte standhaft. »Sie verfügt über ein ausreichendes Vermögen, und sie geht – außer am Tage – sicherlich nicht alleine aus. Und nachts ist das Haus natürlich gut gesichert. Soweit ich weiß, ist ihr Diener sehr erfahren – sogar im Umgang mit Feuerwaffen.«

»Ich hatte nicht an Gewalttaten gedacht, Miss Ellison, sondern an die Versuchung. Eine alleinstehende Frau ist anfällig für die Versuchungen des Fleisches, für Leichtfertigkeiten und Vergnügungen, die schon allein durch die ihr eigene Oberflächlichkeit dazu führen, die Natur zu verderben. Eine tugendhafte Frau geht ihren häuslichen Pflichten nach. Denken Sie an Ihre Bibel, Miss Ellison. Ich empfehle Ihnen, das Buch der Sprüche zu lesen.«

»Susannah führt ein sehr ehrenhaftes Haus.« Charlotte hatte das Gefühl, ihre Tante verteidigen zu müssen. »Und sie verbringt ihre Zeit nicht mit – mit leichtfertigen Vergnügungen.«

»Sie sind wirklich eine äußerst streitlustige junge Frau.« Der Pfarrer lächelte sie steif an. »Das schickt sich nicht. Sie müssen lernen, sich zu beherrschen.«

»Sie möchte doch nur loyal gegenüber ihrer Cousine sein, mein Lieber«, beeilte sich Martha zu sagen, als sie sah, dass Charlottes Gesicht sich vor Ärger plötzlich verfärbte.

»Loyalität, Martha, ist keine Tugend, wenn sie fälschlicherweise preist, was sündig und gefährlich ist. Du brauchst dir nur Chloe Abernathy anzusehen, das unglückliche Kind. Und Susannah ist ihre Tante, nicht ihre Cousine.«

Charlotte spürte immer noch die Hitze in ihrem Gesicht.

»Was hat Chloe Abernathy mit Susannah zu tun?«, hakte sie nach.

»Schlechte Gesellschaft, Miss Ellison, schlechte Gesellschaft. Wir sind alle schwach. Und Frauen, vor allem junge Frauen, lassen sich in schlechter Gesellschaft leicht dazu verleiten, anfällig für Laster zu werden oder sogar unter den Einfluss schlechter Männer zu geraten, um dann ihr Leben elendig und verlassen auf der Straße zu beenden.«

»Chloe gehörte nicht zu dieser Art von Frauen!«

»Sie sind weichherzig, Miss Ellison. Und so sollte eine Frau auch sein. Sie sollten nichts von solchen Dingen wissen, und es ist Ihrer Mutter hoch anzurechnen, dass Sie sie nicht bemerken. Aber große Übel beginnen im kleinen. Und darum benötigen selbst die unschuldigsten Frauen den Schutz von Männern, die die Keime der Sünde früh genug erkennen, um Vorsorge gegen sie treffen zu können. Und schlechte Gesellschaft ist der Keim der Sünde, Kind, daran besteht kein Zweifel. Die arme Chloe war in der Zeit vor ihrem Tode sehr von der Gesellschaft der Madison-Töchter angetan. Vielleicht haben Sie ihre Leichtfertigkeit nicht richtig eingeschätzt: die frivole Bemalung ihrer Gesichter, das Tragen von Kleidern, die darauf abzielten, die Aufmerksamkeit von Männern auf sich zu ziehen – und wie diese Madison-Töchter sich ohne Anstandsdamen amüsierten! Doch ich bin sicher, dass Ihr Vater klüger war und Ihnen den Umgang mit solchen Leuten nicht gestattete. Sie haben es vielleicht seiner Klugheit zu verdanken, dass Sie jetzt nicht ermordet auf der Straße liegen.«

»Ich weiß wohl, dass sie ziemlich viel kicherten«, sagte Charlotte langsam. Sie versuchte sich die Madison-Töchter ins Gedächtnis zurückzurufen, um in ihnen irgendwelche keimenden Sünden zu entdecken, von denen der Pfarrer gesprochen hatte. Aber sie erinnerte sich lediglich an eine Menge romantischen Unsinn und kaum an etwas Unrechtes. Hohl gewiss, aber nicht schlecht, nicht einmal im Keim. »Aber ich kann mich bei ihnen an nichts Boshaftes erinnern.«

»Nicht boshaft.« Der Pfarrer lächelte schwach und herablassend. »Die Sünde ist nicht Bosheit, mein liebes Kind. Die Sünde ist der Anfang auf dem Wege zur Verdammnis, zum fleischlichen Verlangen, zur Unzucht und zur Anbetung des goldenen Kalbs!« Er erhob seine Stimme, und Charlotte wusste instinktiv, dass es sich um den Beginn einer Predigt handelte. Verzweifelt klammerte sie sich an einen rettenden Strohhalm.

»Mrs. Prebble«, scheinheilig beugte sie sich vor, »sagen Sie mir doch bitte, was wir sonst noch für Sie tun können. Was dürfen wir als Nächstes machen, um etwas zur Unterstützung der Armen beizutragen? Ich bin sicher, dass sowohl meine

Mutter als auch meine Schwestern äußerst dankbar wären, es zu wissen!«

Mrs. Prebble erschrak ein wenig angesichts der Vehemenz in Charlottes Stimme, doch schien sie mehr als glücklich zu sein, das Thema Sünde beenden zu können.

»Oh, ich bin sicher, Decken aller Art und vor allem Kleidung für Kinder würden helfen. Wissen Sie, die Armen scheinen immer so viele Kinder bekommen zu müssen. Sie scheinen mehr als diejenigen unter uns zu haben, die in angenehmeren Verhältnissen leben.«

»Natürlich!« Der Pfarrer ließ sich nicht übergehen. Sein massiger Kopf ruhte wie ein Monument auf den breiten Schultern. »Weil sie ihren Trieben nachgeben und mehr Kinder zur Welt bringen, als sie ernähren können. Und genau das ist der Grund, warum sie arm sind und warum uns übrigen die Verpflichtung obliegt, sich um ihre Bedürfnisse zu kümmern. Ich glaube, es bewirkt bei ihnen, geduldig in der Not zu bleiben, und bei uns christliche Nächstenliebe und Tugend.«

Charlotte wusste nicht, was sie darauf sagen sollte. Sie trank den letzten Schluck ihres Tees und stand auf.

»Vielen Dank für den Tee. Ich habe mich jetzt aufgewärmt und erholt. Ich muss nach Hause zurückkehren, bevor der Abend zu kühl wird. Ich werde meiner Mutter berichten, dass Sie mit den Schals zufrieden waren, und ich bin sicher, sie wird höchst erfreut sein, dass wir noch mehr tun können. Kinderkleidung – ich werde gleich morgen damit beginnen. Ich denke, wir werden unsere Sache gut machen.«

Martha Prebble begleitete sie zur Haustür. In der Diele legte sie ihr die Hand auf den Arm.

»Meine liebe Charlotte, lassen Sie sich nicht durch den Pastor aus der Ruhe bringen. Er sorgt sich so sehr um unser Wohlergehen und meint es nicht so hart, wie es klingt. Ich bin sicher, es bekümmert ihn wie jeden von uns, dass – dass es zu der Tragödie kommen musste.«

»Natürlich. Ich verstehe.« Charlotte befreite sich. Gar nichts verstand sie. Vom Pastor hatte sie keine gute Meinung, aber Martha tat ihr leid. Es war für sie unvorstellbar, mit einem solchen Mann zusammenzuleben. Obwohl er sich vielleicht gar nicht so sehr von vielen anderen Männern unterschied! Sie neigten alle dazu, ganz schön streng mit Mädchen wie den Madison-Töchtern ins Gericht zu gehen. In Wirklichkeit aber waren diese einfach nur langweilig – nicht sündig, sondern nur unglaublich dumm.

Martha lächelte. »Sie sind sehr verständnisvoll, meine Liebe, das wusste ich.«

Sie blieb auf der Schwelle stehen und sah Charlotte nach, wie sie den Pfad hinunterging.

Es war zwei Tage später, als sie alle im Salon saßen und damit beschäftigt waren, die Kinderkleider zu nähen, um die Martha gebeten hatte, als Edward wie üblich nach Hause kam.

Sie hörten, wie die Haustür ins Schloss fiel. Ein Stimmengemurmel war zu vernehmen, als ihm Maddock Rock und Hut abnahm. Kurze Zeit später war es jedoch nicht Edwards, sondern Maddocks Gesicht, das in der Tür erschien.

»Madame.« Er sah Caroline an und wurde rot.

»Ja, Maddock?« Caroline war überrascht; sie hatte noch nicht gemerkt, dass etwas nicht stimmte. »Um was geht es? War das nicht eben Mr. Ellison?«

»Ja, Madame. Wären Sie so freundlich, in die Halle zu kommen?«

Charlotte, Emily und Sarah starrten ihn an. Caroline stand auf. »Selbstverständlich.«

Sobald sie den Raum verlassen hatte, sahen sich die Zurückgebliebenen an.

»Was ist passiert?«, fragte Emily sofort. Ihre Stimme klang erregt. »Meint ihr, Papa hat Besuch mitgebracht? Wer kann das wohl sein? Ob er wohlhabend ist – vielleicht ein Geschäftsmann?«

»Warum führt er ihn dann nicht herein?«, fragte Charlotte.

Sarah runzelte die Stirn und blickte verzweifelt an die Decke.

»Also wirklich, Charlotte! Er würde natürlich erst einmal Mama zu Rate ziehen und ihn ihr vorstellen. Vielleicht schickt es sich nicht, dass wir ihn kennenlernen. Womöglich ist er nur jemand, der in Schwierigkeiten ist, jemand, der Hilfe braucht.«

»Wie langweilig«, seufzte Emily. »Du meinst, ein Bettler..., jemand in beschränkten Verhältnissen?«

»Ich weiß es nicht. Mag sein, dass Papa Maddock beauftragt, sich um ihn zu kümmern – aber natürlich würde er Mama darüber informieren.«

Emily stand auf und ging zur Tür.

»Emily! Du wirst doch wohl nicht lauschen wollen?«

Emily legte einen Finger auf die Lippen und lächelte.

»Interessiert es dich nicht?«, fragte sie.

Charlotte sprang schnell auf, lief zu Emily hinüber und beugte sich über sie.

»Und ob es mich interessiert!«, stimmte sie zu. »Mach die Tür auf – nur einen Spaltbreit.«

Emily hatte das bereits getan. Sie kauerten sich beide vor der Tür nieder, und im nächsten Moment spürte Charlotte Sarahs Körper direkt hinter sich; der Taft ihres Nachmittagskleides raschelte ein bisschen.

»Edward, du musst die Zeitungen vernichten«, hörten sie Caroline sagen. »Sag einfach, du hättest sie irgendwo liegenlassen.«

»Wir wissen doch gar nicht, ob sie in den Zeitungen darüber berichten.«

»Natürlich werden sie das tun!« Caroline war außer sich, richtig aufgebracht. Ihre Stimme zitterte. »Und du weißt, dass ...«

Charlotte atmete scharf ein; ihre Mutter war im Begriff, sie zu verraten.

»... dass sie irgendwo liegenbleiben könnten, wo eins der Mädchen sie sehen könnte«, fuhr Caroline fort. »Und ich möchte auch nicht, dass die Dienstmädchen es lesen. Die arme Mrs. Dunphy benutzt die Zeitungen manchmal, um Küchenabfälle einzuwickeln. Oder Lily könnte sie zum Putzen benutzen. Die armen Dinger würde es vor Angst um den Verstand bringen.«

»Ja«, stimmte Edward zu. »Ja, meine Liebe, du hast natürlich recht. Ich werde sie lesen und vernichten, bevor ich nach Hause komme. Es wäre klug, wenn wir vermeiden könnten, dass Mama etwas davon erfährt. Es würde ihr ganz bestimmt Kummer bereiten.«

Caroline nickte, ohne sonderlich überzeugt zu wirken. Charlotte lächelte, während sie ihr Gesicht hinter Emilys seidenem Rücken verbarg. Sie selbst war der Ansicht, dass Großmutter härter im Nehmen war als ein türkischer Soldat auf der Krim, von der sie ständig sprach. Allem Anschein nach dachte Caroline genauso. Aber was war denn nur geschehen? Sie konnte ihre Neugier kaum beherrschen.

»Wurde das arme Mädchen ...«, Caroline schluckte so laut, dass sie es noch hinter der Tür hören konnten, »erdrosselt, wie Chloe Abernathy?«

»Wohl kaum wie Chloe Abernathy«, berichtigte sie Edward, doch auch seine Stimme klang stockend, so, als ob ihn die Geschehnisse gerade eingeholt hätten. »Chloe war ein ... ein ehrenhaftes Mädchen. Dieses Hausmädchen von den Hiltons war – nun, man sollte nicht schlecht über Tote reden, besonders, wenn sie auf eine so schreckliche Weise gestorben sind –, aber es war ein Mädchen von zweifelhaftem Ruf. Ich möchte behaupten, dass dies die Ursache für seinen schrecklichen Tod war.«

»Hast du nicht gesagt, man habe es auf der Straße gefunden?«

»Ja, in der Cater Street, keine achthundert Meter vom Pfarrhaus entfernt.«

»Aber wohnen die Hiltons denn nicht in der Russmore Street? Die zweigt aber doch am entgegengesetzten Ende von der Cater Street ab. Ich nehme an, das Mädchen ist ausgegangen, um sich mit jemandem zu treffen, und ... dann passierte es.«

»Ruhig, meine Liebe. Es ist einfach entsetzlich und widerlich. Wir wollen nicht weiter darüber sprechen. Wir sollten jetzt besser in den Salon gehen. Sonst fangen sie noch an, sich zu fragen, was uns aufgehalten hat. Ich kann nur hoffen, dass es sich nicht in der ganzen Nachbarschaft herumspricht. Dominic wird ja wohl vernünftig genug sein, nicht darüber zu reden, zumindest nicht über die ... die grauenvollen Einzelheiten!«

»Nun, du hast es ja auch nur zufällig erfahren, weil du gerade in dem Moment, als die Polizei eintraf, in der Cater Street warst.

Anderenfalls hättest du in der Dunkelheit sicherlich nichts davon mitbekommen.«

»Ich werde ihm ausdrücklich sagen, er solle verschwiegen sein. Schließlich wollen wir nicht, dass sich die Mädchen – oder die Dienstmädchen – aufregen. Ich sollte aber dennoch besser mit Maddock reden und sicherstellen, dass weder Dora noch Lily alleine aus dem Haus gehen, bis man diesen elenden Menschen gefasst hat.« Schritte erklangen; Edward kam zur Tür.

Charlotte spürte Emilys Ellenbogen warnend in ihren Rippen. Sie fielen übereinander auf den Boden und flüchteten schnell auf ihre jeweiligen Plätze. Als die Tür aufging, saßen sie wenig grazil und mit zerknitterten Kleidern auf ihren Stühlen.

Edwards Gesicht war blass, aber er hatte sich vollkommen unter Kontrolle.

»Guten Abend, meine Lieben. Ich hoffe, ihr hattet einen angenehmen Tag.«

»Ja, danke, Papa«, sagte Charlotte – noch ganz außer Atem. »Recht angenehm. Danke.«

Aber ihre Gedanken waren draußen auf der dunklen Straße: das unvorstellbare Grauen, das von einem dunklen Schatten ausging, ein plötzlicher Schmerz, Würgen – Tod.

Kapitel 2

Emily war aufgeregt. Dies war ein Tag, so wie sie ihn liebte, mehr sogar noch als den Tag danach. Heute war der Tag der Träumereien, der Vorbereitungen, der letzten Nadelstiche, der Tag, an dem man die Unterwäsche in all ihren Einzelheiten zurechtlegte, die Haare wusch und bürstete, die Lockenbrennschere zur Hand nahm und dann – in der allerletzten Minute – das gekonnte, äußerst dezente Gesichtsmake-up auflegte.

Heute Abend gingen sie auf einen offiziellen Ball im Hause eines Gewissen Colonel Decker und seiner Frau und, was den besonderen Reiz ausmachte, seines Sohns und seiner Tochter. Emily hatte sie erst zweimal gesehen, doch Lucy Sandelson hatte ihr köstliche Geschichten über sie erzählt, ihren auffallenden Lebensstil, ihre Eleganz, das Flair, mit dem sie die neueste Mode trugen und – was noch faszinierender war – die Vielzahl ihrer Bekanntschaften mit Reichen und Adligen, mit denen sie auf vertrautem Fuß standen. Wahrhaftig, dieser Tag erweckte Hoffnungen auf endlose Türen, die ihr – mit ein bisschen Glück und etwas Geschick – Welten eröffnen konnten, von denen sie bisher nur geträumt hatte.

Sarah würde Blau tragen. Ein sanftes Babyblau, das ihr ausgezeichnet stand. Es schmeichelte ihrer Haut, indem es ihre Zartheit unterstrich – und es traf den Farbton ihrer Augen. Es war eine Farbe, die auch sehr gut zu Emilys dunklerem Teint passte, zu ihren Wangen, den dunkleren Augen und dem bräunlichen Haar mit seinem haselnussbraunen und goldenen

Schimmer. Dennoch würde es keinem von ihnen schmeicheln, wenn sie das gleiche Kleid trügen; vielmehr würden sie lächerlich aussehen – und Sarah durfte selbstverständlich als Erste wählen.

Charlotte hatte sich für ein kräftiges Weinrosa entschieden, eine Farbe, die auch Emily gut gestanden hätte. Aber, wenn sie ehrlich war, stand sie Charlotte mit ihrem rötlichen Haar und dem Honigton ihrer Haut sogar noch besser. Man konnte ihre Augenfarbe nicht als blau bezeichnen – sie waren bei jedem Licht grau.

Folglich blieb für Emily nur noch die Wahl zwischen Gelb und Grün. Gelb ließ sie immer etwas blass aussehen. Auch bei Sarah sah es scheußlich aus; nur Charlotte stand die Farbe gut. Also hatte sich Emily – etwas missmutig – für Grün entschieden: ein zartes Grün, heller noch als das Grün von Äpfeln. Jetzt, als sie das Kleid an sich hochhielt, musste sie zugeben, dass der Zufall ihr hold gewesen war. Es stand ihr wirklich ganz ausgezeichnet. Sie sah zart und frisch wie der Frühling aus, wie eine Blume in der freien Natur, ganz natürlich und nicht herausgeputzt. Ja, sollte es ihr in diesem Kleid nicht gelingen, die Bewunderung – und damit natürlich auch die Aufmerksamkeit – einer der Freunde der Familie Decker auf sich zu ziehen, dann verdiente sie auch keinen Erfolg. Sarah war keine Konkurrenz, da sie verheiratet war; die Madison-Schwestern hatten einen unvorteilhaft dunklen Teint, und – wenn man ehrlich war – waren viel runder um die Taille, als es wünschenswert war – alle beide! Vielleicht aßen sie zu viel?

Lucy war zwar recht hübsch, aber so unbeholfen! Und Charlotte, das wusste sie, würde keine Rivalin sein, denn sie zerstörte die optische Wirkung, die sie vielleicht erzielte, sobald sie den Mund aufmachte! Warum musste Charlotte auch immer das sagen, was sie dachte, statt das zu sagen – und sie war ja wohl intelligent genug, es zu wissen –, was die Leute hören wollten?

Dieses Grün war wirklich wunderbar. Sie musste sich unbedingt ein neues Kleid in diesem Ton für tagsüber zulegen. Wo blieb Lily? Sie sollte doch mit der Brennschere für die Locken kommen!

Sie ging zur Tür.

»Lily?«

»Komme schon, Miss Emily. Einen Moment; ich komme sofort!«

»Was machst du denn?«

»Nur die allerletzten Handgriffe an Miss Charlottes Kleid, Miss Emily.«

»Die Schere wird noch kalt!« Nein wirklich, wie dumm Lily manchmal war! Dachte das Mädchen denn niemals nach?

»Sie ist noch zu heiß, Miss Emily. Ich komme sofort!«

Diesmal hielt sie ihr Versprechen, und eine halbe Stunde später war Emily rundherum zufriedengestellt. Langsam drehte sie sich vor dem Spiegel. Ihr Spiegelbild war überwältigend; sie wusste nichts, was sie noch hätte ändern oder hinzufügen können. Besser konnte sie einfach nicht aussehen: jung und doch schon ein wenig Frau von Welt, ätherisch, ohne unerreichbar zu sein.

Caroline kam hinter ihr ins Zimmer.

»Du hast schon viel zu lange vor dem Spiegel gestanden, Emily. Inzwischen musst du doch jede Falte deines Kleides auswendig kennen.« Ihr Spiegelbild lächelte, als sie Emilys

Blick erwiderte. »Eitelkeit ist nicht gerade eine besonders anziehende Eigenschaft bei Frauen, mein Liebes. So schön du auch sein magst – und du bist recht hübsch, wenn auch nicht gerade schön –, es wäre besser, du würdest zumindest so tun, als ob es dir gleichgültig wäre.«

Emily musste ein Lachen unterdrücken. Sie war viel zu aufgeregt, um beleidigt zu sein.

»Ich möchte nicht, dass es irgendjemandem außer mir gleichgültig ist. Bist du fertig, Mama?«

»Meinst du, dass ich noch etwas vergessen habe?« Caroline verzog leicht den Mund.

Emily drehte sich schnell um, wobei sie ihr Kleid hochwirbeln ließ. Sie betrachtete ihre Mutter mit spöttischer Nachdenklichkeit. An jeder anderen hätte das braungoldene Kleid bieder gewirkt, aber durch den Kontrast zu Carolines wunderschöner Haut und dem mahagonifarbenen Haar sah es tatsächlich sehr reizvoll aus. Emily war viel zu ehrlich, um etwas anderes zu tun, als ihre Anerkennung auszusprechen.

»Vielen Dank«, sagte Caroline etwas kühl. »Bist du soweit, damit wir hinuntergehen können? Alle anderen sind schon ausgehbereit.«

Emily schritt vorsichtig die Treppe herunter, wobei sie ihr Kleid hochhielt. Sie war die Erste, die in der Kutsche saß. Die ganze Fahrt über blieb sie still, während ihre Gedanken immer schneller durcheinanderwirbelten: Träume von gutaussehenden Männern mit Gesichtern, die noch verschwommen waren, die sich alle nach ihr umsahen, während sie tanzte, Musik in ihren Ohren, in ihrem Körper und in ihren Füßen, die kaum den Boden berührten. Ein Traumbild verschmolz mit dem nächsten. Sie malte sich den nächsten Tag aus: Bewunderer, die ihre Aufwartung machten, Briefe – und schließlich der Konkurrenzkampf um ihre Aufmerksamkeit. Wie schade, dass es keine Duelle mehr gab. Selbstverständlich würde alles ganz korrekt zugehen. Vielleicht würde einer von ihnen einen Adelstitel tragen. Würde sie ihn heiraten? Eine ›Lady-von-und-zu‹ werden? Zuerst würde er lange und leidenschaftlich um sie werben – seine Familie hätte natürlich bereits eine andere für ihn auserwählt. Eine Dame von seinem Stand, eine wohlhabende! Aber er wäre bereit, alles aufs Spiel zu setzen! Es war ein wunderbarer Traum. Er war so wunderbar, dass ihre Ankunft schon fast einer Ernüchterung gleichkam. Doch sie kannte sehr wohl den Unterschied zwischen Traum und Realität.

Sie hatten genau den richtigen Zeitpunkt gewählt – vermutlich das Werk von Mama. Der Ball war bereits in vollem Gange; schon als sie die Stufen zu den großen Eingangstüren emporstiegen, hörten sie die Musik. Emily holte Atem und schluckte schwer vor Aufregung. Mehr als fünfzig Menschen bewegten sich sanft wie Blumen in einer Brise, Farben, die ineinander übergingen und aufeinander zutrieben, dazwischengestreut die dunklen, steiferen Silhouetten der Männer. Die Musik war wie Sommer, wie Wein und Lachen.

Sie wurden angekündigt. Mama und Papa schritten langsam die Stufen hinunter, dann folgten Dominic und Sarah und schließlich Charlotte. Emily zögerte, solange sie es sich traute. Blickten all diese Gesichter auf sie? Ach, hoffentlich war es so! Behutsam hob sie ihr Kleid um wenige Zentimeter und begann die Treppe herabzusteigen. Es war ein Augenblick, den man einfach auskosten musste, so wie die herrliche erste Erdbeere im Jahr, die einem – süß und sauer zugleich – den Mund zusammenzieht.

Sie wurden offiziell vorgestellt, doch das meiste ging einfach an ihr vorbei. Lediglich den Sohn des Hauses nahm sie bewusst wahr. Er war eine bittere Enttäuschung. Die Wirklichkeit zerstörte die letzten Bilder des Traums. Er hatte ein rotes Gesicht, eine kurze Nase und war für einen so jungen Mann eindeutig viel zu korpulent.

Emily machte einen Knicks, wie es ihr der Anstand befahl, und als er sie um die Ehre eines Tanzes bat, nahm sie die Aufforderung an. Es blieb ihr keine andere Wahl, wollte sie nicht als unhöflich erscheinen ... Also ließ sie sich der Etikette entsprechend zur Tanzfläche geleiten. Er war ein schlechter Tänzer.

Anschließend wurde Emily zwischen eine Gruppe anderer junger Frauen plaziert, von denen sie die meisten – zumindest vom Sehen her – kannte. Die Unterhaltung plätscherte dahin und war äußerst nichtssagend, da jede von ihnen in Gedanken bei den Männern war, die sich auf der entgegengesetzten Seite versammelt hatten oder gerade mit einer anderen tanzten. Die wenigen Bemerkungen, die gemacht wurden, fanden keine Beachtung – weder bei denen, die sie gemacht hatten, noch bei denen, an die sie gerichtet waren.

Emily sah, dass Dominic und Sarah zusammenstanden, während Mama mit Colonel Decker tanzte. Charlotte unterhielt sich mit einem jungen Mann mit vornehmem Gesicht und gelangweilter Miene – wobei sie sichtbar bemüht war, interessiert zu wirken.

Erst eine halbe Stunde und mehrere Tänze später kehrte der junge Decker zurück – zu Emilys großer Bestürzung, bis sie sah, dass er den wohl bestaussehendsten Mann mitbrachte, der ihr seit langem begegnet war. Er war nicht überdurchschnittlich groß, aber er hatte prachtvolle braune Locken, einen vollendeten Teint, regelmäßige Gesichtszüge, ausdrucksvolle Augen, und vor allem besaß er ein äußerst selbstsicheres Auftreten, welches für sich genommen schon faszinierend war.

»Miss Emily Ellison«, der junge Decker verbeugte sich ganz leicht, »darf ich Ihnen Lord George Ashworth vorstellen.«

Emily streckte die Hand aus und machte einen Knicks – wobei sie die Augen senkte, um die Röte der Aufregung zu verbergen, die sie in ihren Wangen aufsteigen fühlte. Jetzt galt es sich so zu benehmen, als ob sie jeden Tag einen Lord traf und es sie keine Spur interessierte. Er sprach sie an; sie hörte kaum, was er sagte, aber sie antwortete reizend.

Die Unterhaltung war sehr förmlich und ein bisschen gespreizt, aber das spielte kaum eine Rolle. Decker war ein Dummkopf – sie benötigte nur die Hälfte ihrer Aufmerksamkeit, um sich mit ihm zu unterhalten. Bei Ashworth war das etwas vollkommen anderes. Sie fühlte, wie er sie anschaute – es war gefährlich und aufregend zugleich. Er war ein Mann, der kühn nach dem greifen würde, was er haben wollte. Er mochte gewandt vorgehen, aber es gäbe kein Drumherum, keine zaghafte Schüchternheit. Es verursachte ihr eine wohlige Gänsehaut zu wissen, dass sie in diesem Augenblick das Objekt seines Interesses war.

Innerhalb der nächsten Stunde tanzte sie zweimal mit ihm. Er war nicht indiskret, Zweimal war genug; ein weiterer Tanz hätte Aufmerksamkeit erregt – vielleicht die von Papa, und das hätte alles verdorben.

Sie sah, wie Papa auf der anderen Seite des Raumes mit Sarah tanzte und wie Mama versuchte, der unverhohlenen Bewunderung Colonel Deckers zu entgehen, ohne ihn dabei zu beleidigen oder es so weit kommen zu lassen, dass die Situation den Neid anderer erregte. Normalerweise hätte Emily sie beobachtet, um selbst etwas dazuzulernen. Jetzt aber war sie mit ihrer eigenen Situation beschäftigt, was ihre volle Konzentration beanspruchte.

Sie unterhielt sich gerade im Stehen mit einer der Madison-Töchter, doch war sie sich der Blicke Lord Ashworths bewusst, die er ihr von der gegenüberliegenden Seite des Raumes zuwarf. Sie musste ihren Körper aufrechthalten, ein gekrümmter Rücken wirkte äußerst unvorteilhaft, erzeugte eine hässliche Büste und rückte das Kinn in ein schlechtes Licht. Sie musste lächeln – ohne geistlos zu erscheinen –, und sie musste die Hände anmutig bewegen. Sie würde niemals vergessen, wie sehr hässliche Hände die Wirkung einer ansonst anmutigen Frau beeinträchtigen konnten, seitdem sie beobachtet hatte, wie dies die zweite Madison-Tochter auf verheerende Weise demonstriert und damit einen vielversprechenden Bewunderer vertrieben hatte. Das Spiel der Hände war eine Fertigkeit, die Sarah niemals völlig beherrscht hatte, ganz im Gegensatz zu Charlotte – was ungewöhnlich genug war. Charlotte war zwar ungeschickt mit ihrer Zunge, aber sie hatte wirklich wundervolle Hände. Sie tanzte gerade mit Dominic – mit erhobenem Haupt und leuchtenden Augen. Manchmal bezweifelte Emily, dass Charlotte noch bei vollem Verstand war. Schließlich hatte sie von Dominic nichts zu erwarten. Er hatte keine Freunde von Bedeutung und mit Sicherheit keine Beziehungen. Natürlich, er selbst war recht gut situiert, aber davon hatte Charlotte schließlich nichts. Nur ein Narr wandert auf einer Straße, die nirgendwo hinführt. Nun, manche Leute ließen sich einfach nichts sagen!

Bis Mitternacht tanzte Emily noch zweimal mit George Ashworth, doch fiel kein Wort über ein zweites Treffen oder darüber, dass er demnächst bei ihr vorsprechen würde. Schon fürchtete sie, nicht so erfolgreich gewesen zu sein, wie sie zuerst angenommen hatte. Papa würde bald beschließen, dass es Zeit sei, nach Hause zu fahren. Sie musste innerhalb der nächsten Minuten etwas unternehmen, oder sie hätte womöglich ihre Chance vertan – und das wäre entsetzlich. So rasch durfte sie den ersten Lord, mit dem sie derart vertraulich gesprochen hatte, nicht verlieren – den wohl bestaussehendsten Mann und, was ihr noch mehr gefiel, einen Mann von Geist und Kühnheit.

Sie entschuldigte sich bei Lucy Sandelson unter dem Vorwand, dass ihr ein wenig heiß sei, und ging in Richtung Wintergarten. Zweifelsohne würde es dort viel zu kalt sein – aber was war schon eine kleine Unannehmlichkeit, wenn man eine solche Chance geboten bekam?

Sie hatte fünf Minuten gewartet, die ihr wie fünfzig vorkamen, als sie endlich Schritte hörte. Sie drehte sich nicht um, sondern tat so, als sei sie in die Betrachtung einer Azalee vertieft.

»Ich fürchtete schon, es könnte Ihnen zu kalt werden, und Sie würden in den Ballsaal zurückkehren, noch ehe ich die Gelegenheit hätte, mich freizumachen.«

Sie fühlte das Blut durch ihren Körper pulsieren. Es war Ashworth.

»Ach wirklich?«, sagte sie so ruhig, wie sie konnte. »Ich hatte keine Ahnung, dass Sie mich beim Hinausgehen beobachtet haben. Ich wollte nicht, dass es jemandem auffällt.« Was für eine Lüge! Hätte sie nicht geglaubt, dass er es bemerkt hatte, wäre sie zurückgekehrt, um noch einmal hinauszugehen. »Ich fand, dass die Hitze allmählich ein bisschen drückend wurde. Diese vielen Menschen.«

»Mögen Sie nicht unter Menschen sein? Ich bin zutiefst enttäuscht.« So klang es auch. »Ich hatte gehofft, Sie – und vielleicht Fräulein Decker – einladen zu können, mich und ein oder zwei Freunde in einer Woche zum Pferderennen zu begleiten. Es wird eine große Veranstaltung sein, und die gesamte feine Gesellschaft Londons wird dasein. Sie wären die Sensation der Saison gewesen – ganz besonders, wenn Sie den gleichen bezaubernden Farbton getragen hätten, den Sie jetzt tragen. Es erinnert mich an Frühling und Jugend zugleich.«

Vor lauter Aufregung brachte sie kein Wort heraus. Zum Pferderennen! Mit Lord Ashworth! Die ganze Londoner Hautevolee. Traumbilder flimmerten in einer solchen Fülle an ihren Augen vorbei, dass sie kaum eins vom anderen unterscheiden konnte. Vielleicht würde sogar der Prinz von Wales kommen; er liebte Pferderennen. Und wer weiß, wer sonst noch alles da wäre! Sie würde sich ein zweites grünes Kleid kaufen, ein Kleid für das Pferderennen, so schön, dass sich jeder auf der Rennbahn nach ihr umdrehen würde!

»Sie sind so still, Miss Ellison«, hörte sie ihn hinter sich sagen. »Ich wäre schrecklich enttäuscht, wenn Sie nicht mitkämen. Schließlich sind Sie das bezauberndste Geschöpf hier. Und ich verspreche Ihnen, die Menschenmenge beim Pferderennen wird bei weitem nicht so beängstigend sein wie hier im Ballsaal. Es wird alles unter freiem Himmel stattfinden, und wenn wir Glück haben, wird auch noch die Sonne scheinen. Bitte, sagen Sie, dass Sie kommen werden!«

»Vielen Dank, Lord Ashworth.« Sie musste ihre Stimme ruhighalten, so, als ob sie regelmäßig von Adligen zum Pferderennen eingeladen würde und es kein Anlass wäre, in Verzückung zu geraten. »Es wird mir ein Vergnügen sein zu kommen. Ich habe nicht den geringsten Zweifel, dass es ein entzückendes Ereignis wird. Und Miss Decker ist sicherlich eine überaus angenehme Begleiterin. Ich habe Sie so verstanden, dass sie zugesagt hat?«

»Aber selbstverständlich. Sonst hätte ich kaum die Vermessenheit besessen, an Sie heranzutreten.« Was natürlich eine Lüge war, aber das musste sie ja nicht unbedingt erfahren.

Als Papa erschien, um ihr mitzuteilen, dass es Zeit für die Heimfahrt sei, folgte sie ihm gehorsam – und lächelnd. Sie schwebte auf einer Wolke vor Glück.

Der Tag, an dem das Pferderennen stattfand, war schön; es war einer jener kühlen, strahlend-sonnigen Tage im Spätfrühjahr, an denen selbst die Luft zu glitzern scheint. Emily hatte Papa dazu überreden können, ihr noch ein weiteres Kleid zu kaufen – genau in dem Grün, das sie sich gewünscht hatte. Sie hatte das schlagkräftige Argument angebracht, dass sie – falls sie wirklich erfolgreich wäre – vielleicht einen zukünftigen Ehemann anlocken könnte. Eine Vorstellung, die ihre Wirkung auf Papa nicht verfehlen konnte. Drei Töchter stellten die Verbindungen und das Vermögen eines jeden Mannes auf eine harte Probe, wollte er sie zufriedenstellend verheiratet sehen.

Für Sarah hatte man eine, wenn auch nicht gerade glänzende, so doch zumindest annehmbare Partie gefunden. Dominic verfügte über ausreichende Mittel und war sicherlich mehr als nur gutaussehend. Er war ungewöhnlich attraktiv und schien ein umgängliches Wesen und gute Manieren zu haben.

Bei Charlotte sah die Sache natürlich völlig anders aus. Emily sah keine Möglichkeit, Charlotte auch nur annähernd so leicht unterzubringen. Sie war ihrem Wesen nach viel zu widerspenstig – kein Mann mochte eine rechthaberische Frau. Und außerdem war sie viel zu unrealistisch, was ihre eigenen Vorstellungen anbelangte. Sie sehnte sich nach den unangenehmsten und – auf lange Sicht – unergiebigsten Eigenschaften bei einem Mann. Emily hatte versucht, mit Charlotte über ihre Wünsche zu sprechen, ihr klarzumachen, dass finanzielle Mittel und gesellschaftlicher Rang, gepaart mit einem annehmbaren Äußeren und einem Auftreten, das von guten Manieren zeugte, das Höchste war, was man, wenn man vernünftig war, erwarten konnte. Ja, dass es sogar wesentlich mehr war, als die meisten Mädchen jemals erreichen würden. Aber Charlotte wollte sich einfach nicht überzeugen lassen oder auch nur bestätigen, dass sie Emily zumindest verstanden hätte.

Doch all das spielte heute keine Rolle. Emily war mit Lord Ashworth, Miss Decker sowie irgendeinem jungen Mann, von dem sie kaum Notiz nahm, beim Pferderennen. Er war nicht annähernd so vielversprechend wie Lord Ashworth und brauchte daher im Moment auch nicht berücksichtigt zu werden.

Das erste Rennen war fast vorüber, und George hatte recht nett dabei gewonnen. Er behauptete, den Besitzer des Tieres zu kennen, was die ganze Angelegenheit noch aufregender machte.

Emily stolzierte über den dichten Rasen, den Sonnenschirm in der Hand; sie schwelgte in einem Gefühl der höchsten Überlegenheit. Sie ging am Arm eines Angehörigen der Aristokratie – und dazu noch eines ungewöhnlich gutaussehenden. Sie sah elegant und liebreizend zugleich aus – und sie wusste es. Und sie besaß Insider-Informationen über den Gewinner des vorangegangenen Rennens. Was konnte man mehr verlangen? Sie gehörte zur Spitze der Gesellschaft.

Das zweite Rennen war von untergeordneter Bedeutung, doch das dritte war das große Ereignis der Veranstaltung. Die Zuschauer begannen vor Aufregung zu summen wie ein aufgeschreckter Bienenschwarm. Die Menschenmenge geriet in heftige Bewegung, als sich die Wetter mit den Ellbögen den Weg zu den Buchmachern bahnten. Dabei riefen sie Quoten, womit sie versuchten, immer höhere Wetten zu provozieren. Männer in eleganter und liederlicher Kleidung lachten laut, während Hände voller Geld den Besitzer wechselten.

Einmal, während Ashworth gerade über Pferdefesseln, gute Anlagen, das Können der Jockeys und über andere Dinge, von denen sie nichts verstand, sprach, beobachtete sie einen Vorfall, den sie nur starr vor Staunen verfolgen konnte. Ein korpulenter Herr mit einem leicht geröteten Gesicht kicherte vor Freude über sein Glück vor sich hin, wobei er einen Geldschein in der Hand umklammerte. Er machte ein, zwei Schritte nach vorne auf einen blässlichen Mann in dunkler Kleidung zu, der so tieftraurig wie ein Leichenbestatter dreinblickte.

»Verloren, alter Junge?«, fragte der beleibte Mann aufmunternd. »Mach dir nichts draus. Diesmal wirste mehr Glück haben. Kannst ja nicht alle verlieren. Mach weiter, sag ich dir.« Er brach in ein schallendes Gelächter aus.

Der hagere Mann sah ihn mit höflicher Bestürzung an.

»Ich bitte sehr um Entschuldigung, Sir, aber meinen Sie mich?« Seine Stimme klang sehr sanft. Hätte Emily etwas weiter entfernt gestanden, hätte sie ihn nicht verstehen können.

»Siehst aus, als ob dich das Unglück heimgesucht hätte«, fuhr der dicke Mann warmherzig fort. »Kann den Besten von uns passieren. Versuch's weiter, sag' ich.«

»Wirklich, Sir, ich versichere Ihnen, dass mir kein Unglück widerfahren ist.«

»Aha«, grinste der dicke Mann und zwinkerte mit den Augen. »Willst es wohl nicht zugeben, häh?«

»Ich versichere Ihnen, Sir –«

Der dicke Mann lachte und schlug dem anderen auf die Schulter. In diesem Augenblick geriet ein Fremder ins Stolpern, taumelte seitwärts und stieß mit dem untersetzten Mann zusammen. Dieser wiederum fiel nun seinerseits nach vorne – fast direkt in die Arme des blässlichen Mannes in der Trauerkleidung. Der Mann streckte beide Arme aus, um das plötzliche Gewicht abzufangen oder um es abzuwehren. Man entschuldigte sich überreichlich nach allen Seiten und bemühte sich, die Kleidung wieder in Ordnung zu bringen. Der ungeschickte Fremde murmelte etwas, erblickte dann anscheinend einen Bekannten in der Ferne und entfernte sich, während er immer noch vor sich hinredete. Eine schicke junge Frau tauchte neben dem dunklen Mann auf und bat ihn inständig, sofort mit ihr zu kommen, um sich von irgendeinem Glück, das ihr widerfahren sei, zu überzeugen. Währenddessen standen zwei andere Burschen, die gerade eine erhitzte Diskussion über die Vorzüge und Nachteile eines bestimmten Pferdes führten, fast direkt neben ihnen.

Der dicke Mann strich über die Kleidung, wobei er tief einatmete. Dann hielt seine Hand in Höhe der Tasche verkrampft inne, fuhr in seine Westentasche und kam leer wieder heraus.

»Meine Uhr!« schrie er entsetzt. »Mein Geld! Meine Siegel! Ich hatte drei goldene Siegel an meiner Uhrkette! Man hat mich bestohlen!«

Emily drehte sich um und zog Ashworth heftig am Ärmel.

»George!«, drängte sie. »George, gerade habe ich gesehen, wie ein Mann bestohlen wurde! Man hat ihm seine Uhr und seine Siegel gestohlen.«

Ashworth wandte sich mit einem schwachen, nachsichtigen Lächeln auf den Lippen um.

»Meine liebe Emily. So etwas passiert beim Pferderennen ständig. «

»Aber ich habe es genau gesehen! Sie haben es äußerst raffiniert angestellt. Ein Mann stieß ihn von hinten an, sodass er durch den Stoß fast auf einen anderen geschleudert wurde. Der ließ blitzschnell seine Hände über ihn gleiten und muss ihm wie ein Zauberkünstler sein Eigentum entwendet haben! Wollen Sie nicht irgendetwas unternehmen?«

»Was schlagen Sie vor?« Er hob die Augenbrauen. »Der Mann, der es gestohlen hat, wird inzwischen in aller Unschuld mit etwas ganz anderem beschäftigt sein, und die Wertgegenstände selbst werden längst an jemand anderen weitergegeben worden sein, den weder Sie noch das Opfer jemals gesehen haben.«

»Aber es ist erst gerade eben passiert!«, protestierte sie.

»Und wo ist der Dieb?«

Sie blickte suchend um sich. Aber sie konnte niemanden erkennen, außer dem Opfer und den beiden Streithähnen. Hilflos wandte sie sich wieder George zu.

»Ich kann ihn nicht sehen.«

Er lächelte.

»Natürlich nicht. Und selbst wenn Sie versuchen sollten, ihn zu verfolgen, so gäbe es Leute, die speziell dafür abkommandiert worden sind, Ihnen den Weg zu versperren. Das ist ihre Arbeitsweise. Es ist geradezu eine Kunst. In der Tat eine fast so große Kunst wie die, ihnen aus dem Wege zu gehen. Denken Sie nicht weiter darüber nach. Es gibt wirklich nichts, was Sie tun könnten. Tragen Sie einfach kein Geld in der Rocktasche herum. Sie verstehen sich auch ausgezeichnet darauf, Frauen zu bestehlen.«

Sie starrte ihn an.

»Nun«, sagte er bestimmt. »Hätten Sie nicht Lust, eine kleine Wette auf Charles' Pferd abzuschließen? Ich kann Ihnen zumindest einen Platzsieg versprechen.«

Sie nahm den Vorschlag an. Um Geld zu wetten, war aufregend, ein Teil des Nervenkitzels, und da es sich nicht um ihr eigenes Geld handelte, konnte sie nichts verlieren, ja, vielleicht sogar etwas gewinnen. Doch viel wichtiger als jeder kleine finanzielle Gewinn war die Gewissheit, dass sie jetzt tatsächlich zu dieser neuen, glanzvollen Welt gehörte, von der sie seit ihrer Jugend geträumt hatte. Mit modischem Schick gekleidete Damen lachten und ließen ihre Röcke wehen, während sie am Arm eleganter Herren herumstolzierten – Herren mit Geld und Titeln, die ihr Geld auf Pferde setzten, auf eine Spielkarte oder einen Würfelwurf, Herren, die das Leben beim Schopfe packten und an einem einzigen Tag ein Vermögen gewannen oder verloren. Sie lauschte ihren Gesprächen, welche Phantasiebilder in ihr heraufbeschworen, etwas verschwommen natürlich, denn sie war noch nie in einer Spielhölle oder auf einem Hunde- oder Hahnenkampfplatz gewesen. Niemals hatte sie einen Spielclub für vornehme Herren gesehen oder war jemandem begegnet, der mehr als nur ein bisschen beschwipst war. Aber diese Welt war mit Gefahr verbunden, und Gefahr, das Risiko, gehörte unabdingbar zum Erfolg. Emily war jung, sah gut aus und hatte eine recht schnelle Auffassungsgabe. Vor allem aber glaubte sie, Stil zu besitzen, jene undefinierbare Qualität, durch die sich die Gewinner von den Verlierern abhoben. Wenn sie jemals etwas Dauerhaftes gewinnen wollte, dann musste sie jetzt ihre Chance nutzen.

Sie war so erfolgreich, wie sie es nur hatte hoffen können. Zehn Tage später war sie – wiederum gemeinsam mit Miss Decker – zu einer Tennispartie eingeladen, bei der sie sich außerordentlich amüsierte. Tennis spielte sie natürlich nicht; es handelte sich für sie um einen rein gesellschaftlichen Anlass, bei dem sie eine ganze Menge erreichte, unter anderem erhielt sie eine Einladung zu einem Ausritt im Park, der schon in ein paar Tagen stattfinden sollte. Natürlich würde sie sich beides – Pferd und Reitkostüm – ausleihen müssen, aber das war kein Problem. Ashworth würde das Pferd besorgen, und sie konnte sich Tante Susannahs Kostüm ausborgen. Sie hatten ungefähr die gleiche Kleidergröße, und den Umstand, dass Susannah ungefähr fünf Zentimeter größer war, konnte man ausgleichen, indem sie den Rock über der Taille etwas raffte. Es würde außer ihr niemandem auffallen.

Der Tag – es war der erste Juni – war kühl und frisch mit einem strahlenden Himmel und vom Regen gesäuberten Straßen. Emily traf sich mit Miss Decker – die ihr zunehmend unsympathisch wurde, auch wenn sie dies hervorragend kaschierte –, Lord Ashworth und einem gewissen Mr. Lambling, einem Freund von Ashworth, der besonderen Gefallen an Miss Decker gefunden hatte. Der Himmel mochte wissen, warum!

Gemeinsam ritten sie unter den Bäumen auf dem festen Kiesweg von Rotten Row. Emily saß etwas unsicher auf dem Damensattel. Sie war den Umgang mit Pferden nicht gewöhnt, aber fest entschlossen, die Balance zu halten und eine gewisse Überlegenheit zu zeigen, als sie ihr Pferd vorsichtig durch eine Gruppe von ernst dreinblickenden Kindern auf stämmigen Ponys hindurchlenkte. Sie sah gut aus, und das konnte sie auch dem anerkennenden Gemurmel einer Gesellschaft von Herren entnehmen, die acht, neun Meter entfernt waren. Das Kostüm war ihr gut einen Zentimeter zu eng, was aber ihrer Figur durchaus schmeichelte. Ihre hohe Reitkappe, die einem Herrenzylinder sehr ähnlich war, saß verwegen seitlich auf ihren glänzenden Haaren. Die dunkle Farbe des Huts bildete einen vollkommenen Kontrast zu ihrer hellen Haut und den weißen Seidenrüschen an ihrer Bluse.

Die anderen holten sie ein, und man ritt mehr oder weniger Seite an Seite. Man unterhielt sich nicht die ganze Zeit, bis sie der wohl elegantesten Frau begegneten, die Emily jemals gesehen hatte. Ihr silberfarbenes Haar war unglaublich hell, und sie hatte ein volles, hübsches Gesicht. Ihr waldgrünes Reitkostüm mit einem samtbesetzten Kragen war von höchst exquisitem Schnitt. Ihr Pferd war ein Tier mit unverkennbarem Feuer.

Emily war hingerissen vor Bewunderung. Wie gerne würde sie eines Tages auch die Ladies' Mile mit einer solche Selbstsicherheit entlangreiten – mit einer Überlegenheit, die so groß war, dass sie sie völlig beiläufig zur Schau stellen konnte.

Die Frau lächelte strahlend, als sie auf gleicher Höhe waren, und rückte ihren Hut mit einem Finger um eine Winzigkeit zurecht, wodurch sie ihn in eine noch aufsehenerregendere Stellung brachte. Sie blickte Ashworth an.

»Guten Morgen, mein lieber Lord«, grüßte sie leicht spöttisch.

Für einen langen, frostigen Augenblick sah Ashworth durch sie hindurch, um sich dann mit einer leichten Drehung im Sattel Emily zuzuwenden.

»Sie erzählten mir doch gerade von dem Besuch Ihrer Tante in Yorkshire, Miss Ellison. Ihren Worten nach zu urteilen, muss es sich um eine äußerst reizvolle Landschaft handeln. Fahren Sie selbst häufiger dorthin?«

Sein Benehmen war von bestürzender Unhöflichkeit. Es war mindestens eine Viertelstunde her, dass Emily Yorkshire erwähnt hatte, und es war ganz offensichtlich, dass die Frau ihn kannte. Vor Erstaunen brachte Emily kein Wort heraus.

»... wenn es mich auch überrascht, dass sie den Frühlingsanfang als eine angenehme Jahreszeit erachtete, um so weit nach Norden zu reisen«, fuhr er fort, den Rücken nach wie vor der Reitbahn zugewandt.

Emily starrte ihn an. Das Gesicht der Frau verzog sich – mit einem Anflug bitterer Belustigung – zu einer leichten Grimasse. Dann gab sie ihrem Pferd einen Klaps mit der Reitpeitsche und ritt davon.

»Sie hat mit Ihnen gesprochen!«, meinte Emily keck.

»Meine liebe Emily«, Ashworths Mund zog sich leicht nach unten. »Ein Gentleman antwortet nicht jeder Hure, die ihn belästigt«, sagte er in einem leicht herablassenden Ton. »Vor allem nicht an einem so öffentlichen Ort wie diesem hier. Und ganz bestimmt nicht, wenn er sich gerade in Begleitung von Damen befindet.«

»Hure?«, stammelte Emily. »Aber sie war ... sie war gekleidet ... ich meine ...«

»So wie bei fast allen Dingen im Leben, so gibt es auch bei den Huren die unterschiedlichsten Kategorien! Je teurer sie sind, je erlesener ihr Kundenkreis ist, desto weniger sehen sie danach aus. Das ist alles. Sie müssen lernen, etwas weniger naiv zu sein!«

Obwohl ihr der Gedanke durch den Kopf schoss, unterließ sie es, ihn zu fragen, woher er denn den Beruf der Frau kannte. Offensichtlich existierte eine ganze Welt, über die sie noch so manches würde lernen müssen, wenn sie sich ihren Weg durch diese erfolgreich bahnen und den angestrebten Preis erlangen wollte.

»Vielleicht wären Sie so gut, mich zu unterweisen?«, fragte sie mit einem Lächeln, von dem sie hoffte, dass es mehr verhüllte, als es preisgab. Sollte er doch das herauslesen, was er sich wünschte. »Es ist ein Gebiet, auf dem ich völlig unerfahren bin.«

Er warf ihr für einen Moment einen strengen Blick zu, um dann offen zu lächeln. Er hatte ungewöhnlich gute Zähne. Emily fasste in eben diesem Moment den Entschluss, die größten Anstrengungen darauf zu verwenden, eines Tages Lady Ashworth zu werden – ohne Rücksicht auf gewisse Hindernisse. Diese würden schon bewältigt werden müssen, doch sie hatte nicht den geringsten Zweifel, dass sie dem gewachsen sein würde.

»Ich bin mir nicht sicher, Emily, ob Sie wirklich ganz so naiv sind, wie Sie scheinen.« Er sah sie immer noch an.

Sie tat völlig unschuldig und blickte ihm mit einem bezaubernden Lächeln in die Augen. Sie überlegte, ob sie ihn nicht ermuntern sollte, sie besser kennenzulernen, verwarf den Gedanken dann aber wieder. Es wäre zu voreilig, und sie war sich sowieso ziemlich sicher, dass er das ohnehin beabsichtigte.

Es war in der zweiten Juniwoche, als George Ashworth dem Hause Ellison tatsächlich einen Besuch abstattete. Selbstverständlich war alles mit äußerster Sorgfalt geplant gewesen. Selbst Caroline bemühte sich erfolglos, ein gewisses kribbelndes Gefühl der Erregung zu verbergen.

Um Viertel vor vier saßen sie alle im Salon. Die Sonne schien auf den Fußboden, und draußen blühten die ersten Rosen. Lord Ashworth und Mr. und Miss Decker wurden jeden Moment erwartet. Sarah saß ziemlich steif auf dem Klavierhocker und spielte irgendetwas Unbestimmbares. Emily konnte selbst gut genug Klavier spielen, um zu wissen, dass sie schlecht spielte. Innerlich jubelte Emily vor Vorfreude. Caroline saß auf dem besten Lehnstuhl – so, als ob sie sich schon darauf vorbereitete, den Tee auszuschenken, der noch gar nicht serviert war. Nur Charlotte wirkte völlig teilnahmslos. Aber sie hatte ja auch noch nie die Vernunft besessen zu wissen, was richtig war.

Emily selbst war äußerst gelassen. Alles, was sie tun konnte, hatte sie bereits vorbereitet; jetzt kam es nur noch darauf an, jedes Wort, jeden flüchtigen Blick in der jeweiligen Situation so geschickt wie möglich einzusetzen.

Sie kamen pünktlich auf die Minute an und wurden in den Salon geführt. Das große Ritual der Vorstellungen begann. Man nahm Platz und machte, wie üblich, höfliche Konversation. Der Einzige, der vollkommen gelassen aussah, war Ashworth.

Kichernd und mit hochrotem Kopf brachte Dora ihnen den Tee, Mrs. Dunphys erlesenste Schnittchen, kleine Schmetterlingstörtchen und andere Delikatessen, die sich jeder Kategorisierung entzogen. Alles wurde mit einer noch größeren Feierlichkeit serviert, als es sonst der Fall war.

»Emily hat uns von dem Pferderennen berichtet«, begann Caroline im Konversationston, während sie Ashworth die Schnittchen anbot. »Es muss ja faszinierend sein. Ich selbst habe erst zwei solcher Veranstaltungen besucht, und das ist auch schon einige Zeit her, und es war in Yorkshire. Die Londoner Pferderennen sind natürlich die elegantesten, wie ich gehört habe. Ach bitte, erzählen Sie uns doch mehr darüber. Gehen Sie oft dorthin?«

Emily hoffte, er würde taktvoll sein, weil sie ihrer Mutter nur sehr wenig von dem Rennen erzählt hatte und selbst dieses wenige von ihr zweifellos beschönigt worden war. Sie hatte besonders viel von der Mode gesprochen und es vermieden, die obskuren Männer zu erwähnen, die Renntips verkauften, oder jene, die mehr Erfrischungen zu sich genommen hatten, als sie vertragen konnten, oder die Frauen, die – wie sie jetzt erkannte – im Grunde der gleichen Beschäftigung nachgingen wie die Dame mit dem eleganten Reitkostüm im Rotten Row. Gott im Himmel gebe George die Vernunft, seine Schilderungen ebenso sorgfältig auszuwählen.

George lächelte.

»Leider gibt es gar nicht so sehr viele Rennveranstaltungen, als dass es möglich wäre, mehr als zwei- oder dreimal im Monat dorthin zu gehen, Mrs. Ellison. Und nicht alle von ihnen lohnen einen Besuch – bieten das, was mir zusagt, oder sind für Damen geeignet.«

»Werden denn nicht alle Veranstaltungen von Damen besucht?«, fragte Sarah neugierig. »Wollen Sie damit sagen, dass manche ausschließlich für Männer sind?«

»Keineswegs, Mrs. Corde. Ich habe den Ausdruck ›Damen‹ benutzt, um sie von den anderen weiblichen Personen zu unterscheiden, die diese Rennen sehr wohl besuchen und dafür ihre eigenen Gründe haben.«

Sarah öffnete den Mund – man sah ihrem Gesicht das Interesse an; dann besann sie sich auf die schicklichen Umgangsformen und schloss ihn wieder. Emily und Charlotte warfen sich einen amüsierten Blick zu. Sie alle wussten, welchen Wert Sarah auf gesellschaftlich korrektes Verhalten legte. Charlotte sprach an ihrer Stelle.

»Sie meinen Frauen, denen es an Tugend mangelt?«, fragte sie freimütig. »Ich glaube, man nennt es die Halbwelt.«

George lächelte breiter.

»So nennt man es tatsächlich – unter anderem«, bestätigte er. »Da gibt es einmal die Besucher des Rennens und dann jene, die den Besuchern folgen, und jene, die den Verfolgern folgen: Pferdehändler, Spieler und – es tut mir leid, das sagen zu müssen – leider auch Diebe.«

Caroline runzelte missbilligend die Stirn.

»Ach du liebe Güte. Das klingt gar nicht so erfreulich, wie ich es mir vorgestellt hatte.«

»Pferderennen sind ebenso unterschiedlich wie Menschen, Mrs. Ellison«, sagte George lässig, während er nach einem weiteren Schnittchen griff. »Ich war gerade dabei zu erklären, weshalb ich bestimmte dieser Veranstaltungen nicht besuche.«

Caroline beruhigte sich wieder.

»Natürlich. Ich war um Emily besorgt; unnötigerweise, wie es scheint. Ich hoffe, Sie verstehen ...?«

»Es spräche auch kaum für Sie, wenn Sie es nicht wären. Aber ich versichere Ihnen, es würde mir nicht im Traum einfallen, Emily irgendwohin mitzunehmen, wo ich nicht glücklich wäre, meine eigene Schwester zu sehen.«

»Ich wusste gar nicht, dass Sie eine Schwester haben!« Carolines Interesse war plötzlich wieder geweckt, genauso wie das – dem Ausdruck ihrer Gesichter nach zu urteilen – der Deckers.

»Lady Carson«, sagte George lässig.

»Es wäre entzückend, sie kennenzulernen; Sie müssen sie unbedingt zu einem Besuch bei uns mitbringen«, sagte Mr. Decker rasch.

»Es tut mir leid, aber sie lebt in Cumberland.« George ließ das Thema Schwester mit der gleichen Lässigkeit wieder fallen. »Sie kommt nur sehr selten nach London.«

»Carson?« Decker ließ nicht locker. »Ich glaube nicht, dass ich ihn kenne.«

»Kennen Sie Cumberland, Mr. Decker?«, fragte Emily. Sie mochte Decker nicht, und seine Neugier ärgerte sie.

Decker wirkte ein wenig verblüfft.

»Nein, Miss Ellison. Ist es – reizvoll?«

Emily zog die Augenbrauen hoch und wandte sich George zu.

»Sehr schön, wenn auch etwas ländlich«, erklärte er, »man vermisst dort einen großen Teil der Annehmlichkeiten einer zivilisierten Lebensweise.«

»Keine Gaslampen?«, fragte Charlotte. »Aber sie haben doch bestimmt heißes Wasser und Heizungsmöglichkeiten?«

»Gewiss, Miss Ellison. Ich dachte eher an Clubs für Gentlemen, importierte Weine, Schneider, die gut genug sind, um dort Kunde zu sein, Theater, die mehr anzubieten haben als ewig nur Bauernlustspiele – kurz, ich meine: Gesellschaft.«

»Es muss ja höchst betrüblich für Ihre Schwester sein«, mokierte sich Miss Decker trocken. »Ich würde mich hüten, einen Mann zu heiraten, der das Pech hat oder die abartige Veranlagung besitzt, in Cumberland zu leben.«

»Und wenn ein solcher Gentleman Sie darum bitten sollte, werden Sie also ablehnen müssen«, bemerkte Charlotte bissig. Emily musste ein Lächeln unterdrücken. Charlotte mochte Miss Decker genauso wenig wie sie selbst. Aber, gebe es der Himmel, dass sie nicht ausfallend wurde! »Hoffen wir, dass man Ihnen einen Antrag macht, der Ihnen mehr zusagt«, schloss Charlotte.

Miss Decker lief vor Ärger rot an.

»Daran habe ich keinen Zweifel, Miss Ellison«, erwiderte sie. George lehnte sich nach vorne. Sein hübsches Gesicht verdunkelte sich, die Lippen waren zusammengepresst.

»Ich bezweifle, dass Sie je ein günstigeres Angebot als das eines Lord Carson bekommen werden, Miss Decker. Jedenfalls nicht für die Ehe!«

Für einen Moment herrschte gespanntes Schweigen. Es war einfach unverzeihlich, dass er eine Dame in dieser Art in Verlegenheit gebracht hatte, wie sehr sie ihn auch provoziert haben mochte. Caroline wusste nicht, was sie sagen sollte.

Emily musste nun etwas unternehmen.

»Es ist auch gut so, dass wir nicht alle den gleichen Geschmack haben«, sagte sie schnell. »Aber ich wage zu behaupten, dass es sich auf Lord Carsons Landgütern gut leben lässt. Es ist etwas ganz anderes, ob man an einem Ort wohnt oder ob man ihn nur besucht. Man findet immer reichlich Beschäftigung, wenn man zu Hause ist. Allein die Verpflichtungen ...«

»Ihr Einfühlungsvermögen ist bewundernswert«, stimmte George zu. »Lord Carsons Besitzungen sind äußerst weitläufig.

Er züchtet Vollblutpferde und hält eine erstklassige Rinderherde; und natürlich verfügt er über beträchtliche Jagdgebiete und Fischgründe. Irgendwelche Mühlen gibt es dort auch.«

Er hielt plötzlich inne, als ihm klar wurde, dass er in einer Weise über Besitz und Geld redete, die geradezu geschmacklos war. »Eugenie hat mehr als genug zu tun, vor allem mit den drei Kindern.«

»Dann muss sie in der Tat sehr beschäftigt sein«, pflichtete Caroline ihm unverbindlich bei.

In diesem Stil ging der Nachmittag weiter. Das Gespräch geriet wieder in die rechten Bahnen. Emily gab ihr Bestes, um dafür zu sorgen, und Sarah war regelrecht davon beseelt, ihre allerbesten Manieren vorführen zu können – die auch wirklich vortrefflich waren.

Später befanden sich Emily und Charlotte allein im Salon. Charlotte öffnete die Türen, um die Spätnachmittagssonne hereinzulassen.

»Du warst nicht gerade eine besonders große Hilfe«, sagte

Emily etwas gereizt. »Du musst doch wohl gemerkt haben, was für eine Art von Kreatur diese Miss Decker ist!«

»Ich habe auch gemerkt, was für eine Art von Kreatur er ist«, gab Charlotte zurück, während sie die Rosen anstarrte.

»Mr. Decker?«, fragte Emily überrascht. »Er ist ein Nichts.«

»Nicht Decker. Dein Lord Ashworth. Die gelbe Rose da wird morgen verwelkt sein.«

»Was um alles in der Welt tut das zur Sache, Charlotte? Ich habe die Absicht, mir von George Ashworth einen Antrag machen zu lassen. Also beherrsche gefälligst deine Zunge, solange er bei uns zu Besuch ist!«

»Du hast was?« Charlotte drehte sich verblüfft um.

»Ja, du hast durchaus richtig verstanden! Ich beabsichtige, ihn zu heiraten. Also, tu gefälligst wenigstens so, als ob du Manieren hättest – wenigstens für die nächste Zeit.«

»Emily, du kennst ihn kaum!«

»Ich werde ihn kennen, wenn es soweit ist.«

»Du kannst ihn unmöglich heiraten! Du redest Unsinn!«

»Ich weiß sehr wohl, was ich sage. Du magst dich vielleicht damit zufriedengeben, dein Leben mit Träumen zu verbringen, ich tue das nicht. Ich gebe mich nicht der Illusion hin, dass George vollkommen wäre –«

»Vollkommen!«, fiel ihr Charlotte ungläubig ins Wort. »Er ist entsetzlich! Er ist oberflächlich, ein Spieler und wahrscheinlich noch dazu ein Wüstling! Er – er gehört nicht zu unserer Welt, Emily. Selbst wenn er dich heiraten sollte, würde er dich unglücklich machen.«

»Du bist eine Träumerin, Charlotte. Es gibt keinen Mann, der einen früher oder später nicht unglücklich machen würde.

Ich denke, George wird mehr als die meisten Männer zu bieten haben, um mich dafür zu entschädigen. Und ich werde ihn heiraten. Du wirst mich nicht davon abhalten können.« Sie meinte es ernst. Jetzt, als sie da im Schein der goldenen Abendsonne im Salon stand, Charlottes Gesicht betrachtete und das Licht auf ihr schweres Haar fiel, wurde ihr klar, wie ernst es ihr wirklich war. Was zu Beginn des Nachmittages nur eine Idee gewesen war, war jetzt zu einer geradezu unumstößlichen Absicht geworden.

Kapitel 3

Es war Ende Juli. Caroline war gerade dabei, die Blumen im Salon zu ordnen, während sie darüber nachdachte, dass sie statt dessen eigentlich die Haushaltsabrechnungen machen sollte, als Dora ohne anzuklopfen eintrat.

Caroline blieb – eine weiße Margerite in der Hand haltend – stehen. Nein wirklich, dieses außergewöhnliche Benehmen konnte sie nicht dulden. Sie drehte sich um, um etwas zu sagen. Dann sah sie Doras Gesicht.

»Dora? Was hast du denn?« Sie ließ die Margerite fallen.

»Oh, Ma'am!« Dora gab einen langgezogenen Jammerlaut von sich. »Oh, Ma'am!«

»Nimm dich zusammen, Dora. Und jetzt erzähl mir, was passiert ist. Ist es wieder dieser Metzgerjunge? Ich habe dir doch gesagt, du sollst ihn Maddock melden, wenn er weiter so unverschämt ist. Dann wird er sich die vorlauten Bemerkungen schon sehr rasch abgewöhnen, die junge Männer schon mal machen. Sonst verliert er seine Stellung. Maddock wird ihm das schon beibringen. Jetzt hör auf zu schniefen, und mach dich wieder an die Arbeit. Und Dora, betritt den Salon nicht noch einmal, ohne anzuklopfen. Du solltest es eigentlich besser wissen.« Sie nahm die Margerite von der Anrichte und betrachtete erneut die Vase. Auf der linken Seite war eindeutig zu viel Blau.

»Oh nein, Ma'am.« Dora stand immer noch da. »Es hat nichts mit dem Jungen zu tun. Mit dem bin ich schon fertig geworden – hab' damit gedroht, den Hund auf ihn zu hetzen, ja wirklich, hinter dem ganzen Fleisch her, verstehen Sie!«

»Wir haben keinen Hund, Dora!«

»Ich weiß das, Ma'am, aber er nicht.«

»Du solltest keine Lügen erzählen, Dora.« Aber es lag keine Kritik in ihrer Stimme. Sie betrachtete es eher als eine notwendige Rüge. Ihre Worte waren Gewohnheit, waren das, was sie ihrer Meinung nach sagen sollte, und das, was Edward sicherlich von ihr erwartete. »Also, was ist es dann, Dora?«

Als sie daran dachte, verzog Dora wieder ihr Gesicht und fing an zu heulen.

»Oh, Ma'am! Der Mörder ist wieder am Werk. Wir werden noch alle erwürgt, wenn wir einen Fuß auf die Straße setzen!«

Carolines spontane Reaktion war, Dora zu widersprechen, um sie von einem hysterischen Anfall abzuhalten.

»Unsinn! Es kann dir überhaupt nichts passieren, solange du dich nicht allein nach Einbruch der Dunkelheit herumtreibst – was ein anständiges Mädchen ohnehin nicht tut! Es gibt nichts, wovor du Angst haben müsstest.«

»Aber Ma'am, er hat es schon wieder versucht!«, jammerte Dora. »Er hat Mrs. Watermans Daisy angegriffen! Mitten am hellichten Tag, ja wirklich!«

Caroline spürte, wie es ihr eiskalt über den Rücken lief.

»Was redest du da, Dora? Du wiederholst doch nicht nur dummes Geschwätz? Wer hat dir das erzählt – einer der Laufburschen?«

»Nein, Ma'am. Mrs. Watermans Jenks hat es Maddock erzählt.«

»Wirklich? Vielleicht solltest du lieber Maddock zu mir schicken.«

»Jetzt, Ma'am?« Dora stand da wie gelähmt.

»Ja, Dora, jetzt sofort.«

Dora stürzte hinaus, und Caroline versuchte, ihre Fassung zurückzugewinnen, um die restlichen Blumen zu ordnen. Das Ergebnis war jedoch wenig zufriedenstellend. Maddock klopfte an die Tür.

»Ja, Maddock«, begann sie kühl. »Maddock, Dora hat mir gerade erzählt, dass sie zugegen war, als Sie sich – war es nicht mit Jenks? – über zwei Mädchen, die kürzlich ermordet wurden, unterhielten – und über den erneuten Überfall.«

Maddock stand steif da, während sich ein Ausdruck der Überraschung in seinem üblichen Pokergesicht zeigte.

»Nein, Ma'am! Mr. Jenks kam vorbei, um eine Flasche Portwein von Mr. Waterman für Mr. Ellison zu bringen. Während er in meinem Anrichtezimmer war, sagte er mir, ich sollte unsere Mädchen nicht aus dem Hause lassen, selbst am Tage nicht, und sie nicht allein auf Botengänge schicken, weil ihre Daisy – oder wie auch immer sie heißt – vor ein paar Tagen auf der Straße überfallen worden sei. Allem Anschein nach handelt es sich um ein kräftiges Mädchen und nicht gerade eins von der ängstlichen Sorte. Sie hatte ein Einmachglas mit irgendwelchen Früchten in der Hand und schlug ihm damit auf den Kopf. Sie selbst wurde nicht verletzt und schien ganz gefasst zu sein – bis sie nach Hause kam. Dann wurde ihr natürlich bewusst, was ihr alles hätte passieren können, und sie brach in Tränen aus.«

»Ich verstehe.« Sie war jetzt froh, ihn nicht zu offensichtlich kritisiert zu haben, was ihr nun Spielraum für den Rückzug ließ. »Und wo war Dora?«

»Ich kann nur vermuten, Ma'am, dass sie draußen im Gang vor dem Anrichtezimmer war.«

»Vielen Dank, Maddock«, murmelte sie nachdenklich. »Vielleicht sollten Sie die Mädchen – so, wie es Jenks vorgeschlagen hat – lieber tatsächlich nicht allein auf Besorgungen schicken, zumindest nicht in der nächsten Zeit. Ich wünschte, Sie hätten mir davon früher berichtet.«

»Ich habe es dem Herrn erzählt. Er sagte, ich solle Sie nicht damit beunruhigen.«

»So.« Durch ihren Kopf wirbelten die möglichen Gründe, warum Edward so etwas getan haben sollte. Und was wäre gewesen, wenn sie – oder eines der Mädchen – nun allein ausgegangen wäre? Glaubte er, nur Dienstmädchen würden angegriffen? Was war mit Chloe Abernathy?

»Vielen Dank, Maddock. Sie sollten jetzt lieber versuchen, Dora etwas zu beruhigen. Und wenn Sie schon mal dabei sind, geben Sie ihr zu verstehen, dass sie aufhören soll, an Türen zu lauschen!«

»Ja, Ma'am, natürlich.« Er drehte sich auf dem Absatz um und ging hinaus, wobei er die Tür leise hinter sich schloss.

Sie hatte sich vorgenommen, heute Nachmittag Martha Prebble zu besuchen. Ohne eigentlich genau zu wissen warum, tat ihr die Frau immer irgendwie leid – obwohl sie sie nicht sonderlich mochte. Vielleicht lag es daran, dass sie den Pastor nicht leiden konnte, was natürlich völlig unsinnig war! Er war zweifelsohne ein sehr tüchtiger Mann und passte zu Martha wahrscheinlich genauso gut, wie die meisten Männer zu ihren Frauen passen. Man konnte von einem Pastor wohl kaum erwarten, ein Romantiker zu sein: Wenn er ehrlich, besonnen und höflich war und von der Gemeinde respektiert wurde, dann war das schon allerhand. Mehr zu verlangen, wäre unvernünftig, und Martha war eine überaus vernünftige Frau; selbst wenn sie es als junges Mädchen nicht gewesen sein sollte, so war sie es inzwischen ganz sicher geworden.

Das lenkte ihre Gedanken auf Emily. Es war ja sehr schön für sie, wenn sie gelegentlich gesellschaftliche Einladungen von Lord Ashworth annahm. Aber ein, zwei Dinge, die Emily in letzter Zeit gesagt hatte, deuteten darauf hin, dass sich ihre Tochter mit dem Gedanken trug, eine dauerhafte Verbindung einzugehen. Zu ihrem eigenen Wohle musste Emily von solchen romantischen Torheiten abgebracht werden. Anderenfalls würde sie später ernsthaften Schaden nehmen, und dies nicht nur durch ihre enttäuschten Wunschvorstellungen in Bezug auf Ashworth, sondern auch durch Nachteile für alle Zukunftspläne. Die Leute mussten ja das Schlimmste von ihr denken. Andere junge Männer, die weniger aristokratisch, aber – realistisch gesehen – für Emily erreichbarer waren, könnten sehr schnell von ihren Absichten Abstand nehmen – oder aber ihre Mütter würden sie davon abbringen, was wohl noch wahrscheinlicher war.

In Anbetracht der Warnung Maddocks würde es wohl besser sein, selbst die kurze Strecke bis zum Pfarrhaus nicht allein zu gehen. Sie würde Emily mitnehmen, was ihnen die Gelegenheit für ein vertrauliches Gespräch böte. Es war ein wunderbarer Nachmittag für einen Spaziergang. Es war jedenfalls viel besser, als Charlotte mitzunehmen – was sie auch in Betracht gezogen hatte. Charlotte mochte den Pfarrer nicht, und sie schien nicht fähig – oder willens –, das zu verbergen. Das war ihre zweite große Sorge: Wie konnte man Charlotte in der Kunst der Verstellung, der Fähigkeit, ihre Gefühle zu verbergen, unterweisen? Von allem anderen einmal ganz abgesehen, waren ihre Gefühle viel leidenschaftlicher, als es sich für eine Dame geziemte. Sie liebte Charlotte von ganzem Herzen; sie war unter ihren Töchtern die warmherzigste und mitfühlendste, und sie besaß den ausgeprägtesten Sinn für Humor – aber ihre Direktheit war einfach unmöglich. Es gab Zeiten, da Caroline an ihr verzweifelte! Wenn sie doch nur etwas Fingerspitzengefühl entwickeln könnte, bevor sie sich durch irgendeinen völlig unverzeihlichen Fauxpas gesellschaftlich unmöglich machte. Wenn sie doch bloß nachdenken würde, bevor sie den Mund aufmachte! Welcher Mann würde sie schon nehmen – so wie sie sich verhielt? Manchmal war sie direkt eine gesellschaftliche Belastung!

Verzweifelt begutachtete sie die Vase und kam zu der Einsicht, dass in ihrer derzeitigen Verfassung jede weitere Bemühung das Arrangement nur noch schlechter machen würde. Es wäre besser, Emily zu suchen und ihr Bescheid zu geben, dass sie zum Pfarrhaus gehen würden. Wenigstens Charlotte würde darüber erfreut sein!

Der Spaziergang zur Cater Street war ein Vergnügen, wenn die Sonne schien, ein leichter Wind ging und die Blätter rauschten. Kurz nach drei machten sie sich auf den Weg – Emily war zwar nicht begeistert, aber wohlerzogen genug, um mitzugehen.

Caroline hielt es für angebrachter, das Thema eher beiläufig anzusprechen.

»Maddock erzählte mir, dass ein weiteres Mädchen auf der Straße angegriffen worden sei«, begann sie in einem unverbindlichen Tonfall. Es war besser, auch das hinter sich zu bringen.

»Oh!« Emily schien interessiert, aber nicht so erschrocken zu sein, wie es Caroline erwartet hätte. »Sie wurde doch hoffentlich nicht ernstlich verletzt?«

»Offenbar nicht. Aber das dürfte wohl eher Glück als fehlende Absicht auf Seiten des Angreifers gewesen sein«, erwiderte Caroline scharf. Sie musste Emily genug einschüchtern, um sicherzustellen, dass diese jedem Risiko aus dem Weg gehen würde. Wie schnell konnte man sich unbedacht in Gefahr begeben, und wie schwerwiegend konnten die Folgen sein.

»Wer war es? Jemand, den wir kennen?«

»Eins von Mrs. Watermans Dienstmädchen. Aber darauf kommt es wohl kaum an! Du darfst nicht mehr allein ausgehen, keine von euch darf das, bis dieser Wahnsinnige von der Polizei verhaftet worden ist.«

»Aber das kann ja ewig dauern!«, protestierte Emily. »Ich hatte für Freitagnachmittag einen Besuch bei Miss Decker geplant.« »Aber du kannst Miss Decker doch nicht ausstehen!«

»Ob ich nun Miss Decker mag oder nicht, hat damit überhaupt nichts zu tun, Mama. Sie kennt Leute, die ich zu kennen wünsche, oder die ich zumindest kennenlernen möchte.«

»Dann wirst du eben Charlotte oder Sarah mitnehmen müssen. Du wirst mir nicht allein ausgehen, Emily.«

Emilys Gesicht verhärtete sich.

»Sarah wird nicht mitkommen; sie wird mit Dominic zu Madame Tussaud gehen. Sie hat einen ganzen Monat dafür gebraucht, um ihn zu überreden.«

»Dann nimm Charlotte mit.«

»Mama!«, sagte Emily mit vernichtender Empörung. »Du weißt genauso gut wie ich, dass Charlotte alles verderben würde.

Selbst wenn sie den Mund halten sollte, würde man es ihrem Gesicht ansehen.«

»Ich nehme an, sie macht sich auch nicht gerade viel aus Miss Decker?«, fragte Caroline ein wenig trocken.

»Charlotte hat überhaupt keinen Sinn für das, was zweckmäßig ist.«

Das war das perfekte Stichwort; Caroline nahm es sofort auf.

»Ich habe den Eindruck, dass es dir an diesem Sinn ebenso mangelt, mein Liebling. Deinem Interesse an Lord Ashworth dürfte kaum ein dauerhafter Erfolg beschieden sein. Und für eine vorübergehende Schwärmerei siehst du ihn viel zu häufig. Du wirst – eine wohl kaum erwünschte – Aufmerksamkeit auf dich ziehen, und du wirst feststellen, dass man sich deiner erinnern wird als Ashworths ...« Sie zögerte, um die passenden Worte zu finden.

»Ich beabsichtige, Ashworths Frau zu werden«, erklärte Emily mit einer Zuversicht, die Caroline verblüffte. »Und das erscheint mir außerordentlich zweckmäßig zu sein.«

»Mach dich nicht lächerlich!«, entgegnete Caroline scharf. »Ashworth wird kein Mädchen heiraten, das weder eine einflussreiche Familie noch Geld vorzuweisen hat. Selbst wenn er gewillt wäre, würden es seine Eltern mit Sicherheit nicht erlauben.«

Emily blickte starr geradeaus, während sie auf der Straße weiterspazierte.

»Sein Vater ist tot, und seiner Mutter ist er völlig gleichgestellt. Es hat keinen Sinn zu versuchen, es mir auszureden. Ich bin fest entschlossen.«

»Und du besitzt die Dreistigkeit zu sagen, Charlotte sei unrealistisch«, stellte Caroline bestürzt fest, als sie in die Cater Street einbogen. »Behalte deine Ansichten wenigstens für dich, und äußere dem Pastor gegenüber nichts – Kompromittierendes.«

»Es würde mir nicht im Traum einfallen, überhaupt irgendetwas gegenüber dem Pastor zu äußern«, erwiderte Emily spitz. »Er versteht solche Dinge nicht.«

»Ich bin sicher, dass er sie versteht, aber als ein Mann der Kirche würde es ihn nicht interessieren. Vor Gott sind alle Menschen gleich.«

Emily warf ihr einen Blick zu, der zeigte, dass sie von Carolines Abneigung gegen den Pfarrer wusste. Plötzlich kam sich Caroline wie eine ertappte Heuchlerin vor. Es war ein unangenehmes Gefühl, vor allem, da es vom eigenen Kind vermittelt wurde.

»Nun, wenn du die Absicht hast, eine Lady zu werden, dann wirst du lernen müssen, dich manierlich zu benehmen – auch gegenüber denen, die du nicht leiden kannst«, belehrte sie Caroline spitz, wobei ihr bewusst war, dass diese Ermahnung für sie selbst möglicherweise genauso im rechten Augenblick kam wie für Emily.

»Wie Miss Decker zum Beispiel.« Emily sah sie mit dem Anflug eines Lächelns von der Seite an.

Caroline wusste nicht, was sie darauf antworten sollte. Glücklicherweise waren sie inzwischen vor der Tür der Prebbles angelangt.

Zehn Minuten später befanden sie sich im hinteren Salon. Martha Prebble hatte Tee bestellt. Sie saß ihnen gegenüber auf dem überpolsterten Sofa. Es war kaum zu glauben: Sarah – in ein Gespräch vertieft – war auch da. Sie schien nicht im Geringsten überrascht zu sein, sie zu sehen. Martha entschuldigte die Abwesenheit des Pfarrers in einem Ton, der in Caroline das Gefühl aufkommen ließ, dass sie darüber irgendwie genauso erleichtert war wie sie und Emily.

»Es ist so gütig von Ihnen zu helfen, Mrs. Ellison«, nuschelte Martha, wobei sie sich ein wenig nach vorne lehnte. »Manchmal frage ich mich, wie diese Gemeinde bloß überleben sollte, wenn es Sie und Ihre liebenswürdigen Töchter nicht gäbe! Letzte Woche noch war Sarah hier«, sie lächelte Sarah von der Seite an, »um uns bei unserer Wohltätigkeitsarbeit für Waisenkinder zu helfen. So ein reizendes Mädchen.«

Caroline lächelte. Sarah hatte ihnen niemals Sorgen bereitet, außer für kurze Zeit vielleicht, als sie beide – sie und Edward – sich fragten, ob Dominic eine kluge Wahl gewesen sei. Aber es hatte sich als eine vortreffliche Entscheidung erwiesen, und alle waren zufrieden – vielleicht mit Ausnahme von Charlotte. Ein oder zweimal hatte sie schon gedacht ... Martha Prebble hatte wieder zu sprechen begonnen.

»... natürlich müssen wir diesen unglückseligen Frauen helfen. Gleichgültig, was der Pfarrer sagt ... ich habe das Gefühl, dass einige von ihnen Opfer der Umstände sind.«

»Die ärmeren Schichten haben nicht – so wie wir – die Vorteile einer angemessenen Erziehung«, sagte Sarah und nickte zustimmend.

Manchmal redete Sarah wirklich ganz schön schwülstig. Genau wie Edward. Caroline hatte den Anfang des Gesprächs nicht mitbekommen, aber sie konnte sich denken, worum es ging. Sie planten einen Abendvortrag mit anschließendem Tee, Erfrischungen und einem Spendenteller zur Unterstützung lediger Mütter. Es war eine Sache, in die Caroline in einem Augenblick geistiger Umnachtung mit hineingezogen worden war.

Martha Prebbles Gesicht sah man einen Moment lang die Irritation an, so, als ob sie etwas ganz anderes gemeint hätte. Dann hatte sie sich wieder unter Kontrolle.

»Gewiss. Aber der Pfarrer sagt, dass es unsere Pflicht sei, solchen Menschen zu helfen – welchen Standes sie auch seien und wie auch immer sie zu ... Fall gekommen sein mögen.«

»Selbstverständlich.«

Caroline war hocherfreut, als das Mädchen mit dem Tee hereinkam. »Vielleicht sollten wir jetzt besser das Programm besprechen. Wer, sagten Sie doch gleich, wird zu uns sprechen? Ich fürchte, wenn Sie es bereits erwähnt haben sollten, muss ich es vergessen haben.«

»Der Pfarrer«, antwortete Martha, wobei man diesmal ihrem Gesicht nicht ansehen konnte, was sie dachte. »Schließlich ist er der Experte, wenn es darum geht, über die Sünde und Reue, die Schwächen des Fleisches und den Lohn der Sünde zu sprechen.«

Caroline zuckte bei dem Gedanken zusammen, und im geheimen dankte sie der Vorsehung, dass sie Emily und nicht Charlotte mitgebracht hatte. Weiß der Himmel, was Charlotte dazu gesagt hätte!

»Dafür ist er sicherlich überaus geeignet«, nickte sie automatisch. Der Gedanke ging ihr durch den Kopf, dass eine solche Rede vollkommen zwecklos war, außer für diejenigen, die sich besser fühlten, wenn sie darüber redeten. Arme Martha. Es musste zuweilen sehr anstrengend sein, inmitten einer solchen Redlichkeit zu leben. Sie blickte zu Sarah hinüber. Ob es ihr wohl jemals in den Sinn gekommen war, sich über so etwas Gedanken zu machen? Sie sah so freundlich aus, so zufrieden, zustimmen zu können. Was ging nur hinter ihrer hübschen Stirn vor? Sie wandte sich wieder Martha zu, die Sarah anstarrte. War da so etwas wie Kummer in ihrem Gesicht, das Verlangen nach einer Tochter, die sie nie gehabt hatte?

»Oh, ich bin ja so völlig Ihrer Meinung, Mrs. Prebble«, begann Sarah eifrig. »Und ich bin sicher, die ganze Gemeinde wartet nur darauf, dass Sie etwas tun. Ich verspreche Ihnen, dass wir alle Ihnen zur Seite stehen werden.«

»Meine Liebe, du magst es für deine eigene Person versprechen können«, fügte Caroline hastig hinzu, »aber du kannst es nicht für andere tun. Ich werde sicherlich da sein, aber wir können nicht für Emily oder Charlotte sprechen. Ich bin mir nicht sicher, aber ich glaube, dass Charlotte schon eine Verabredung hat.« Und falls dem nicht so war, würde Caroline schon eine für sie arrangieren. Der Abend würde schon schlimm genug werden – auch ohne die Katastrophe, die Charlotte mit ein paar unüberlegten Bemerkungen verursachen könnte.

Alle wandten sich Emily zu, die große unschuldige Augen machte.

»Wann, sagten Sie doch gleich, soll das Ereignis stattfinden, Mrs. Prebble?«

»Nächste Woche am Freitagabend im Gemeindesaal.«

Emily machte ein langes Gesicht.

»Oh, wie überaus bedauerlich. Ich habe einer Freundin versprochen, ihr einen Gefallen zu tun und mit ihr eine ältere Verwandte zu besuchen. Sie werden natürlich verstehen, dass sie die Reise nicht allein machen würde. Und Besuche bedeuten älteren Menschen ja so viel, vor allem, wenn sie sich nicht der besten Gesundheit erfreuen.«

Emily, du Lügnerin, dachte Caroline, besorgt, dass dieser Gedanke ihrem Gesicht anzumerken war. Aber sie musste zugeben: Wenn es auch eine Lüge war – Emily machte es ungewöhnlich gut!

Und so ging der Besuch weiter: höfliche, größtenteils bedeutungslose Gespräche, vorzüglicher Tee, heiß und aromatisch, ziemlich klebrige Törtchen und die allgemeine Hoffnung, dass der Pfarrer nicht zurückkehren möge.

Sie gingen alle zusammen nach Hause. Sarah und Emily unterhielten sich, wobei Sarah die Gesprächigere war, während Emily etwas gereizt wirkte. Caroline folgte ein, zwei Schritte hinter ihnen; in Gedanken war sie immer noch bei Martha Prebble. Welche Art Frau musste sie sein, um ein Leben an der Seite des Pfarrers zu führen? Oder ob er als junger Mann ganz anders gewesen war? Weiß der Himmel, Edward war zuweilen schon furchtbar schwülstig – vielleicht waren das ja alle Männer –, aber der Pastor übertraf alles. Caroline hatte schon oft das Verlangen verspürt, über Edward zu lachen, ja selbst über Dominic, und nur die fehlende Courage hatte sie davon abgehalten. Ob auch Martha dieses Verlangen verspürte? Ihr Gesicht schien allerdings nicht gerade zum Lachen geschaffen zu sein. Ja, je mehr sie darüber nachdachte, desto mehr kam es ihr so vor, als sei es ein Gesicht des Leidens: Grobschlächtig, Züge, in denen sich tiefe Empfindungen widerspiegelten – in ihrem Antlitz lag kein innerer Frieden.

Einen Monat später war die ganze Veranstaltung nur noch eine peinliche Erinnerung. Charlotte war hocherfreut gewesen, dass man ihr die Teilnahme untersagt hatte; so eifrig, wie es eine kluge Diplomatie gestattete, hatte sie zugegeben, dass sie – natürlich ohne Absicht – sehr leicht etwas sagen könnte, was zu einer Verstimmung führen könnte.

Für einen Augustabend war es heute stürmisch und kalt. Mama, Sarah und Emily waren zu einer weiteren Veranstaltung im Gemeindesaal gegangen, und da Martha Prebble sich eine Sommergrippe geholt hatte, war es besonders notwendig, dass die Veranstaltung von Leuten wie Mama getragen wurde, Leuten, die die Fähigkeit besaßen, zu organisieren und darauf zu achten, dass diejenigen, die für die Verköstigung verantwortlich waren, alles bis ins Detail beachteten, dass der Zeitplan eingehalten und anschließend alles wieder ordentlich aufgeräumt wurde. Charlotte war froh, dass sie wieder zu Hause bleiben konnte – diesmal mit ziemlich echten Kopfschmerzen.

Sie vermutete, dass vielleicht das schlechte, stürmische Wetter die Ursache hierfür war und öffnete die Türen zum Garten, um frische Luft hereinzulassen. Der Erfolg war erstaunlich, und um neun Uhr fühlte sie sich schon viel besser.

Um zehn Uhr schloss sie die Türen wieder, da es dunkel geworden war. Als sie so dasaß und die Dunkelheit in den Raum drang, fühlte sie sich ein wenig schutzlos, denn ihr kam der Gedanke, dass zwischen dem Garten und der Straße nichts außer der Mauer mit den Rosenstöcken war. Sie hatte ein Buch gelesen, mit dem ihr Vater sicherlich nicht einverstanden gewesen wäre – aber die Gelegenheit war ausgezeichnet gewesen, da auch er und Dominic ausgegangen waren.

Es war halb elf – draußen war es schon recht dunkel –, als Mrs. Dunphy an die Salontür klopfte.

Charlotte schaute auf.

»Ja?«

Mrs. Dunphy kam herein, die Haare ein wenig zerzaust, die Schürze zerknüllt zwischen den Fingern.

Charlotte starrte sie überrascht an.

»Was ist denn, Mrs. Dunphy?«

»Vielleicht sollte ich Sie damit nicht belästigen, Miss Charlotte, aber ich weiß nicht so recht, was ich tun soll!«

»Worum geht's denn? Kann es nicht bis morgen warten?«

»Oh nein, Miss Charlotte. Es ist wegen Lily.« Mrs. Dunphy sah elend aus. »Sie ist mal wieder mit diesem Jack Brody ausgegangen – und sie ist immer noch nicht zurück. Es ist schon halb elf durch, Miss Charlotte, und sie muss um sechs aufstehen.«

»Nun machen Sie sich da mal keine Sorgen«, erwiderte Charlotte etwas spitz. Sie hasste es zu versuchen, Streitereien unter dem Dienstpersonal zu schlichten. »Wenn sie sich morgen schrecklich fühlt, wird es für sie vielleicht eine Lehre sein, in Zukunft nicht so spät nach Hause zu kommen.«

Mrs. Dunphy stockte vor Erregung der Atem.

»Sie verstehen nicht, Miss Charlotte! Es ist halb elf, und sie ist noch nicht zurückgekommen! Ich habe diesen Jack Brody noch nie gemocht. Mr. Maddock hat schon oft gesagt, dass er nichts wert ist und dass Lily ihm den Laufpass geben soll.«

Charlotte war es nicht entgangen, dass Maddock ein Auge auf Lily geworfen hatte, was es natürlich verständlich machte, warum er Jack Brody ablehnte – oder jeden anderen, mit dem sie ausging.

»Ich würde Maddocks Meinung nicht besonders ernst nehmen, Mrs. Dunphy. Der Junge wird wahrscheinlich völlig harmlos sein.«

»Miss Charlotte, es geht auf elf Uhr zu, und draußen ist es dunkel, und Lily ist irgendwo da draußen mit einem Mann, der nichts taugt! Mr. Maddock ist rausgegangen, um sie zu suchen. Er ist auch jetzt wieder da draußen, aber ich finde, Sie sollten etwas unternehmen.«

Charlotte erkannte erst jetzt, wovor Mrs. Dunphy eigentlich solche Angst hatte.

»Ach, seien Sie nicht albern, Mrs. Dunphy!« stieß sie hervor, jedoch nicht, weil es albern war, sondern weil sie es auch mit der Angst zu tun bekam. »Sie wird jeden Moment zurück sein. Schicken Sie sie dann zu mir. Ich werde ihr schon klarmachen, dass wir sie – sollte so etwas noch einmal vorkommen – entlassen werden. Oder besser noch: Richten Sie es Maddock aus, wenn er zurückkommt, und dann gehen Sie zu Bett. Maddock wird aufbleiben.«

»Ja, Miss Charlotte. Glauben – glauben Sie, es wird ihr nichts passieren?«

»Nein, wenn sie sich so etwas nicht noch einmal leistet. Und jetzt gehen Sie in die Küche zurück, und machen Sie sich keine Sorgen.«

»Natürlich, vielen Dank, Miss.« Mrs. Dunphy ging hinaus, wobei sie die Schürze immer noch in einer Hand zusammenknüllte.

Es war eine halbe Stunde später, nach elf, als Maddock hereinkam.

Charlotte legte ihr Buch weg. Sie war gerade im Begriff, zu Bett zu gehen. Es war unsinnig zu warten, bis die anderen heimkamen – obwohl sie länger ausblieben, als sie es erwartet hatte. Veranstaltungen im Gemeindesaal endeten normalerweise spätestens um zehn Uhr. Nun, vielleicht gab es noch eine Menge aufzuräumen, und dann würden sie natürlich noch eine Kutsche finden müssen. Papa war in seinem Club, und sie hatte vergessen, wohin Dominic gehen wollte.

»Was gibt es, Maddock?«

»Es ist elf Uhr durch, Miss Charlotte, und Lily ist immer noch nicht zu Hause. Ihre Erlaubnis vorausgesetzt, meine ich, dass wir uns mit der Polizei in Verbindung setzen sollten.«

»Die Polizei! Wozu das? Wir können nicht die Polizei kommen lassen, nur weil unser Dienstmädchen mit einem uns nicht genehmen Mann ausgegangen ist! Wir werden uns zum Gespött der Nachbarschaft machen. Das würde uns Papa niemals verzeihen. Selbst wenn sie ...«, sie suchte nach Worten, »... so ausschweifend sein sollte, die ganze Nacht wegzubleiben.«

Maddocks Gesicht wurde starr.

»Keins unserer Mädchen ist unmoralisch, Miss Charlotte. Da stimmt was nicht.«

»Na schön, wenn nicht direkt unmoralisch, dann eben etwas töricht, unbesonnen.« Charlotte bekam es jetzt langsam selbst mit der Angst zu tun. Sie wünschte, Papa wäre hier – oder Dominic. Sie wüssten, was zu tun wäre. Befand sich Lily wirklich in Gefahr? Sollte sie die Polizei rufen? Allein der Gedanke daran, mit der Polizei zu sprechen, war beängstigend, erniedrigend. Ehrbare Leute hatten es nicht nötig, die Polizei zu holen; und wenn sie es tat: Würde Papa nicht wütend werden? Die möglichen Konsequenzen jagten ihr durch den Kopf – das Gerede von Schande, Papas Gesicht rot vor Wut, Lily, die irgendwo tot auf der Straße lag.

»Also gut, vielleicht sollten Sie sie besser holen«, meinte sie völlig ruhig.

»Ja, Ma'am. Ich werde selbst gehen und die Tür hinter mir abschließen. Und seien Sie unbesorgt, Miss Charlotte. Sie sind hier vollkommen sicher mit Mrs. Dunphy und Dora. Nur lassen Sie niemanden herein.«

»Ja, Maddock. Ich danke Ihnen.«

Sie setzte sich, um zu warten. Das Zimmer schien plötzlich unangenehm kühl, und sie schmiegte sich tiefer in die Kissen auf dem Sofa. Hatte sie das Richtige getan? War es nicht etwas hysterisch von ihr gewesen, Maddock loszuschicken, um die Polizei zu holen, nur weil Lily nicht den Anstand besaß, den sie eigentlich besitzen sollte? Papa würde wütend sein; man würde darüber tratschen; Mama würde es entsetzlich peinlich sein. Es warf ein schlechtes Licht auf die Moral des ganzen Haushaltes.

Sie stand auf, um Maddock zurückzurufen; dann sah sie ein, dass es zu spät war. Sie hatte sich gerade fröstelnd auf das Sofa gesetzt, als die Haustür geöffnet und wieder geschlossen wurde. Sie erstarrte.

Dann hörte man deutlich Sarahs Stimme. »Ich bin in meinem ganzen Leben noch nie so müde gewesen. Macht das Mrs. Prebble normalerweise alles alleine?«

»Nein, natürlich nicht«, sagte Caroline erschöpft. »Es liegt einfach daran, dass sich Mrs. Prebble wegen ihrer Krankheit nicht mit den Leuten in Verbindung gesetzt hat, die normalerweise helfen.«

Die Tür zum Salon öffnete sich.

»Ja, warum um Himmels willen, Charlotte, sitzt du da fast

im Dunkeln – und noch dazu zusammengekauert wie ein Kind? Bist du krank?« Caroline eilte auf sie zu.

Charlotte war so froh, sie zu sehen, dass sie die Tränen in den Augen spürte. Es war lächerlich; sie schluckte schwer.

»Mama, Lily ist nicht zurückgekommen. Maddock ist gegangen, um es der Polizei zu melden!«

Caroline starrte sie an.

»Der Polizei!«, flüsterte Emily ungläubig. Dann wurde aus Ungläubigkeit Wut. »Was um alles in der Welt hast du dir dabei gedacht, Charlotte? Du musst verrückt sein!«

Sarah trat von hinten an sie heran.

»Was werden die Nachbarn bloß sagen? Wir können nicht die Polizei ins Haus holen, nur weil ein Dienstmädchen mit irgendjemandem durchgebrannt ist!« Sie blickte um sich, als ob sie erwartete, dass er aus dem Nichts auftauche. »Wo ist Dominic?«

»Er ist natürlich noch weg!«, fuhr Charlotte sie an. »Denkst du, wenn er hier wäre, wäre er zu Bett gegangen?«

»Du hättest Charlotte niemals allein lassen dürfen«, rief Emily; vor Zorn klang ihre Stimme scharf.

»Nun, möglicherweise wusste Mama nicht, dass sich Lily gerade die heutige Nacht dafür aussuchen würde, um verlorenzugehen!« Charlotte merkte, wie sich ihre Stimme überschlug. Im Geiste sah sie Lily auf der Straße liegen. »Sie könnte tot oder sonstwas sein, und alles, was dir einfällt, ist, dumme Bemerkungen zu machen!«

Bevor irgendjemand irgendetwas hinzufügen konnte, wurde die Haustür erneut auf- und wieder zugemacht, und Edward kam durch die geöffnete Tür des Salons herein.

»Was ist los?«, fragte er sofort. »Caroline?«

»Charlotte hat nach der Polizei geschickt, weil Lily weggelaufen ist«, erklärte Sarah wütend. »Ich nehme an, wir werden morgen in aller Munde sein!«

Edward blieb entsetzt stehen und starrte Charlotte an.

»Charlotte?«, fragte er fordernd.

»Ja, Papa.« Sie wagte nicht, ihn anzublicken.

»Was um alles in der Welt ist in dich gefahren, so etwas Törichtes zu tun, Kind?«

»Sie hatte Angst, dass etwas ...«, begann Caroline.

»Schweig, Caroline«, befahl er harsch. »Charlotte? Ich warte!«

Charlotte fühlte, wie ihre Tränen vor Empörung verschwanden. Sie sah ihn an, genauso wütend, wie er es war.

»Wenn die ganze Straße über uns tratscht«, sie betonte jedes Wort, »wäre es mir lieber, sie tun es, weil wir uns unnötigerweise Sorgen gemacht haben, als deswegen, weil wir uns nicht genügend darum gekümmert haben festzustellen, ob sie wohlauf ist, während sie irgendwo verletzt auf der Straße lag!«

»Charlotte, geh auf dein Zimmer!«

Wortlos und mit erhobenem Kopf ging sie hinaus und die Treppe hoch. Ihr Schlafzimmer war kalt und dunkel, aber sie dachte an die kälteren und dunkleren Straßen draußen.

Am Morgen wachte sie müde und mit einem schweren Kopf auf. Sie erinnerte sich an die vergangene Nacht. Papa war höchstwahrscheinlich immer noch wütend, und die arme Lily würde es am schlimmsten zu spüren bekommen – womöglich würde sie sogar entlassen. Auch Maddock würde wahrscheinlich sein Fett abbekommen. Sie musste daran denken, die Sache für ihn nicht dadurch noch schlimmer zu machen, dass sie Papa wissen ließ, dass er es war, der vorgeschlagen hatte, die Polizei zu benachrichtigen.

Sollte Lily entlassen werden, würde es – bis Ersatz gefunden war – den ganzen Haushalt durcheinanderbringen. Mrs. Dunphy würde völlig überlastet sein. Dora müsste sich dumm und dusselig laufen. Und Mama würde ein weiteres Mal feststellen, wie schwer es war, ein anständiges Mädchen zu finden, ganz zu schweigen davon, es einzuarbeiten.

Es war noch früh am Morgen, aber es hatte keinen Zweck, im Bett liegenzubleiben; es war auf jeden Fall besser, es schnell hinter sich zu bringen, als hier mit bangendem Herzen zu liegen und das Ganze immer größere Dimensionen annehmen zu lassen.

Sie hatte sich bis in die Halle im Erdgeschoss vorgewagt, als sie Dora sah.

»Oh, Miss Charlotte!«

»Was ist los, Dora? Sie sehen ja schrecklich aus. Sind Sie krank?«

»Nein, eigentlich nicht. Aber ist es nicht schrecklich, Miss?« Charlotte stockte das Herz. Papa konnte Lily doch nicht mitten in der Nacht auf die Straße gesetzt haben?

»Was gibt es, Dora? Ich bin zu Bett gegangen, bevor Lily nach Hause kam.«

»Oh, Miss Charlotte.« Dora schluckte; ihre Augen waren weit aufgerissen. »Sie ist überhaupt nicht nach Hause gekommen. Sie muss irgendwo ermordet auf der Straße liegen – und wir waren alle in unseren Betten, so, als wäre es uns egal!«

»Es muss ihr überhaupt nichts dergleichen passiert sein!« stieß Charlotte hervor, wobei sie versuchte, sich das auch selbst einzureden. »Wahrscheinlich liegt sie auch im Bett – in irgendeinem armseligen Zimmer, zusammen mit Jack Soundso.«

»Oh nein, Miss, es ist gemein von Ihnen, so etwas zu sagen–« Sie wurde dunkelrot. »Entschuldigen Sie, Miss Charlotte, aber das hätten Sie nicht sagen dürfen. Lily war ein gutes Mädchen. Das hätte sie niemals getan, und schon gar nicht, ohne einem etwas zu sagen!«

Charlotte wechselte das Thema.

»Wissen Sie, ob die Polizei gekommen ist? Ich meine – Maddock wollte sie doch holen.«

»Ja, Miss, ein Polizist ist gekommen, aber er schien der Ansicht zu sein, dass Lily nicht besser war, als Sie es jetzt vermuten, und dass sie einfach weggelaufen ist. Aber genau deshalb denke ich mir, dass die Polizei auch nicht besser ist, als allgemein behauptet wird. Bei dem Abschaum, mit dem sie zu tun hat, möchte ich mal sagen. Das ist doch einleuchtend, oder?«

»Das weiß ich nicht, Dora. Ich habe niemals mit der Polizei zu tun gehabt.«

Das Frühstück war eine steife und ziemlich verbissene Angelegenheit. Sogar Dominic sah ungewöhnlich mürrisch aus. Er und Papa brachen auf, um ihren täglichen Geschäften nachzugehen; Emily und Mama gingen für eine Anprobe zur Schneiderin. Sarah befand sich in ihrem Zimmer und schrieb Briefe. Es war schon komisch, was für eine enorme Korrespondenz sie hatte. Charlotte fand im Monat niemals mehr als ein oder zwei Leute, denen sie schreiben konnte.

Es war halb zwölf, und Charlotte malte gerade mit erstaunlichem Erfolg – gemessen an der düsteren Stimmung, in der sie sich befand –, als Maddock anklopfte und die Tür öffnete.

»Was gibt es, Maddock?«, fragte Charlotte, ohne von ihrer Palette aufzusehen. Sie war gerade dabei, ein gedämpftes Sepiabraun für die Blätter im Hintergrund zu mischen und hatte sich vorgenommen, den Ton exakt zu treffen. Es machte ihr Spaß zu malen, und an diesem Morgen wirkte es besonders beruhigend.

»Eine Person, Miss Charlotte, die Mrs. Ellison sprechen wollte, aber weil sie nicht da ist, bestand sie darauf, mit jemand anderem zu sprechen.«

Sie wandte sich von ihrem Sepia ab.

»Was soll das heißen, ›eine Person‹, Maddock? Was für eine Person?«

»Eine Person von der Polizei, Miss Charlotte.«

Ein Schrecken durchfuhr Charlotte. War es am Ende also doch wahr? Oder waren sie gekommen, um sich darüber zu beschweren, dass man sie wegen einer privaten Angelegenheit bemüht hatte?

»Dann führen Sie ihn wohl besser herein.«

»Wünschen Sie, dass ich bleibe, Miss, für den Fall, dass er lästig werden sollte? Bei Leuten von der Polizei weiß man das nie so genau. Schließlich sind sie eher den Umgang mit ganz anderen Gesellschaftsschichten gewohnt.«

Charlotte hätte sehr gern seine moralische Unterstützung in Anspruch genommen.

»Nein danke, Maddock. Aber bleiben Sie bitte in der Halle, damit ich Sie rufen kann.«

»Ja, Miss.«

Einen Moment später öffnete sich die Tür erneut.

»Inspector Pitt, Ma'am.«

Der Mann, der eintrat, war hochgewachsen; er wirkte massig – so unordentlich, wie er mit seinen widerspenstigen Haaren und seinem leger sitzenden Jackett aussah. Seine Gesichtszüge waren klar und markant, seine Augen hell und sein Haar nicht dunkler als braun. Er machte einen intelligenten Eindruck. Als er sprach, klang seine Stimme ungewöhnlich angenehm, was gar nicht so recht zu seinem etwas schlampigen Äußeren passen wollte. Er musterte Charlotte gründlich von oben bis unten, was sie bereits irritierte.

»Ich bedaure, es Ihnen jetzt, wo Sie allein sind, mitteilen zu müssen, Miss Ellison, aber wir können es uns nicht leisten, Zeit zu verlieren. Möchten Sie sich vielleicht setzen?«

Instinktiv lehnte sie ab.

»Nein, danke«, sagte sie förmlich. »Worum handelt es sich denn?«

»Es tut mir leid, ich habe schlechte Nachrichten. Wir haben Ihr Dienstmädchen gefunden – Lily Mitchell.«

Charlotte versuchte möglichst ruhig und aufrecht stehenzubleiben – obwohl ihre Knie weich waren. Sie spürte, wie ihr das Blut aus dem Gesicht wich.

»Wo?« Ihre Stimme war mehr ein Piepsen. Dieser scheußliche Mensch starrte sie an. Obwohl sie Leute nicht auf den ersten Eindruck hin ablehnte – nein, das stimmte nicht so ganz –, aber dieser Mann provozierte geradezu Ablehnung. »Nun?«, fragte sie, wobei sie ihre Stimme möglichst ruhig klingen ließ.

»In der Cater Street. Vielleicht sollten Sie sich doch lieber setzen?«

»Mir geht es gut. Vielen Dank.« Sie versuchte, ihn mit einem frostigen Blick einzuschüchtern, doch er schien ihn überhaupt nicht zu beachten. Ziemlich resolut nahm er ihren Arm und führte sie nach hinten zu einem der Lehnsessel.

»Wünschen Sie, dass ich eines Ihrer Dienstmädchen hole?«, bot er ihr an.

Charlotte wurde wütend. Sie war nicht so schwach, dass sie sich nicht angemessen benehmen konnte, selbst angesichts der schockierenden Nachrichten.

»Was, bitte, beabsichtigen Sie zu tun, was nicht warten könnte?«, sagte sie mit großer Beherrschung.

Bedächtig ging er im Raum umher. Also wirklich, der Mann hatte überhaupt kein Benehmen. Nun, was konnte man von der Polizei auch schon erwarten? Wahrscheinlich konnte er nicht einmal etwas dafür.

»Ihr Diener berichtete letzte Nacht, dass sie mit einem Mann namens Jack Brody ausgegangen sei – irgend so ein Angestellter. Um wieviel Uhr hatten Sie ihr befohlen, nach Hause zu kommen?«

»Halb elf, glaube ich. Ich bin mir nicht sicher. Nein, kann auch zehn Uhr gewesen sein. Maddock könnte es Ihnen genauer sagen.«

»Wenn Sie gestatten, werde ich ihn fragen.« Das klang eher nach einer Feststellung als nach einer Bitte. »Wie lange war sie bei Ihnen angestellt?«

Es hörte sich alles so endgültig an, so, als wäre es alles schon längst Vergangenheit.

»Etwa vier Jahre. Sie war erst neunzehn.« Sie merkte, wie ihre Stimme plötzlich leiser wurde, und sie musste an Emily denken: Emily als Säugling, Emily, wie sie laufen lernt. Es war lächerlich.

Schließlich hatte Emily nichts mit Lily gemeinsam, außer, dass sie beide neunzehn waren.

Der scheußliche Polizist starrte sie an.

»Sie müssen sie recht gut gekannt haben.«

»Ich denke schon.« Erst jetzt wurde ihr bewusst, wie wenig sie tatsächlich über sie gewusst hatte. Lily – das war ein Gesicht gewesen, das zum Haus gehörte, etwas, an das sie gewöhnt war. Sie wusste nichts von dem, was hinter dem Gesicht vorgegangen war: Wofür hatte sie sich interessiert? Wovor hatte sie sich gefürchtet?

»Ist sie jemals zuvor nicht nach Hause gekommen?«

»Wie bitte?« Sie hatte ihn für einen Augenblick ganz vergessen. Er wiederholte seine Frage.

»Nein. Niemals, Mr. –?« Seinen Namen hatte sie auch vergessen.

»Pitt. Inspector Pitt«, ergänzte er für sie.

»Inspector Pitt, wurde sie ... wurde sie erwürgt – so wie die anderen?«

»Erdrosselt, Miss Ellison, mit einem starken Draht. Ja, genau wie die anderen.«

»Und ... und wurde sie auch ... verstümmelt?«

»Ich bedaure, ja.«

»Oh.« Sie spürte, wie die Schwäche sie überwältigte, das Entsetzen – und das Mitleid.

Er beobachtete sie. Offenbar schien er nur ihr Schweigen zu registrieren.

»Wenn Sie gestatten, werde ich jetzt mit den anderen Bediensteten sprechen. Die kannten sie vermutlich besser als Sie.« Es war ein Unterton in seiner Stimme, der andeutete, dass das Mädchen ihr wohl gleichgültig gewesen sei. Das machte sie wütend – und schuldbewusst .

»Wir schnüffeln nicht im Privatleben unseres Personals herum, Mr. Pitt! Aber für den Fall, dass Sie glauben, wir wären nicht beunruhigt gewesen – ich war es, die Maddock letzte Nacht zur Polizei geschickt hat.« Sofort, als sie das gesagt hatte, wurde sie rot vor Ärger. Warum um alles in der Welt versuchte sie sich vor diesem Mann zu rechtfertigen? »Unglücklicherweise waren Sie nicht in der Lage, sie zu finden!«, fügte sie anmaßend hinzu.

Er nahm die Zurechtweisung schweigend entgegen, und einen Moment später war er verschwunden.

Charlotte stand da und starrte auf die Staffelei. Das Bild, das ihr eine Viertelstunde zuvor noch zart und bedeutungsvoll erschienen war, war jetzt nur noch eine Anhäufung von graubraunen Klecksen auf Papier. Ihr Kopf war voll von verschwommenen Bildern: dunkle Straßen, Schritte, Ringen nach Atem, Angst vor allem und dann der furchtbare direkte Angriff.

Sie starrte immer noch auf die Staffelei, als ihre Mutter hereinkam. Aus dem Flur erklang Emilys Stimme.

»Ich bin sicher, es wird vollkommen abscheulich aussehen, wenn sie es so weit wie jetzt lässt. Richtig fett werde ich aussehen! Es ist so unmodern.«

Caroline war stehengeblieben und starrte Charlotte an.

»Charlotte, mein Liebes, was hast du?«

Charlotte merkte, wie ihr die Tränen kamen. Fast besinnungslos vor Erleichterung fiel sie ihrer Mutter in die Arme und hielt sie so fest, dass sie sie fast zerdrückte.

»Lily. Mama, man hat sie erdrosselt ... wie die anderen. Sie haben sie in der Cater Street gefunden. So ein schrecklicher

Polizist ist jetzt da, jetzt im Moment! Er redet mit Maddock und den Bediensteten.«

Caroline strich ihr beruhigend übers Haar.

»Oh, mein Gott«, flüsterte sie. »Das habe ich befürchtet. Ich habe mir niemals wirklich vorstellen können, dass Lily weggelaufen ist. Wahrscheinlich wollte ich es einfach nur glauben, weil es soviel wünschenswerter war, als ... Dein Vater wird furchtbar erbost darüber sein, dass wir die Polizei im Haus haben. Weiß Sarah Bescheid?«

»Nein. Sie ist oben.«

Caroline schob sie sanft von sich.

»Wir sollten uns jetzt lieber sammeln und darauf vorbereiten, einer Menge unerfreulicher Dinge ins Auge zu sehen. Ich werde Lilys Eltern schreiben müssen. Es ist das mindeste, dass sie es von einem Mitglied der Familie erfahren, von jemandem, der Lily kannte. Und schließlich waren wir für sie verantwortlich. Geh jetzt hinauf, und wasch dir das Gesicht. Und dann solltest du besser mit Sarah über die Sache sprechen. Wo, hast du gesagt, steckt dieser Polizist?«

Inspector Pitt kam am Abend noch einmal ins Haus, als Edward und Dominic zurück waren. Er bestand darauf, erneut mit allen zu sprechen. Sein Auftreten war unnachgiebig.

»Ich habe noch nie einen solchen Unsinn gehört!«, zischte Edward gerade empört, als Maddock eintrat, um ihn anzukündigen. »Es ist nicht zu fassen, wie unverschämt dieser Kerl ist. Ich werde mal mit seinem Vorgesetzten sprechen müssen. Ich lasse es nicht zu, dass Frauen in diese schmutzige Affäre hineingezogen werden. Ich werde allein mit ihm sprechen. Caroline, Mädchen, bitte zieht euch zurück, bis ich

Maddock nach euch schicke.«

Sie standen alle gehorsam auf, doch noch ehe sie die Tür erreichten, öffnete sich diese, und die unordentliche Gestalt Mr. Pitts kam hereingeschritten.

»Guten Abend, Ma'am.« Er verneigte sich vor Caroline. »Abend«, sagte er an alle anderen gerichtet, wobei sein Blick einen kleinen Moment länger auf Charlotte verweilte – sehr zu ihrem Verdruss. Sarah drehte sich mit einem Blick voll Abscheu nach ihr um, so, als ob sie irgendwie dafür verantwortlich wäre, dass diese Kreatur den Salon betreten hatte.

»Die Damen sind gerade im Begriff zu gehen«, sagte Edward förmlich. »Wenn Sie vielleicht die Liebenswürdigkeit besäßen, zur Seite zu treten und sie vorbeizulassen.«

»Wie bedauerlich«, lächelte Pitt entgegenkommend. »Ich habe gehofft, sie in Ihrer Anwesenheit sprechen zu können – als moralische Unterstützung sozusagen. Aber wenn Sie es vorziehen, dass ich allein mit ihnen spreche, dann werde ich selbstverständlich ... «

»Ich ziehe es vor, dass Sie überhaupt nicht mit ihnen sprechen! Sie können nichts, aber auch gar nichts über diese Angelegenheit wissen, und ich lasse es nicht zu, dass man ihnen Kummer bereitet.«

»Nun, wir werden selbstverständlich sehr dankbar alles zur Kenntnis nehmen, was Sie wissen, Sir –«

»Ich weiß auch nichts. Ich interessiere mich nicht für die romantischen Affären von Dienstmädchen!«, stieß Edward hervor. »Aber ich kann Ihnen alles erzählen, was die Familie über Lily weiß. Ich kann Ihnen etwas über ihren Werdegang als Dienstmädchen und ihre Referenzen erzählen, wo ihre Familie lebt und so weiter. Ich nehme an, Sie werden das wissen wollen?«

»Ja, auch wenn ich vermute, dass es nicht im mindesten relevant ist. Dennoch wird es für mich erforderlich sein, mit Ihrer Frau und Ihren Töchtern zu sprechen. Frauen – wissen Sie – beobachten sehr genau, und Frauen beobachten andere Frauen. Es würde Sie überraschen, wie viele Dinge Ihren – oder meinen – Augen entgehen können – nicht aber ihren.«

»Für meine Frau und meine Töchter gibt es Interessanteres als die Romanzen von Lily Mitchell.« Edwards Gesicht lief noch dunkler an; er presste seine Hände fest zusammen.

Sarah rückte etwas näher an ihn heran.

»Wirklich, Mr. ...« Sie überging seinen Namen. »Ich versichere Ihnen, ich weiß überhaupt nichts. Sie wären besser beraten, Mrs. Dunphy oder Dora zu befragen. Wenn sich Lily irgendjemandem anvertraut hat, dann einem von ihnen. Finden Sie dieses elende Subjekt, mit dem sie ausgegangen ist.«

»Oh, Mrs. Corde, das haben wir bereits. Er sagt, er habe Lily um zehn Minuten vor zehn am Ende der Straße in Sichtweite des Hauses verlassen. Er selbst musste um zehn zurück in seiner Unterkunft sein; sonst hätte man ihn ausgesperrt.«

»Dafür haben Sie nur sein Wort.« Dominic griff zum ersten Mal in das Gespräch ein. Er hatte sich in einem der Sessel zurückgelehnt. Sein Gesicht war zwar leicht gerötet, doch sah er von allen am gefasstesten aus. Charlottes Herz pochte, als sie sich zu ihm umwandte. Er sah so ruhig aus; Papa wirkte neben ihm regelrecht lächerlich.

»Er war um zehn in seinem Wohnheim«, erwiderte Pitt, während er mit leicht gerunzelter Stirn auf Dominic herabsah.

»Nun, er hätte sie vor zehn Uhr töten können, oder nicht?«

Dominic beharrte auf seiner Idee.

»Natürlich. Aber warum sollte er?«

»Ich weiß nicht«, Dominic schlug die Beine übereinander. »Es ist Ihre Aufgabe, das herauszufinden. Warum sollte überhaupt jemand ...?«

»So ist es.« Sarah rückte näher an Dominic heran. Demonstrativ ergriff sie Partei für seine Theorie. »Dort sollten Sie die Fragen stellen – nicht hier.«

»Wenigstens war er so diskret, nicht bei Tageslicht zu kommen«, flüsterte Emily Charlotte zu. »Die arme Sarah – sie sitzt auf heißen Kohlen.«

»Sei nicht gehässig«, flüsterte Charlotte zurück – obwohl sie ihr im Stillen zustimmte –, und sie wusste, dass sich Emily dessen bewusst war.

»Sie glauben, dass er es war, nicht wahr, Mrs. Corde?« Pitt hob die Augenbrauen.

»Natürlich. Wer sollte es sonst gewesen sein?«

»Ja, in der Tat: Wer?«

»Ich denke, das ist doch wohl offensichtlich.« Edward hatte die Sprache wiedergefunden. »Es hat irgendeine Auseinandersetzung über ihre Beziehung zwischen den beiden gegeben, woraufhin er die Nerven verlor und sie erwürgte. Selbstverständlich werden wir alle notwendigen Vorkehrungen für das Begräbnis in die Wege leiten. Aber ich glaube nicht, dass es notwendig sein wird, dass Sie uns noch einmal belästigen. Maddock kann Ihnen alle weiteren nützlichen Informationen geben, die Sie benötigen.«

»Nicht erwürgt, Sir – erdrosselt.« Pitt hielt seine Hände hoch und zog einen unsichtbaren Draht straff. »Mit einem Draht, den er ganz zufällig mit sich herumtrug – zweifellos, um auf alle Eventualitäten vorbereitet zu sein.«

Edwards Gesicht wurde bleich.

»Ich werde mich wegen Ihrer Unverschämtheit mit Ihrem Vorgesetzten in Verbindung setzen!«

Charlotte verspürte ein idiotisches Verlangen zu kichern. Zweifellos wurde sie langsam hysterisch.

»Hat er auch Chloe Abernathy umgebracht?«, erkundigte sich Pitt, »und ebenso das Hilton-Mädchen? Oder haben wir zwei Würger frei in der Cater Street herumlaufen?«

Sie starrten ihn schweigend an. Er war eine groteske Figur in ihrem friedlichen Salon – die groteske, hässliche und beängstigende Andeutungen machte.

Charlotte spürte, wie sich Emilys Hand in ihre schob, und sie war froh, sich an ihr festhalten zu können.

Niemand gab Pitt eine Antwort.

Kapitel 4

Der folgende Tag war einer der schlimmsten, an den sich Charlotte erinnern konnte, solange sie lebte. Sie alle fühlten sich elend, auch wenn es sich bei jedem unterschiedlich äußerte. Papa war reizbarer als sonst und überaus autoritär. Mama kümmerte sich unermüdlich um praktische Kleinigkeiten, so, als ob sich Ereignisse ändern ließen, wenn man die Küche in Ordnung brachte oder die Hausarbeit verrichtete. Sarah wiederholte immer wieder die Kommentare aus ihrem Bekanntenkreis, bis Charlotte schließlich die Nerven verlor und sie auf ziemlich unmissverständliche Weise aufforderte, ruhig zu sein. Dominic war ruhig, so ruhig, als hätte er ein Schweigegelübde abgelegt. Emily schien noch am wenigsten berührt; sie war mit ihren Gedanken offenbar bei anderen Dingen. Das einzig Gute war, dass Großmama immer noch zu Besuch bei Susannah weilte und noch nicht die Möglichkeit hatte, Kommentare abzugeben.

Da es ein Samstag war, musste niemand zur Arbeit, und keiner verspürte große Lust, das Haus zu einem anderen Zweck zu verlassen.

Der Pfarrer sandte durch einen Boten einen kurzen Brief, um sein Beileid auszudrücken.

»Sehr aufmerksam von ihm«, bemerkte Sarah, während sie einen kurzen Blick darauf warf, nachdem ihr Vater ihn gelesen hatte.

»Das ist ja wohl auch das Mindeste, was er tun konnte«, erwiderte Charlotte gereizt. Schon allein der Gedanke an den Pastor reichte, um sie in Rage zu bringen.

»Du erwartest doch nicht, dass er wegen eines Dienstmädchens persönlich vorbeikommt.« Sarah war nun auch verärgert. »Außerdem gibt es wirklich nichts, was er tun kann.«

Charlotte suchte nach einem Argument gegen diese Behauptung, fand aber keins. Sie bemerkte, dass Dominics dunkle Augen sie belustigt betrachteten, und das Blut schoss ihr ins Gesicht.

Wenn sie doch bloß was dagegen machen könnte! Sie kam sich so lächerlich vor.

In diesem Moment betrat Caroline das Zimmer. Ihr Gesicht war gerötet, und ihr Haar sah etwas zerzaust aus. Sie musste gelaufen sein. Edward schaute auf.

»Was um Himmels willen hast du gemacht, meine Liebe? Du siehst aus, als – da ist etwas an deiner Nase.«

Mechanisch wischte sie sich über die Nase, die dadurch noch schlimmer aussah als zuvor.

Charlotte nahm ein Taschentuch und wischte es weg. Es war Mehl.

»Hast du etwa gekocht?«, fragte Edward ärgerlich und überrascht. »Was ist denn mit Mrs. Dunphy los?«

»Sie hat Kopfschmerzen. Ich fürchte, all das hat sie doch sehr getroffen. Weißt du, sie mochte Lily sehr. Außerdem koche ich recht gern. Ich bin hergekommen, weil mir eingefallen war, dass ich Mrs. Harding ein Rezept für eine Gemüsesuppe versprochen hatte. Ich dachte, jemand von euch würde das heute Nachmittag statt meiner hinbringen.«

Charlotte mochte Mrs. Harding. Sie war eine scharfzüngige alte Dame mit einem sehr guten Gedächtnis und unerschöpflichen Erinnerungen an alle möglichen Menschen, die sie aus ihrer bewegten Jugend kannte – aus der Zeit, bevor sie sich über ihren Stand vermählte und es zu Wohlstand und Ansehen brachte. Charlotte hatte so ihre Zweifel an der Wahrheit der meisten Geschichten, aber sie waren höchst unterhaltsam.

»Ich würde gerne hingehen, Mama«, bot sie schnell an.

»Du musst aber Sarah oder Emily mitnehmen.« Caroline schaute beide an.

»Ich bin beschäftigt«, wehrte Emily ab. »Da eines der Mädchen fehlt, muss ich nähen. Außerdem muss noch das Leinenzeug gestopft werden.«

»Und wenn Mrs. Dunphy krank ist«, fügte Sarah hinzu, »sollte ich vielleicht zu Hause bleiben und sehen, ob ich irgendetwas für sie tun kann. Vielleicht kann ich mich etwas mit ihr unterhalten und sie ablenken.«

Charlotte warf ihr einen vernichtenden Blick zu. Sie wusste nur zu gut, dass ihre Gründe nichts mit Mrs. Dunphy zu tun hatten. Für Sarah war Mrs. Harding nichts anderes als eine üble, alte Klatschtante, und sie wollte gesellschaftlich nichts mit ihr zu tun haben. Soweit es die Klatscherei anbetraf, lag sie schon ganz richtig, aber wären Mrs. Hardings Geschichten etwas neuer gewesen, hätten sie in ihr sicherlich ein empfänglicheres Publikum gefunden.

»Charlotte braucht keine Begleitung«, wandte Edward scharf ein. »Schließlich ist es weniger als drei Kilometer entfernt. Geh direkt dorthin, Charlotte, und komm so zeitig, wie es möglich ist, zurück. Ich bezweifle, dass du etwas erklären musst. Die Neuigkeiten sind ohnehin schon in der ganzen Nachbarschaft bekannt. Und tratsche nicht. Die alte Mrs. Harding ist hartnäckig und aufdringlich. Gib ihr das Rezept, wünsch ihr einen schönen Tag, und komm zurück nach Hause.«

»Ich möchte nicht, dass die Mädchen allein auf der Straße herumlaufen«, sagte Caroline bestimmt. »Entweder begleitet sie jemand, oder Mrs. Harding muss eben warten. Die Straßen sind zu gefährlich.«

»Unsinn, Caroline! Was soll ihr schon passieren!« Edward richtete sich ein wenig auf. »Es ist hellichter Tag.«

»Es war auch hellichter Tag, als das Dienstmädchen von Mrs. Waterman überfallen wurde!«, erwiderte Caroline. »Ich wundere mich übrigens, dass du uns nicht davon erzählt hast, damit wir und die Bediensteten gewarnt sind.«

»Meine liebe Caroline, wo bleibt dein Sinn für Verhältnismäßigkeit? Dieser Verrückte, wer auch immer es sein mag, überfällt Dienstmädchen, Mädchen mit zweifelhaftem Ruf. Niemand käme auf die Idee, Charlotte für so ein Geschöpf zu halten.«

»Und was ist mit Chloe Abernathy? Sie war kein Dienstmädchen.«

»Ja, darüber war ich selbst erstaunt. Ich hatte immer geglaubt, sie sei recht anständig – wenn auch etwas leichtsinnig. Das zeigt mal wieder, wie man sich täuschen kann.«

»Weil sie ermordet wurde?«, fragte Caroline verblüfft.

»Genau deshalb.«

»Das ist eine absolut widersinnige Schlussfolgerung«, dachte Charlotte. Fast hätte sie sich so weit vergessen, dass sie diesen Gedanken laut geäußert hätte. »Du sagst, sie wurde umgebracht, weil sie unanständig war, und sie war unanständig, weil sie umgebracht wurde«, stellte sie laut fest.

»Ich sage, sie wurde umgebracht, weil sie sich in schlechter

Gesellschaft befand.« Edward schaute sie missbilligend an. »Und die Tatsache, dass sie umgebracht wurde, beweist es. Hast du Angst, allein hinauszugehen?« Dieses Mal lag Anteilnahme in seiner Stimme, und er klang nicht unfreundlich.

»Ja«, antwortete sie. »Ich würde lieber nicht allein hinausgehen.« Dominic streckte sich und stand schnell auf.

»Wenn du willst, begleite ich dich. Ich bezweifle, dass ich hier beim Leinen, bei Mrs. Dunphy oder etwa in der Küche von großem Nutzen sein könnte.«

Der Ausflug mit Dominic war trotz der brennenden Augustsonne und der flimmernden Hitze auf dem Bürgersteig wunderbar. Mrs. Harding war erfreut, sie zu sehen, obwohl ihr sonst üblicher endloser Redeschwall auf einmal wie abgeschnitten schien. Vielleicht lag es an der überaus männlichen Ausstrahlung von Dominic. Sie bot ihnen Erfrischungen an, und sie nahmen gerne eine Limonade an, bevor sie sich wieder verabschiedeten. Sie verstand ihre Eile, bedauerte jedoch den frühen Aufbruch – das behauptete sie jedenfalls. Aber Charlotte hatte das unbestimmte Gefühl, dass Dominics Anwesenheit Mrs. Harding verunsicherte, obwohl sie ihn offensichtlich anziehend fand. Aber welche Frau würde das auch nicht tun!

Auf dem Heimweg schien Dominic über ihre Zurückhaltung etwas verstimmt zu sein. Er sagte, er habe gehört, Mrs. Harding sei das größte Klatschmaul in der Gegend, und er sei von ihr nun doch sehr enttäuscht worden. Charlotte versuchte zu erklären, was ihrer Meinung nach der Grund war, und unterhielt ihn dann zu seinem größten Vergnügen mit den besten Geschichten, an die sie sich erinnern konnte. Er lachte unbekümmert und vergnügt, und Charlotte war so selig und von einem melancholischen Glücksgefühl erfüllt wie nie zuvor.

Als sie zu Hause ankamen, tobte Sarah vor Wut; Papa war blass, Emily still und Mama in der Küche.

Die Glückseligkeit verschwand, als ob sich eine Tür hinter ihr geschlossen hätte, obwohl Dominic immer noch lächelte, so, als hätte er diese Veränderung gar nicht gespürt.

»Was ist denn mit euch los?«, fragte er, während er die Terrassentür öffnete. »Ihr braucht frische Luft. Heute ist ein wunderschöner Tag.« Dann drehte er sich um, und sein Gesicht verfinsterte sich. »Denkt ihr an Lily? Ich bin sicher, sie würde es nicht wollen, dass wir für den Rest des Sommers traurig sind.«

»Ein Tag ist wohl kaum der Rest des Sommers, Dominic«, erwiderte Sarah scharf. »Aber es hat nichts mit Lily zu tun, zumindest nicht so, wie du es meinst. Diese entsetzliche Polizei war wieder hier.«

Charlotte verspürte nur Wut, bis sie das Gesicht ihres Vaters sah. Er schien weniger zornig als vielmehr aufrichtig bekümmert.

»Warum, Papa? Haben wir ihnen denn nicht alles gesagt, was wir wissen?«

Er runzelte die Stirn, während er sich von ihr abwandte.

»Es scheint so, als gäben sie sich nicht damit zufrieden, dass es dieser Kerl war, mit dem sie ausgegangen ist, oder, wenn nicht er es war, irgendein Verrückter.«

»Tja, die glauben doch nicht etwa, dass wir etwas damit zu tun haben?«, fragte Dominic ungläubig.

»Ich weiß nicht, was in ihren Köpfen vorgeht«, antwortete Edward entschieden. »Ich persönlich glaube, dass sie es als

Vorwand benutzen, herumzuschnüffeln und ihre Neugier zu befriedigen.«

»Was haben sie denn gefragt?« Charlotte schaute von einem zum anderen. »Wenn sie unverschämt werden, brauchen wir ihnen doch sicherlich nicht zu antworten, oder? Weise ihnen doch einfach die Tür.«

»Du hast gut reden!«, brauste Sarah auf. »Du warst ja nicht da.«

»Du hättest auch weg sein können, wenn du mit mir gekommen wärst.« Charlotte sagte das recht sanft. Sie hatte es genossen, dass Dominic an Sarahs Stelle mitgegangen war, verspürte aber jetzt einen leichten Unmut über den verdorbenen Nachmittag.

»Keine Sorge, dir ist nichts entgangen.« Sarah warf ihren Kopf zurück. »Sie werden wiederkommen, um mit dir zu reden.«

»Ich weiß nichts!«

»Und mit Dominic.«

Charlotte wandte sich zu Edward um. »Papa, was kann ich ihnen sagen? Ich habe Lily an dem Tag noch nicht einmal gesehen.« Sie verspürte ein plötzliches Gefühl der Scham. »Und ich habe sie eigentlich nie wirklich gut gekannt.«

»Ich weiß nicht, was sie wollen.« Erneut schien Edward eher beunruhigt als verärgert zu sein. »Sie haben alle möglichen merkwürdigen Fragen über mich und Maddock gestellt, und sie waren sehr erpicht darauf, mit Dominic zu sprechen.«

Dominic runzelte die Stirn, und ein Schatten des Unbehagens huschte über sein Gesicht.

»Was ist mit den anderen Opfern – außer Lily?«

»Sei nicht albern«, entgegnete Sarah streng. »Sie können wohl kaum ernsthaft in Erwägung ziehen, du hättest etwas damit zu tun, außer dass du vielleicht irgendetwas bemerkt haben könntest. Etwa eine auffällige Person, die sich in den Straßen herumgetrieben hat. Immerhin gehst du jeden Tag die Cater Street entlang.«

Charlotte kam ein neuer, schockierender Gedanke. Könnte die Polizei möglicherweise so idiotisch und blind sein zu glauben, einer von ihnen ...? Dominic und Papa waren oft draußen, kamen an der Cater Street vorbei .. .

Sarah sah ihrem Gesicht an, was in ihr vorging.

»Das ist doch völliger Wahnsinn; über diesen Irrtum werde ich sie schon bald aufklären«, sagte sie außer sich. »Ich kenne Dominic viel zu gut. Er gehört nicht zu dieser Sorte von Männern. Er schaut sich noch nicht einmal nach einem Dienstmädchen um, geschweige denn, dass er sich ihnen nähern würde. Er ist nicht so eine Kreatur mit unkontrollierbaren Leidenschaften. Er ist ein zivilisierter Mann. So etwas würde ihm nie in den Sinn kommen.«

Charlotte drehte sich zu Dominic um und sah für einen Moment den Ausdruck von Schmerz, von tiefer Enttäuschung auf seinem Gesicht, so, als habe er flüchtig etwas von unschätzbarem Wert erblickt und dann sofort wieder aus den Augen verloren. Zu diesem Zeitpunkt wusste sie nicht, welches flüchtige Traumbild von Sinnlichkeit oder Gefahr er genau in diesem Moment vor sich gesehen hatte, bevor es vor seinen Augen zerflossen war.

Es war mehr als eine Stunde später, als Pitt zurückkam und einen Mann mitbrachte, den Charlotte noch nie zuvor gesehen hatte und der kurz als Sergeant Flack vorgestellt wurde. Er war ein schmächtiger Mann, nicht einmal durchschnittlich groß, der neben Pitt noch kleiner wirkte. Er blieb absolut still, aber seine

Augen wanderten mit großem Interesse durch das ganze Zimmer.

»Guten Tag, Mr. Pitt«, grüßte Charlotte gelassen. Sie war entschlossen, sich von ihm nicht aus der Fassung bringen zu lassen und ihn so schnell wie möglich wieder zu verabschieden. »Es tut mir leid, dass Sie sich die Mühe gemacht haben, noch einmal herzukommen, weil ich mir ziemlich sicher bin, dass ich Ihnen nichts Neues sagen kann. Natürlich werde ich Ihnen jede Frage, die Sie zu stellen wünschen, beantworten.« Vielleicht war das etwas voreilig. Sie musste verhindern, dass er aufdringlich wurde.

»Sie werden erstaunt sein, was manchmal alles nützlich sein kann«, antwortete Pitt. Er wandte sich an seinen Sergeant und zeigte ihm kurz, wo es in die Küche ging, damit Flack Maddock, Mrs. Dunphy und Dora befragen konnte.

Pitt drehte sich zu Charlotte um. Dabei schien er sich wie zu Hause zu fühlen, was an sich schon irritierend war. Er hätte wenigstens ein bisschen – ein bisschen beeindruckt sein sollen. Schließlich war er nur ein Polizist und hielt sich in einem Haus von Personen auf, die einer weitaus höheren Gesellschaftsschicht als er angehörten.

»Was möchten Sie wissen?«, fragte sie kühl.

Er lächelte charmant.

»Den Namen und Aufenthaltsort des Verrückten, der in dieser Gegend junge Frauen stranguliert«, erwiderte er. »Natürlich vorausgesetzt, dass es sich dabei um ein und dieselbe Person handelt und nicht um ein Verbrechen, das imitiert wurde.«

Sie sah ihn erstaunt an, als ihre Augen sich trafen.

»Was meinen Sie damit?«

»Dass Leute manchmal von einem Verbrechen erfahren – besonders wenn es sich um ein derart grauenhaftes handelt –, das sie auf die Idee bringt, ihre Probleme auf die gleiche Art und Weise zu lösen. Sie wollen jemanden loswerden, der ihnen im Weg ist, von dessen Tod sie profitieren können, finanziell oder sonstwie, und«, er schnippte mit den Fingern, »dann gibt es einen zweiten oder dritten Mord und so weiter. Der zweite Mörder hofft dann, dass man dem ersten die Schuld gibt.«

»Sie reden so sachlich davon, als sei das eine alltägliche Tatsache«, meinte sie unangenehm berührt.

»Es ist eine Tatsache, Miss Ellison. Ob es die Wahrheit ist oder nicht, muss ich herausfinden – aber nicht, bevor ich einige naheliegendere Möglichkeiten untersucht habe.«

»Welche Möglichkeiten meinen Sie?«, fragte sie und hätte ihre Frage am liebsten sofort zurückgenommen. Sie hatte nicht die Absicht, ihn noch zu ermutigen. Und offen gestanden hatte sie auch etwas Angst vor der Antwort.

»Drei junge Frauen sind in den letzten drei Monaten in dieser Gegend stranguliert worden. Der erste Gedanke, den man hat, ist, dass ein Verrückter frei herumläuft.«

»Ich denke mir, das ist die Lösung«, stellte sie ziemlich erleichtert fest. »Warum sollte man andere Antworten in Erwägung ziehen?

Warum stellen Sie Ihre Nachforschungen nicht dort an, wo man solche Leute findet? Ich meine solche Leute, die wahrscheinlich –«, sie suchte nach den richtigen Worten, »eben kriminelle Schichten!«

»Die Unterwelt?« Er lächelte ein wenig spöttisch. Seine Stimme klang verbittert, belustigt und ein wenig herablassend. »Wie stellen Sie sich die Unterwelt denn vor, Miss Ellison? Als etwas, was man findet, wenn man einen Kanaldeckel öffnet?«

»Nein, natürlich nicht!«, fuhr sie ihn an. »Natürlich kenne ich mich mit solchen Dingen nicht aus. Das hat ja wohl auch kaum etwas mit meinen Gesellschaftskreisen zu tun! Aber ich weiß genau, dass kriminelle Gesellschaftsschichten existieren, deren Lebensweise sich ganz und gar ...«, sie musterte ihn mit einem vernichtenden Blick von oben bis unten, »zumindest von meiner unterscheidet.«

»Oh, ganz und gar unterscheidet, Miss Ellison«, pflichtete er ihr bei und lächelte immer noch, aber seine Augen blickten hart. »Obwohl es nicht deutlich war, ob Sie sich auf moralische Wertvorstellungen oder den gesellschaftlichen Status bezogen haben. Aber vielleicht ist das ja auch unerheblich – denn diese Bereiche sind nicht so weit voneinander entfernt, wie es scheinen mag. Es ist sogar so, dass ich zu der Auffassung gekommen bin, dass diese Begriffe normalerweise symbiotisch sind.«

»Symbiotisch?«, fragte sie ungläubig.

Er hatte sie missverstanden, indem er annahm, sie hätte die Bedeutung des Wortes nicht verstanden.

»Eins ist vom anderen abhängig, Miss Ellison. Ein Verhältnis der Koexistenz, des Sich-gegenseitigen-Nährens, eine Interdependenz.«

»Ich weiß, was das Wort bedeutet«, erklärte sie wütend. »Ich wundere mich nur darüber, dass Sie dieses Wort in diesem Zusammenhang benutzen. Armut muss nicht unbedingt zu Verbrechen führen. Es gibt viele arme Leute, die so ehrlich sind wie ich.«

Bei diesen Worten musste er grinsen.

»Sie finden das amüsant, Mr. Pitt?«, fragte sie eisig. »Ich vergaß, dass Sie mich nicht gut genug kennen, um mich als

Maßstab zu nehmen. Aber Sie wissen zumindest, dass ich keine jungen Frauen auf der Straße erwürge!«

Er schaute sie an: ihre Taille, ihre schlanken Hände und Handgelenke.

»Nein«, pflichtete er ihr bei, »ich bezweifle, dass Sie die Kraft dazu hätten.«

»Ihr Sinn für Humor ist impertinent, Mr. Pitt.« Sie versuchte, verachtungsvoll auf ihn niederzuschauen, aber da er mehr als ein Meter achtzig groß war und sie fast einen Kopf kleiner, hatte sie keinen Erfolg. »Und absolut nicht unterhaltsam«, schloss sie.

»Es liegt nicht in meiner Absicht, unterhaltsam zu sein oder amüsant. Ich meine es so, wie ich es gesagt habe.« Er war jetzt wieder ernst. »Und ich bezweifle, dass Sie jemals in Ihrem Leben wirkliche Armut kennengelernt haben.«

»Das habe ich!«

»Tatsächlich?« Seine Ungläubigkeit war offensichtlich. »Haben Sie Kinder gesehen, die im Alter von sechs oder sieben Jahren auf sich allein gestellt sind und betteln und stehlen müssen, um zu überleben? Kinder, die in der Gosse oder in Torwegen schlafen, die bei Regen nass bis auf die Haut sind und die nichts besitzen als die Lumpen, die sie tragen? Was, glauben Sie, passiert mit ihnen? Was meinen Sie, wie lange es dauert, bis ein unterernährtes sechsjähriges Kind – allein in den Straßen – verhungert oder erfriert? Wenn es nichts anderes gelernt hat, als zu überleben, und weder lesen noch schreiben kann; wenn es von einem zum anderen weitergereicht wurde und niemand es haben wollte. Was, glauben Sie, passiert mit so einem Kind? Entweder stirbt es – und glauben Sie mir, ich habe schon viele kleine Körper in den Hinterhöfen liegen sehen, verhungert oder erfroren –, oder es hat Glück, und ein Kindermann oder Schornsteinfeger nimmt es auf.«

Mitleid verdrängte ihre Wut, ohne dass sie es wollte.

»Ein Kindermann?«

»Ein Kindermann ist ein Mann, der solche Kinder aufliest«, fuhr er fort, »und sie zunächst aufnimmt, ihnen etwas zu essen und ein Dach über dem Kopf gibt, eben eine Art von Sicherheit, einen Platz, wo sie hingehören. Dann allmählich nutzt er ihre Dankbarkeit aus und lehrt sie zu stehlen – zuletzt werden sie geschickte Diebe. Zu Beginn gehen sie mit den älteren Jungen los, beobachten sie bei der Arbeit – eben etwas Einfaches für den Anfang. Als sie noch beliebter waren, stahl man gewöhnlich Seidentaschentücher. Später absolvieren sie dann die höhere Schule des Diebstahls; die ganz Cleveren unter ihnen arbeiten sich sogar zum Tascheninneren vor, zu Uhrenketten oder Siegeln.

Ein erstklassiger Kindermann erteilt regelrecht Unterricht. Er hängt alte Mäntel nebeneinander auf ein Seil, das quer durch den Raum gespannt ist. Aus jeder Manteltasche winkt ein Seidentaschentuch, und die Jungen müssen alle Taschentücher nacheinander herausnehmen, um ihre Geschicklichkeit zu trainieren. Oder er benutzt eine Schneiderpuppe, die über und über mit Glöckchen benäht ist, welche bei der leisesten Berührung klingeln. Manchmal stellt er sich sogar selbst mit dem Rücken zu ihnen auf. Die Kinder, die die Aufgabe schaffen, werden gut belohnt, die anderen bestraft. Ein mutiges oder ein hungriges Kind mit flinken Fingern kann sich und seinem Herrn einen angenehmen Lebensunterhalt sichern – solange, bis es zu groß wird oder seine Fingerfertigkeit verliert.«

Sie war entsetzt über das Leid eines solchen Kindes, aber auch zornig darüber, dass er sie auf solche Dinge aufmerksam gemacht hatte.

»Was passiert dann? Verhungert es?«, fragte sie. Eigentlich wollte sie es gar nicht wissen, und doch konnte sie es nicht ertragen, es nicht zu erfahren.

»Wahrscheinlich wird es zum Straßenräuber avancieren, oder wenn es raffiniert ist, schließt es sich einer Bande von Taschendieben an – der ›schicken Bande‹.«

»Wem?«

»Der ›schicken Bande‹, das sind die vornehmsten aus dem Taschendiebgewerbe. Sie sind gut gekleidet, wohnen normalerweise in einer etwas besseren Gegend und haben eine Geliebte, die sie sich anschaffen, wenn sie dreizehn, vierzehn Jahre alt sind. Es handelt sich dabei meistens um ein älteres Mädchen. Seltsamerweise sind sie sehr treu und betrachten ihr Verhältnis als eine Art Ehe. Sie arbeiten in Dreier- oder Sechserbanden, wobei jeder seine Aufgabe bei der Vorbereitung und Ausführung eines Raubs hat. Häufig werden Frauen überfallen.«

»Woher wissen Sie das alles? Und wenn Sie es wissen, warum sperren Sie sie nicht ein, um das zu verhindern?«

Er schnaubte leicht.

»Wir sperren sie ein. Fast jeder von ihnen sitzt einmal im Gefängnis.«

Sie schauderte.

»Was für ein furchtbares Leben. Da ist es doch sicherlich noch besser, ein Schornsteinfeger zu sein. Hatten Sie nicht etwas über Schornsteinfeger erzählt? Das wäre doch wenigstens eine ehrliche Arbeit.«

»Meine liebe Miss Ellison, es bedürfte sicherlich einer klügeren und weitaus erfahreneren Frau, als Sie es sind, um einen ehrlichen Schornsteinfeger zu finden. Waren Sie jemals in einem Kamin?«

Geringschätzig hob sie ihre Augenbrauen; sie tat das so kühl, wie sie konnte.

»Sie haben merkwürdige Vorstellungen von den Aufgaben einer Dame, Mr. Pitt. Aber wenn Sie unbedingt eine Antwort wollen, bitte. Nein, ich bin noch nie in einem Kamin hinaufgekrochen.«

»Nein.« Ihr Tonfall schien ihn nicht im Geringsten zu verunsichern. Er betrachtete sie von oben bis unten, und sie merkte, dass sie unter seinen Blicken errötete. »Sie würden da auch nicht hineinpassen«, meinte er offen. »Sie sind viel zu groß und viel zu kräftig.«

Vor Wut lief ihr Gesicht rot an.

»Oh, Sie haben eine hervorragende Taille, aber ...«, seine Augen wanderten zu ihren Schultern, zu ihrer Brust und dann weiter hinunter, »der Rest von Ihnen würde sicherlich in dem senkrechten Schacht oder der Krümmung steckenbleiben, und Sie bekämen Ruß in Nase, Mund, Augen und Lunge ...«

»Das hört sich ja schrecklich an, aber nicht kriminell – einmal abgesehen davon, dass der Schornsteinfeger jemand anderen seine Arbeit machen lässt. Aber wie Sie ja selbst erklärt haben, könnte er sie ja wohl auch kaum selbst machen.«

»Miss Ellison, kein professioneller Einbrecher dringt in ein Haus ein, ohne sich vorher Informationen über die Räumlichkeiten und die Orte, an denen Wertgegenstände aufbewahrt werden, zu verschaffen. Können Sie sich dafür eine bessere

Methode vorstellen, als durch das Kaminsystem in ein Haus zu gelangen?«

»Sie glauben – aber das ist ja schrecklich!«

»Natürlich ist es schrecklich, Miss Ellison. Es ist alles schrecklich«, bekräftigte er erzürnt, »Armut, Verbrechen, Einsamkeit, Schmutz, chronische Krankheiten, Trunksucht, Prostitution, Bettelei! Sie stehlen, fälschen Geld und Dokumente, leben von Betrug und Prostitution. Nur vor Mord schrecken sie zurück, es sei denn, es bleibt ihnen nichts anderes übrig. Und sie verlassen normalerweise ihre eigene Welt nur, wenn es zu ihrem Vorteil ist.

Aber es bringt keine Vorteile, drei hilflose, junge Mädchen in der Cater Street zu erwürgen und sie dann noch nicht einmal zu berauben.«

Sie konnte ihren Blick nicht von ihm abwenden. Sie war wie gefesselt, fasziniert und entsetzt zugleich. Sie verspürte eine starke Abneigung gegen ihn, und was er sagte, jagte ihr Angst ein.

»Was meinen Sie damit? Was wollen Sie damit andeuten? Sie sind schließlich tot.«

»Oh ja, mausetot. Ich will damit sagen, dass der Würger aus der kriminellen Schicht – so, wie er Ihnen vorschwebt – nur tötet, wenn es zu seinem Vorteil ist. Er würde nicht aus Spaß seinen Hals riskieren. Er tötet nur, um nicht eingesperrt zu werden, und das auch nur dann, wenn es wirklich nötig ist. Wenn irgend möglich, macht er sein Opfer bewegungsunfähig oder betäubt es. Aber erst einmal sucht er sich diese Person sehr genau aus. Dabei sind für ihn nur solche interessant, die Geld haben.«

»Aber warum dann –?« Eine fremde Welt tat sich vor ihr auf, widerwärtig und chaotisch, drang ein in die heile Welt ihrer Vorstellungen, die sie für sicher und unumstößlich gehalten hatte.

Er lächelte ein wenig und schaute sie an, so als gäbe es zwischen ihnen ein Einvernehmen.

»Wenn ich das wüsste, könnte ich vielleicht sagen, wer es ist. Aber der Grund ist nicht offensichtlich – es handelt sich nicht um ein einfaches Motiv wie Diebstahl oder Rachsucht. Die Morde haben mit etwas Unheimlicherem als solchen Motiven zu tun, mit etwas, was irgendwo tief in der Seele verborgen ist.«

Sie hatte Angst und empfand eine tiefe Abneigung gegen ihn, gegen seine Aufdringlichkeit und die Art, wie er in ihre Gefühlswelt eindrang und sie mit Dingen konfrontierte, die sie nicht wissen wollte.

»Ich glaube, Sie gehen jetzt besser, Mr. Pitt. Es gibt nichts, was ich Ihnen noch sagen könnte. Ich glaube, Sie möchten noch mit Mr. Corde reden, obwohl ich sicher bin, dass auch er Ihnen nicht weiterhelfen kann. Vielleicht wäre es besser, wenn Sie die Morde an den anderen Mädchen untersuchen.« Sie holte tief Luft und versuchte, ihre Fassung wiederzugewinnen.

»Ich werde alles in Erwägung ziehen, Miss Ellison. Aber ich würde Mr. Corde tatsächlich gerne sprechen. Vielleicht sind Sie so nett und bitten Mr. Maddock, ihn herzuschicken?«

Der Abend verlief alles andere als erfreulich. Dominic wollte niemandem erzählen, was Pitt ihn gefragt hatte, obwohl ihn Edward, soweit es ihm sein Taktgefühl erlaubte, dazu drängte. Dominic sagte fast gar nichts, was an sich beunruhigend war, da es nicht seiner Art entsprach. Charlotte hatte Angst davor, auch nur daran zu denken, was der Grund sein mochte. Sie konnte die Möglichkeit nicht aus ihren Überlegungen verbannen, dass Pitt etwas entdeckt hatte, was Dominic in Verlegenheit brachte, etwas, dessen man sich schämen musste. Natürlich konnte es nichts mit dem Tod von Lily oder dem der anderen zu tun haben; aber jeder wusste , dass Männer – auch die besten – gelegentlich Dinge tun, die besser nicht bekannt werden. Es lag halt in der Natur der Männer, und man rechnete damit, nahm es aber wegen des eigenen Seelenfriedens einfach nicht zur Kenntnis.

Entschlossen sprach sie über andere Dinge und war sich bewusst, dass es teilweise Unsinn war, was sie sagte; aber Unsinn war immer noch besser, als lange Gesprächspausen entstehen zu lassen, in denen man wieder in Gedanken versank.

Obwohl sie müde war, schlief sie schlecht und wachte erst spät wieder auf. Sie musste sich beeilen, um rechtzeitig zur Kirche zu kommen. Sie war niemals besonders gern zur Kirche gegangen: die Steifheit, die Atmosphäre strenggläubiger Förmlichkeit, die höflichen Begrüßungen, die eher ein Ritual waren als freundschaftlich gemeint, die Art des Gottesdienstes, die immer die gleiche war, seit sie die Worte sprach und die Antworten sang wie ein Papagei. Sie konnte dem ganzen Gottesdienst automatisch beiwohnen, vorausgesetzt, sie hielt nicht inne, um darüber nachzudenken, wo sie war. Immer wenn sie innehielt, musste sie auf den Text schauen, um wieder den gewohnten Rhythmus zu finden. Und natürlich würde der Pfarrer eine Predigt halten. Normalerweise handelte sie von der Sünde und der Notwendigkeit der Reue. Die Frau, die Ehebruch begeht, war seine Lieblingsgeschichte, wobei er sie stets anders deutete als Charlotte. Und warum war es immer die Frau? Warum wurden die Männer niemals beim Ehebruch erwischt? In allen Geschichten, die sie je gehört hatte, waren es immer Frauen, die Ehebruch begangen hatten, und immer die Männer, die sie ertappten und ihr Verhalten verurteilten. Was war denn mit den Männern, mit denen sie entdeckt wurden? Warum warfen die Frauen keine Steine nach ihnen? Vor längerer Zeit hatte sie einmal Papa darauf angesprochen, und er hatte zu ihrer Überraschung lediglich gesagt, sie solle sich nicht lächerlich machen.

Der Pfarrer hielt auch heute seine übliche Predigt, tatsächlich war sie sogar noch etwas schlimmer als sonst. Er predigte über die Worte: »Gesegnet seien die Reinen im Herzen«, aber seine Botschaft lautete eigentlich: »Gesegnet seien die, die ein wohlgefälliges Leben führen.« Er fing an, in aller Ausführlichkeit verwerfliche Taten zu beschreiben. Und je mehr er über Huren und Prostituierte erzählte, desto mehr sah sie die Armen vor sich, die dieser scheußliche Pitt beschrieben hatte; Kinder, die man in einem Alter verhungern ließ, als sie und ihre Schwester gerade anfingen, lesen und schreiben zu lernen und von der Lehrerin Miss Sims im Schulzimmer unterrichtet wurden. Sie dachte an junge Frauen, die mit ihren Babys allein zurückgelassen wurden. Welche andere Möglichkeit blieb ihnen, um zu überleben?

Sie fluchte selten, aber an diesem Morgen hätte sie Mr. Pitt dafür zur Hölle schicken können, dass er ihr solche Dinge erzählt hatte. Sie saß auf der harten Bank und starrte den Pfarrer an. Sie fühlte sich noch schlechter wegen der Dinge, die er sagte. Sie hatte ihn niemals leiden können, und am Ende dieses Vormittags hasste sie ihn mit einer Vehemenz, die sie erschreckte und ängstigte. Sie war überzeugt davon, dass es sehr unchristlich und unweiblich war, jemanden so zu hassen, und doch hasste sie mit einer Intensität und Überzeugung, die sich nicht leugnen ließ.

Sie hob ihren Blick zum Orgelchor und sah Martha Prebbles blasses Gesicht, während sie das Abschlusslied spielte. Sie sah ebenfalls gelangweilt und unglücklich aus.

Ein Sonntagmittag war immer eine triste Angelegenheit, und der Nachmittag musste – natürlich – einem Feiertag entsprechend verbracht werden. Morgen würde Großmama von Susannah zurückkehren, und auch das war nicht gerade eine Sache, auf die man sich riesig freuen konnte.

Es schien eigentlich unmöglich zu sein – aber der Montag wurde noch schlimmer. Großmutter kam um zehn Uhr an und murmelte düstere Prophezeiungen über den Niedergang der Nachbarschaft, der ehrbaren Klassen und der ganzen Welt. Mit der Moral gehe es absolut bergab, und sie alle seien dem Untergang geweiht.

Als man gerade ihre Sachen ausgeladen hatte und sie oben in ihrem Wohnzimmer saß, tauchte Inspector Pitt zusammen mit dem stillen Sergeant Flack auf. Sarah war nicht da – wegen irgendeiner Angelegenheit, die mit wohltätigen Zwecken zu tun hatte. Emily war beim Schneider, um wieder einmal für eine Verabredung mit George Ashworth ausgestattet zu werden. Sie sollte wirklich vernünftiger sein und allmählich einsehen, dass er ein Spieler, ein Schürzenjäger oder etwas noch Schlimmeres war und dass bei der ganzen Sache nichts weiter herauskommen würde als der Ruin ihres guten Rufes. Mama war die ganze Zeit oben und versuchte, Großmutter so weit zu beschwichtigen, dass sie nicht allen das Leben zur Hölle machte.

Es gab niemanden, den sie in diesem Moment weniger gern gesehen hätte als Inspector Pitt.

Er kam in das Frühstückszimmer – wobei er die ganze Tür ausfüllte – mit wie immer leger sitzender Jacke und unordentlichem Haar. Charlotte ärgerte sich gewaltig über die Leutseligkeit, mit der er ihr gegenüber auftrat.

»Was wollen Sie, Mr. Pitt?«

Er hielt sich nicht damit auf, sie zu korrigieren und ihr zu sagen, dass es eigentlich Inspector Pitt heiße. Auch das ärgerte sie wieder, denn es war ihre Absicht gewesen, ihm ihre Geringschätzung zu zeigen.

»Guten Morgen, Miss Ellison. Was für ein herrlicher Sommertag! Ist Ihr Vater zu Hause?«

»Natürlich nicht! Es ist Montagmorgen. Er ist – wie die meisten achtbaren Leute – in der Stadt. Nur weil wir nicht zur Arbeiterklasse gehören, heißt das noch lange nicht, dass wir nichts tun.«

Er grinste breit, wobei er seine kräftigen Zähne zeigte.

»So sehr mich Ihre reizende Gesellschaft auch entzückt, Miss Ellison, auch ich bin dienstlich hier. Wenn also Ihr Vater nicht da ist, werde ich mit Ihnen sprechen müssen.«

»Wenn es unbedingt sein muss.«

»Ich untersuche einen Mordfall nicht zum Vergnügen.« Sein Lächeln verschwand, wenn er auch seine gute Laune behielt. Es lag eine Spur Trauer, ja sogar Zorn in seiner Stimme. »Es macht wohl kaum jemandem Vergnügen, aber es muss schließlich getan werden.«

»Das Wenige, was ich weiß, habe ich Ihnen bereits gesagt«, erklärte sie verärgert. »Und mehr als einmal. Wenn Sie den Fall nicht lösen können, dann sollten Sie es vielleicht besser aufgeben und ihn an jemanden übergeben, der dazu in der Lage ist.«

Er ignorierte ihre Grobheit.

»War Lily Mitchell ein hübsches Mädchen?«

»Haben Sie sie denn nicht gesehen?«, fragte sie überrascht. Wie konnte man denn auf etwas so Elementares verzichten!

Er lächelte traurig – so, als ob sie ihm leid täte und er viel Geduld mit ihr brauchte.

»Doch, Miss Ellison. Ich habe sie gesehen, aber da sah sie nicht hübsch aus. Ihr Gesicht war blau angeschwollen, ihre Gesichtszüge entstellt, ihre Zunge –«

»Hören Sie auf! Hören Sie auf!« Charlotte hörte, wie sie ihn anschrie.

»Wenn Sie dann so freundlich wären, von Ihrem hohen Ross herunterzusteigen«, bat er ruhig, »und mir dabei helfen würden, denjenigen zu finden, der ihr das angetan hat, bevor er sich ein neues Opfer sucht!«

Charlotte war wütend, gekränkt, beschämt.

»Ja, natürlich«, murmelte sie schnell, während sie den Kopf abwandte, damit er ihr Gesicht nicht sehen konnte, und – was ihr noch wichtiger war – damit sie ihn nicht ansehen musste. »Ja, Lily war recht hübsch. Sie hatte eine sehr schöne Haut.« Sie schauderte und verspürte eine leichte Übelkeit, als sie versuchte, sich diese angeschwollene und vom gewaltsamen Tod gezeichnete Haut vorzustellen. Sie verscheuchte das Bild aus ihren Gedanken. »Sie hatte keine Pickel und sah niemals blass aus. Und sie hatte eine sehr sanfte Stimme. Ich glaube, sie kam irgendwo vom Lande.«

»Derbyshire.«

»Oh.«

»Kam sie gut mit den anderen Dienstmädchen aus?«

»Ja, ich glaube schon. Wir haben nie von irgendwelchen Schwierigkeiten gehört.«

»Und mit Maddock?«

Sie drehte sich um, um ihn anzusehen. Ihre Gedanken überstürzten sich; es gelang ihr nicht, es zu verbergen.

»Sie meinen ...?«

»Genau. Hat Maddock ihr den Hof gemacht, hatte er eine Vorliebe für sie?«

Niemals zuvor hatte sie die Möglichkeit in Betracht gezogen, dass Maddock solche Gefühle haben könnte. Einen Herrschaftsanspruch über seine Dienstmädchen vielleicht, aber Verlangen, Eifersucht? Maddock war für sie immer nur ein Butler gewesen, in förmlicher Kleidung, höflich, verantwortlich für das Haus. Aber er war auch ein Mann, und jetzt, wo sie darüber nachdachte, wurde ihr erst bewusst, dass er wahrscheinlich nicht älter als fünfunddreißig war, nicht viel älter als Dominic. Was für ein alberner Gedanke! Im gleichen Atemzug an Maddock und an Dominic zu denken!

Pitt wartete und beobachtete dabei ihr Gesicht.

»Wie ich sehe, ist dieser Gedanke neu für Sie, aber er ist nicht unwahrscheinlich, wenn Sie es sich genauer überlegen.«

Es hatte keinen Sinn, ihn anzulügen.

»Nein. Mir fällt ein, dass irgendjemand etwas dazu gesagt hat. Mrs. Dunphy – in der Nacht, als Lily ... verschwand. Sie sagte, Maddock hätte Lily gern, dass er auf jeden Fall auf Brody nicht gut zu sprechen sei, weil er mit Lily ausgehe, unabhängig davon, was Brody wirklich für ein Mensch sei. Aber das bedeutete sicherlich nichts anderes, als dass er fürchtete, ein tüchtiges Mädchen zu verlieren. Wissen Sie, es dauert sehr lange, ein neues Mädchen anzulernen.« Sie wollte Maddock nicht in Schwierigkeiten bringen. Sie konnte sich eigentlich auch nicht wirklich vorstellen, dass er Lily nach draußen gefolgt war und ihr das angetan hatte. Oder doch?

»Aber Maddock verließ an diesem Abend das Haus; er ging hinaus auf die Straße?«, fuhr Pitt fort.

»Ja, selbstverständlich! Das wussten Sie doch bereits. Er ging, um sie zu suchen, weil sie sich verspätet hatte. Jeder gute Butler würde das tun!«

»Wie spät war es?«

»Ich weiß es nicht genau: Warum fragen Sie ihn nicht selbst?« Ihr war im gleichen Moment bewusst, wie dumm diese Frage war. Hätte sich Maddock irgendetwas zuschulden kommen lassen – was natürlich nicht der Fall war, aber wenn dem so wäre –, dann würde er Pitt wohl kaum die Wahrheit sagen. »Entschuldigen Sie.« Warum entschuldigte sie sich eigentlich bei diesem Polizisten? »Fragen Sie Mrs. Dunphy«, fuhr sie steif fort. »Ich glaube, es war so kurz nach zehn, aber ich war natürlich nicht in der Küche; deshalb weiß ich es selbst nicht genau.«

»Ich habe Mrs. Dunphy bereits gefragt«, erwiderte er, »aber ich lasse mir Sachverhalte gern von möglichst vielen Quellen bestätigen. Und ihr Gedächtnis ist, wie sie selbst zugibt, nicht besonders zuverlässig. Die ganze Angelegenheit hat sie sehr mitgenommen. «

»Meinen Sie etwa, mich nicht? Nur weil ich nicht ständig in Tränen ausbreche?« Die Andeutung, dass sie Lilys Schicksal nicht berühre, tat ihr weh, weil es ihr in der Tat nicht so nahe gegangen war, wie es hätte sein sollen.

»Ich erwarte kaum, dass ein Dienstmädchen von Ihnen genauso gemocht wird wie vielleicht von der Köchin«, erklärte Pitt, wobei sein Mund leicht zuckte, so als ob er innerlich lächeln müsste. »Und ich könnte mir vorstellen, dass Sie Ihrem Naturell nach eher dazu neigen, einen Wutanfall zu bekommen als in Tränen auszubrechen.«

»Sie halten mich also für launisch?«, fragte sie und wünschte sofort, sie hätte es nicht getan. Es hörte sich so an, als ob es ihr etwas ausmachte, was er von ihr dachte – was selbstverständlich absurd war.

»Ich glaube, Sie sind temperamentvoll und geben sich keine allzu große Mühe, Ihre Gefühle zu verbergen.« Pitt lächelte. »Eine Qualität, die durchaus nicht ohne einen Gewissen Reiz ist und die man bei Frauen, vor allem bei vornehmen Damen, nur selten findet.«

Sie merkte, wie sie knallrot wurde.

»Sie sind unverschämt!«, stieß sie hervor.

Sein Lächeln wurde noch breiter; er sah sie geradeheraus an. »Wenn Sie nicht wissen wollen, was ich von Ihnen denke, warum haben Sie mich dann gefragt?«

Sie wusste nicht, was sie darauf antworten sollte. Stattdessen versuchte sie – so gut es ging –, so würdevoll wie möglich zu erscheinen und sah ihm direkt ins Gesicht.

»Ich glaube, es ist durchaus möglich, dass Maddock Lily mochte. Aber Sie können wohl kaum annehmen, dass er dem Dienstmädchen der Hiltons die gleiche Beachtung schenkte – ganz zu schweigen von Chloe Abernathy. Folglich ist die Annahme, dass er sie alle getötet haben könnte, eine äußerst falsche Schlussfolgerung, wenn Sie davon ausgehen, dass Liebe sein Motiv war. Wenn Sie davon jedoch nicht ausgehen, haben Sie überhaupt kein Motiv. Ich denke, Sie sollten vielleicht besser noch mal von vorn anfangen und von einer erfolgversprechenderen Theorie ausgehen.« Sie hatte die Absicht, ihn damit zu verabschieden.

Pitt rührte sich nicht.

»Sie waren zu dem fraglichen Zeitpunkt allein im Haus?« fragte er.

»Abgesehen von Mrs. Dunphy und Dora natürlich. Warum?«

»Ihre Mutter und Ihre Schwestern befanden sich auf irgendeiner kirchlichen Veranstaltung. Wo waren Ihr Vater und Mr. Corde?«

»Fragen Sie sie selbst.«

»Sie wissen es nicht?«

»Nein, ich weiß es nicht.«

»Aber ihr Heimweg führte sie in die Nähe der Cater Street, wenn sie nicht sogar dort entlanggegangen sind?«

»Wenn sie irgendetwas gesehen hätten, hätten sie es Ihnen doch sicherlich erzählt.«

»Schon möglich.«

»Natürlich hätten sie das. Warum auch nicht?« Ein schrecklicher Gedanke traf sie wie ein Schlag. »Sie können ... Sie können doch wohl nicht annehmen, dass einer von ihnen–«

»Ich halte alles für wahrscheinlich, Miss Ellison, und glaube nichts, ehe es nicht bewiesen ist. Aber ich gebe zu, es gibt keinen Grund zu der Annahme ...«, er ließ die Worte sekundenlang im Raum stehen, »aber irgendjemand hat es getan. Ich würde mich gern noch einmal mit Maddock unterhalten – ungestört.«

An diesem Abend waren alle zu Hause – sogar Emily. Die Fenstertüren zum Rasen hin waren geöffnet, und die letzten

Sonnenstrahlen fielen in den Garten. Doch trotz der sanften Abendluft, die erfüllt war mit den Düften des Tages, schien eine tiefe Niedergeschlagenheit auf ihm zu lasten.

Es war Sarah, die schließlich aussprach, was sie alle dachten oder was ihren Überlegungen zumindest sehr nahe kam.

»Also, ich mache mir da keine Sorgen.« Sie hob ein wenig ihr Kinn. »Inspector Pitt scheint mir ein vernünftiger Mann zu sein. Er wird rasch herausfinden, dass Maddock genauso unschuldig ist wie der Rest von uns. Ich wage zu behaupten, dass er schon morgen zu dieser Entscheidung kommen wird.«

Charlotte sprach – wie gewöhnlich – aus, was sie fühlte, ohne vorher nachgedacht zu haben.

»Ich vertraue seinem Verstand nicht im Geringsten. Er ist nicht wie wir.«

»Wir alle wissen, dass er einer anderen Klasse angehört«, wandte Sarah schnell ein. »Aber er kennt sich mit Verbrechern aus. Er muss einfach den Unterschied zwischen einem absolut achtbaren Diener wie Maddock und der Sorte von Rohlingen, die in der Gegend herumlaufen und Mädchen erwürgen, kennen.«

»Erdrosseln«, berichtigte sie Charlotte. »Und es besteht ein ganz erheblicher Unterschied zwischen Rohlingen – um deine Worte zu gebrauchen –, die Leute überfallen und ausrauben, und der Sorte von Personen, die Frauen erdrosseln – vor allem Dienstmädchen, die nichts haben, was sich zu stehlen lohnt.«

Dominic lächelte breit.

»Und woher willst du das wissen, Charlotte? Bist du etwa eine Expertin für Verbrechen aus Leidenschaft geworden?«

»Sie hat keine Ahnung!«, unterbrach sie Edward sehr scharf. »Sie ist nur wie üblich widerspenstig.«

»Oh, das würde ich so nicht sagen.« Dominic lächelte noch immer. »Charlotte ist nicht widerspenstig; sie ist einfach aufrichtig. Und sie hat in den letzten Tagen ziemlich viel Zeit mit diesem Polizeimenschen zusammen verbracht. Vielleicht hat sie dabei ja etwas gelernt?«

»Von so einer Person könnte sie wohl kaum irgendetwas lernen, was zu wissen sich lohnt oder sich für eine Dame schickt«, sagte Edward mit einem finsteren Blick. Er wandte sich ihr zu. »Charlotte, ist das wahr? Hast du diese Person des Öfteren gesehen?«

Charlotte spürte, wie sie vor Wut und Verwirrung rot wurde.

»Nur, wenn er uns in dienstlichen Angelegenheiten aufgesucht hat, Papa. Unglücklicherweise ist er zweimal gekommen, als außer mir niemand zu Hause war.«

»Und was hast du ihm erzählt?«

»Ich habe natürlich seine Fragen beantwortet. Wir würden ja wohl kaum private Gespräche führen.«

»Werd nicht unverschämt! Ich meinte: Was hat er dich gefragt?«

»Nicht besonders viel.« Jetzt, als sie darüber nachdachte, fiel ihr auf, dass ihre Gespräche keine unmittelbare Bedeutung für seine Ermittlungen gehabt hatten. »Er hat mir nur ein paar Fragen über Lily und über Maddock gestellt.«

»Er ist ein absolut fürchterlicher Mensch.« Sarah schauderte. »Es ist wirklich entsetzlich, dass wir ihn im Haus haben müssen. Und ich meine, wir sollten sehr vorsichtig damit sein, Charlotte mit ihm reden zu lassen. Bei ihr weiß man schließlich nie, was ihr alles so herrausrutscht.«

»Schlägst du vor, dass wir ihm seine Fragen auf der Straße beantworten sollen?« Charlotte verlor völlig ihre Beherrschung.

»Und wenn ihr mich nicht mit ihm sprechen lasst, wird er argwöhnen, ich wüsste etwas Schändliches, von dem ihr Angst habt, dass es mir rausrutschen könnte.«

»Charlotte.« Carolines Stimme klang recht sanft, doch es lag ein bestimmter Unterton in ihr, der den gewünschten Effekt erzielte.

»Ich finde gar nicht, dass er so fürchterlich ist«, meinte Dominic beiläufig. »Ja, eigentlich finde ich ihn sogar recht sympathisch.« »Du tust was?«, fragte Sarah ungläubig.

»Ich finde ihn recht sympathisch«, wiederholte Dominic. »Er hat einen trockenen Humor, was in seinem Job schwer genug sein muss. Nun, vielleicht ist es ja auch die einzige Möglichkeit, seinen gesunden Menschenverstand zu behalten.«

»Du hast einen sonderbaren Geschmack, was Freunde anbetrifft«, sagte Emily bissig. »Ich wäre dir zu Dank verpflichtet, wenn du ihn nicht als Gast einlüdest.«

»Das schiene zur Zeit auch überflüssig zu sein«, lächelte Dominic liebenswürdig. »Charlotte scheint ihre Sache sehr gut zu machen. Ich bezweifle, dass ihm noch die Zeit übrigbleibt.«

Charlotte war schon im Begriff, etwas zu erwidern, als sie merkte, dass er sie nur aufziehen wollte. Sie war so verwirrt, dass sie rot wurde. Ihr Herz schlug derart heftig, dass sie fürchtete, jemand anderes könnte es bemerken.

»Dominic, das ist nicht die passende Zeit für solche Bemerkungen«, stellte Caroline mit Nachdruck fest. »Diese Person scheint es tatsächlich für möglich zu halten, dass Maddock in die Sache verwickelt sein könnte.«

»Mehr als nur verwickelt.« Edward war jetzt völlig ernst. »Ich habe den Eindruck, er glaubt tatsächlich, dass er Lily getötet haben könnte.«

»Aber das ist doch lächerlich.« Sarah war auch jetzt nur leicht beunruhigt. Was sie bewegte, war das Gefühl, mit einer gesellschaftlich lästigen Sache konfrontiert zu sein, einem Stigma, das man mit Vorsicht behandeln musste, um es wegreden zu können. »So etwas hätte er nie tun können.«

Emily dachte angestrengt nach, wobei sie die Stirn runzelte. Edward faltete die Hände und starrte sie an. »Und warum nicht?«

Sarah sah erschrocken auf – keiner der anderen sagte etwas.

»Wie dem auch sei«, fuhr Edward fort, »es lässt sich nicht leugnen: Jemand hat es getan. Auch will es den Anschein haben, dass es durchaus jemand sein könnte, der hier in der Nähe wohnt, was den Typ Verbrecher ausschließt, der für gewöhnlich Leute auf der Straße angreift – also Räuber und so weiter. Und kein professioneller Räuber greift ein Dienstmädchen an, das nachts auf der Straße ist – wie Lily zum Beispiel. Sie konnte nichts bei sich haben, was sich zu stehlen gelohnt hätte, das arme Kind. Vielleicht hat sich Maddock ja auch unsterblich in sie verliebt, und als sie ihn wegen dieses jungen Brody abwies, hat er den Kopf verloren. Wir müssen in Betracht ziehen, dass das immerhin die Wahrheit sein könnte, wie unangenehm sie auch sein mag.«

»Papa, wie kannst du nur?«, rief Sarah aus. »Maddock ist unser Butler! Schon seit Jahren! Wir kennen ihn doch!«

»Er ist aber auch ein Mensch, meine Liebe«, belehrte Edward sie geduldig, »und menschlichen Leidenschaften und Schwächen unterworfen. Wir müssen der Wahrheit ins Auge blicken. Sie zu leugnen, wird sie nicht ändern und kann niemandem helfen, nicht einmal Maddock. Und wir müssen an die Sicherheit der anderen denken, besonders an die von Dora und Mrs. Dunphy.«

Sarah sah entgeistert aus.

»Aber du glaubst doch nicht etwa –«

»Ich weiß es nicht, meine Liebe. Es ist Sache der Polizei, das zu entscheiden, nicht unsere.«

»Ich finde, wir sollten keine voreiligen Schlüsse ziehen.« Caroline fühlte sich offensichtlich unwohl. »Doch wir müssen auch darauf vorbereitet sein, der Wahrheit ins Auge zu blicken, wenn es denn unvermeidbar werden sollte. «

Charlotte konnte nicht länger ruhig bleiben.

»Wir wissen doch gar nicht, ob es die Wahrheit ist! Sie wurde erdrosselt, nicht erwürgt: mit einem Draht ermordet. Mal angenommen, Maddock hat plötzlich die Nerven verloren: Warum hatte er einen Draht dabei? Er läuft doch nicht mit einem Draht herum, mit dem man Leute erdrosseln kann.«

»Meine Liebe, es wäre immerhin durchaus möglich, dass er die Nerven verlor, bevor er das Haus verließ«, sagte Edward ruhig. Er sah die anderen an. »Es hilft uns nicht, die Augen davor zu verschließen.«

»Verschließen? Vor was?«, wollte Charlotte wissen. »Dass Maddock Lily getötet haben könnte? Natürlich hätte er das! Er war genau zur fraglichen Zeit draußen auf der Straße. Genau wie du, Papa. Und Dominic. Vermutlich gab es noch hundert andere Männer, die es auch waren, und dreiviertel von ihnen werden wir niemals kennen. Jeder einzelne von ihnen könnte sie ermordet haben.«

»Rede keinen Unsinn, Charlotte«, sagte Edward scharf. »Ich habe keinen Zweifel daran, dass die anderen Haushalte genaue

Rechenschaft darüber ablegen können, wo sich ihr männliches Dienstpersonal zur fraglichen Zeit aufgehalten hat. Und es gibt ohnehin keinen Grund anzunehmen, dass unsere arme Lily mit irgendeinem von ihnen Kontakt hatte!«

»Kannte Maddock etwa das Dienstmädchen der Hiltons?«, hakte Charlotte nach.

Caroline zuckte zusammen.

»Charlotte, dein Benehmen wird langsam penetrant.« Edwards Gesicht wirkte streng; offensichtlich wünschte er keine weiteren Diskussionen über das Thema. »Wir können ja verstehen, dass dir ein Täter lieber wäre, den wir nicht kennen, ein Herumtreiber aus irgendeinem Armenviertel. Doch wie du selbst festgestellt hast, ist Raub als Motiv nicht haltbar. Und jetzt sollten wir die Angelegenheit als abgeschlossen betrachten.«

»Du kannst doch nicht einfach behaupten, Maddock habe Lily getötet, und es damit gut sein lassen!« Sie wusste, dass sie Gefahr lief, ihn jetzt ernsthaft böse zu machen, aber sie war innerlich so entrüstet, dass sie einfach nicht schweigen konnte.

Edward öffnete den Mund, doch bevor er die passenden Worte fand, mischte sich Emily ein.

»Weißt du, Papa, Charlotte hat nicht ganz unrecht. Maddock könnte Lily ermordet haben, obgleich das ziemlich sinnlos erscheint, wenn er sie mochte. Die Tat würde sich ja gegen ihn selbst richten! Aber warum um alles in der Welt sollte er das Hilton-Mädchen oder Chloe Abernathy erdrosseln? Und sie wurden zuerst ermordet – noch vor Lily. Das ergibt doch keinen Sinn.«

Charlotte empfand in diesem Augenblick ein warmes Gefühl für Emily. Sie hoffte, dass ihre Schwester es merkte.

»Mord an sich kann man kaum verstehen, Emily.« Edwards Gesichtsfarbe wurde dunkel vor Wut. Er hatte sich allmählich daran gewöhnt, dass sich Charlotte ihm widersetzte, aber dass jetzt auch noch die Jüngste damit begann, konnte er nicht hinnehmen. »Es ist ein bestialisches Verbrechen, ein Verbrechen, begangen aus animalischer Triebhaftigkeit und Wahnsinn.«

»Willst du damit sagen, dass er verrückt ist?« Sie sah ihren Vater an. »dass Maddock bestialisch ist oder triebhaft oder vollkommen verrückt?«

»Nein, natürlich nicht!«, fuhr er sie an. »Ich bin, was kriminellen Wahnsinn angeht, kein Experte, und du bist es genauso wenig! Aber ich gehe davon aus, dass Inspector Pitt einer ist; es ist schließlich sein Beruf, und er hält Maddock für schuldig. Und jetzt werdet ihr das Thema nicht weiter erörtern. Ist das klar?«

Charlotte sah ihn an. Sein Blick war hart, aber konnte sie da nicht auch einen Ausdruck von Furcht erkennen?

»Ja, Papa«, sagte sie gehorsam. Sie war es gewohnt zu gehorchen. Sie kannte es nicht anders. Aber ihr Verstand, in dem die Gedanken nur so durcheinanderwirbelten, rebellierte, beschäftigte sich mit neuen Befürchtungen, die allmählich Form annahmen – von etwas ganz Entsetzlichem.

Kapitel 5

Der schreckliche Polizist kam am nächsten Tag wieder. Er befragte zunächst Maddock, dann Caroline und bat schließlich, Charlotte noch einmal sprechen zu dürfen.

»Wozu?« Charlotte war müde, und an diesem Morgen fühlte sie sich niedergeschlagen, sodass sie an nichts anderes als an die Präsenz des Todes denken konnte. Der erste betäubende Schock hatte nachgelassen. Als sie eingeschlafen war, hatte sie an Lilys Tod gedacht, und als sie erwachte, war das Gefühl, dass eine Tragödie ihren Lauf nahm, immer noch vorhanden.

»Ich weiß nicht, Liebes«, antwortete Caroline, während sie noch immer in der Tür stand, die sie für ihre Tochter aufhielt. »Aber er hat nach dir gefragt. Also nehme ich an, er geht davon aus, dass du ihm irgendwie weiterhelfen kannst.«

Charlotte stand auf und ging langsam hinaus. Caroline berührte sanft ihren Arm.

»Bitte pass auf, bevor du etwas sagst, meine Liebe. Wir haben bereits eine große Tragödie erlebt; lass dich durch deinen Kummer oder deine Sorge um Maddock nicht dazu hinreißen, etwas zu sagen, was du später vielleicht bereuen würdest, weil es Folgen heraufbeschwört, die du nicht vorhergesehen hast. Vergiss nicht, dass er Polizist ist. Er wird sich an alles erinnern, was du sagst, und versuchen, sich seinen Reim drauf zu machen.«

»Charlotte hat in ihrem ganzen Leben noch nicht nachgedacht, bevor sie etwas gesagt hat«, meinte Sarah gereizt. »Sie wird die Nerven verlieren, und ich kann es ihr nicht einmal verübeln. Er ist eine äußerst widerwärtige Person. Aber das Mindeste, was man tun kann, ist, sich wie eine Dame zu benehmen und so wenig wie möglich zu sagen.«

Emily saß am Klavier.

»Ich glaube, er hat eine Schwäche für Charlotte«, mutmaßte sie, während sie den höchsten Ton leicht mit dem Finger anschlug.

»Emily, es ist nicht die Zeit für leichtfertige Reden!«, tadelte Caroline scharf.

»Kannst du nicht mal an etwas anderes denken als an Romanzen?« Sarah blickte sie wütend an.

Emily verzog ihren Mund leicht zu einem Lächeln.

»Meinst du, Polizisten sind romantisch, Sarah? Also ich meine, Inspector Pitt ist äußerst ... einfach. Aber er muss natürlich gewöhnlich sein – sonst wäre er schließlich kein Polizist. Er hat jedoch eine unglaublich schöne Stimme: Irgendwie hüllt sie einen ein wie warmer Sirup. Und er versteht es, sich gepflegt und grammatikalisch korrekt auszudrücken. Ich kann mir vorstellen, er versucht, an sich zu arbeiten.«

»Emily, Lily ist tot!« Caroline biss die Zähne zusammen.

»Das weiß ich, Mama. Aber er muss an solche Sachen gewöhnt sein; also wird es ihn nicht davon abhalten, Charlotte zu verehren.« Sie wandte sich ihrer Schwester zu und betrachtete sie abschätzend. »Charlotte sieht sehr gut aus. Ich möchte mal annehmen, dass ihn ihre spitze Zunge nicht weiter stört. Wahrscheinlich ist er Taktlosigkeit gewöhnt.«

Charlotte spürte, wie ihr Gesicht heiß wurde. Die Vorstellung, dass Inspector Pitt derartige Gedanken über sie auch nur in Erwägung zog, war unerträglich.

»Halt deinen Mund, Emily!«, fauchte sie ihre Schwester an. »Inspector Pitts Chancen, meine Aufmerksamkeit zu erringen, sind nicht größer als ... als deine Chancen, George Ashworth zu heiraten. Was nur gut ist, denn Ashworth ist ein Spieler und ein Flegel!« Sie drängte sich an Caroline vorbei in den Flur.

Pitt wartete im kleineren hinteren Salon.

»Guten Morgen, Miss Ellison.« Sein breites Lächeln wäre in jedem anderen Gesicht charmant gewesen.

»Guten Morgen, Mr. Pitt«, antwortete sie kühl. »Ich weiß wirklich nicht, weshalb Sie noch einmal nach mir geschickt haben, aber da Sie es nun mal getan haben: Was wollen Sie?«

Sie starrte ihn an, um ihn in Verlegenheit zu bringen – doch stattdessen glaubte sie für einen entsetzlichen Augenblick, in seinen Augen jene Bewunderung zu erkennen, von der Emily gesprochen hatte – es war unausstehlich.

»Stehen Sie da nicht herum und starren Sie mich nicht wie ein Dummkopf an!«, fuhr sie ihn an. »Was wollen Sie?«

Sein Lächeln verschwand.

»Sie scheinen sehr erregt zu sein, Miss Ellison. Ist noch etwas geschehen, was Ihnen Sorgen bereitet? Ein Vorfall, ein Verdacht, etwas, das Ihnen wieder eingefallen ist?« Seine hellen, intelligenten Augen ruhten abwartend auf ihrem Gesicht.

»Sie scheinen unseren Butler zu verdächtigen«, erwiderte sie eisig. »Was mir selbstverständlich Sorgen bereitet. Sowohl weil Sie jemanden aus meinem Hause beschuldigen und ihn zweifelsohne verhaften und ins Gefängnis werfen werden, als auch deshalb, weil ich mir vollkommen sicher bin, dass er unschuldig ist. Wer auch immer es getan hat, treibt sich also noch immer draußen auf den Straßen herum. Ich denke mir doch, dass eine solche Situation ausreichen müsste, um jedem, der auch nur eine Spur Empfindsamkeit besitzt, Sorgen zu bereiten.«

»Sie ziehen mit einer überaus bemerkenswerten geistigen Akrobatik voreilige Schlüsse, Miss Ellison.« Er lächelte. »Zunächst einmal: Wir verhaften ständig Leute, aber wir führen sie dem Gericht vor, wir werfen sie nicht ins Gefängnis. Sie mögen vielleicht das sichere Gefühl haben, dass er unschuldig ist, und ich neige dazu, Ihnen zuzustimmen, doch weder Sie noch ich haben das Recht, irgendjemanden aus unseren Überlegungen auszuschließen, bevor seine Verwicklung in den Fall nicht bewiesen oder widerlegt worden ist. Und – um zum Ende zu kommen – Sie täuschen sich, wenn Sie vermuten, dass ich nur, weil ich immer noch Maddock verdächtige, aufgehört hätte, auch woanders meine Nachforschungen anzustellen.«

»Ich bin nicht an einem Vortrag über polizeiliche Vorgehensweisen interessiert, Mr. Pitt.« Sie verstand, worauf er hinauswollte, wusste sogar, dass er recht hatte, doch das änderte nichts an ihrer Stimmung.

»Ich dachte, ich könnte Sie damit vielleicht beruhigen.«

»Also, was wollen Sie, Mr. Pitt?«

»In der Nacht, als Lily getötet wurde: Wann haben Sie Maddock zum letzten Mal gesehen, bevor er losging, um sie zu suchen?«

»Ich habe keine Ahnung.«

»Was haben Sie an diesem Abend gemacht?«

»Gelesen. Aber ich wüsste nicht, was das mit der Sache zu tun haben könnte.«

»Ach?« Er hob interessiert die Augenbrauen und lächelte. »Was haben Sie gelesen?«

Sie spürte, dass man ihr den Ärger höchstwahrscheinlich im Gesicht ablesen konnte. Ihr Vater hätte ihre Lektüre missbilligt. Schließlich handelte es sich doch um etwas, über das Bescheid wissen zu wollen sich für eine Dame nicht schickte.

»Das geht Sie nichts an, Mr. Pitt.«

Ihre Antwort schien ihn zu amüsieren. Es kam ihr plötzlich in den Sinn, dass er jetzt vielleicht dachte, es handle sich um einen Liebesroman oder um alte Liebesbriefe.

»Ich habe ein Buch über den Krimkrieg gelesen«, erklärte sie ärgerlich.

Er machte vor Erstaunen große Augen.

»Ein ungewöhnliches Interesse für eine Dame.«

»Schon möglich. Aber was hat das mit Lily zu tun? Ich habe mir sagen lassen, Sie seien ihretwegen hier.«

»Ich nehme an, Sie haben die Gelegenheit genutzt, weil Ihr Vater Ihr Interesse für so blutige und unweibliche Themen nicht billigt?«

»Auch das geht Sie nichts an.«

»Sie haben also allein gelesen; haben Sie nicht nach Maddock geklingelt oder nach Dora, damit sie Ihnen irgendeine Erfrischung holen oder das Gas verstellen oder die Türen verschließen?«

»Ich hatte kein Verlangen nach einer Erfrischung, und ich bin durchaus in der Lage, selbst das Gas auf- oder abzudrehen oder die Türen abzuschließen.«

»Dann haben Sie Maddock also nicht gesehen?«

Endlich merkte sie, worauf er hinauswollte. Sie ärgerte sich über sich selbst, dass sie es nicht vorher erkannt hatte.

»Nein.«

»Also – nach allem, was Sie wissen – hätte er zu jedem beliebigen Zeitpunkt während des Abends das Haus verlassen können?«

»Mrs. Dunphy hat gesagt, dass er mit ihr gesprochen habe. Er ist erst hinausgegangen, als Lily über die Zeit ausblieb und ... und er sich allmählich Sorgen machte.«

»Das sagt er. Aber Mrs. Dunphy war allein in der Küche. Er hätte also auch durchaus schon früher das Haus verlassen können. «

»Nein, das hätte er nicht. Wenn ich nach irgendetwas verlangt hätte, hätte ich seine Abwesenheit bemerken müssen.«

»Aber Sie waren dabei, ein Buch zu lesen, dessen Lektüre Ihr Vater nicht billigte.« Er sah sie scharf an. Sein Blick war offen, so, als ob es keine Schranken zwischen ihnen gäbe.

»Das wusste er nicht!« Doch im selben Moment, als sie das sagte, kam ihr der abscheuliche Gedanke, dass Maddock es wahrscheinlich gewusst hatte. Sie hatte das Buch aus dem Arbeitszimmer ihres Vaters genommen. Maddock kannte die Bücher gut genug, um herauszufinden, welches fehlte – und er kannte Charlotte. Sie wandte sich Pitt zu, um ihm ins Gesicht zu sehen.

Er lächelte nur. »Wie auch immer«, fuhr er fort, womit er die Sache mit dem Buch mit einer lässigen Handbewegung abtat. Wirklich, er war eine äußerst ungepflegte Erscheinung, so ganz anders als Dominic. Er sah aus wie ein Stelzvogel, der mit den Flügeln schlägt. »Ich kann mir keinen Grund vorstellen, warum er irgendwelchen Groll gegen Miss Abernathy hegen sollte.« Er hob die Stimme: »Waren Sie mit Miss Abernathy befreundet?«

»Nicht besonders.«

»Nein«, überlegte er nachdenklich. »Nach dem, was ich so von ihr gehört habe, hätten Sie sie sich wohl kaum als Umgang gewählt. Ein etwas flatterhaftes Mädchen, machte sich viel aus Spaß und ziemlich frivolen Beschäftigungen, das arme Kind.«

Charlotte sah ihn an. Er wirkte sehr ernst. War er denn durch seinen Beruf noch nicht so an den Tod gewöhnt, dass dieser ihn nicht mehr berührte?

»Sie war kein unmoralisches Mädchen«, stellte sie ruhig fest, »nur sehr jung und noch ein wenig töricht.«

»So ist es.« Sein Gesichtsausdruck wurde ernst. »Und es ist höchst unwahrscheinlich, dass sie ein Verhältnis mit dem Butler von irgendjemandem gehabt hat. Ich kann mir vorstellen, dass sie den Blick auf etwas sehr viel Höheres gerichtet hatte. Sie hätte wohl kaum weiter den gesellschaftlichen Umgang pflegen können, den sie suchte, wenn sie sich in irgendeiner Weise mit einem Bediensteten eingelassen hätte, auch wenn es sich um einen Butler gehandelt hätte!«

»Werden Sie jetzt sarkastisch, Mr. Pitt?«

»Ich meine das ganz wörtlich, Miss Ellison. Wissen Sie, ich halte mich nicht immer an gesellschaftliche Regeln, aber ich bin mir durchaus darüber im Klaren, wie sie aussehen!«

»Das überrascht mich!«, erwiderte sie mit schneidender Stimme. »Haben Sie etwas gegen Sarkasmus, Miss Ellison?«

Sie spürte, wie ihr das Blut ins Gesicht schoss; der Hieb hatte gesessen.

»Ich finde Ihr Benehmen beleidigend, Mr. Pitt. Wenn Sie irgendwelche Fragen im Zusammenhang mit Ihren Ermittlungen an mich haben, dann stellen Sie sie bitte. Sollte dies nicht der Fall sein, erlauben Sie mir, Maddock zu rufen, damit er

Ihnen den Weg nach draußen zeigt.«

Zu ihrer Überraschung wurde er nun ebenfalls rot und blickte sie ausnahmsweise nicht an.

»Ich bitte um Entschuldigung, Miss Ellison. Nichts lag mir ferner, als Sie zu beleidigen.«

Sie war verwirrt. Er sah unglücklich aus, so, als ob sie ihn tatsächlich verletzt hätte. Sie war im Unrecht gewesen, und sie wusste es. Ihre Grobheit war unverzeihlich, und er hatte sich so weit gehen lassen, es ihr mit gleicher Münze heimzuzahlen. Sie hatte ihren gesellschaftlichen Vorteil ausgenutzt, um den letzten Schuss abzufeuern. Es war nichts, auf das sie stolz sein konnte; ja, es war vielmehr ein Missbrauch ihrer privilegierten Stellung. Die Situation musste richtiggestellt werden.

Auch sie schaute ihn jetzt nicht an.

»Es tut mir leid, Mr. Pitt. Es war unüberlegt. Sie haben mich nicht beleidigt, sondern ich bin durch ... durch die Umstände doch etwas mehr durcheinander, als ich es sein sollte. Bitte verzeihen Sie meine Unhöflichkeit.«

Er sprach ruhig. Emily hatte recht; er hatte eine wundervolle Stimme. »Dafür bewundere ich Sie, Miss Ellison.«

Erneut fühlte sie sich äußerst unbehaglich; sie war sich wohl bewusst, dass er sie anstarrte.

»Und machen Sie sich keine Sorgen wegen Maddock. Ich habe keine Anhaltspunkte, auf die hin ich ihn verhaften müsste. Und, um ganz offen zu sein, ich halte es für unwahrscheinlich, dass er irgendetwas mit der Sache zu tun hatte.«

Hastig schaute sie nach oben, um seinen Blick zu finden, ihn zu erforschen und zu sehen, ob er das auch wirklich ehrlich meinte.

»Ich wünschte nur, ich hätte irgendeine Idee, wer es war«,

fuhr er ernst fort. »Diese Sorte Mensch hört nicht bei zwei oder drei Morden auf. Bitte seien Sie äußerst vorsichtig! Gehen Sie nicht allein aus, nicht einmal für ein paar Schritte.«

Sie spürte, wie sie eine Welle von Entsetzen und Verlegenheit zugleich durchfuhr: Entsetzen bei dem Gedanken an irgendeinen namenlosen Verrückten, der durch die Straßen schlich, direkt vor den verdunkelten Fenstern, und Verlegenheit über die Tiefe des Gefühls in Pitts Augen. Es war doch einfach undenkbar, dass er wirklich ... Nein, natürlich nicht! Das war nur Emilys dummes Geschwätz. Er war ein Polizist! Etwas ganz Gewöhnliches. Wahrscheinlich hatte er irgendwo eine Frau und Kinder. Was für ein stattlicher Mann er doch war, nicht dick, sondern groß. Sie wünschte, er würde sie nicht so ansehen, so, als ob er ihre Gedanken lesen könnte.

»Nein«, antwortete sie und schluckte schnell. »Ich versichere Ihnen, dass ich nicht die Absicht habe, ohne Begleitung auszugehen. Keine von uns wird das tun. Nun, wenn es nichts mehr gibt, womit ich Ihnen weiterhelfen könnte, müssen Sie mit Ihren Ermittlungen fortfahren – woanders. Guten Tag, Mr. Pitt.«

Er hielt ihr die Tür auf.

»Guten Tag, Miss Ellison.«

Es war spät am Nachmittag. Sie war allein im Garten und gerade damit beschäftigt, die verwelkten Rosenblüten abzupflücken, als Dominic über den Rasen auf sie zukam.

»Nein, wie ordentlich.« Er betrachtete die Rosensträucher, die sie bearbeitet hatte. »Komisch, ich hätte nie von dir gedacht, dass du so ... auf Ordnung hältst. Das passt eher zu Sarah, hinter der Natur herzuräumen. Ich hätte von dir eigentlich erwartet, dass du sie dranlassen würdest.«

Sie sah ihn nicht an. Sie wollte sich die irritierenden Gefühlsregungen ersparen, die ein Blickwechsel in ihr ausgelöst hätte. Wie immer sagte sie, was sie dachte.

»Ich mache das hier nicht, um Ordnung zu schaffen. Wenn man die verwelkten Blüten entfernt, hat das den Effekt, dass die Pflanze nicht weiter ihre Lebenskraft in sie hineinsteckt, den Samen und so weiter. Es trägt dazu bei, sie erneut zum Blühen zu bringen.«

»Wie praktisch. Hört sich ganz wie Emily an.« Er pflückte ein paar Blüten ab und warf sie in ihren Korb. »Was wollte Pitt? Ich hätte eigentlich gedacht, dass er uns alles erdenklich Mögliche schon gefragt hat.«

»Ich bin mir da nicht ganz sicher. Er war ziemlich unverschämt.« Sofort wünschte sie, dass sie das lieber nicht gesagt hätte. Vielleicht war er es ja wirklich gewesen, aber auch sie hatte sich grob verhalten, und das war für sie selbst viel unverzeihlicher. »Es mag vielleicht seine Methode sein, Leute zu überraschen, damit sie aufrichtig sind.«

»In deinem Fall wohl eher zwecklos, würde ich mal meinen?« Er grinste.

Ihr Herz schlug höher. Alle Gewohnheit und Vertrautheit verschwanden, und es war noch einmal so, als wäre sie ihm gerade zum ersten Mal begegnet – sie war verzaubert. Er verkörperte alles: Humor, Männlichkeit und Romantik. Warum, ach warum hatte sie nicht Sarah sein können?

Sie senkte den Blick auf die Rosen, für den Fall, dass er ihre Gedanken in ihren Augen lesen könnte. Sie war sich bewusst, dass ihre Gefühle in ihnen geschrieben stehen mussten. Ausnahmsweise wusste sie nicht, was sie sagen sollte.

»Ging es ihm wieder um Maddock?«, fragte er.

»Ja.«

Er knipste eine weitere Blüte ab und warf sie in den Korb.

»Glaubt er etwa wirklich, dass Lily den armen Teufel derart um den Verstand gebracht hat, dass er, als sie Brody statt seiner auserwählte, ihr gefolgt ist und sie auf der Straße ermordet hat?«

»Nein, natürlich nicht! So dumm würde er nicht sein«, entgegnete sie schnell.

»Wäre das denn so dumm, Charlotte? Leidenschaft kann sehr stark sein. Wenn sie ihn nun ausgelacht hat, sich über ihn lustig gemacht hat...«

»Maddock! Dominic?« Sie sah ihn an, ohne einen klaren Gedanken zu fassen. »Du glaubst doch nicht wirklich, dass er das getan hat, oder?«

Seine dunklen Augen blickten verwirrt.

»Es fällt mir schwer, so etwas zu glauben; aber dann fällt es mir auch wieder schwer zu glauben, dass überhaupt irgendjemand eine Frau so mit einem Draht erwürgen könnte. Aber jemand hat es getan. Wir kennen nur eine Seite von Maddock. Wir sehen ihn nur immer förmlich und korrekt: ›Jawohl, Sir‹, ›Nein, Ma'am‹. Wir denken niemals daran, was er hinter dieser Maske fühlt oder denkt.«

»Du glaubst es also!« sagte sie anklagend.

»Ich weiß es nicht. Aber wir müssen es in Betracht ziehen.«

»Das müssen wir nicht! Pitt muss es vielleicht, aber wir wissen es besser.«

»Nein, Charlotte. Wir wissen überhaupt nichts. Und Pitt muss etwas von seinem Geschäft verstehen, sonst wäre er nicht Inspector.«

»Er ist schließlich nicht unfehlbar. Und er hat sowieso gesagt, dass er nicht glaube, Maddock sei in die Sache verwickelt; er müsse lediglich alle Möglichkeiten in Erwägung ziehen.«

»Hat er das gesagt?«

»Ja.«

»Wenn er also nicht glaubt, dass es Maddock war, warum kommt er dann dauernd hierher?«

»Ich nehme an, weil Lily hier gearbeitet hat.«

»Und was ist mit den anderen – Chloe und dem Hilton-Mädchen?«

»Nun, ich nehme an, er geht auch dorthin. Ich habe ihn nicht gefragt.«

Er starrte finster auf das Gras.

Sie sehnte sich danach, irgendetwas Kluges zu sagen, etwas, das ihm in Erinnerung bleiben würde, aber ihr fiel nichts ein, so durcheinander war sie.

Er entfernte die letzte Rose und hob den Korb auf.

»Nun, ich nehme an, er wird entweder jemanden verhaften oder das Ganze als ein ungelöstes Verbrechen zu den Akten legen«, bemerkte er trocken. »Nicht gerade ein tröstender Gedanke. Ich glaube, alles andere wäre mir lieber als das.« Er ging zurück ins Haus.

Sie folgte ihm langsam. Papa, Sarah und Emily waren im Salon, und als sie hinter Dominic eintrat, kam auch Mama gerade durch die andere Tür herein. Ihr Blick fiel auf den Korb mit Rosenblüten.

»Ach ja, schön. Danke, Dominic.« Sie nahm ihm den Korb ab, den er ihr reichte.

Edward sah von der Zeitung auf, die er gerade las.

»Was hat dich dieser Polizist heute Morgen gefragt, Charlotte?«

»Sehr wenig«, gab sie zur Antwort. Tatsächlich konnte sie sich nur noch deutlich daran erinnern, wie grob sie gewesen war, und an ihre Erleichterung darüber, dass er Maddock nicht ernsthaft verdächtigte.

»Du warst lange genug mit ihm zusammen«, bemerkte Emily. »Wenn er dir keine Fragen gestellt hat, was um alles in der Welt habt ihr dann eigentlich gemacht?«

»Emily, rede keinen Unsinn!«, befahl Edward kurz angebunden. »Deine Kommentare sind geschmacklos. Charlotte, bitte antworte etwas ausführlicher. Wir machen uns Sorgen.«

»Wirklich, Papa, es schien, als ob er nur noch einmal dieselben Punkte durchging. Über Maddock, um welche Zeit er das Haus verließ, was Mrs. Dunphy gesagt hat. Doch er hat zugegeben, dass er selbst nicht daran glaubt, Maddock sei schuldig, er müsste eben nur jeder Möglichkeit nachgehen.«

»Oh.«

Sie hatte Erleichterung erwartet, sogar Freude; das Schweigen, das ihr entgegenschlug, war ihr unverständlich.

»Papa?«

»Ja, mein Liebes?«

»Bist du denn nicht erleichtert? Die Polizei verdächtigt Maddock nicht. Soviel hat Inspector Pitt gesagt.«

»Wen verdächtigen sie dann?«, fragte Sarah. »Oder hat er dir das nicht erzählt?«

»Natürlich hat er das nicht!«, antwortete Edward missbilligend. »Es überrascht mich schon, dass er ihr überhaupt soviel erzählt hat. Bist du auch sicher, dass du ihn richtig verstanden hast? War da nicht vielleicht dein Wunsch Vater des Gedankens?«

Es war fast so, als ob sie ihr nicht glauben wollten.

»Nein, ich habe es nicht missverstanden. Er hat sich vollkommen eindeutig ausgedrückt.«

»Was genau hat er gesagt?«, fragte Caroline ruhig.

»Ich kann mich nicht erinnern, aber ich habe ihn sicherlich nicht missverstanden, da bin ich mir vollkommen sicher.«

»Nun, das ist beruhigend«, murmelte Sarah, wobei sie ihr Nähzeug sinken ließ. Sie nähte wunderschön. Solange Charlotte sich erinnern konnte, hatte sie ihre Schwester deswegen beneidet. »Vielleicht wird die Polizei jetzt nicht wiederkommen.«

Emily lächelte. »Und ob sie das wird.«

»Wozu – wenn sie Maddock nicht verdächtigen?«

»Um Charlotte zu sehen, natürlich. Inspector Pitt ist ein großer Verehrer von ihr.«

Edward holte tief Luft.

»Emily, das ist nicht die passende Gelegenheit, um frivole Reden zu führen. Und die wenig realistischen Phantasien des einen oder anderen Polizisten interessieren uns nicht. Zweifellos bewundern viele Männer aus einfachen Verhältnissen höhergestellte Frauen, aber sie besitzen genug gesunden Menschenverstand, um das nicht zu zeigen.«

»Aber die Polizei hat keinen Grund wiederzukommen, keinen wirklichen Grund«, betonte Sarah mit Nachdruck.

»Sie hat den besten Grund von allen.« Emily ließ sich nicht so leicht unterkriegen. »Verbrechen kommen und gehen, aber die Liebe währt ewig.«

»Hin und wieder«, stellte Dominic trocken fest.

»Nun, es handelt sich doch offensichtlich um jemanden aus der Unterwelt«, sinnierte Sarah. »Ich verstehe nicht, warum sie überhaupt erwogen haben, dass es anders sein könnte. Das erscheint mir doch recht wenig sachkundig.«

»Nein«, antwortete Charlotte schnell, »das stimmt nicht!«

Edward wandte sich ihr überrascht zu.

»Was stimmt nicht?«

»Es ist niemand aus der Unterwelt. Die morden ausschließlich, wenn ihnen keine andere Wahl bleibt – um zu entkommen oder etwas in dieser Art, oder aus Rache. Leute, die sie nicht kennen, überfallen sie nur, um sie zu berauben. Und Lily ist nicht beraubt worden.«

»Woher weißt du das alles?«

Charlotte war sich bewusst, dass jetzt alle Blicke auf sie gerichtet waren.

»Inspector Pitt hat es mir erzählt. Und es klingt logisch.«

»Ich weiß nicht, wie man von Verbrechern erwarten kann, dass sie logisch handeln.« Sarah wurde ungeduldig. »Es wird irgendein Wahnsinniger sein, jemand, der vollkommen verdorben ist und nicht weiß, was er eigentlich tut.« Sie schauderte.

»Der arme Teufel.« In Dominics Stimme lag Mitgefühl. Charlotte war überrascht. Warum sollte er solches Mitleid mit einer Kreatur haben, die drei entsetzliche Morde begangen hatte?

»Spare dir dein Mitgefühl für Lily und Chloe und das Hilton-Mädchen«, murrte Edward ein wenig verärgert.

Dominic sah sich um.

»Wieso? Die drei sind tot. Aber dieser arme Teufel lebt noch, zumindest nehme ich das an.«

»Hör auf damit!«, sagte Edward scharf. »Du wirst den Mädchen noch Angst einjagen.«

Dominic sah mit festem Blick einen nach dem anderen an. »Es tut mir leid. Obwohl ich glaube, dass euch ein wenig Angst in dieser Zeit vielleicht sogar das Leben retten könnte.« Er wandte sich Charlotte zu. »Pitt glaubt also nicht, dass es sich um irgendeinen Verrückten aus der Unterwelt handelt. Was glaubt er?«

Es war nur eine einzige Schlussfolgerung möglich. Sie akzeptierte sie so gefasst, wie sie konnte – aber ihre Stimme bebte.

»Er muss der Meinung sein, dass es jemand ist, der hier wohnt, irgendwo in der Nähe der Cater Street.«

»Unsinn!« Edward richtete sich mit einem Ruck auf. »Ich habe zeit meines Lebens hier gewohnt. Ich kenne so ziemlich jeden im Umkreis von ... von Kilometern. In dieser Gegend gibt es keinen Wahnsinnigen, der ein solches Monster ist. Du lieber Himmel, wenn es ihn gäbe, glaubt Pitt dann nicht, dass wir es wissen müssten? Eine solche Kreatur könnte wohl kaum unbemerkt bleiben! Sie könnte sich nicht so benehmen wie wir anderen.«

War das wirklich nicht möglich? Charlotte schaute ihn prüfend an, dann warf sie einen verstohlenen Blick auf Dominic. Wieviel von einem Menschen konnte man von seinem Gesicht ablesen? Ahnte vielleicht sogar einer von ihnen etwas von dem stürmischen Gefühl in ihrem Inneren? Lieber Gott, bitte nicht! Wenn solcher Wahnsinn, ein solcher Hass wie der, von dem diese Kreatur gepeinigt wurde, äußerlich sichtbar wäre, warum war dieser Mann dann nicht längst bekannt? Mit irgendjemandem musste er doch zusammensein – Familie, Frau,

Freunde? Was würden sie wohl denken, wenn sie es wüssten? Konnte man so etwas über jemanden wissen – und schweigen? Oder würde man es nicht wahrhaben wollen, die Augen vor den Tatsachen verschließen, die Dinge so auslegen, dass sie eine andere Bedeutung erhielten?

Was täte sie, wenn sie jemanden lieben würde? Wenn es Dominic wäre, würde sie ihn dann nicht auch vor allem schützen und – wenn nötig – dafür sterben?

Was für ein ungeheuerlicher Gedanke! Als ob jemand, der auch nur entfernt wie Dominic war, in solche Gewalttaten verwickelt sein könnte, beherrscht von diesem fürchterlichen Zwang, der ihn dazu brachte, andere in Angst und Schrecken zu versetzen, zu zerstören, sich in den Schatten der Häuserwände herumzudrücken – getrieben von dem Wunsch, Furcht zu verbreiten.

Welcher Mann konnte das wollen? Sie konnte sich ihn nur als einen schwarzen Schatten vor Nebelschleiern vorstellen. Hatte Lily sein Gesicht gesehen? Hatte es überhaupt eine von den dreien gesehen? Und wenn sie es selbst sehen sollte, würde es ein Gesicht sein, das sie kannte – ein neuer Albtraum oder ein vertrauter?

Um Charlotte herum unterhielt man sich. Sie bemerkte es erst jetzt. Warum hatten sie bloß so schnell akzeptiert, dass es Maddock sein könnte? Fast kam es ihr so vor, als ob sie dankbar für eine Lösung wären, so, als ob jede Lösung besser wäre als keine.

Nein, eine solche Haltung war entsetzlich. Doch obgleich sie anderer Meinung war, konnte sie die anderen verstehen. Es gab keine vagen Verdächtigungen mehr. Jedes Wissen, jede

Tatsache, der man ins Auge sehen musste, war besser als die Unsicherheit, das Bewusstsein, dass der Täter sich noch immer da draußen auf den gasbeleuchteten Straßen herumtrieb. Was auch immer das Bekannte sein mochte, es war besser als das Unbekannte, besser, als die Polizei hier im Haus zu haben, die Fragen stellte und Verdächtigungen äußerte. Sie konnte es verstehen, doch sie schämte sich zugleich für ihre Familie und für sich selbst, weil sie nichts sagte und die Dinge nicht klarstellte. In gewisser Hinsicht ließ sie es zu, erlaubte sie ihnen allen, sich etwas vorzumachen.

Um sie herum unterhielten sich alle, aber sie brachte es nicht über das Herz, sich am Gespräch zu beteiligen.

Emily beschäftigten solche Gedanken nicht. Am Tag darauf hatte sich die ganze unerfreuliche Angelegenheit für sie bereits auf ein rein praktisches Problem reduziert. Natürlich tat Lily ihr leid, aber der Armen war jetzt nicht mehr zu helfen, und Trauer würde ihr auch nichts nützen. Emily hatte nie verstanden, warum Leute trauerten. Und das Eigenartigste daran war, dass es gerade die allerfrommsten waren, die sich der Trauer hingaben; ausgerechnet diejenigen, die sich doch eigentlich hätten freuen müssen! Schließlich predigten sie laut genug über Himmel und Hölle. Zu trauern war ganz sicher den Toten gegenüber die schlimmste Beleidigung. Schließlich ging man dann von der Annahme aus, dass die Person auf der Waage des Jüngsten Gerichts als zu leicht befunden würde.

Lily war zwar recht gewöhnlich gewesen, doch sie hatte nichts getan, was eine Verdammung rechtfertigen könnte. Also durfte man annehmen, dass sie jetzt in einer besseren Welt war. Welche Sünden sie auch immer begangen haben mochte

– und es konnte sich nur um kleine Verfehlungen handeln –, sie hatte sie mit dem Leben bezahlt und war damit sicherlich reingewaschen.

Man sollte die ganze Angelegenheit jetzt besser vergessen, einmal abgesehen von der recht schmutzigen Aufgabe herauszufinden, wer sie ermordet hatte. Und das war Aufgabe der Polizei. Alles, was sie und ihre Familie tun konnten, war, gut aufzupassen, damit sie nicht dem Wahnsinnigen mit seinem Würgedraht über den Weg liefen.

Die wirklich bedeutenden praktischen Probleme waren erfreulich; so galt es zum Beispiel herauszufinden, was die einzelnen Gäste voraussichtlich auf der Party tragen würden, die von einem gewissen Major Winter und seiner Frau gegeben wurde und zu der sie George Ashworth begleiten würde. Es wäre eine herbe Schlappe, wenn sie feststellen müsste, dass noch jemand das gleiche oder doch zumindest ein ähnliches Kleid wie sie tragen würde. Schließlich war es ihr Ziel, in der Mode selbst Maßstäbe zu setzen, und nicht, ihnen zu folgen. Doch bis dahin musste sie sich erst einmal ein ganz genaues Urteil bilden, um nicht lediglich exzentrisch zu wirken. Sie würde die Madison-Töchter und Miss Decker zu Rate ziehen müssen – natürlich so, dass diese es nicht merkten.

Die Polizei ließ sich mehrere Tage nicht blicken. Anscheinend führte sie ihre Ermittlungen andernorts durch. Sie untersuchte vielleicht noch einmal die früheren Morde und sprach mit den Abernathys und den Hiltons. Über die ganze Affäre wurde nicht mehr offen gesprochen, obwohl sich fast alle Familienmitglieder dabei ertappten, dass sie Kleinigkeiten sagten, unbedacht Gedanken äußerten. Es waren vorwiegend erleichterte Bemerkungen, dass die Polizei endlich aus dem Hause sei und mit ihrer unangenehmen Anwesenheit – nebst dem damit verbundenen Klatsch und Skandal – jemand anderen heimsuche. Das andere Gefühl, das zwischen den Worten mitschwang, war die anhaltende Angst vor dem, was wohl als Nächstes geschehen würde. Wo könnte diese Bestie jetzt wohl sein? Wenn es wirklich so war, dass der Mörder aus der unmittelbaren Umgebung stammte – war es der Diener eines Nachbarn oder ein kleiner Händler?

Emily verschaffte sich alle nötigen Informationen und besorgte sich ein herrliches Kleid in einem ganz zarten Lila und mit feinem Silberbesatz. Ihr Gesundheitszustand war ausgezeichnet, ihre Haut war rein – viel besser als die der älteren Miss Madison –, und ihre Augen glänzten. Sie hatte einen wunderschönen – nicht zu rosigen – Teint, und ihr Haar sah genauso aus, wie sie wollte.

Ashworth holte sie in seiner Kutsche ab, und selbstverständlich vergaß er nicht, der Familie seine Aufwartung zu machen, bevor sie aufbrachen. Mama war sehr höflich. Während Papa sie hierbei sogar noch übertraf, war Charlotte so wenig entgegenkommend wie gewöhnlich.

»Ich glaube, Ihre Schwester Charlotte hat nicht besonders viel für mich übrig«, bemerkte Ashworth, sobald sie allein waren. »Wirklich schade. Sie ist ein hübsches Geschöpf.«

Emily wusste, dass sie von Charlotte nichts zu befürchten hatte, aber es wäre vielleicht klüger, wenn sie selbst für Ashworth nicht zu einfach erreichbar wäre. Es war mehr als wahrscheinlich, dass es ihm eher um die Jagd als um die Beute ging.

»Das ist sie wirklich«, stimmte sie zu. »Und Sie sind nicht der Einzige, der das bemerkt hat.«

»Das hätte ich auch kaum angenommen.« Er sah sie lächelnd

an. »Oder spielen Sie auf etwas Konkretes an? Wenn Sie einen netten kleinen Tratsch auf Lager haben, müssen Sie ihn mir unbedingt erzählen.«

»Es ist nur ... unser Polizeiinspector scheint zu Charlottes großer Verärgerung sehr von ihr angetan zu sein!«

Er lachte unbekümmert. »Und wie ich Sie so kenne, haben Sie bestimmt Ihren Kommentar dazu abgegeben. Die arme Charlotte, wie ärgerlich aber auch, ausgerechnet von einem Polizisten verehrt zu werden!«

Ihre Ankunft entsprach voll und ganz Emilys Erwartungen und Plänen. Auch danach liefen die Dinge – zumindest für die ersten beiden Stunden – ausgezeichnet. Später allerdings musste sie feststellen, dass Ashworth seine Aufmerksamkeit nicht nur seinen trinkenden und spielenden Kumpanen widmete, sondern dass er sich auch besonders um eine gewisse Hetty Gosfield bemühte, ein auffälliges Mädchen mit einem etwas aufdringlichen Charme, aber einflussreichem Elternhaus und – was noch schlimmer war – mit Geld. Sie hatte schon immer gewusst, dass Ashworth ein Bewunderer schöner Frauen war und erwartete nicht, dass er ihr seine ungeteilte Aufmerksamkeit – oder auch nur den größten Teil davon – schenken würde. Zumindest würde ihr das nicht ohne beachtliche Anstrengung gelingen. Aber diese Gosfield wurde langsam zu einer Gefahr.

Emily beobachtete, wie Ashworth am anderen Ende des Raums Hetty Gosfield anlächelte und diese glücklich zurücklachte. Auch eine Viertelstunde später war die Situation praktisch unverändert.

Emily holte tief Luft und dachte angestrengt nach. Vor allem durfte sie jetzt keine Szene machen. Ashworth verabscheute es, wenn Leute – ausgenommen er selbst – gewöhnlich wurden. Sogar wenn er ein solches Verhalten amüsant fand, verachtete er es. Sie würde sehr viel geschickter vorgehen müssen; es galt, diese Gosfield in ein schlechtes Licht zu rücken.

Sie brauchte eine ganze Weile, um sich ihre nächsten Schritte zu überlegen, weil sie gleichzeitig einer Unterhaltung mit Mr. Decker folgen – ohne dabei zu offensichtlich Unsinn zu reden –, ruhig Blut bewahren und einen zufriedenstellenden Schlachtplan entwickeln musste.

Als sie schließlich in das Gefecht zog, tat sie es mit Entschlossenheit. Einen von Ashworths jungen Freunden kannte sie einigermaßen gut. Es war der ehrenwerte William Foxworthy, ein hohlköpfiger Bursche mit mehr Geld als gutem Geschmack und einem Drang zur Selbstdarstellung. Es fiel ihr nicht schwer, seine Aufmerksamkeit auf sich zu lenken. Er saß an einem der Tische und spielte Karten. Er sah, dass sie ihn beobachtete. Sie wartete, bis er gewonnen hatte.

»Oh, ganz ausgezeichnet, Mr. Foxworthy!« lobte sie ihn. »Welche Geschicklichkeit Sie besitzen. In der Tat, ich habe niemals jemanden gesehen, der raffinierter spielt – mit Ausnahme von Lord Ashworth natürlich.«

Er blickte abrupt auf.

»Ashworth? Sie glauben also, er wäre raffinierter als ich?«

Sie lächelte süßlich.

»Nur beim Kartenspiel. Ich bezweifle nicht, dass Sie ihn in vielen anderen Dingen übertreffen.«

»Ich weiß nicht, wie es bei anderen Dingen aussieht, Miss Ellison, aber ich versichere Ihnen, dass ich ihm beim Kartenspiel überlegen bin.«

Sie warf ihm einen sanften Blick zu, nachsichtig und gänzlich ungläubig.

»Ich werd's Ihnen beweisen!« Mit dem Kartenspiel in der Hand stand er auf.

»Oh, ich bitte Sie, machen Sie sich keine Umstände«, wandte sie schnell ein. Es lief alles wie am Schnürchen, genauso, wie sie es geplant hatte. »Ich bin sicher, dass Sie äußerst talentiert sind.«

»Nicht talentiert, Miss Ellison.« Er war jetzt sehr förmlich; sein Stolz war tief verletzt worden. »Das würde lediglich Mittelmäßigkeit bedeuten. Ich bin besser als Ashworth, und ich werde es Ihnen beweisen.«

»Nein, bitte, es lag nicht in meiner Absicht, Ihr Spiel zu stören«, protestierte Emily, wobei sie in ihre Stimme weiterhin einen Unterton des Zweifels legte.

»Sie bezweifeln meine Worte?«

»Wenn ich ehrlich sein soll –«

»Dann lassen Sie mir keine andere Wahl, als Ashworth zu schlagen, um Sie zu zwingen, mir zu glauben!« Er schritt quer durch den Raum auf Ashworth zu, der immer noch seine ungeteilte Aufmerksamkeit Hetty Gosfield schenkte.

»George!«, rief er laut.

»Oh, ich bitte Sie!«, seufzte Emily kläglich, doch sie folgte ihm nur ein paar Schritte. Man durfte nicht sehen, dass sie das Ganze angestiftet hatte, sonst wäre alles umsonst gewesen.

Es lief prächtig. Foxworthy störte das traute Beisammensein, indem er verlangte, seine Überlegenheit unter Beweis stellen zu können. Ashworth konnte dieser Herausforderung nicht widerstehen. Hetty Gosfield wollte ihn zunächst davon abbringen, doch als Ashworth begann, sich über sie zu ärgern, weil sie ihm auf die Nerven ging und die Aufmerksamkeit in unliebsamer Weise auf sich zog, schmollte sie und zog mit jemand anderem ab.

Nachdem alles vorüber war, war Emily endlich wieder mit Ashworth allein.

»Hab' ihn geschlagen«, meinte er mit Genugtuung.

»Natürlich.« Emily lächelte. Er hatte anscheinend keine Ahnung, dass das Ganze mit Geschicklichkeit beim Kartenspiel gar nichts zu tun gehabt hatte. »Das hatte ich auch nicht anders erwartet.«

»Ich kann vulgäres Benehmen nicht ausstehen«, fuhr er gekränkt fort. »Es ist geschmacklos, wenn sich eine Frau derart lächerlich macht.«

Wieder stimmte Emily ihm zu, obwohl sie im Stillen dachte, dass es bei einer Frau auch nicht schlimmer war als bei einem Mann; doch die Gesellschaft sah es nun einmal anders, und sie kannte die Regeln gut genug, um sich an sie zu halten, und viel zu gut, als dass sie sich einbildete, man könne sie brechen und trotzdem gewinnen.

Erst später, als sie zu Hause im Bett lag und die Muster anstarrte, die vom Schein der Gaslampen draußen an die Decke geworfen wurden, ließ sie den Abend noch einmal Revue passieren. Es stand für sie außer Frage, dass sie nach wie vor die Absicht hatte, George Ashworth zu heiraten, aber es galt nun, seine Fehler gründlich abzuwägen. Sie musste zu einer Entscheidung darüber gelangen, welche von ihnen auf dezente Weise geändert werden könnten und mit welchen sie zu leben lernen – und sich selbst ändern – müsste. Es war vielleicht zuviel verlangt, von einem Mann von Stand und mit Vermögen Treue zu erwarten, aber sie würde auf jeden Fall verlangen, dass er bei seinen amourösen Abenteuern Diskretion wahrte. Sobald die Zeit reif war, musste sie das unmissverständlich klarstellen.

Auch mochte er um sein eigenes Geld spielen, so viel er wollte, nur dürfte er niemals das verpfänden, was sie mit gutem Gewissen als seine Versorgung für sie betrachten dürfte – also ihr Haus, die Löhne für die Bediensteten, eine Kutsche mit guten Pferden und eine ausreichend große Summe für ihre Kleidung, die es ihr gestattete, so aufzutreten, wie es sich für eine Dame ziemte.

Über diese praktischen Fragen schlief sie ein.

Am folgenden Donnerstag begleitete sie Sarah, um den Pfarrer und Mrs. Prebble zum Tee zu besuchen und den bevorstehenden Kirchenbasar zu besprechen.

»Aber was machen wir bei schlechtem Wetter?«, fragte Sarah, während sie von einem zum anderen blickte.

»Wir müssen auf Gott vertrauen«, erwiderte der Pfarrer. »Und der September ist in der Regel der angenehmste Monat im Jahr. Selbst wenn es regnen sollte, ist kaum damit zu rechnen, dass es kalt sein wird, und ich bezweifle nicht, dass dies unsere treuen Pfarrkinder bereitwillig erdulden werden.«

Emily bezweifelte das entschieden, und sie war froh, dass Charlotte nicht da war, um ihren Kommentar abzugeben.

»Wäre es nicht möglich, für irgendeine Art Schutzdach zu sorgen, für den Fall, dass wir Pech haben?«, fragte sie. »Wir können wohl kaum darauf bauen, dass der Herr uns anderen gegenüber bevorzugt.«

»Uns anderen gegenüber bevorzugt, Miss Ellison?« Der Pfarrer hob die Augenbrauen. »Ich fürchte, ich habe nicht ganz verstanden, was Sie meinen.«

»Nun, vielleicht benötigen andere Kinder Gottes ja Regen«, erklärte sie. »Bauern zum Beispiel.«

Der Pfarrer blickte sie kühl an. »Es geht uns um die Sache des Herrn, Miss Ellison.«

Was konnte sie darauf schon antworten, ohne unhöflich zu sein!

»Es ließe sich vielleicht ohne große Probleme einrichten, ein paar Zelte auszuleihen«, überlegte Martha nachdenklich. »Ich glaube, in der St.-Peter-Kirche haben sie welche. Sicherlich werden sie sie uns gerne zur Verfügung stellen.«

»Es wird eine Art gesellschaftliches Ereignis sein«, stellte Sarah fest. »Die Leute werden ihre beste Kleidung tragen.«

»Es handelt sich um einen Kirchenbasar, Mrs. Corde, der den Zweck verfolgt, Geld für wohltätige Zwecke zu sammeln, und bei dem es nicht darum geht, dass sich Frauen vergnügen«, entgegnete der Pfarrer frostig. Seine Missbilligung war unüberhörbar.

Sarah errötete vor Verlegenheit, und Emily übernahm ihre Verteidigung auf eine Art, die Charlotte alle Ehre gemacht hätte.

»Wenn man auf einer Veranstaltung erscheint, wo es um die Sache des Herrn geht, wird man doch gewiss seine allerbesten Kleider tragen wollen, Herr Pfarrer«, sagte sie einschmeichelnd. »Schließlich kann man dennoch schicklich angezogen sein. In der Kirche sind wir das ja auch, und da würden Sie von uns wohl kaum erwarten, dass wir in Lumpen erscheinen.«

Ein seltsamer Ausdruck huschte über Marthas Gesicht, wie Triumph und Angst zugleich – und ein Anflug von Belustigung, der, noch ehe man ihn erkennen konnte, schon wieder verschwunden war.

»Fürwahr, Miss Ellison«, erwiderte der Pfarrer fromm. »Wollen wir hoffen, dass alle anderen das gleiche Pflichtbewusstsein und das gleiche Feingefühl wie Sie besitzen. Wir müssen mit gutem Beispiel vorangehen.«

»Wir sollten auch zusehen, dass die Leute sich gut unterhalten«, schlug Martha vor. »Schließlich werden sie sich schwerlich von ihrem Geld trennen, wenn sie sich unwohl fühlen.«

Emily warf dem Pfarrer einen flüchtigen Blick zu.

»Wir sind keine Stätte billiger öffentlicher Unterhaltung«, antwortete er eisig.

Emily konnte sich auch nichts vorstellen, was weniger geeignet war, die Öffentlichkeit zu unterhalten, als das eisige Gesicht des Pfarrers. »Wir können doch sicherlich fröhlich sein«, sprach sie bedächtig, »ohne auch nur entfernt zu einer Stätte billiger Unterhaltung zu werden?« Und als ob Charlotte aus ihr spräche, fuhr sie fort: »Tatsächlich wird schon allein das Wissen, dass wir dem Herrn dienen, eine Quelle der Freude für uns sein.«

Falls es dem Pfarrer überhaupt in den Sinn kam, dass sie es sarkastisch meinte, konnte man es seinem Gesicht zumindest nicht anmerken. Doch sie bemerkte, dass Martha ihre Augen auf sie gerichtet hatte, und fragte sich, ob diese nicht vielleicht gerne dasselbe gesagt hätte.

»Ich fürchte, Sie verstehen nichts vom Gang der Welt«, murrte der Pfarrer und blickte hochmütig auf sie herab. »Was für eine Frau allerdings auch nicht schicklich wäre. Nun, wie dem auch sei, ich muss darauf aufmerksam machen, dass die Menschen nicht so viel Freude am Dienst für den Herrn haben, wie es sein sollte. Sonst wäre die Welt ein weit besserer Ort und nicht das

Tal der Sünde und Schwäche, das sie ist. Ach, selbst wenn der Geist willig ist, wie schwach ist doch das Fleisch!«

Auch darauf wusste niemand etwas zu sagen. Emily richtete ihre Aufmerksamkeit auf die praktischen Einzelheiten; zumindest auf diese Dinge verstand sie sich ganz ausgezeichnet, obwohl sie sie nicht im Geringsten interessierten. Aber es war nur recht und billig, nicht alles Sarah zu überlassen.

Auf dem Nachhauseweg schwiegen sie beide für eine ganze Weile, bis sie keinen halben Kilometer mehr von zu Hause entfernt waren. Sarah zog ihre Stola ein wenig enger um sich.

»Es ist doch viel kühler, als ich dachte«, stellte sie mit einem leichten Frösteln fest. »Es sah so aus, als ob es warm wäre.«

»Du bist erschöpft«, Emily suchte die naheliegende Erklärung. »Du hast die ganze Zeit sehr schwer für diese ... Sache gearbeitet.« Sie hielt es für angebrachter, das Adjektiv auszulassen, das ihr schon auf der Zunge lag.

»Ich kann nicht alles der armen Mrs. Prebble überlassen. Du kannst dir gar nicht vorstellen, wie schwer diese Frau arbeitet.« Sarah beschleunigte ihre Schritte.

Sie hatte vollkommen recht. Emily hatte so gut wie keine Vorstellung davon, was Martha Prebble mit ihrer Zeit überhaupt anstellte. Es hatte sie auch nie interessiert, sich darüber Gedanken zu machen.

»Ach ja? Was tut sie denn?«

»Sie sammelt Geld für die Kirche, besucht die Kranken und Armen, und sie leitet das Waisenhaus. Was meinst du wohl, wer letzten Monat den Ausflug für die Kinder organisiert hat? Wer – glaubst du – hat die alte Mrs. Janner aufgebahrt? Sie hatte doch keine Familie und war so arm wie eine Kirchenmaus.«

Emily war überrascht. »Das hat alles Martha Prebble getan?«

»Ja. Ab und zu helfen ihr auch andere, aber nur, wenn sie Lust dazu haben, wenn es ihnen gerade passt, oder sie tun's, um dafür von anderen gelobt zu werden.«

»Das habe ich nicht gewusst.«

Sarah zog ihre Stola noch enger um sich.

»Ich glaube, dass das auch der Grund ist, warum Mama ihre manchmal etwas sonderbare Art in Kauf nimmt ... und den Pfarrer. Ich muss selbst zugeben, dass sie zuweilen etwas anstrengend sind; aber man darf nicht vergessen, welche Arbeit sie leisten.«

Emily starrte vor sich hin. Wenn man es so sah, musste sie die beiden wirklich bewundern – trotz ihrer tiefen Abneigung gegen den Pfarrer und – wegen ihrer Verbindung zu ihm – gegen Martha. Die menschliche Seele war doch unerforschlich.

Auch Caroline dachte an den Pfarrer und Martha Prebble – allerdings weniger liebenswürdig. Sie wusste schon so lange von Marthas Arbeit, insbesondere von der mit den Waisenkindern, dass ihr Erstaunen inzwischen nachgelassen hatte. Auch konnte sie ein wenig die Einsamkeit einer Frau nachempfinden, die keine Kinder hatte und die durch Familie und Umstände dazu gezwungen wurde, sich für jene abzumühen, die nicht ihre eigenen waren. Es musste oft eine undankbare Aufgabe sein.

Doch schon eine kurze Weile in ihrer Gesellschaft – vor allem in der des Pastors – reichte für lange Zeit.

»Eine äußerst ehrenwerte Frau«, stellte Großmama fest. »Ein hervorragendes Vorbild für die ganze Gemeinde. Nur schade, dass es so wenige gibt, die ihrem Beispiel folgen. Sarah muss dir Freude machen. Sie gerät sehr gut.«

Caroline fand, dass es sich so anhörte, als spräche sie über einen Kuchen oder einen Pudding. aber sie wusste, dass Großmama es nicht schätzte, wenn man sich auf ihre Kosten lustig machte.

»Ja«, gab ihr Caroline recht, wobei sie auf ihr Nähzeug blickte. Es schien weit mehr Wäsche zu geben, die geflickt werden musste, als sie in Erinnerung gehabt hatte. Aber es war auch schon lange her, dass ihnen ein Dienstmädchen gefehlt hatte, ja, das musste zuletzt noch vor Sarahs Hochzeit der Fall gewesen sein.

»Nur schade, dass du bei Charlotte nichts ausrichten kannst«, fuhr Großmama fort. »Ich weiß wirklich nicht, wie du dieses Mädchen jemals unter die Haube bringen willst. Sie erweckt nicht einmal den Eindruck, als ob sie sich wenigstens bemühen würde.«

Caroline fädelte einen neuen Faden in ihre Nadel ein. Sie wusste, warum sich Charlotte nicht bemühte, aber das ging Großmama nun überhaupt nichts an.

»Sie unterscheidet sich sicherlich von Emily, was ihre Neigungen angeht«, meinte sie ausweichend. »Und in ihrer Vorgehensweise. Aber ich sehe auch keinen Grund, warum sie beide gleich sein sollten.«

»Du solltest mit ihr reden«, fordete Großmama mit Nachdruck. »Weise sie auf die praktische Notwendigkeit hin. Was soll aus ihr werden, wenn niemand sie heiratet? Hast du dir schon einmal darüber Gedanken gemacht?«

»Ja, Großmama, aber ihr Angst zu machen würde auch nichts nützen. Und selbst wenn sie nicht heiraten sollte, wird sie es überleben. Es ist immer noch besser, wenn sie ledig bleibt, als dass sie jemanden heiratet, der einen schlechten Ruf hat oder ein ausschweifendes Leben führt oder der nicht in der Lage wäre, sie zufriedenstellend zu versorgen.«

»Meine liebe Caroline«, begann Großmama verärgert, »es ist deine Pflicht als Mutter, dafür zu sorgen, dass so etwas nicht passiert! Und es ist ebenso deine Pflicht, diesen Haushalt geordnet zu führen. Wann wirst du endlich ein neues Dienstmädchen einstellen?«

»Ich habe bereits Erkundigungen eingezogen, und Mrs. Dunphy hat sich auch schon zwei Mädchen angesehen, aber sie waren nicht geeignet.«

»Was sprach denn gegen sie?«

»Die eine war noch zu jung – keinerlei Erfahrung; die andere hatte einen Ruf, der doch einiges zu wünschen übrigließ.«

»Wenn du dir auch Lily etwas genauer angeschaut hättest, dann wäre sie jetzt vielleicht nicht tot! In einem gutgeführten Haushalt passiert so etwas nicht.«

»Es ist nicht im Haus passiert!« Sie hatte Caroline jetzt ernstlich böse gemacht. »Es ist in der Cater Street passiert. Und es ist wirklich unverantwortlich von dir anzudeuten – und sei es auch nur indirekt –, dass Lily es sich irgendwie selbst zuzuschreiben hätte oder dass sie unmoralisch gewesen wäre. Und ich werde es nicht zulassen, dass man so in meinem Hause redet.«

»Also – das ist doch!« Großmama stand auf; ihr Gesicht war rot angelaufen, und sie hielt ihre Hände fest zusammengepresst. »Kein Wunder, dass Charlotte nie gelernt hat, was Höflichkeit bedeutet, dass Emily diesem Taugenichts hinterherläuft, nur weil er einen Adelstitel hat. Sie wird sich nur lächerlich machen, und du wirst schuld daran sein. Ich habe es Edward damals schon gesagt, dass es ein Fehler sei, dich zu heiraten, aber er war natürlich in dich verliebt und hat nicht auf mich gehört. Jetzt werden Charlotte und Emily dafür bezahlen müssen. Und erzähl mir nachher bloß nicht, ich hätte dich nicht gewarnt!«

»Ich würde nicht im Traum daran denken, Großmama. Möchtest du oben essen, oder wirst du dich bis zum Abendessen wieder so weit erholt haben, dass du herunterkommen kannst?«

»Ich bin nicht krank, Caroline. Ich bin, wenn auch nicht überrascht, so doch sehr enttäuscht.«

»Man kann sich von einer Enttäuschung genauso erholen wie von einer Krankheit«, antwortete Caroline trocken.

»Du bist unverschämt, Caroline, und undamenhaft. Kein Wunder, dass Charlotte so aufsässig ist. Wenn du meine Tochter gewesen wärst, hätte ich schon dafür gesorgt, dass eine Dame aus dir geworden wäre.« Und ohne Caroline eine Chance zu geben, darauf etwas zu erwidern, ging sie hinaus und ließ die Tür geräuschvoll hinter sich ins Schloss fallen.

Caroline seufzte. Es gab schon so genug zu tun, genug Schwierigkeiten, auch ohne dass sich Großmama wie eine Primadonna aufführte. Trotzdem sollte sie sich eigentlich inzwischen daran gewöhnt haben – aber über die Kritik an Charlotte musste man sich einfach ärgern. Die Verleumdung Lilys schmerzte sie dagegen auf eine andere Weise. Was musste das nur für ein Mensch sein, der ein harmloses, mittelloses Mädchen wie Lily Mitchell getötet hatte? Es konnte sich doch nur um einen Wahnsinnigen handeln. Aber war es ein Wahnsinniger, der sich aus der Verbrecherwelt hierhin verirrt hatte, oder ein Wahnsinniger, der wie irgendeiner von ihnen aussah – außer in der Nacht, wenn er eine junge Frau allein auf der Straße traf? Oder war es gar möglich, dass es jemand war, den sie selbst schon einmal gesehen hatte?

Ihre Gedanken wurden durch Edwards Eintreten unterbrochen.

»Guten Abend, meine Liebe.« Er gab ihr einen Kuss auf die Wange. »Hast du einen schönen Tag gehabt?« Sein Blick fiel auf die Wäsche, und er runzelte die Stirn. »Immer noch keinen Ersatz für Lily gefunden? Ich dachte, du wolltest dir heute ein oder zwei Mädchen ansehen?«

»Das hab' ich auch getan; es war nichts Geeignetes dabei.«

»Wo sind unsere Mädchen? Und Mama?« Er setzte sich und streckte sich behaglich aus.

»Möchtest du eine Erfrischung vor dem Abendessen?«

»Nein danke. Ich war noch kurz im Club.«

»Ich habe auch schon gedacht, dass du eigentlich ein wenig spät kommst«, meinte sie mit einem flüchtigen Blick auf die Wanduhr. »Wo sind sie?«, wiederholte er seine Frage.

»Sarah und Dominic sind bei den Lessings zum Dinner –«

»Bei wem?«

»Bei den Lessings, dem Küster und seiner Familie.«

»Ah. Und die anderen?«

»Emily ist mal wieder mit George Ashworth unterwegs. Ich wünschte, du würdest einmal mit ihr reden, Edward. Sie scheint mir überhaupt nicht zuzuhören.«

»Ich fürchte, meine Liebe, sie wird wohl aus Schaden klug werden müssen. Ich bezweifle, dass sie auf irgendjemanden hören wird. Ich könnte es ihr natürlich verbieten, doch sie würden sich ganz bestimmt bei gesellschaftlichen Anlässen sehen, und das würde der ganzen Sache auch noch einen romantischen Hauch verleihen, was in ihren Augen ein zusätzlicher Reiz wäre. Es würde letztlich seinen Zweck verfehlen.«

Sie lächelte. Sie hatte ihm solch ein Einfühlungsvermögen gar nicht zugetraut. Sie hatte den Vorschlag nur gemacht, um sich selbst abzusichern.

»Du hast vollkommen recht«, stimmte sie zu. »Wahrscheinlich wird es sich zu gegebener Zeit ja von selbst erledigen.«

»Und Charlotte und Mama?«

»Charlotte ist mit dem jungen Uttley zum Dinner, und Großmama ist oben. Sie ist wohl ziemlich ungehalten meinetwegen, weil ich es nicht zuließ, dass sie behauptete, Lily sei unmoralisch gewesen.«

Er seufzte.

»Nein, so etwas dürfen wir nicht sagen, wenn ich auch befürchte, dass es durchaus wahr sein könnte.«

»Warum? Weil man sie umgebracht hat? Wenn du das glaubst, was ist dann aber mit Chloe Abernathy?«

»Meine Liebe, es gibt so manche Dinge zwischen Himmel und Erde, von denen du nichts weißt, und das ist auch besser so. Aber es ist mehr als wahrscheinlich, dass auch Chloe es sich selbst zuzuschreiben hat. Bedauerlicherweise«, sagte er zögernd, »gehen selbst Mädchen aus gutem Hause Verhältnisse, Verbindungen ein –« Er beendete den Satz nicht. »Wer weiß – vielleicht kommt es dann zu – Eifersucht, Rache. Nun, über solche Dinge spricht man besser nicht.«

Damit musste sich Caroline zufriedengeben – obwohl sie es einerseits nicht wirklich glauben mochte, andererseits sich diese Gedanken aber auch nicht einfach aus dem Kopf schlagen konnte.

Kapitel 6

Es war eine Woche später, als es Caroline endlich gelang, ein neues Mädchen zu engagieren, um Lilys Platz einzunehmen. Das war nicht einfach gewesen, denn obwohl es zahlreiche Mädchen gab, die eine gute Anstellung suchten, waren viele von ihnen nicht angelernt oder hatten einen Leumund und Zeugnisse, die durchaus nicht zufriedenstellend waren. Und da Lilys Tod und die Umstände ihres Todes bekanntgeworden waren, war es für ein achtbares Mädchen nicht die angenehmste Aussicht, sich um diese Stelle zu bewerben.

Wie dem auch sei: Millie Simpkins schien die beste Bewerberin zu sein, die sie wahrscheinlich bekommen konnten, und ohne jemanden, der die Position ausfüllte, begann die Situation höchst unangenehm zu werden. Als Nächstes würde Mrs. Dunphy feststellen, dass sie den Aufgaben nicht gewachsen sei und die mangelnde Unterstützung als Entschuldigung benutzen, um am Ende zu kündigen. Millie war ein recht angenehmes sechzehnjähriges Mädchen. Sie schien eine fügsame und willige Art zu haben, war sauber und recht adrett. Zwar brachte sie keine sonderlichen Erfahrungen mit – es war erst ihre zweite Anstellung –, aber das konnte durchaus von Vorteil sein. Wenn sie nur wenige eingefahrene Arbeitsgewohnheiten hatte, so würde man ihr etwas beibringen können, sodass sie sich gut in die Gegebenheiten des Haushalts einfügen würde. Und, was vielleicht das Allerwichtigste war: Mrs. Dunphy fand sofort Gefallen an ihr.

Es war Mittwochmorgen, als Millie an die Tür des hinteren Wohnzimmers klopfte.

»Herein!«, antwortete Caroline.

Millie kam mit einem Jackett über dem Arm herein und machte einen drolligen kleinen Knicks.

»Ja, Millie, worum geht's?« Caroline lächelte sie an. Das arme Kind war nervös.

»Ach bitte, Ma'am, dieses Jackett ist – ziemlich beschädigt, Ma'am. Ich weiß nicht so recht, wie ich es ausbessern soll.«

Caroline nahm es ihr ab und hielt es hoch. Es handelte sich um eins von Edwards Jacketts – ein elegantes Jackett mit Samtkragen für offizielle Anlässe. Es dauerte ein, zwei Augenblicke, ehe sie den Riss fand. Er befand sich am Ärmel, unten an der Innenseite. Wie um Himmels willen konnte man sich nur an solch einer Stelle den Ärmel aufreißen? Sie untersuchte die Stelle mit den Fingern, wobei sie den Riss auseinanderzog. Es sah fast so aus, als ob der Ärmel von einem scharfen Haken aufgeschlitzt worden wäre. Seine Länge maß etwa fünf Zentimeter.

»Das überrascht mich nicht«, sagte Caroline beipflichtend. »Mach dir deswegen keine Sorgen, Millie. Ich werde sehen, was ich damit machen kann. Aber wir werden es wohl zu einem Schneider schicken müssen, um ein neues Stück einsetzen zu lassen.«

»Ja, Ma'am.« Millies Erleichterung war beinahe peinlich.

Caroline lächelte sie an. »Es war ganz richtig von dir, es mir zu bringen. Jetzt solltest du aber besser zurückgehen und mit der einfachen Wäsche vorankommen. Ich glaube, darunter befindet sich auch ein zerrissener Unterrock von Miss Emily.«

»Ja, Ma'am.« Sie machte einen zweiten linkischen kleinen Knicks. »Vielen Dank, Ma'am.«

Nachdem sie gegangen war, betrachtete Caroline das Jackett erneut. Sie konnte sich nicht daran erinnern, dass Edward es in letzter Zeit getragen hatte. Ja, es musste Wochen her sein. Wo konnte ihm das passiert sein? Selbstverständlich würde er das Jackett nicht mit einem solchen Riss getragen haben. Aber warum hatte er sie beizeiten nicht gebeten, es in Ordnung zu bringen? Er konnte den Riss unmöglich übersehen haben. Es handelte sich um das Jackett, das er regelmäßig in seinem Club trug. Tatsächlich hatte er es noch an dem Abend getragen als Lily ermordet wurde. Sie konnte sich noch gut daran erinnern, wie er hereingekommen und wie wütend er auf Charlotte gewesen war, weil sie nach der Polizei geschickt hatte. Sie konnte es genau vor sich sehen: Das Gaslicht an der Wand, das leise zischte und einen gelblichen Schein auf den weinroten Samt warf. Sie hatten alle zuviel Angst gehabt und waren zu aufgebracht gewesen, als dass sie sich Gedanken über die Kleidung hätten machen können. Vielleicht war das auch der Grund, warum er es vergessen hatte?

Sie brauchte fast den gesamten Nachmittag, um den Riss auszubessern. Um ihn unsichtbar zu stopfen, musste sie Fäden aus den Säumen ziehen. Und trotzdem war sie mit dem Resultat nicht völlig zufrieden. Edward kam ziemlich früh nach Hause, und sie sprach ihn in einem fast entschuldigenden Ton direkt darauf an.

»Ich fürchte, man kann ihn immer noch sehen.« Sie hielt das Jackett hoch. »Aber nur, wenn man den Riss gegen das Licht betrachtet, was man natürlich nicht tun wird, da er sich auf der

Innenseite des Ärmels befindet. Wie in Gottes Namen hast du das geschafft?«

Er runzelte die Stirn, wobei er sie nicht ansah. »Ich weiß es nicht mehr genau. Es muss vor Ewigkeiten passiert sein.«

»Warum hast du es seinerzeit nicht erwähnt? Ich hätte es damals genauso leicht wie jetzt ausbessern können. Es wäre sogar noch einfacher gewesen: Lily hätte es getan. Sie war äußerst geschickt in diesen Dingen.«

»Nun, es ist wahrscheinlich nach Lilys Tod passiert, und ich dachte mir wohl, du hättest auch so schon genug zu tun – wo doch ein Dienstmädchen fehlte. Außerdem besitze ich viele andere Jacketts. «

»Ich habe dich seit der Nacht, als Lily ermordet wurde, nicht mehr darin gesehen.« Sie wusste nicht, warum sie das sagte.

»Na schön, vielleicht war es das letzte Mal, dass ich es getragen habe. Das ist meiner Meinung nach ja wohl auch eine ausreichende Erklärung dafür, warum ich es nicht erwähnt habe. Es war wohl kaum von Bedeutung – verglichen mit Lily und der Polizei im Haus.«

»Ja, natürlich.« Sie legte das Jackett über dem Arm zusammen, in der Absicht, Millie aufzutragen, es nach oben zu bringen. »Wie ist das passiert?«

»Was?«

»Der Riss!«

»Ich kann mich wirklich nicht mehr daran erinnern, meine Liebe. Was spielt das überhaupt für eine Rolle?«

»Ich dachte, du wärst den ganzen Abend über im Club gewesen und deswegen so spät zurückgekommen?«

»Das war ich auch!« Seine Stimme wurde etwas barscher.

»Es tut mir leid, wenn das neue Mädchen nicht in der Lage ist, diese unangenehmen Arbeiten zu übernehmen. Aber, meine liebe Caroline, es besteht nun wirklich kein Grund, ein solches Aufheben darum zu machen. Ich habe nicht die Absicht, den ganzen Abend darüber zu diskutieren.«

Sie legte das Jackett über den Arm und öffnete die Tür.

»Nein, natürlich nicht. Ich habe mich nur gefragt, wie das passieren konnte. Es ist ein so großer Riss.« Sie ging in die Halle hinaus, um Millie zu rufen. Millie würde gut daran tun, es zu bügeln, um es zu glätten.

Es war Dominic, der ihren Seelenfrieden unabsichtlich erschütterte und sie in eine solche Unruhe versetzte, dass sie nicht mehr wusste, was sie denken sollte. Es war ein paar Tage nach dem Gespräch mit Edward, als Dominic zu ihr kam und ihr eine Weste zeigte. Seinen Zeigefinger hatte er durch ein Loch in der Tasche gebohrt.

»Wie hast du denn das angestellt?« Sie nahm ihm die Weste ab und untersuchte sie.

»Hab' meine Hand zu tief reingeschoben.« Er lächelte. »Reine Dummheit. Kannst du es ausbessern? Ich habe gesehen, was für ein erstaunliches Werk du an Schwiegervaters Jackett vollbracht hast.«

Sie freute sich, dass er das sagte, denn sie selbst war immer noch nicht vollkommen mit ihrem Werk zufrieden.

»Vielen Dank. Ja, ich glaube schon. Ich werd' es heute Abend versuchen.«

»Wenn du es bei Papas Jackett geschafft hast, schaffst du es hier bestimmt auch.«

Als er sich umwandte, kam ihr ein Gedanke.

»Wann hast du es gesehen?«

»Was?« Er blickte sich zu ihr um.

»Wann hast du das Loch in Edwards Jackett gesehen?«

Er runzelte leicht die Stirn.

»In der Nacht, als Lily ermordet wurde.«

»Gut beobachtet von dir. Ich hätte nicht gedacht, dass es dir bei all der Aufregung aufgefallen ist. Oder hast du es im Club gesehen? Dort ist es ihm nämlich passiert.«

Er schüttelte leicht den Kopf.

»Ich glaube, das musst du missverstanden haben. Ich war im Club, aber Papa ging schon sehr früh. Und zu diesem Zeitpunkt war sein Jackett bestimmt noch nicht zerrissen. Ich kann mich genau daran erinnern: Belton, der Diener, gab ihm seinen Hut und seinen Stock. Er hätte es bemerkt, er hätte es gar nicht übersehen können.«

»Du musst den Abend verwechselt haben!«

»Nein, ich erinnere mich genau, denn ich hatte mit Reggie Hafft zu Abend gegessen. Er hat mich in der Cater Street abgesetzt, und ich bin den letzten Kilometer zu Fuß gegangen. Ich sah Papa vom entgegengesetzten Ende der Cater Street kommen, und ich rief ihm etwas zu, doch er hörte mich nicht. Er kam unmittelbar vor mir nach Hause.«

»Oh.« Das war wirklich eine dumme Bemerkung, aber sie war zu verdutzt, um klar denken zu können. Edward hatte sie angelogen – und das bei einer völlig belanglosen Sache. Aber es handelte sich um die Nacht, in der Lily ermordet worden war. Warum hatte er das getan? Warum hatte er ihr nicht die Wahrheit gesagt? War es etwas, wofür er sich schämte, oder etwas, wovor er Angst hatte?

Was in Drei-Teufels-Namen hatte sie bloß für Gedanken? Das war einfach lächerlich! Wahrscheinlich war er bei einem Freund zu Besuch gewesen und hatte es vergessen. Das war alles. Es würde sich alles ganz einfach aufklären lassen, und dann würde sie sich für die Gedanken schämen, die ihr jetzt durch den Kopf gingen.

Die erste Gelegenheit, mit ihm allein zu sprechen, ergab sich erst, als sie zu Bett gingen. Caroline saß auf dem Sessel vor dem Spiegel. Sie öffnete ihr Haar und bürstete es aus. Edward kam aus dem Ankleidezimmer herein.

»Wen hast du in der Nacht, als Lily getötet wurde, besucht?«, fragte sie nebenbei und bemühte sich, so zu klingen, als ob es keine Rolle spielen würde.

Sie sah sein Gesicht im Spiegel. Er hatte seine Stirn in Falten gelegt.

»Wen habe ich was?«

Sie wiederholte die Frage. Ihr Herz pochte bis zum Halse, und sie wich seinem Blick aus.

»Niemanden.« Seine Antwort klang ein wenig scharf. »Ich habe dir bereits gesagt, Caroline, dass ich im Club war! Vom Club bin ich direkt nach Hause gekommen. Ich verstehe gar nicht, warum du immer wieder auf dieses Thema zu sprechen kommst. Glaubst du etwa, ich habe in der Cater Street meinem Hausmädchen aufgelauert?« Er war jetzt richtig wütend.

»Nein, natürlich nicht«, entgegnete sie ruhig. »Sei nicht töricht.«

Sein Gesicht bekam diesen stahlharten Ausdruck, den sie nur zu gut kannte. Mit dem Wort töricht hatte sie ihn zutiefst beleidigt. Oder hatte er es nur vorgezogen, den Empörten zu spielen, um nicht die Wahrheit sagen oder sich eine weitere Lüge ausdenken zu müssen?

Sie musste überreizt sein; ihre Gedanken gingen mit ihr durch – wurden lächerlich! Sie sollte besser versuchen, sich die Sache aus dem Kopf zu schlagen und zu Bett zu gehen. Edwards eisiges Schweigen dauerte an. Einen Moment lang dachte sie daran, sich zu entschuldigen. Doch etwas in ihrem Inneren sagte ihr, dass sie wieder daran denken, der Sache wieder nachgehen würde. Jede Entschuldigung würde zu einer Lüge werden.

Beide gingen wortlos zu Bett. Er lag vollkommen reglos da; sein Atem ging gleichmäßig. Sie hatte keine Ahnung, ob er schlief, zu schlafen versuchte oder ob er nur so tat, um weitere Unannehmlichkeiten zu vermeiden.

Wie konnten ihr überhaupt solche Gedanken kommen? Sie kannte Edward. Sie wusste – aus welchem Grund er auch immer gelogen haben mochte –, dass es nichts mit dem zu tun haben konnte, was in der Cater Street geschehen war. Sie wusste es! Und doch musste er etwas getan haben, von dem sie nichts wissen sollte. Aber was? Sicher war es nichts Gutes, sonst hätte er ihr die Wahrheit gesagt, und wenn schon nicht den Grund, dann doch zumindest, mit wem er zusammen gewesen war. Wo konnte Edward gewesen sein, dass er vom entgegengesetzten Ende der Cater Street zurückgekommen war? Wo konnte er gewesen sein, dass er es nötig hatte zu lügen? Warum hegte sie überhaupt solche Gedanken?

Sie versuchte, an seinen gewohnten Tagesablauf zu denken, an die Dinge, die er täglich machte; wen kannte er, wo ging er sonst noch hin? Je mehr sie darüber nachdachte, desto deutlicher erkannte sie, wie wenig sie eigentlich wusste. Zu Hause kannte sie ihn so gut, dass sie oft schon im Voraus wusste, was er sagen, wie er ein Ereignis aufnehmen, wer ihm sympathisch oder unsympathisch sein würde. Aber sobald er sich in die Stadt begab, betrat er einen anderen Bereich seines Lebens, von dem sie in Wirklichkeit nichts wusste, außer den Dingen, die er ihr erzählte.

Sie schlief tiefunglücklich ein.

Der nächste Tag war entsetzlich. Caroline erwachte mit starken Kopfschmerzen, und sie fühlte sich so angsterfüllt und deprimiert, dass sie nur redete, wenn es unbedingt notwendig war. Sie war damit beschäftigt, vor dem Wäscheschrank Millies Arbeit zu überprüfen, als Dora kam, um ihr mitzuteilen, dass Inspector Pitt von der Polizei wieder da sei, und sich zu erkundigen, ob sie ihn sprechen wolle.

Caroline starrte auf den Stapel Kissenbezüge vor sich; ihr Herz pochte, und ihr Mund war trocken. War Pitt im Club gewesen und hatte herausgefunden, dass Edward nicht die Wahrheit sagte? Natürlich war es ausgeschlossen, dass Edward Lily – aus welchem Grund auch immer – getötet hatte. Aber irgendetwas musste er verheimlichen. Sie würde versuchen müssen, ihn zu decken. Wenn sie doch nur die Wahrheit wüsste!

»Ma'am?« Dora wartete immer noch.

»Oh ja, Dora. Sag ihm, ich werde in fünf Minuten da sein. Bring ihn in den Salon.«

»Ja, Ma'am.«

Als sie die Tür öffnete, stand Pitt vor dem Fenster und starrte hinaus. Er fuhr herum und blickte sie an.

»Guten Morgen, Mrs. Ellison. Es tut mir leid, Sie schon

wieder behelligen zu müssen, aber ich bin leider gezwungen, jede Einzelheit zu untersuchen.«

»Sie scheinen uns recht ausgiebig zu untersuchen, Mr. Pitt. Darf ich Ihrer Bemerkung entnehmen, dass Sie bei allen anderen genauso sorgfältige Ermittlungen anstellen?«

»Gewiss, Ma'am.«

Was für ein sonderbar aussehender Mann er war, so unelegant. Seine Gegenwart beherrschte den Raum. Oder empfand sie das nur so, weil sie Angst vor ihm hatte?

»Und was wünschen Sie diesmal, Mr. Pitt?« Es war besser, die Sache schnell hinter sich zu bringen.

»An dem Abend, als Lily Mitchell ermordet wurde, kam Ihr Gatte ungewöhnlich spät nach Hause.« Es war eher eine Feststellung als eine Frage, so, als ob er etwas nur noch mal bestätigte, was er bereits wusste.

»Ja.« Ob ihre Stimme so angespannt klang, wie sie sich fühlte? »Wo war er an dem Abend?«

Was sollte sie sagen? Sollte sie wiederholen, was Edward ihr erzählt hatte? Oder die Wahrheit, die Dominic später herausgerutscht war? Jetzt, als sie über dieses Problem nachdachte, wurde ihr klar, dass sie die Wahrheit von Dominics Version nicht einmal auch nur in Frage gestellt hatte! Wenn sie dem Inspector erzählte, Edward sei den ganzen Abend über im Club gewesen, würde sie damit zugleich sagen, dass ihr Mann sie belogen hatte. Es würde es zudem sehr viel schwieriger für ihn machen, sich aus der Lüge herauszureden. Aber wenn sie behauptete, dass er woanders gewesen sei, dann würde sie ihn zwingen, etwas zu erklären, was er nicht erklären wollte oder konnte.

Pitt starrte sie mit diesen hellen, intelligenten Augen an. Sie fühlte sich durchschaut, so wie ein Kind, das man in der Speisekammer ertappt hatte.

»Ich glaube, er hat gesagt, er sei im Club gewesen«, begann sie langsam, wobei sie jedes Wort sorgsam wählte, »ob er dann anschließend mit Freunden noch etwas essen war, daran kann ich mich allerdings nicht mehr erinnern.«

»Hat er es Ihnen nicht erzählt?« Seine Nachfrage war höflich. War das so außergewöhnlich? Oder konnte man ihrem Gesicht die sorgfältig überlegte Lüge ansehen?

»In Anbetracht der Dinge, die uns erwarteten, als wir nach Hause kamen – Charlotte hatte nach der Polizei geschickt, wir waren verzweifelt, befürchteten das Schlimmste –, habe ich nie wieder daran gedacht. Es schien mir das Allerunwichtigste zu sein. «

»Natürlich. Wie dem auch sei, wenn Sie es nicht wissen, kann ich die Möglichkeit nicht ausschließen, dass Edward in der fraglichen Zeit irgendwo in der Nähe des Tatorts vorbeigekommen sein könnte.« Er lächelte, wobei er seine Zähne zeigte; seine Augen strahlten. »Und er könnte vielleicht etwas gesehen haben, was uns weiterhilft.«

Sie schluckte mühsam.

»Ja, gewiss. Ich weiß es leider nicht.«

»Natürlich nicht, Mrs. Ellison. Mir ist ja bereits bekannt, dass Sie die Cater Street in Begleitung Ihrer Töchter in einem Wagen entlanggefahren sind, und ich habe schon mit Ihnen allen gesprochen.«

»Aber mit meinem Mann haben Sie doch auch schon gesprochen. Was bleibt da noch zu sagen?« Konnte sie eine

Befragung verhindern, ihn davon überzeugen, dass es überhaupt unnötig war, mit Edward zu sprechen? Es gab nichts mehr, was er ihn noch fragen konnte – es sei denn, er vermutete etwas oder wusste bereits irgendwie, dass Edward gelogen hatte. »Sie werden doch sicherlich nicht daran zweifeln, Mr. Pitt, dass mein Mann, hätte er auch nur irgendetwas gesehen, es Ihnen erzählt hätte?«

»Wenn er wüsste, dass es von Bedeutung ist. Aber vielleicht hat er etwas Ungewöhnliches beobachtet, eine winzige Einzelheit, die seinem Gedächtnis entfallen ist. Und die Zeit ist wichtig, wissen Sie, die genaue Zeit, auf die Minute: Damit kann das Alibi von jemandem stehen – oder fallen.«

»Das Alibi?«

»Ein Nachweis darüber, wo sich eine Person zum Zeitpunkt eines Verbrechens aufgehalten hat, der eine Tatbeteiligung des oder der Betreffenden unmöglich macht.«

»Ich weiß, was das Wort bedeutet, Mr. Pitt. Mir war nur nicht bewusst, dass Sie nur Personen aus Ihren Ermittlungen ausschließen, die aufgrund des Beweises der Unmöglich ...« Verwirrt und aus Angst vor ihren eigenen Schlussfolgerungen brach sie den Satz ab.

»Nun, wenn wir mehrere Verdächtige haben, Mrs. Ellison, hilft es uns, deren Zahl zu verringern und das Unmögliche auszuschließen.«

Nichts in der Welt wünschte sie sich mehr, als dass er gehen würde. Schließlich war er nur ein Polizist, was fast das gleiche war wie ein kleiner Händler; es war dumm, sich von ihm so in die Enge treiben zu lassen. Aber Emily hatte ganz recht; er hatte wirklich eine schöne Stimme: volltönend und weich. Auch seine Ausdrucksweise war tadellos.

»Allerdings«, antwortete sie unbeholfen. »Aber mein Mann ist heute Morgen leider nicht zu Hause, und ich kann Ihnen nicht weiterhelfen.«

Er lächelte höflich.

»Ich werde heute Abend wiederkommen, falls Sie Mr. Ellison zurückerwarten?«

»Ja. Er wird zum Abendessen erwartet.«

Er machte eine leichte Verbeugung und ging zur Tür.

Als Edward um Viertel nach sechs nach Hause kam, berichtete sie ihm von Pitts Besuch und dass er wiederkommen würde.

Er blieb bewegungslos stehen und starrte sie an.

»Er kommt heute Abend zurück?«

»Ja.«

»Du hättest ihm nicht sagen sollen, dass ich heute Abend hier bin, Caroline.« Sein Gesicht war starr. »Ich muss noch einmal fort –«

»Heute Morgen sagtest du –« Sie sprach nicht weiter. Die Angst schnitt ihr plötzlich die Stimme ab. Er ging Pitt aus dem Wege, weil er Angst davor hatte, ihn anzulügen!

»Wie du siehst, habe ich im Laufe des Tages Termine vereinbart«, fuhr er sie an. »Das Ganze ist sowieso völlig überflüssig. Ich weiß absolut nichts, was ich ihm nicht schon gesagt hätte. Das kannst du ihm ausrichten, oder überlass es Maddock.«

»Meinst du –«, sagte sie zögernd.

»Mein Gott, Caroline, er ist ein Polizist und nicht jemand, der wie ein Gast behandelt werden muss. Lass Maddock ihm ausrichten, dass ich bereits Verabredungen getroffen hatte und dass ich nichts weiß, was seine Nachforschungen weiterbringen könnte. Wenn er bisher noch nichts herausgefunden hat – nach all den Erkundigungen, die er eingezogen, und der Zeit, die er dafür gebraucht hat –, dann handelt es sich entweder um ein unauflösbares Rätsel, oder der Mann ist einfach unfähig.«

Doch Pitt kehrte bereits am nächsten Abend zurück und wurde in den Salon geführt, wo Caroline und Edward mit Charlotte und Großmama beisammensaßen. Alle anderen waren ausgegangen, um ein Konzert zu besuchen. Maddock öffnete die Tür, um ihn anzukündigen, und noch ehe irgendjemand etwas erwidern konnte, schlüpfte Pitt an ihm vorbei ins Zimmer.

»Im Hause eines Gentleman, Mr. Pitt«, zischte Edward scharf, »ist es üblich zu warten, bis man hereingebeten wird, bevor man eintritt.«

Caroline spürte, wie sie wegen seiner Unhöflichkeit errötete und wie sie angesichts seiner Angst fröstelte. Er musste Angst haben, wenn er seine gewöhnlich guten Manieren so vergaß. Gewöhnlich? Kannte sie ihn wirklich so gut, wie sie dachte? Warum – in Gottes Namen – war er in der Cater Street gewesen?

Pitt schien nicht im Geringsten verlegen. Er trat nun endgültig ein, und Maddock zog sich zurück.

»Verzeihung. Ein Mordfall führt mich nicht oft in die Häuser von Gentlemen. Doch selbst diese wenigen sind kaum geneigt, mit mir zu sprechen. Diese Abneigung muss ich mit den besten mir zur Verfügung stehenden Mitteln überwinden. Sicherlich sind Sie ebenso erpicht darauf wie ich, dass dieser Kerl identifiziert und festgenommen wird.«

»Selbstverständlich.« Edward blickte ihn kalt an. »Trotzdem habe ich Ihnen bereits alles gesagt, was ich weiß – mehr als einmal. Ich habe dem nichts hinzuzufügen. Ich wüsste nicht, was es Ihnen nützen würde, wenn ich alles nochmal wiederholte.«

»Sie wären überrascht. Details fügen sich zusammen, man erinnert sich an Kleinigkeiten.«

»Ich erinnere mich an gar nichts.«

»Wo waren Sie an jenem Abend, Mr. Ellison?«

Edward betrachtete ihn missbilligend. »Das habe ich Ihnen bereits gesagt. Ich war in meinem Club – meilenweit entfernt von der Cater Street.«

»Den ganzen Abend über, Mr. Ellison?«

Caroline schaute Edward an. Sein Gesicht war bleich. Sie konnte fast sehen, wie er innerlich mit sich rang. Konnte er mit der Lüge durchkommen? Lieber Gott, was verheimlichte er? Sie sah zu Pitt hinüber. Die gescheiten Augen beobachteten nicht Edward, sondern sie. Sie bekam plötzlich Angst, er könnte ihr die Besorgnis ansehen, er könnte in ihrem Gesicht erkennen, dass sie von der Lüge wusste. Sie wandte die Augen ab – sah irgendwo anders hin – und stellte fest, dass Charlotte sie ebenfalls beobachtete. Der Raum erstickte sie, der Schrecken lähmte fast ihren Atem.

»Den ganzen Abend, Mr. Ellison?«, wiederholte Pitt ruhig.

»Äh ... nein.« Edwards Stimme klang gepresst und unnatürlich krächzend.

»Wohin sind Sie also gegangen?« Pitt war überaus höflich. Falls er überhaupt überrascht war, so ließ er es sich nicht anmerken.

Hatte er es bereits gewusst? Carolines Herz zog sich zusammen. Wusste er etwa auch, wo Edward gewesen war?

»Ich habe einen Freund besucht«, antwortete Edward und schaute Pitt an.

»Natürlich.« Pitt lächelte. »Welchen Freund, Mr. Ellison?« Edward zögerte.

Großmama richtete sich ein wenig auf.

»Junger Mann!«, sagte sie scharf. »Vergessen Sie nicht Ihren Stand sowohl in diesem Hause als auch in der Gesellschaft im Allgemeinen. Mr. Ellison hat Ihnen gesagt, dass er einen Freund besucht habe. Das muss für Ihre Zwecke genügen. Wir wissen es zu würdigen, dass Sie eine Aufgabe – und noch dazu eine mühsame Aufgabe – zu erfüllen haben, die für die Gerechtigkeit und öffentliche Sicherheit notwendig ist. Und natürlich werden wir Ihnen dabei helfen, so gut wir können. Doch erdreisten Sie sich nicht – weil wir unseren guten Willen zeigen –, die Grenzen Ihrer Kompetenz zu überschreiten.«

Pitt hob die Augenbrauen – eher belustigt als verärgert.

»Ma'am, unglücklicherweise respektiert das Verbrechen weder Personen noch soziale Unterschiede. Dieser Mann muss gefunden werden, oder eine Ihrer Enkeltöchter wird vielleicht die Nächste sein.«

»Unsinn!«, protestierte Großmama wütend. »Meine Enkeltöchter sind Frauen von hoher sittlicher Rechtschaffenheit, die ein schickliches Leben führen. Ich halte Ihnen zugute, dass Sie den Umgang mit solchen Frauen wohl nicht gewohnt sind, weshalb ich auch Ihre Beleidigung damit entschuldigen werde, dass sie eher aus Unwissenheit denn aus bösem Willen geschah.«

Pitt atmete tief ein und aus.

»Ma'am, wir haben keinen Grund anzunehmen, dass dieser Mann ausschließlich unmoralische Frauen hasst oder dass er auch nur eine Vorliebe für sie hätte. Miss Abernathy war ein wenig leichtlebig, aber nichts weiter. Lily Mitchell hatte einen makellosen Ruf, und wir haben nichts, was ihn in Frage stellen würde. Selbst ihr Umgang mit Brody scheint vollkommen korrekt gewesen zu sein.«

Großmama sah ihn an, wobei ihre Nasenflügel leicht bebten.

»Was für ein Dienstmädchen oder einen Polizisten korrekt ist, mag sehr wohl unter der Würde einer Dame sein«, betonte sie verächtlich.

Pitt machte eine leichte Verbeugung.

»Ich erlaube mir zu widersprechen, Ma'am. Meiner Meinung nach ist Sittlichkeit Sittlichkeit. Die sozialen Verhältnisse mögen vielleicht den Grad der Schuld ändern, nicht aber die Tatsache, dass eine Handlung unrecht ist.«

Großmama holte schon Luft, um seine Tollkühnheit zu verurteilen, überdachte dann jedoch seine Argumentation und atmete wortlos wieder aus. Caroline sah zuerst Edward an, der immer noch schwieg, und dann Charlotte. Ihre Tochter beobachtete Pitt überrascht und mit einem Gewissen Ausdruck des Respekts.

Pitt blickte wieder zu Edward.

»Mr. Ellison, den Namen und die Adresse Ihres Freundes, wenn Sie so freundlich wären? Ich versichere Ihnen, es ist notwendig. Und bitte auch den möglichst genauen Zeitpunkt, zu dem Sie sein Haus verlassen haben!«

Erneut herrschte für einen Moment Stille. Caroline kam es wie eine Ewigkeit vor, wie das Warten, während man einen

Brief aufreißt, von dem man weiß, dass er eine Katastrophenmeldung enthalten wird.

»Ich weiß leider nicht, wie spät es war, als ich ging«, antwortete Edward. »Zu dem Zeitpunkt hatte ich natürlich keine Ahnung, dass es auch nur im Geringsten von Bedeutung sein würde.«

»Möglicherweise wird sich Ihr Freund erinnern.« Pitt wirkte gelassen.

»Nein«, erwiderte Edward schnell. »Mein Freund – ist krank. Das war auch der Anlass meines Besuches. Äh – er war schon halb eingeschlummert, als ich ihn verließ – und darum bin ich dann ja auch gegangen. Leider kann Ihnen keiner von uns beiden mit einer präzisen Uhrzeit dienen. Tut mir leid.«

»Aber Sie kamen doch vom entgegengesetzten Ende der Cater Street nach Hause?« Pitt ließ sich nicht so leicht entmutigen.

»Das sagte ich bereits.« Auch Edward gewann seine Fassung langsam zurück.

»Haben Sie überhaupt irgendjemanden gesehen?«

»Nicht, dass ich mich entsinnen könnte. Allerdings war es meine Absicht, nach Hause zu kommen, und nicht, die Straße zu observieren.«

»Natürlich. Aber Sie hätten doch bestimmt einen davonlaufenden Mann oder einen Kampf zwischen zwei Personen bemerkt? Oder einen Hilferuf oder einen Schrei?«

»Natürlich hätte ich das. Wenn dort überhaupt irgendetwas gewesen sein sollte, so muss es sich um etwas relativ Unverdächtiges gehandelt haben; ein später Passant – so wie ich – oder etwas in der Art. Ehrlich gesagt, ich kann mich an überhaupt niemanden erinnern.«

»Und die Adresse?«

»Wie bitte?«

»Die Adresse, von der Sie kamen?«

»Ich wüsste nicht, wozu das wichtig sein sollte. Mein Freund ist krank und nervlich angegriffen. Es wäre mir lieber, Sie würden seine Familie nicht behelligen. Es würde sie erheblich beunruhigen und die Krankheit nur noch verschlimmern.«

»Ich verstehe.« Pitt blieb bewegungslos stehen. »Dennoch würde ich sie gerne erfahren. Man würde sich ja vielleicht doch an die Uhrzeit erinnern.«

»Was könnten Sie damit schon anfangen?«

»Man könnte zumindest einen Zeitraum bestimmen, in dem das Verbrechen nicht geschehen ist. Indem man alles Unmögliche ausschließt, kann man die Tatzeit recht gut eingrenzen.«

Ohne nachzudenken, schaltete sich Caroline ein.

»Das lässt sich sehr leicht rekonstruieren.« Sie wollte, dass sich Pitt auf sie konzentrierte. »Er kam ein paar Minuten nach uns hier an – keine fünf Minuten später. Wenn Sie jetzt also einfach von hier aus zur Cater Street gehen, werden Sie die Zeit ganz genau wissen.« Sie wartete mit pochendem Herzen darauf, ob er ihren Vorschlag akzeptieren würde.

Pitt lächelte leicht.

»Allerdings. Vielen Dank.« Er warf einen flüchtigen Blick auf Charlotte; dann ließ er mit einer Geste der Resignation den Kopf sinken. »Ich wünsche Ihnen noch einen guten Tag.« Er öffnete sich selbst die Tür und ging hinaus. Sie hörten Maddock in der Halle und kurz darauf, wie die Haustür geschlossen wurde.

»Also wirklich!« Großmama atmete aus. »Was für ein ungehobelter junger Mann.«

»Beharrlich, aber nicht ungehobelt«, murmelte Caroline gedankenlos. »Wenn er sich mit vagen Auskünften zufriedengeben würde, würde er seine Fälle niemals lösen.«

»Ich habe dich noch nie für kompetent genug erachtet, um zu beurteilen, was ungehobelt ist, Caroline«, widersprach Großmama mit zunehmendem Zorn. »Aber ich bin entsetzt darüber, dass du auch nur die Möglichkeit in Betracht ziehen kannst, Edward könnte irgendetwas über das Verbrechen wissen. Du scheinst ja an seiner Aussage zu zweifeln!«

»Natürlich zweifele ich nicht daran!«, log Caroline, wobei sie einen knallroten Kopf bekam. »Ich habe das nicht auf mich, sondern auf die Polizei bezogen. Du kannst nicht erwarten, dass Mr. Pitt denselben Standpunkt vertritt wie ich.«

»Das erwarte ich auch nicht. Aber ebensowenig habe ich – bis zu diesem Augenblick – erwartet, dass du denselben Standpunkt wie Mr. Pitt vertrittst!«

»Das hat sie doch gar nicht getan, Großmama«, unterbrach sie Charlotte. »Sie wollte nur darauf hinweisen, dass –«

»Schweig, Charlotte«, befahl Edward gereizt. »Ich verbitte mir jede weitere Diskussion über das Thema. Es ist schmutzig und hat über die Hilfe hinaus, die wir bereits gewährt haben, nichts mit unserem Leben zu tun. Wenn du dich nicht beherrschen kannst, Charlotte, dann ziehe dich auf dein Zimmer zurück.«

Charlotte sagte nichts mehr. Großmama fing wieder damit an, den allgemeinen Verfall der Sitten und das Anwachsen von Unmoral und Verbrechen zu beklagen.

Caroline saß da, starrte eine ziemlich scheußliche Fotografie von ihrer Hochzeit an und fragte sich mit wachsender Angst, warum Edward Pitt nicht sagen wollte, wo er gewesen war.

An diesem Tag wurde nicht weiter über die Angelegenheit gesprochen. Doch am nächsten Morgen – Caroline saß gerade an ihrem Tisch im hinteren Wohnzimmer und war damit beschäftigt, Haushaltsrechnungen durchzusehen – kam Großmama herein.

»Caroline, ich muss dich fragen, was du damit sagen wolltest. Obwohl ich fürchte, es zu wissen. Ich glaube, ich habe das Recht dazu.«

Caroline verteidigte sich sofort mit einer Lüge.

»Ich weiß leider nicht, wovon du redest, Großmama.« Sie selbst hatte kaum noch an etwas anderes denken können, aber jetzt tat sie so, als wäre sie in Gedanken ganz mit der Rechnung des Fischhändlers vor sich beschäftigt.

»Dann bist du sogar noch gefühlloser, als ich annahm. Ich rede von diesem Polizisten und seinem außergewöhnlichen Benehmen gestern Abend. Zu meiner Zeit wussten Polizisten noch, wo sie hingehörten.«

»Ein Polizist gehört dahin, wo das Verbrechen ist«, erklärte Caroline müde. Sie wusste, dass sie die Konfrontation nicht würde vermeiden können. Aber instinktiv zögerte sie sie hinaus, so wie man vor jedem Schmerz zurückschreckt.

»In diesem Haus gibt es kein Verbrechen, Caroline – außer dem Verrat, den du an dem guten Ruf deines Mannes begangen hast.«

»Wie kannst du nur so etwas Boshaftes und vollkommen Unsinniges sagen!« Caroline fuhr von ihrem Tisch herum – den Stift hatte sie immer noch in der Hand, hielt ihn jetzt aber wie ein Messer. »Und du würdest es nicht wagen, das zu behaupten, wenn wir nicht allein wären und wenn du nicht glauben würdest, dass ich keinen Streit mit dir will. Tja, diesmal hast du dich in mir geirrt! Ich werde es ganz sicher nicht hinnehmen, dass du noch einmal so etwas Boshaftes sagst. Hast du mich verstanden?«

»Es ist dein schlechtes Gewissen, das dich so wütend macht«, entgegnete Großmama mit hämischer Freude. »Und ich scheue mich bestimmt nicht, es zu wiederholen, und das werde ich auch: in Edwards Gegenwart. Dann werden wir ja sehen, wer sich hier streitet und wer nicht.«

»Das hättest du wohl gerne, was!« Caroline neigte sich vor. »Es würde dir sicherlich gefallen, Edward aufzuregen und Unruhe in seinem Haus zu stiften! Nun – diesmal werde ich mich nicht von dir erpressen lassen. Erzähl Edward von mir aus doch, was du willst. Aber ich möchte feststellen, dass nicht du es warst, die ihn verteidigt hat, als er der Polizei nicht sagen wollte, wo er gewesen war! Alles, was du getan hast, war, Pitt durch deine unerträgliche Unverschämtheit zum Gegner zu machen. Was hast du dir davon versprochen? Ihn einzuschüchtern? Dann musst du in einer Traumwelt leben! Es hat ihn nur noch misstrauischer gemacht.«

»Misstrauisch? Weswegen denn?« Großmama stand immer noch aufrecht, und ihr Körper schaukelte vor Wut auf und ab. »Was glaubst du denn, was Edward getan hat, Caroline? Denkst du etwa, er ist seinem Dienstmädchen nachgegangen und hat es erwürgt? Ist es das, was du denkst? Weiß Edward eigentlich, dass du das von ihm denkst?«

»Nicht, wenn du es ihm nicht erzählt hast! Was mich nicht überraschen würde. Es würde mit Sicherheit die Art von Unglück heraufbeschwören, die du liebst! Reicht dir Lilys Tod noch nicht?«

»Reicht nicht! Mir? Und was bitte, meinst du, sollte mir der Tod von irgendeinem erbärmlichen Hausmädchen nutzen? Ich habe die Unmoral schon immer gehasst; jedoch steht es mir nicht zu, den Stab Gottes über sie zu brechen.«

»Du alte Heuchlerin!« Caroline explodierte fast. »Es gibt auf der Welt nichts Unmoralischeres, als sich am Leid und am Unglück anderer zu weiden!«

»Du hast dein Unglück selbst über dich gebracht, Caroline. Ich für meinen Teil kann dir da nicht helfen, ob ich es nun wollte oder nicht.« Erhobenen Hauptes rauschte Großmama aus dem Zimmer, noch ehe Caroline etwas erwidern konnte; außerdem fiel ihr darauf ohnehin nichts ein.

Sie saß am Tisch und starrte mit Tränen in den Augen auf die Rechnung des Fischhändlers. Sie hasste Auseinandersetzungen, doch diese hier hatte seit Jahren in der Luft gelegen. Es war nur ein Ausbruch von Hassgefühlen gewesen, die in ihnen beiden gebrodelt hatten, Hassgefühle, die – wären Lilys Tod und die damit verbundene Aufregung nicht gewesen – vielleicht nie ausgesprochen worden wären. Nun aber waren Dinge gesagt worden, die beide niemals mehr vergessen würden und die bestimmt nicht mehr verziehen werden konnten. Jedenfalls nicht von Großmama, selbst wenn sich Caroline dazu entschließen könnte.

Das Schlimmste an der Sache war, dass Großmama sicherlich das ganze Haus mit hineinziehen würde; sie würde sie alle zwingen, Stellung zu beziehen. Es würde bedeutungsvolle Blicke geben, Schweigen und versteckte Andeutungen, bis die Neugier irgendjemanden dazu treiben würde zu fragen, was denn überhaupt los sei. Edward würde die ganze Sache zuwider sein.

Er liebte sie beide und wünschte sich vor allen Dingen, dass in seinem Hause Frieden herrschte. Wie die meisten Männer verabscheute er Familienkräche. Er würde, koste es, was es wolle, den Frieden bewahren wollen und so lange wie möglich den Ahnungslosen spielen. Wahrscheinlich würde Dominic – unabsichtlich – zum Katalysator werden. Er kannte Großmama noch nicht lange genug, um zwischen den Zeilen lesen zu können – und die Anspielungen zu ignorieren. Es würde furchtbar werden! Und das Schlimmste daran war, dass Großmama auch noch recht hatte. Ja, sie vermutete – krank vor Angst –, dass Edward etwas Unehrenhaftes getan hatte. Ihr Hals schmerzte – so strengte sie sich an, das Weinen zu unterdrücken, und wenn sie nach unten sähe, würde sie die Tränen nicht mehr zurückhalten können.

»Mama?«

Es war Charlotte. Sie hatte sie nicht einmal hereinkommen hören.

Sie schniefte: »Ja, was ist? Ich bin mit den Abrechnungen beschäftigt.«

Charlotte schlang den Arm um sie und gab ihr einen Kuss.

»Ich weiß. Ich hab' dich gehört.«

Das tat gut; es war eine unglaubliche Erleichterung für sie, nachdem sie sich so allein gelassen gefühlt hatte. Es fiel ihr schwerer denn je, sich zu beherrschen, doch jetzt kam ihr die jahrelange Übung zugute.

»Oh, das tut mir leid. Ich habe gar nicht gemerkt, dass wir so laut geworden sind.«

Charlotte rückte ihr eine Haarnadel zurecht und trat dann taktvoll ein paar Schritte zur Seite, damit sie sich erst einmal beruhigen konnte. Seltsam, welches Feingefühl Charlotte manchmal besaß, während sie bei anderen Gelegenheiten eine so unverblümte Offenheit an den Tag legte.

Charlotte starrte aus dem Fenster.

»Mach dir keine Sorgen wegen Großmama. Wenn sie Papa irgendetwas erzählt, wird er ihr böse sein, und sie wird am Ende den Kürzeren ziehen.«

Caroline war viel zu überrascht, als dass sie es hätte verbergen können. Sie drehte sich im Stuhl um und starrte auf Charlottes Rücken.

»Wie kommst du denn auf die Idee?«

Charlotte schaute immer noch aus dem Fenster.

»Weil Papa irgendwo gewesen ist, worüber er nicht reden möchte. Wir müssen dieser Tatsache ins Auge sehen. Deswegen wird er auch auf jeden böse sein, der noch mal auf die Sache zu sprechen kommt.«

»Was um alles in der Welt willst du damit sagen?« Caroline konnte das Beben ihrer eigenen Stimme hören. »Was redest du da, Charlotte? Du wirst doch wohl deinen Vater nicht verdächtigen, ein ... ein ...«

»Ich weiß es nicht. Vielleicht hat er um Geld gespielt, oder er war betrunken, oder er war mit Leuten zusammen, mit denen wir ihn nicht gerne zusammen sähen. Aber er will nicht, dass Mr. Pitt oder wir etwas davon erfahren. Es hat keinen Sinn, sich gegenseitig etwas vorzumachen. Wir können uns nicht selbst etwas vormachen. Aber mach dir keine Sorgen, Mama: Er hat sicherlich nichts mit Lilys Tod zu tun gehabt – wenn es das ist, wovor du Angst hast. «

»Charlotte ...« Sie wusste nicht, was sie sagen sollte. Wie konnte ihre Tochter nur so ruhig dastehen und dabei so etwas sagen?

»Ich könnte mir denken, dass es nicht sehr klug war«, fuhr Charlotte fort – und diesmal hörte Caroline das Stocken ihrer Stimme und wusste, dass ihre Tochter nur mit größter Anstrengung ihre Selbstbeherrschung aufrecht erhielt –, »denn ich glaube, Mr. Pitt wird es sowieso herausfinden.«

»Meinst du?«

»Ja, und was die Sache noch schlimmer macht, ist, dass die Wahrheit nicht aus freien Stücken enthüllt wird.«

»Wenn wir ihn also überzeugen könnten …« Aber sie wusste, dass ihr dazu der Mut fehlte. Edward würde zornig reagieren, würde sich zurückziehen, kalt, bitter, so wie sie es erst wenige Male durchgemacht hatte. Damals zum Beispiel, als sie sich mit ihm wegen Gerald Hapwith gestritten hatte. Das war Jahre her und kam ihr heute so töricht vor. Doch der Schmerz der Entfremdung war ihr noch allzugut in Erinnerung.

Und mehr noch als das fürchtete sie sich davor zu erfahren, was es war, was er verbergen wollte. Vielleicht würde es Pitt ja auch gar nicht herausfinden?

Doch Pitt war erfolgreich. Er suchte sie nach zwei Tagen erneut auf. Er kam abends und – vielleicht um sicherzugehen, dass er Edward auch anträfe – völlig überraschend, ohne sie am Morgen aufgesucht zu haben, um sie vorzuwarnen. Sie waren alle zu Hause.

»Sie kommen nicht sehr gelegen, Mr. Pitt«, sagte Edward kühl. »Um was handelt es sich diesmal?«

»Unsere Nachforschungen haben ergeben, dass Sie auf Ihrem Heimweg von etwa fünf Minuten vor bis wenige Minuten nach elf die Cater Street entlanggegangen sein müssen.«

»Sie hätten sich nicht hierher zu bemühen brauchen, um mir

das zu sagen«, erwiderte Edward scharf. »Da ich gegen Viertel nach zu Hause ankam, dürfte das wohl auf der Hand liegen.«

Nichts schien Pitt aus der Ruhe bringen zu können.

»Für Sie, Sir, weil Sie wissen, was Sie gemacht haben. Für uns, die wir nur Ihre Aussage haben, ist es befriedigend, dafür Beweise zu bekommen. Müsste man einen Mörder lediglich befragen, um ihn zu fassen, wäre unsere Arbeit wohl kaum so mühsam.«

Edwards Gesicht erstarrte.

»Was wollen Sie damit andeuten, Mr. Pitt?«

»Dass wir festgestellt haben, dass Sie Mrs. Attwood um Viertel vor elf verlassen haben. Man braucht etwa eine halbe Stunde – wenn man normal schnell geht –, um hier zu Ihrem Haus zu gelangen. Das heißt, Sie hätten die Cater Street zwischen fünf vor und etwa fünf nach passiert.«

Edward war kreidebleich.

»Sie hatten kein Recht ...!«

»Es wäre sehr viel einfacher gewesen und hätte uns viel Zeit erspart, Sir, wenn Sie uns Mrs. Attwoods Adresse früher gegeben hätten. Und jetzt würden Sie vielleicht so freundlich sein und mir sagen, wo Sie sich in der Nacht aufgehalten haben, als Chloe Abernathy ihrem Mörder begegnete?«

»Wenn Sie wissen, wo ich in der Nacht war, als Lily getötet wurde, dann wissen Sie, dass ich mit der Sache nichts zu tun haben kann«, presste Edward zwischen den Zähnen hervor. Zum ersten Mal sah er wirklich verängstigt aus. »Was sollte ich Ihnen Ihrer Meinung nach über Chloe Abernathy erzählen können?«

»Es reicht mir schon, wenn Sie sagen, wo Sie waren.« Pitt lächelte breit. »Und, wenn möglich, mit wem Sie zusammen waren!«

»Ich war mit Alan Cuthbertson zusammen. Wir hatten eine geschäftliche Besprechung bei ihm.«

Pitts Lächeln wurde noch breiter.

»Gut, das entspricht auch seiner Aussage. Aber da er recht gut mit Miss Abernathy bekannt war, war es erforderlich zu überprüfen, ob er sich auch genau an die Wahrheit gehalten hat. Vielen Dank, Mr. Ellison. Sie haben Mr. Cuthbertson und der Polizei einen großen Dienst erwiesen. Ich bin Ihnen zu Dank verpflichtet. Ma'am.« Er neigte den Kopf zu einer leichten Verbeugung. »Gute Nacht.«

»Wer ist Mrs. Attwood, Papa«, fragte Sarah sofort. »Ich kann mich nicht daran erinnern, dass du sie schon einmal erwähnt hast.«

»Wahrscheinlich habe ich das auch nicht«, murmelte Edward, ohne sie anzusehen. »Sie ist eine ziemlich langweilige Frau, die Verwandte eines Mannes, der mir einmal einen Gefallen getan hat und der inzwischen verstorben ist. Sie wurde krank, und hin und wieder unterstütze ich sie ein wenig bei kleinen, praktischen Dingen. Sie ist zwar nicht bettlägerig, aber kurz davor. Sie verlässt kaum noch das Haus. Ihr könnt sie selbst besuchen, wenn ihr wollt, aber ich warne euch: Sie ist äußerst ermüdend und geistig etwas abwesend. Gelegentlich bringt sie Erinnerungen und Phantasien durcheinander, obgleich es dann auch wieder Phasen gibt, in denen sie recht gut bei Verstand ist. Zweifellos kommt es daher, dass sie sehr viel Zeit allein verbringt und dass sie Liebesromane der billigsten Sorte liest. «

Die Erleichterung war ungeheuer, doch später in dieser Nacht wachte Caroline auf und begann nachzudenken. Zuerst einmal beunruhigte sie die Tatsache, dass sich Edward so sehr bemüht hatte, seinen Besuch bei Mrs. Attwood zu verheimlichen. Hatte er das wirklich nur getan, um eine kranke Frau zu schützen? Oder weil sie vielleicht ein wenig gewöhnlich war, zu wenig damenhaft, jemand, mit dem er nicht in Verbindung gebracht werden wollte?

Dann wurde ihr bewusst, was sie wirklich beunruhigte, ein Gedanke, den sie nicht verdrängen konnte. Sie hatte sich innerlich die Frage gestellt, ob er etwas mit Lilys Tod zu tun habe – und einen Moment lang wirklich befürchtet, das sei der Fall. Er lag jetzt neben ihr und schlief. Über dreißig Jahre schon war sie mit ihm verheiratet. Wie hatte ihr der Gedanke auch nur durch den Kopf geistern können, dass er ein Mädchen auf der Straße ermordet hätte? Was war sie nur für eine Frau, dass sie so etwas in Erwägung gezogen haben konnte – und wenn auch nur für eine Sekunde? Sie hatte immer geglaubt, dass sie ihn lieben würde – nicht leidenschaftlich, das natürlich nicht, aber immerhin doch ausreichend. Sie wusste , was er dachte, was er fühlte – das hatte sie zumindest bis zu dieser Woche geglaubt. Nun erkannte sie, dass es Dinge um ihn herum gab, von denen sie überhaupt keine Ahnung hatte.

Sie hatte über dreißig Jahre mit ihm zusammengelebt, im selben Haus, im selben Bett, sie hatte ihm drei Kinder geboren, vier, wenn man den Sohn mitzählte, der nach wenigen Tagen gestorben war. Und dennoch hatte sie es tatsächlich in Erwägung gezogen, dass er Lily erdrosselt haben könnte.

Was war ihre Beziehung zu ihm noch wert? Was würde Edward denken oder empfinden, wenn er wüsste, welche Gedanken ihr durch den Kopf gegangen waren? Sie war verwirrt, beschämt und voller Angst.

Kapitel 7

Eine Woche später, es war ein heißer und ruhiger Tag Anfang September, kam Millie zu Charlotte in den Garten. Ihr Gesicht war ein wenig gerötet, und sie schien aufgeregt zu sein. In der Hand hielt sie ein Stück Papier.

Charlotte legte die Harke nieder, mit der sie gerade die Erde zwischen den Blumen auflockerte. Es war eher ein Zeitvertreib als eine Arbeit, ein Vorwand, um draußen zu sein, statt sich um das Eingemachte zu kümmern, das sie jetzt eigentlich vorbereiten sollte, damit Sarah es in Gläser abfüllen konnte. Doch Sarah war mit Dominic zu irgendeiner gesellschaftlichen Veranstaltung ausgegangen, während Emily mit einer ganzen Gruppe von Leuten – einschließlich George Ashworth – auf einer Tennispartie war und Mama Susannah besuchte.

»Was ist los, Millie?«

»Bitte, Miss Charlotte, ich habe den Brief hier heute Morgen gefunden. Ich hab' mir den ganzen Tag den Kopf darüber zerbrochen, was ich machen soll.« Sie hielt ihr das Blatt Papier hin.

Charlotte nahm es und las:

Libe Lily

Das is um dich zu sagen das ich dir nich nochma warn. Endweder du tust was ich dich gesagt hab oder es wird dich schlecht ergehn.

Der Zettel war nicht unterschrieben.

»Wo hast du das her?« fragte Charlotte.

»Ich hab' es in einer der Schubladen in meinem Zimmer gefunden, Miss. Eine, die Lily früher benutzt hat.«

»Ich verstehe.«

»Hab' ich richtig gehandelt, Miss?«

»Ja, Millie, das hast du. Ganz bestimmt. Es wäre ein großer Fehler gewesen, ihn mir nicht zu bringen. Es ... es könnte wichtig sein.«

»Glauben Sie, der Mörder hat ihr den geschrieben, Miss?«

»Ich weiß es nicht, Millie, wahrscheinlich nicht. Aber wir sollten ihn dennoch der Polizei zukommen lassen.«

»Ja, Ma'am. Aber Mr. Maddock ist heute Nachmittag mit dem Auspacken der Weinkisten beschäftigt, und der Herr hat gesagt, dass es sofort gemacht werden muss.«

»Das ist schon in Ordnung, Millie. Ich werde ihn selbst hinbringen.«

»Aber, Miss Charlotte, Sie werden doch wohl nicht allein ausgehen, nicht wahr?«

Charlotte blickte sie einen Moment lang an. »Nein, Millie, du wirst mich begleiten müssen.«

»Ich, Miss Charlotte?« Sie erstarrte und riss die Augen weit auf.

»Ja, du, Millie. Und jetzt geh, und zieh dir deinen Mantel über. Sag Mrs. Dunphy, dass du mich bei einer dringenden Besorgung begleiten musst. Nun mach schon.«

Eine Dreiviertelstunde später befand sich Millie im äußeren Warteraum der Polizeiwache. Charlotte wurde in Mr. Pitts kleines Zimmer geführt, um dort seine Rückkehr abzuwarten. Es war ein düsterer, zweckmäßig eingerichteter und etwas staubiger Raum. Die Einrichtung bestand aus drei Stühlen, einer davon war ein Drehstuhl, einem Tisch mit verschlossenen Schubladen und einem mit einer Rollade verschlossenen Schreibtisch. Der braune Linoleumfußboden war da, wo die Leute von der Tür zum Schreibtisch und wieder zurückgelaufen waren, abgenutzt.

Sie wartete erst zehn Minuten, als sich die Tür öffnete und ein kleiner, übertrieben elegant gekleideter Mann mit einer spitzen Nase hereinkam. Sein Gesicht verzog sich vor Überraschung.

»Hallo, Miss! Sind Sie sicher, dass Sie hier richtig sind?«

»Das nehme ich doch an. Ich warte auf Mr. Pitt.«

Er musterte sie gründlich von oben bis unten. »Sie sehen nich' wie 'n Spitzel aus.«

»Wie bitte?«

»Sie sehen gar nich' wie 'n Spitzel aus.« Er trat ein und schloss die Tür hinter sich. »Ein Informant, ein Spion für die Bullen.«

»Für wen?« Sie legte die Stirn in Falten, während sie sich bemühte, ihn zu verstehen.

»Die Polizei! Sagten Sie nich', dass Sie zu Mr. Pitt wollten?«

»Ja.«

Er grinste, wobei er sein lückenhaftes Gebiss zeigte.

»Sie sind 'ne Freundin von ihm?«

»Ich bin in einer geschäftlichen Angelegenheit gekommen, die Sie – verzeihen Sie meine Offenheit – nichts angeht.« Sie hatte nicht die Absicht, unhöflich zu sein. Er war ein überaus harmloser, kleiner Mann und allem Anschein nach freundlich.

»Etwas Geschäftliches? Sie sehen nich' so aus, als ob Sie Geschäfte mit den Bullen machen würden.« Er setzte sich auf den Stuhl ihr gegenüber, wobei er sie immer noch mit liebenswürdiger Neugier anblickte.

»Gehören Sie hierhin?«, fragte sie skeptisch.

»Aber ja«, grinste er. »Ich hab' auch was Geschäftliches zu erledigen.«

»Tatsächlich?«

»Etwas Wichtiges«, nickte er mit strahlenden Augen. »Tu'ne Menge für Mr. Pitt, ja ehrlich. Weiß gar nich', was er ohne mich anfangen sollte.«

»Ich wage zu behaupten, er würde irgendwie überleben«, sagte Charlotte mit einem Lächeln.

Er nahm es nicht übel.

»Tja, Miss, das kommt, weil Sie eben – mit Verlaub – keine Ahnung davon haben.«

»Wovon?«

»Vom Geschäft, Miss; wie man so was macht. Ich wette, Sie wissen nich' mal, wie man 'nen Bruch macht oder wie man die Sore sauberkriegt und sie nachher verhökert.«

Charlotte war verwirrt, aber gleichwohl interessiert.

»Nein«, gestand sie. »Ich weiß noch nicht einmal, wovon Sie überhaupt reden.«

»Tja«, er machte es sich bequem. »Aber wissen Sie, ich weiß das alles. Is' mir mit in die Wiege gelegt worden. Bin in den Elendsvierteln geboren. Bin dort aufgewachsen. Mutter starb, als ich etwa drei war, sagen die Leute. Und ich war sehr klein. Zum Glück ... «

»Zum Glück? Sie meinen, jemand hatte Mitleid mit Ihnen?«

Er warf ihr einen gutmütig-geringschätzigen Blick zu. »Ich mein', sie ham meine Möglichkeiten erkannt – dass ich, wenn ich klein bliebe, von Nutzen sein könnt'.«

Erinnerungen an Dinge, die Pitt ihr über kleine Jungen oben in den Schornsteinen erzählt hatte, kehrten zurück, und sie erschauderte.

»Hatten Sie keine Familie? Was war mit Ihrem Vater oder Ihren Großeltern?«

»Mein Vater wurde zweiundvierzig aufgeknüpft, in dem Jahr, als ich geboren wurd', und mein Großvater nahm den Dampfer, wie man so sagt. Meine Ma' hatte 'nen Bruder, der 'n Drahtzieher war, aber er wollt' nichts mit Kindern zu schaffen ham, ne, bestimmt nich'. Jedenfalls nich' mit 'nem Balg, der zu jung war, um irgendwie von Nutzen zu sein. Nebenbei gesagt, Drahtzieher is' nich' ein Handwerk, wofür man Kinder braucht.«

»Was heißt ›aufgeknüpft‹?« fragte sie.

Er strich sich mit einer Hand einmal um den Hals und hielt sie dann hinter sich hoch, um ein Seil anzudeuten.

Sie errötete vor Verlegenheit.

»Oh, es tut mir leid ... ich ...«

»Macht nix«, meinte er wegwerfend. »Hätt' mir eh nichts geholfen. «

»Und Ihr Großvater fuhr zur See? Ist er nicht zurückgekehrt?«

»Gott segne Sie, Miss. Sie sind wirklich von 'nem andern Stern, was? Is' nich' zur See gefahren, sondern nach Australien geschickt worden.«

»Oh.« Sie wusste nicht, was sie sonst hätte sagen können. »Und Ihr Onkel?«

»Drahtziehen is', den Damen was aus der Tasche stehlen, Miss. Issen delikates Handwerk. Man braucht keine Kinder wie bei manch anderen Jobs. Keine Verwendung für mich, verstehen Sie? Also gaben sie mich zu einem Kindermann, der mir 'n bisschen beibrachte, lange Finger zu machen – für Sie is' das, seidene Taschentücher aus Taschen stehlen, Miss –, um meine Brötchen zu verdienen, sozusagen. Als ich dann älter wurd', aber nich' viel größer, verkaufte er mich an 'nen erstklassigen Einbrecher. Durch jedes Gitter bin ich gekommen. Hab' mich vorsichtig durchgewunden wie 'ne Schlange. War 'ne ganze Stange von Häusern von feinen Pinkeln, wo ich rein und raus bin und die Türen für sie aufgemacht hab'.«

»Was ist das Haus von einem ›feinen Pinkel‹?« Ihr Vater würde bestimmt wütend sein, wenn er von dieser außergewöhnlichen Unterhaltung wüsste; aber es war eine Welt, die für sie viel zu entsetzlich war, als dass sie sich von ihr hätte abwenden können. Sie war davon so fasziniert wie ein Kind von einer Schorfstelle, an der es immer wieder kratzen muss.

»Ein protziges Haus, so wie das, in dem Sie vielleicht wohnen.« Er schien deshalb keine Ressentiments ihr gegenüber zu haben, sondern sie eher noch interessanter zu finden.

»Ich glaube nicht, dass bei uns besonders viel zu holen ist«, gestand sie ehrlich. »Wie ging's mit Ihnen dann weiter?«

»Nun, es kam natürlich die Zeit, wo ich zu groß wurde. Aber vorher hamse ihn geschnappt, und ich hab' ihn nie wieder gesehen. Doch er hat mir 'ne Menge beigebracht, zum Beispiel, wie man mit all seinen Werkzeugen umgeht und wie man Sternglasen macht.«

»Sternblasen?« fragte sie ungläubig.

Er brach in ein lautes, trockenes Gelächter aus.

»Gott segne Sie. Sie sind vielleicht 'ne ulkige Nummer. Sternglasen. Passen Sie mal auf.« Er erhob sich von seinem Platz und ging zum Fenster. »Nehmen wir mal an, Sie wollten durch diese Scheibe. Also, Sie lehnen sich dagegen«, er demonstrierte es, »setzen das Messer hier neben der Kante an und drücken feste, aber vorsichtig, bis das Glas 'nen Sprung bekommt. Vorsicht, nich' so doll, dass es rausfällt. Dann tun Sie ein Papierpflaster drauf, so dass alles zusammenklebt, und ruckzuck können Sie das Glas herausnehmen, ohne großen Krach dabei zu machen. Sie packen mit der Hand rein und machen den Riegel auf.« Er sah sich sichtlich triumphierend nach ihr um.

»Verstehe. Sind Sie niemals erwischt worden?«

»Und ob! Aber das gehört dazu, so ab und an.«

»Haben Sie niemals erwogen, einen normalen Beruf zu ergreifen?« Sie vermied es, einen ehrlichen Beruf zu sagen. Aus irgendeinem ihr selbst nicht ersichtlichen Grund wollte sie ihn nicht verletzen.

»Ich hatt' ein eingespieltes Team, oder nicht? Hatt' meine Werkzeuge, 'ne gute Krähe, den besten Kanarienvogel in London und 'nen guten Hehler, hauste in 'nem Prachtbau – hübsch und bequem für uns – und hatte 'n paar Handkarren mit Krimskram zum Straßenhandel, wenn das andere nicht so lief. Was wollte ich mehr? Wozu sollte ich mir den Rücken in irgend so 'ner Fabrik oder so 'nem Plackereiladen für ein paar Kröten am Tag kaputtschinden?«

»Wozu die Vögel?«

»Vögel?« Er legte die Stirn in Falten. »Welche Vögel?«

»Die Krähe und der Kanarienvogel?«

Er gluckste vor Vergnügen.

»Oh, macht mir richtig Spaß, mit Ihnen zu quatschen, Miss. Sie sind köstlich, wirklich. Ne Krähe ist entweder 'n Quacksalber, 'n Doktor, oder – wie in diesem Fall – 'n Typ, der rumsteht und einen warnt, wenn jemand vorbeikommt, der gefährlich werden kann, wie 'n Kerl, der in alles seine Nase reinstecken muss oder 'n Bulle – oder was auch immer. Und 'n Kanarienvogel ist der, der einem die Werkzeuge bringt. Wer etwas auf sich hält, bringt seine Werkzeuge nicht selbst mit. Du gehst hin, guckst dir alles genau an, und dann, wenn die Luft rein ist, kommt dein Kanarienvogel und bringt sie dir. Gewöhnlich is' es 'ne Frau. Läuft besser so. Und Bessy war schön wie 'n Sommertag, oh ja, das war sie.«

»Was ist mit ihr geschehen?«

»Gestorben ist sie. An Cholera, sechzig, im Jahr vor dem Amerikanischen Bürgerkrieg. Arme Bessie.«

»Wie alt war sie?«

»Achtzehn, so wie ich.«

Jünger als Emily, jünger als Lily Mitchell. Sie hatte in den Elendsvierteln gelebt, hatte die Einbrecherwerkzeuge herumgetragen und war mit achtzehn an einer Krankheit gestorben. Ein Dasein, das Charlottes wohlgeordnetes Leben mit seinen kleinen Problemen lächerlich erscheinen ließ. Die einzigen großen Ereignisse in ihrem ganzen Leben waren ihre Liebe zu Dominic und Lilys Tod. Der Rest war ein Leben ohne Sorgen. Haben wir auch sämtliche Wäschestücke ausgebessert? Sollen wir Pfirsiche oder lieber Aprikosen einmachen? Ist die Rechnung des Fischhändlers nicht zu hoch? Was soll ich am Freitag auf der Party anziehen? Muss ich wirklich höflich zum Pfarrer sein? Und das, während es in derselben Zeit Menschen wie diesen komischen kleinen Mann hier gab, die kämpfen mussten, nur um etwas zu essen zu haben. Und einige von ihnen verloren diesen Kampf: die Kleinsten und Schwächsten, diejenigen, die am schnellsten Angst bekamen.

»Das tut mir leid«, war alles, was sie sagen konnte.

Er sah sie prüfend an. »Sie sind schon 'n komisches Geschöpf«, antwortete er schließlich.

Ehe sie darauf reagieren konnte, wurde die Tür aufgerissen, und Pitt kam herein. Bei ihrem Anblick verzog sich sein Gesicht vor Überraschung. Allem Anschein nach hatte man draußen versäumt, ihn vorzuwarnen.

»Miss Ellison! Was machen Sie denn hier?«

»Sie wartet auf Sie.« Der kleine Mann sprang aufgeregt auf die Beine. »Die ganze letzte halbe Stunde hat sie hier gesessen.« Er zog eine äußerst elegante Golduhr aus der Jackentasche. Pitt schaute sie sich genauer an. »Woher hast du die, Willie?«

»Was für eine schlechte Phantasie Sie haben, Mr. Pitt.«

»Außerdem habe ich einen schlechten Charakter. Also: Woher hast du sie, Willie?«

»Ich hab' sie gekauft, Mr. Pitt!« Er war empört, aber nicht wütend. Er klang lediglich wie die beleidigte Unschuld.

»Von wem? Von einem deiner Handkarren?«

»Mr. Pitt! Das hier ist echtes Gold. Das ist Qualität.«

»Also Pfandhaus?«

»Das ist aber nich' gerade freundlich, Mr. Pitt. Ich hab' sie auf anständige Weise erstanden.«

Pitt warf ihm einen skeptischen Blick zu, ging dann aber nicht weiter auf die Sache ein.

»Na schön, Willie. Geh raus, und überzeuge den Sergeant davon, während ich mich mit Miss Ellison unterhalte.«

Willie lüftete seinen Hut und verbeugte sich umständlich. »Raus, Willie!«

»Jawohl, Sir, Mr. Pitt. Guten Tag, Ma'am.«

Pitt schloss hinter ihm die Tür und wies Charlotte einen Stuhl zu. Jetzt, wo sie allein waren, wirkte er nicht mehr so selbstsicher. Er schien sich der schäbigen Umgebung bewusst zu sein. Charlotte verspürte plötzlich den Wunsch, ihm die Situation zu erleichtern. Deshalb zog sie sofort den Brief heraus.

»Millie, unser neues Dienstmädchen, hat mir das hier vor etwa einer Stunde gegeben. Sie hat es heute Morgen in ihrem Zimmer gefunden. Ich sollte vielleicht dazu sagen, dass es früher Lilys Zimmer war.«

Er nahm den Brief, faltete ihn auseinander, las ihn durch und hielt ihn dann gegen das Licht.

»Er sieht nicht alt aus, und es ist kaum die Art von Brief, die man gerne aufhebt. Ich denke, wir können davon ausgehen, dass sie ihn erst kurz vor ihrem Tod erhielt.«

»Es ist eine Drohung?« Sie rückte etwas näher, um sich den Brief selbst noch einmal anzusehen.

»Es dürfte schwerfallen, etwas anderes in ihm zu sehen. Obwohl es sich natürlich nicht unbedingt um eine Morddrohung handeln muss.«

Charlotte stellte sich eine Welt voller Angst vor. Die arme Lily! Wer hatte sie bedroht, und warum hatte sie nicht das Gefühl gehabt, sich an irgendeinen von ihnen um Hilfe wenden zu können? Was für ein einsamer Kampf war in ihrem Hause ausgefochten worden, den niemand hinter der ordentlichen schwarzweißen Kleidung des Hausmädchens vermutet hatte?

»Was, meinen Sie, hat man von ihr gewollt?« fragte sie. »Wer kann diesen Brief nur geschrieben haben? Glauben Sie, dass Sie diejenigen finden können – und bestrafen?«

»Sie müssen Lily nicht ermordet haben!«

»Darauf kommt es nicht an! Sie haben ihr Angst eingejagt! Sie haben versucht, sie zu etwas zu zwingen, was sie offensichtlich nicht tun wollte! Ist das etwa kein Verbrechen?«

Er betrachtete sie überrascht, während er ihre Wut spürte, ihre Empörung und ihr Mitleid – und vielleicht auch ein Gefühl der Schuld, weil das alles in ihrem Haus geschehen war, ohne dass sie es bemerkt hatte.

»Ja, es wäre ein Verbrechen – wenn wir es beweisen könnten. Aber wir wissen weder, wer es geschrieben hat, noch, wozu er sie zwingen wollte. Und das arme kleine Geschöpf ist nicht mehr in der Lage, Anzeige zu erstatten.«

»Dann werden Sie es eben herausfinden!«, verlangte sie.

Er streckte seine Hand aus, so, als ob er sie berühren wollte, besann sich dann und zog sie wieder zurück.

»Nun, ich werd's versuchen. Aber ich bezweifle, dass die Person, die das hier geschrieben hat, sie auch getötet hat. Sie wurde auf exakt dieselbe Weise erdrosselt wie Chloe Abernathy und das Hilton-Mädchen: von hinten mit einem Draht. Ein Einbrecher könnte vielleicht die zwei Dienstmädchen bedroht haben, aber er hätte das niemals bei einem Mädchen wie Chloe versucht.« Seine Augen weiteten sich, als ihm ein neuer Gedanke kam. »Es sei denn, dass er sie irrtümlich für Lily gehalten hat. Sie hatten die gleiche Größe und Haarfarbe. Ich könnte mir denken, im Dunkeln…«

»Wozu sollte er sie bedrohen? Ich meine, die zwei Dienstmädchen?«

»Wozu? Nun, Einbrecher benutzen häufig Dienstmädchen, die sie ins Haus lassen und ihnen sagen, wo sich die ganzen Wertsachen befinden. Wer weiß, falls sie sich geweigert hat…« Er seufzte. »Aber das scheint mir doch eine recht außergewöhnliche Art zu sein, einen Einbruch auszuführen, und zudem in hohem Maße überflüssig. Ein Einbrecher könnte genug Hausangestellte finden, die willig sind – oder einfach nur geschwätzig. Er müsste nicht auf solche Methoden zurückgreifen.«

»Warum hat sie sich uns nicht anvertraut?«

»Wahrscheinlich, weil es überhaupt kein Einbrecher war. Es hat sich wohl eher um irgendwelche Verwicklungen in einer Liebesaffäre gehandelt«, erwiderte er, »irgendeine Sache, bei der sie es vorzog, Sie nicht in Kenntnis zu setzen, etwas, wovon sie annahm, dass Sie es nicht gutheißen würden. Ich vermute, wir werden es niemals erfahren.«

»Aber Sie werden es versuchen?«

»Ja, wir werden es versuchen. Und es war ganz richtig von Ihnen, uns dies hier zu bringen. Vielen Dank.«

Sie merkte, wie sie unter seinem Blick verlegen wurde, und die Schäbigkeit des Zimmers wurde ihr erneut bewusst. Was hatte ihn wohl dazu gebracht, Polizist zu werden? Sie erkannte, wie wenig sie über ihn wusste. Und schon – ganz typisch für sie – sprach sie ihre Gedanken aus.

»Sind Sie immer Polizist gewesen, Mr. Pitt?«

Er war überrascht, doch in seinen Augen zeigte sich ein Anflug von Belustigung, über den sie sich zu jedem anderen Zeitpunkt wohl geärgert hätte.

»Ja, seit meinem siebzehnten Lebensjahr.«

»Warum? Warum wollten Sie Polizist werden? Sie müssen doch so viele Dinge sehen, die ...« Sie fand nicht die passenden Worte für all den Schmutz und das Elend, an das sie denken musste.

»Ich bin auf dem Lande aufgewachsen. Meine Eltern waren Bedienstete: meine Mutter Köchin und mein Vater Wildhüter.« Er lächelte ein wenig gezwungen – er war sich des Standesunterschieds zwischen ihnen bewusst. »Sie waren bei einem

Gentleman mit beträchtlichem Vermögen in Stellung. Er hatte selbst Kinder; ein Sohn war ungefähr in meinem Alter. Ich durfte mit im Schulzimmer sitzen. Wir spielten auch zusammen. Ich wusste einiges mehr über das Leben auf dem Land als er. Ich hatte Freunde unter den Wilddieben und Zigeunern. Ganz schön aufregend für einen kleinen Jungen aus dem Herrenhaus, der zu viele Schwestern hatte und zu viel Zeit mit Unterrichtsstunden verbrachte. Damals wurden Fasane vom Anwesen gestohlen und verkauft. Man gab meinem Vater die Schuld. Man brachte ihn vor ein Schwurgericht, und er wurde schuldig gesprochen. Er wurde für zehn Jahre nach Australien deportiert. Ich für meinen Teil war überzeugt davon, dass er es nicht getan hatte – nun, das ist wohl natürlich, nehme ich an. Ich verbrachte eine lange Zeit auf der Suche nach Beweisen für seine Unschuld. Es ist mir nie gelungen, aber damit fing alles an.«

Sie stellte sich das Kind vor, verzweifelt, verwirrt und wegen der Ungerechtigkeit außer sich. Sie spürte eine Woge des Mitgefühls für ihn, die sie erschreckte. Schnell stand sie auf. Sie musste schlucken.

»Ich verstehe. Und dann kamen Sie nach London. Wirklich interessant. Vielen Dank, dass Sie es mir erzählt haben. Ich muss jetzt zurück nach Hause, sonst macht man sich um mich noch Sorgen.«

»Sie hätten nicht allein kommen dürfen.« Er runzelte die Stirn. »Ich werde dafür sorgen, dass Sie ein Sergeant nach Hause begleitet.«

»Das ist nicht nötig. Ich dachte, Sie wollten vielleicht mit Millie sprechen und habe sie deshalb gleich mitgebracht.«

»Nein, ich sehe keinen Grund, warum ich jetzt mit ihr sprechen sollte. Aber ich bin froh, dass Sie so weise waren, sich von ihr begleiten zu lassen.« Er lächelte, wobei er kaum merklich den Kopf senkte. »Und ich muss mich dafür entschuldigen, dass ich an Ihrer Klugheit gezweifelt habe.«

»Noch einen guten Tag, Mr. Pitt.« Sie ging durch die Tür hinaus.

»Auf Wiedersehen, Miss Ellison.«

Sie wusste, dass er in der Tür stand und sie beobachtete. Diese Vorstellung machte sie – was natürlich idiotisch war – befangen. Es hätte nicht viel gefehlt, und sie wäre beim Hinausgehen über eine Stufe gestolpert. Sie musste nach Millies Arm greifen, um das Gleichgewicht wiederzuerlangen. Warum um alles in der Welt verursachte ein ganz gewöhnlicher Polizist in ihr denn nur so ein – so ein bemerkenswertes Gefühl?

Drei Tage später war Charlotte bei den Abernathys zu Besuch. Sie war allein dort, weil Sarah und Mama knapp hundert Meter entfernt um die Ecke beim Pfarrer waren.

»Ach, nehmen Sie doch noch etwas Tee, Miss Ellison. Es ist so reizend von Ihnen, uns zu besuchen.«

»Vielen Dank.« Charlotte schob ihre Tasse ein wenig in Mrs. Abernathys Richtung. »Es ist mir eine Freude festzustellen, dass Sie wieder viel besser aussehen.«

Mrs. Abernathy lächelte höflich. »Es hilft einem, wenn man wieder junge Leute im Haus hat. Nach Chloes Tod ist so lange Zeit niemand mehr zu Besuch gekommen. Zumindest kam es mir so vor. Ich denke, man kann es ihnen nicht verübeln. Niemand – und am wenigsten junge Leute – möchte gerne ein Trauerhaus besuchen. Es erinnert einen zu sehr an den Tod, wo man doch an das Leben denken möchte.«

Charlotte wollte sie trösten. Sie sollte nicht das Gefühl haben, Chloes Freunde wären gefühllos und würden mehr an ihr eigenes Vergnügen als an Mrs. Abernathys Leid denken.

Sie neigte sich ein wenig nach vorne. »Vielleicht wollten sie Sie nur nicht belästigen. Wenn jemand einen so harten Schlag erlitten hat, weiß man nie so recht, was man sagen soll. Nichts kann den Schmerz lindern, und man hat Angst, ungeschickt zu sein und alles nur noch schlimmer zu machen, indem man etwas Dummes sagt.«

»Sie sind sehr wohlerzogen, meine liebe Charlotte. Ich wünschte, die arme Chloe hätte sich mehr Freunde wie Sie ausgesucht, statt diese Verrückten, mit denen sie sich abgab. Es fing alles mit diesem elenden George Ashworth an –«

»Was?« Charlotte war so perplex, dass sie alle Höflichkeit vergaß.

Mrs. Abernathy sah sie ein wenig überrascht an.

»Ich wünschte, Chloe wäre nicht ganz so eng mit George Ashworth befreundet gewesen. Ich weiß, dass er ein Gentleman ist, doch manchmal hat die Oberschicht merkwürdige Vorlieben und Gewohnheiten, die wir nicht gutheißen können.«

»Ich wusste gar nicht, dass Chloe Lord Ashworth kannte.« Charlotte war auf einmal beunruhigt. Emilys kleines, entschlossenes Gesicht kam ihr wieder in den Sinn. »Kannte sie ihn gut?«

»Jedenfalls um einiges besser, als es ihrem Vater und mir lieb gewesen war. Aber er war charmant und trug einen Titel. Junge Mädchen lassen sich ja nichts sagen.« Sie blinzelte einige Male.

Charlotte hätte gerne das Thema gewechselt – sie wusste, dass ein Gespräch nur Schmerzen verursachen konnte, wo die Wunde ohnehin schon so tief war. Aber um Emilys willen musste sie es wissen.

»Glauben Sie, dass er Chloe schlecht behandelt hat, dass er ihr gegenüber nicht aufrichtig war, dass er mit ihren Gefühlen gespielt hat?«

»Mr. Abernathy ist sehr böse auf mich, weil ich das sage.« Ihr Gesicht zuckte. »Aber ich glaube, Chloe wäre heute noch am Leben, wenn sie diesen Mann nicht gekannt hätte ...« Charlotte hatte das Gefühl, als beträte sie einen dunklen Korridor und als würden dessen Schatten sie umschließen.

»Warum sagen Sie das, Mrs. Abernathy?«

Mrs. Abernathy lehnte sich nach vorne und umklammerte Charlottes Arm.

»Oh, bitte erzählen Sie niemandem davon, Charlotte! Mr. Abernathy sagt, ich würde noch furchtbare Schwierigkeiten bekommen, wenn ich zuviel sage!«

Charlotte legte ihre andere Hand auf die Mrs. Abernathys und drückte sie ganz fest. »Aber natürlich nicht. Aber mich würde wirklich interessieren, warum Sie glauben, dass George Ashworth einen so schlechten Einfluss ausübt. Ich habe ihn kennengelernt, und obwohl ich mir persönlich nicht viel aus ihm mache, hätte ich ihn nicht so negativ beurteilt, wie Sie es offenbar tun.«

»Er schmeichelte Chloe, indem er sie alle möglichen Dinge glauben ließ, die nicht Wirklichkeit werden konnten, die nicht mit ihrer gesellschaftlichen Stellung zu vereinbaren waren. Er nahm sie mit zu Orten, wo Frauen von äußerst fragwürdiger Moral verkehrten.«

»Woher wissen Sie das? Von Chloe?«

»Sie hat uns nur ein wenig erzählt. Aber ich habe es von anderen gehört, die sie dort gesehen haben. Ein Gentleman, ein Freund von Mr. Abernathy, hat ihm erzählt, dass er Chloe an einem Ort gesehen habe, an dem er eine Tochter aus einer achtbaren Familie nicht erwartet hätte.«

»Und dieser Freund: Ist er glaubwürdig? Oder neigt er vielleicht dazu, Dinge falsch zu deuten – oder zu übertreiben? Hat er vielleicht nicht nur einen Grund, Chloe zu grollen, nicht nur den Wunsch, ihren Ruf zu schädigen?«

»Oh, nichts von alledem. Er ist ein äußerst rechtschaffener Mann. Ach, du meine Güte!«

»Verzeihen Sie bitte, aber was hatte er dann an einem solchen Ort, wie Sie ihn beschrieben haben, zu suchen?«

Einen Augenblick lang sah Mrs. Abernathy verwirrt aus.

»Meine liebe Charlotte, bei Männern ist das etwas ganz anderes! Es ist vollkommen – annehmbar für einen Mann, Orte aufzusuchen, wo eine ehrbare Frau niemals hingehen würde. Wir müssen diese Dinge akzeptieren.«

Charlotte war absolut nicht bereit, irgendetwas in dieser Richtung zu akzeptieren, aber sie hielt es nicht für angebracht, jetzt darüber zu diskutieren.

»Ich verstehe. Und Sie haben das Gefühl, Lord Ashworth könnte Chloe in schlechte Gesellschaft gebracht und sie sogar zu Dingen verleitet haben, die sich für sie – oder jedes andere anständige Mädchen – nicht schicken?«

»Genau das. Chloe gehörte nicht wirklich zu seiner Welt. Und ich glaube, sie starb, weil er versuchte, sie zu einem Teil davon zu machen.«

»Damit ich Sie nicht falsch verstehe, Mrs. Abernathy. Wollen Sie damit sagen, Sie glauben, dass entweder Lord Ashworth oder jemand aus seinem Bekanntenkreis Chloe getötet hat?«

»Ja, Charlotte, das glaube ich. Aber Sie haben mir versprochen, nicht zu verraten, dass ich so was gesagt habe! Nichts kann Chloe zurückbringen, und wir können uns an solchen Leuten nicht rächen.«

»Man kann sie aber daran hindern, so etwas noch einmal zu tun!«, erklärte Charlotte zornig. »Ja, man hat die Pflicht dazu!«

»Oh, aber Charlotte, bitte, ich weiß überhaupt nichts Genaues. Es ist nur so ein dummes Gefühl. Vielleicht stimmt es ja auch überhaupt nicht, und ich würde ein großes Unrecht begehen!« Sie war beunruhigt aufgestanden; ihre Hände zitterten. »Sie haben mir Ihr Versprechen gegeben!«

»Mrs. Abernathy, meine eigene Schwester Emily hat zur Zeit Umgang mit Lord Ashworth. Wenn das, was Sie mir erzählt haben, wahr ist: Wie könnte ich mich da nicht für Ihre Gefühle interessieren – ob sie nun zutreffend sind oder nicht? Ich verspreche Ihnen, ich werde nichts sagen, es sei denn, ich habe das Gefühl, dass sich Emily in Gefahr befindet. Dann aber kann ich nicht schweigen.«

»Ach, meine Liebe.« Mrs. Abernathy setzte sich abrupt wieder hin. »Ach, meine liebe Charlotte! Was können wir bloß tun?«

»Ich weiß es nicht«, gab Charlotte offen zu. »Haben Sie mir auch alles erzählt, was Sie wissen? Alles, was Sie sicher wissen oder was Sie aus guten Gründen vermuten?«

»Ich weiß, dass er zu viel trinkt, aber schließlich ist das bei vornehmen Herren häufiger der Fall. Ich weiß, dass er spielt, aber ich nehme an, er kann es sich leisten. Ich weiß, dass die arme Chloe in ihn verliebt war, dass sie hingerissen von ihm war und dass er für sie alle romantischen Träume verkörperte. Ich weiß, dass er sie in seine Welt mitnahm, wo man nach ganz anderen Normen lebt, als wir es tun – und wo man sich mit allen möglichen grässlichen Dingen amüsiert. Und ich glaube, wäre sie unter ihresgleichen geblieben, zusammen mit Herren, die eher über ein bescheidenes Vermögen verfügen und die aus achtbaren Familien stammen, dann wäre sie jetzt nicht tot.« Die Tränen liefen ihr über das Gesicht, als sie zu reden aufhörte. »Verzeihen Sie mir.« Sie griff nach ihrem Taschentuch und fing still an zu weinen.

Charlotte legte den Arm um sie und drückte sie fest an sich. Sie hatte schreckliches Mitleid mit ihr, weil es nichts gab, was sie für sie tun konnte. Sie fühlte sich schuldig, weil sie alles wieder aufgewühlt und sie dazu gebracht hatte, darüber zu reden. Charlotte hielt sie im Arm und wiegte sie leicht hin und her, so, als ob Mrs. Abernathy ein Kind wäre und nicht eine Frau, die so alt war wie ihre Mutter.

Auf dem Heimweg fiel ihr nichts ein, worüber sie mit Mutter oder Sarah hätte reden können, aber die beiden waren zu sehr mit ihren eigenen Angelegenheiten beschäftigt, um es zu bemerken. Während des ganzen Abends saß sie fast schweigend da, antwortete nur, wenn es nötig war, und dann auch eher zusammenhanglos. Dominic machte ein, zwei Bemerkungen über ihre Geistesabwesenheit, aber nicht einmal in seiner Nähe konnte sie ihre Sorgen vergessen.

Wenn Mrs. Abernathy recht hatte, dann war George Ashworth nicht bloß lasterhaft, sondern regelrecht gefährlich – und: Er war vielleicht sogar in einen Mord verwickelt. Es schien etwas zu abwegig, davon auszugehen, dass mehr als ein Mörder auf der Cater Street sein Unwesen trieb; folgerichtig müsste er auch Lily und das Hilton-Mädchen getötet haben, wenn er denn wirklich in die Sache verwickelt sein sollte. Vielleicht hatten den Ärmsten einige seiner Freunde im Zustand der volltrunkenen Unzurechnungsfähigkeit aufgelauert ... Der Gedanke war entsetzlich.

Aber am meisten Sorgen machte sie sich um Emily. Könnte diese nicht irgendwie, ohne es zu wollen, seine Schuld entdecken? Und wenn das geschähe und sie ihr Wissen in seiner Gegenwart preisgäbe: Würde man sie dann nicht vielleicht auch tot auf der Straße finden?

Aber Charlotte hatte keine Beweise. Vielleicht war alles nur ein Hirngespinst von Mrs. Abernathy, existierte nur in ihrer vom Kummer verwirrten Phantasie – auf der verzweifelten Suche nach jemandem, dem man die Schuld geben konnte, wobei jede Antwort – und sei sie noch so unwahrscheinlich – besser war, als nichts zu wissen. Wenn Charlotte Emily von ihrem Verdacht erzählen würde, ohne einen Beweis zu besitzen, würde diese ihr sicherlich kein Wort glauben und ganz schön in Wut geraten. Vielleicht würde sie es aus Trotz sogar Lord Ashworth erzählen, nur, um ihm zu beweisen, wie sehr sie ihm vertraute – und damit ihren eigenen Tod provozieren.

Was sollte sie nur tun? Sie betrachtete die Gesichter um sich herum, als sie nach dem Abendessen alle im Salon saßen. Wen könnte sie um Rat fragen? Papa sah mit grimmigem Gesicht in die Zeitung. Sehr wahrscheinlich las er gerade etwas über die Börse. Er wäre momentan über eine Störung sicherlich verärgert. Zudem hatte es den Anschein gehabt, dass er mit Ashworth einverstanden war.

Mama stickte. Sie sah blass aus. Großmama hatte es ihr noch nicht verziehen, dass sie sich Sorgen über Papa und seinen Besuch bei Mrs. – wie auch immer sie hieß – gemacht hatte. Tagelang hatte Großmama kleine, spitze Bemerkungen fallenlassen. Es hätte keinen Sinn gehabt, sie darauf anzusprechen; entweder würde sie es jedem sofort erzählen oder sie alle mit versteckten Andeutungen solange verrückt machen, bis es schließlich jemandem gelänge, ihr das Geheimnis zu entlocken.

Emily spielte Klavier. Neben ihr spielten Sarah und Dominic Binokel. Ob sie Sarah fragen konnte? Etwas in ihrem Inneren sehnte sich danach, Dominic auf die Sache anzusprechen, ihn um Rat zu bitten, um etwas zu haben, was sie mit ihm teilen konnte. Zugleich spürte sie jedoch einen wachsenden Widerwillen, ihn zu fragen, weil sie befürchtete, dass Dominic nicht die Klugheit besaß, die notwendig war, um ihr helfen zu können, dass er ihr eine nichtssagende Antwort geben, sich nicht festlegen würde.

In Sarah setzte sie auch kein großes Vertrauen, aber es gab ja niemanden sonst. Charlotte fand eine Gelegenheit, sie vor dem Zubettgehen im Flur anzusprechen.

»Sarah?«

Sarah blieb überrascht stehen. »Ich dachte, du wärst schon zu Bett gegangen.«

»Ich möchte mit dir reden.«

»Kann es nicht bis morgen warten?«

»Nein. Bitte komm in mein Schlafzimmer.«

Nachdem die Tür geschlossen worden war, lehnte sich Charlotte dagegen, während sich Sarah auf das Bett setzte.

»Ich habe heute Mrs. Abernathy besucht.«

»Ich weiß.«

»Wusstest du eigentlich, dass George Ashworth ein enger Bekannter von Chloe war – kurz bevor sie ermordet wurde?« Sarah runzelte die Stirn.

»Nein, das wusste ich nicht. Ich bin sicher, Emily weiß auch nichts davon. «

»Das denke ich mir auch. Und Mrs. Abernathy glaubt, dass er Chloe an Orte mitgenommen habe, die für eine anständige Frau äußerst ungeeignet seien, und dass er es womöglich war, durch den sie ihren späteren Mörder – wer auch immer es gewesen sein mag – kennengelernt hat. Oder dass doch der Umgang mit Ashworth zumindest zum Teil ein Grund dafür war ...«

»Bist du dir eigentlich im Klaren darüber, was du da sagst, Charlotte? Ich weiß, dass du nichts für Lord Ashworth übrig hast. Lässt du deinen Vorurteilen vielleicht nicht einen etwas allzu freien Lauf?«

»Das glaube ich kaum. Was soll ich Emily bloß sagen?«

»Gar nichts. Sie würde dir sowieso nicht glauben.«

»Aber ich muss sie doch warnen!«

»Wovor? Alles, was du ihr sagen kannst, ist, dass Ashworth Chloe den Hof machte, bevor er sie traf. Das würde niemandem helfen. Und warum sollte er auch nicht? Chloe war sehr hübsch, das arme kleine Ding. Ich zweifle nicht daran, dass er schon einer ganzen Reihe von Mädchen den Hof gemacht hat und dass er das noch bei vielen weiteren tun wird.«

»Aber was ist mit Emily?«, wollte Charlotte wissen. »Was ist, wenn er nun wirklich etwas mit Chloes Tod zu tun hat? Emily könnte dahinterkommen. Sie könnte sogar die Nächste sein ...«

»Werd' nicht hysterisch, Charlotte!«, sagte Sarah scharf. »Mrs. Abernathy ist sehr altmodisch und keine Dame von

Welt. Ich wage zu behaupten, dass wir das, was sie wahrscheinlich für überaus gewagt und unmoralisch hält, lediglich als gute Stimmung bezeichnen würden. Ich habe selbst gehört, wie sie ihr Missfallen über den Walzer zum Ausdruck brachte! Wie kann man nur so spießig sein? Selbst die Königin tanzt Walzer oder hat ihn zumindest getanzt, bevor sie zu alt dafür wurde.«

»Mrs. Abernathy hat von Mord gesprochen, nicht vom Walzertanzen.«

»Für uns sind das zwei ganz verschiedene Dinge, aber für sie nicht. Ihrer Meinung nach ist es wahrscheinlich sehr gut möglich, dass eine Person, die zu dem einen fähig ist, das andere durchaus schon ins Auge gefasst haben kann.«

»Ich wusste ja gar nicht, dass du einen solchen Sinn für Humor besitzt«, stellte Charlotte bitter fest. »Aber dies ist wahrlich nicht der Augenblick, ihn zu zeigen. Was soll ich Emily sagen? Ich kann doch nicht einfach nichts tun.«

»Wenigstens hast du es deinem entsetzlichen Polizisten noch nicht erzählt!«

»Natürlich nicht! Aber diese Bemerkung hilft uns kaum weiter!«

»Entschuldige. Vielleicht sollten wir Emily lieber herholen und ihr sagen – ich weiß eigentlich gar nicht genau, was. Nun gut: Die Wahrheit!« Während sie sprach, erhob sie sich und kam zur Tür.

Charlotte stimmte ihr zu. Das war sicherlich die beste Lösung, und sie war Sarah für ihre Unterstützung dankbar. Gemeinsam machten sie sich auf den Weg.

Wenige Augenblicke später waren sie wieder in Charlottes Schlafzimmer – hinter geschlossener Tür.

»Und?«, fragte Emily.

»Charlotte hat heute etwas gehört, was du unserer Meinung nach wissen solltest«, erklärte Sarah. »In deinem eigenen Interesse.«

»Wenn Leute das sagen, bedeutet es immer etwas Unangenehmes.« Emily schaute Charlotte an. »Na schön, um was geht's?«

Charlotte atmete tief ein. Sie wusste, dass Emily gleich wütend werden würde.

»George Ashworth war mit Chloe, bevor sie ermordet wurde, sehr gut bekannt. Er hat sie zu allen möglichen Orten mitgenommen. «

Emily zog ihre Augenbrauen hoch. »Hast du etwa gedacht, das hätte ich nicht gewusst?«

Charlotte war überrascht. »Ja, das habe ich. Aber vielleicht weißt du nicht, um welche Art von Orten es sich handelt. Allem Anschein nach waren es Plätze, wo anständige Frauen nicht hingehen.«

»Du meinst Freudenhäuser?«

»Emily, bitte!«, protestierte Sarah. »Ich kann verstehen, dass du wütend bist, aber du brauchst deshalb nicht gleich ordinär zu werden.«

»Nein, ich rede nicht von – Freudenhäusern!« Auch Charlottes Stimme klang harsch. »Zumindest nicht, dass ich wüsste. Aber das hier ist keine Sache, die man auf die leichte Schulter nehmen kann. Denk daran, dass Chloe tot ist, und erinnere dich daran, wie sie starb. Mrs. Abernathy glaubt nun, dass es ihr Umgang mit George Ashworth war, der zu ihrem Tode geführt hat.«

Emilys Gesicht war weiß. »Es ist mir nicht entgangen, dass du George nicht leiden kannst, ja, dass du sogar neidisch bist, aber das ist gehässig und weit unter deiner Würde! Der Himmel weiß, wie nahe mir Chloes Tod geht, aber George hatte nichts damit zu tun!«

»Woher weißt du das?«

»Weil es nur deine prüde Gehässigkeit ist, die dich auf die Idee bringt, dass dem so gewesen sein könnte! Ich kenne George – du nicht. Warum um alles in der Welt sollte er so etwas tun?«

»Ich weiß es nicht! Aber ich habe es dir nicht aus Gehässigkeit gesagt, und es ist gemein von dir, so etwas zu unterstellen! Ich habe es dir erzählt, weil ich es nicht ertragen könnte, wenn dir das gleiche zustoßen sollte, wenn du durch George Ashworth jemandem begegnen solltest, der ...«

Emily seufzte ungeduldig. »Falls Chloe schlechten Umgang gehabt haben sollte, dann nur, weil sie nicht intelligent genug war, es zu bemerken. Ich hoffe, du ordnest mich nicht derselben Kategorie zu?«

»Das weiß ich wirklich nicht, Emily«, erwiderte Charlotte ehrlich. »Manchmal bin ich mir da nicht so sicher.«

Emily ging wieder in die Defensive. »Also – was hast du vor? Es Papa sagen?«

»Was sollte das nützen? Er könnte dir verbieten, George Ashworth zu treffen, aber du würdest trotzdem weiterhin tun und lassen, was du willst – nur heimlich, was sogar noch schlimmer wäre. Aber sei bitte ... sei bitte vorsichtig!«

Emilys Gesicht wurde weicher. »Natürlich werde ich vorsichtig sein. Ich nehme an, du meinst es ja nur gut. Aber manchmal kannst du wirklich so ... unendlich und so entsetzlich verklemmt sein, dass ich an dir verzweifeln könnte! Nun gut, ich bin viel zu müde, um hier noch länger rumzustehen. Gute Nacht!«

Charlotte blickte Sarah an, nachdem Emily gegangen war.

»Mehr kannst du nicht tun«, begann Sarah ruhig, »und, ehrlich gesagt, glaube ich auch nicht, dass Ashworth irgendetwas mit der Sache zu tun hat. Es ist wohl nur Mrs. Abernathys Phantasie, die mit ihr durchgegangen ist. Mach dir deswegen keine Sorgen. Gute Nacht.«

»Gute Nacht, Sarah. Und vielen Dank.«

Kapitel 8

Am zweiten Oktober, der Herbstregen kühlte die Straßen, klopfte Maddock nach dem Abendessen an die Tür des Salons und trat sofort ein. Er hatte Regenspritzer an der Hose, und sein Gesicht war grau.

Edward blickte auf. Er öffnete den Mund, um eine Erklärung für sein ungebührliches Benehmen zu verlangen – dann sah er ihn und stand abrupt auf.

»Maddock! Was ist los, Mann? Sind Sie krank?«

Maddocks Haltung straffte sich; dennoch schien er etwas unsicher auf den Füßen zu sein. »Nein, Sir. Wenn es vielleicht möglich wäre, draußen mit Ihnen zu sprechen, Sir?«

»Worum geht es denn, Maddock?« Edward war jetzt offensichtlich selbst beunruhigt. Es war still im Raum.

Charlotte starrte die beiden an, während sie innerlich zu frösteln begann.

»Wenn ich Sie vielleicht unter vier Augen sprechen könnte, Sir?« bat Maddock noch einmal.

»Edward«, Caroline sprach sehr ruhig, »wenn etwas passiert ist, dann müssen wir es erfahren. Es wäre besser, Maddock teilt es uns allen mit, statt uns im Ungewissen zu lassen.«

Maddock blickte fragend auf Edward.

»Also gut!« Edward nickte. »Worum handelt es sich?«

»Es hat einen weiteren Mord gegeben, Sir, in einer Seitengasse von der Cater Street.«

»Oh, mein Gott!« Edward wurde kalkweiß und setzte sich

schwerfällig auf den Stuhl hinter sich. Sarah stöhnte leise.

»Um wen handelt es sich?«, fragte Caroline so leise, dass man sie kaum verstehen konnte.

»Verity Lessing, Ma'am, die Tochter des Küsters«, antwortete ihr Maddock. »Ein Schutzmann ist eben gerade vom Revier gekommen, um es uns mitzuteilen. Er hat uns eindringlich ermahnt, im Haus zu bleiben und die Dienstmädchen nicht auf die Straße zu lassen, nicht einmal vor die Tür.«

»Nein, natürlich nicht.« Edward wirkte benommen. Sein Blick irrte ziellos durch den Raum. »Hat man sie auf dieselbe ...?«

»Ja, Sir, mit einem Würgedraht – so wie die anderen.«

»Oh, mein Gott.«

»Vielleicht sollte ich jetzt besser gehen und nochmals die Türen überprüfen, Sir? Und die Fensterläden verriegeln. Es würde die Frauen beruhigen.«

»Ja«, stimmte Edward abwesend zu. »Ja bitte, tun Sie das.«

»Maddock?«, rief Caroline, als dieser sich gerade umdrehte, um hinauszugehen.

»Ja, Ma'am?«

»Bitte bringen Sie uns doch vorher noch eine Flasche Brandy und ein paar Gläser. Ich glaube, eine kleine ... Stärkung könnten wir gebrauchen.«

»Ja, Ma'am, gewiss.«

Kurz nachdem er den Brandy hereingebracht hatte und wieder hinausgegangen war, erklang von draußen neues Stimmengewirr. Dominic kam herein und schüttelte sich den Regen vom Jackett.

»Hätte einen Mantel mitnehmen sollen«, murmelte er, wobei er seine nassen Hände betrachtete. »Hab' den Wetterwechsel nicht erwartet.« Sein Blick wanderte von ihren Gesichtern zum Brandy und zu ihnen zurück. »Was ist los? Ihr seht ja schrecklich aus. Da fällt mir ein: Die Straße war voller Leute. Mama?« Er runzelte die Stirn, während er sie unverwandt anschaute. »Großmutter ist doch wohl nicht krank?«

»Nein«, antwortete Edward für Caroline. »Es hat einen weiteren Mord gegeben. Du solltest dich besser setzen und auch einen Brandy nehmen.«

Dominic starrte ihn an, während sein Gesicht bleich wurde. »Oh, mein Gott!« Er holte tief Luft und atmete geräuschvoll wieder aus. »Wer?«

»Verity Lessing.«

Dominic setzte sich. »Die Küsterstochter?«

»Ja.« Edward goss ihm ein Glas Brandy ein und reichte es ihm. »Was ist passiert?«, fragte Dominic verwirrt. »War es wieder in der Cater Street?«

»In einer Seitengasse, gleich um die Ecke«, erwiderte Edward. »Ich fürchte, wir müssen der Tatsache ins Auge sehen, dass es sich, wer auch immer dieser Wahnsinnige sein mag, um jemanden handelt, der hier in der Nähe der Cater Street wohnt. Oder er muss geschäftlich hier zu tun haben, muss irgendeinen Grund haben, regelmäßig hierherzukommen.«

Niemand sagte etwas darauf. Charlotte beobachtete sein Gesicht. Das Einzige, was sie empfinden konnte, war die überwältigende Erleichterung darüber, dass er den ganzen Abend zu Hause gewesen war und es diesmal, wenn Pitt kam – denn dass er kommen würde, daran zweifelte sie nicht –, keine Fragen an Papa geben würde.

»Leider«, fuhr Edward fort, »können wir nicht länger so tun, als ob uns unglücklicherweise irgendeine Kreatur aus den kriminellen Armenvierteln heimsuchen würde.«

»Papa?«, flüsterte Emily mit bebender Stimme. »Du glaubst doch nicht etwa, es könnte tatsächlich jemand sein, den wir kennen?«

»Natürlich nicht!«, erwiderte Sarah scharf. »Es muss ein vollkommen Geistesgestörter sein!«

»Das muss aber nicht heißen, dass es nicht doch jemand ist, den wir kennen.« Charlotte brachte mühsam die Gedanken zum Ausdruck, die mehr und mehr in ihrem Kopf Gestalt angenommen hatten. »Irgendjemand muss ihn doch schließlich kennen!«

»Ich verstehe nicht, was du damit sagen willst!« Sarah schaute sie böse an. »Ich kenne jedenfalls keine Geistesgestörten!«

»Und woher willst du das wissen?«

»Natürlich weiß ich das!«

Dominic wandte sich Charlotte zu. »Was willst du damit eigentlich sagen? Dass wir es nicht merken würden, wenn jemand wahnsinnig ist?«

»Nun, wüsstest du es?«, Charlotte erwiderte seinen Blick. »Wenn es ihm so leicht anzusehen wäre, hätten dann nicht diejenigen, die ihn kennen, längst etwas gesagt oder unternommen? Irgendjemand muss ihn doch kennen – Händler, Hausangestellte, Nachbarn –, selbst wenn er keine Familie haben sollte!«

»Oh, aber das ist ja entsetzlich.« Emily starrte sie an. »Stell dir mal vor, Hausangestellter oder Nachbar von Leuten zu sein, von denen man weiß, dass sie ... wahnsinnig sind, dass sie Frauen umbringen.«

»Aber das versuche ich ja gerade zu erklären!« Charlotte blickte eindringlich einen nach dem anderen an. »Ich glaube nicht, dass Ihr es wissen würdet, sonst hätte man ihn schon längst gefasst. Die Polizei hat mit allen möglichen Leuten gesprochen. Wenn jemand Bescheid wüsste, wäre der Fall längst gelöst.«

»Also, ich wüsste so einige Leute, die nicht das sind, was sie nach außen hin zu sein scheinen.« Großmama meldete sich das erste Mal zu Wort. »Ich habe ja schon immer gesagt, dass man nie wissen kann, welche Verruchtheit hinter dem glatten Gesicht, das Leute zur Schau stellen, steckt. Manche, die wie Heilige erscheinen, sind unter der Oberfläche Teufel.«

»Und manche, die wie Teufel erscheinen, bleiben auch Teufel, ganz egal, wie weit man unter die Oberfläche schaut«, bemerkte Charlotte unbedacht.

»Willst du damit irgendetwas Bestimmtes andeuten?«, fragte Großmutter beißend. »Es wird Zeit, junge Frau, dass du lernst, deine Zunge zu beherrschen! In meiner Jugend wusste ein Mädchen in deinem Alter, wie es sich zu benehmen hat!«

»Zu deiner Zeit gab es in dem Viertel, in dem du wohntest, auch keine vier Morde.« Caroline nahm Charlotte in Schutz. »Zumindest erzählst du uns das ständig.«

»Vielleicht ist das der Grund«, gab Großmutter zurück.

»Ein Grund wofür?«, fragte Sarah. »Wir alle wissen, wie wenig Charlotte ihre Zunge zügeln kann, aber willst du damit etwa andeuten, dass sie deshalb für die Ermordung Verity Lessings in dieser Nebenstraße von der Cater Street heute Abend verantwortlich sei?«

»Du bist impertinent, Sarah!«, rügte sie Großmutter scharf. »Das passt so gar nicht zu dir.«

»Ich glaube, jetzt bist du aber ungerecht, Großmama.« Dominic lächelte sie an. Gewöhnlich gelang es ihm, sie mit seinem Charme zu umgarnen – das wusste er auch und machte Gebrauch davon. »Wir alle sind ziemlich schockiert – sowohl wegen des Verlustes eines Menschen, den wir kannten, als auch aufgrund der Vorstellung, dass es sich bei dem Mörder eventuell um eine Person handelt, die wir kennen oder zumindest schon mal gesehen haben.«

»So ist es, Mama.« Edward erhob sich. »Du solltest vielleicht zu Bett gehen. Caroline wird sich darum kümmern, dass man dir vor dem Einschlafen noch etwas zu trinken bringt.«

Großmama starrte ihn kriegerisch an.

»Ich habe nicht die Absicht, zu Bett zu gehen. Ich lasse mich nicht abschieben!«

»Ich glaube, es ist besser...«, wiederholte Edward mit Nachdruck.

Großmama rührte sich nicht, doch sie hatte schon verstanden, und ein paar Minuten später gestattete sie ihm, ihr aufzuhelfen und ging – merklich unwillig – zu Bett.

»Gott sei Dank«, murmelte Caroline müde. »Das ging wirklich zu weit.«

»Trotzdem«, Dominic runzelte die Stirn, »können wir die Tatsache nicht leugnen, dass es – wie Charlotte sagte – praktisch jeder sein könnte. Sogar jemand, mit dem wir uns unterhalten, jemand, in dessen Gegenwart wir uns immer wohlgefühlt haben ...«

»Hör auf, Dominic!« Sarah richtete sich auf. »Du bringst uns noch soweit, unsere Nachbarn zu verdächtigen, ja, sogar unsere Freunde. Wir werden nicht mehr in der Lage sein, mit irgendjemandem eine normale Unterhaltung zu führen, ohne uns innerlich zu fragen, ob vielleicht er derjenige ist, der...«

»Vielleicht wäre das gar nicht mal so schlecht«, überlegte Emily nachdenklich, »bis man ihn gefasst hat!«

»Emily! Wie kannst du nur so etwas sagen, auch wenn es nur im Scherz ist! Das hier ist nun wahrlich nicht der passende Augenblick, um irgendwelche Scherze zu machen.«

»Emily meinte das durchaus ernst«, ergriff Dominic Partei für sie. »Wie immer denkt sie äußerst pragmatisch. Und in gewisser Weise hat sie recht. Vielleicht könnte Verity Lessing jetzt noch leben, wenn sie misstrauischer gewesen wäre.«

Charlotte kam ein neuer Gedanke. »Meinst du, Dominic? Meinst du, dass das auch der Grund ist, warum niemand Schreie gehört hat ...? Weil der Täter, wer auch immer es gewesen sein mag, den Opfern so gut bekannt war, dass sie keine Angst hatten, bis es zu spät war?«

Dominic erblasste. Offensichtlich hatte er daran noch gar nicht gedacht: Sein Verstand war seinen Worten gefolgt, statt sie zu leiten. Und auch jetzt noch hatte er Mühe, sich die Konsequenzen von Charlottes Theorie vorzustellen.

Charlotte war überrascht. Sie hatte geglaubt, er hätte die Schlussfolgerung vor ihr gezogen. »Das wäre eine Erklärung«, sagte sie niedergeschlagen.

»Eine andere Erklärung wäre, dass sie von hinten überrascht worden sind«, gab Sarah zu bedenken.

»Ich glaube, diese Unterhaltung bringt uns nicht weiter«, unterbrach sie Edward. »Wir können uns nicht dadurch schützen, dass wir uns Spekulationen über unsere Bekannten hingeben. Letztlich tun wir ihnen vielleicht ein schweres Unrecht damit an. Und das Ergebnis wird sein, dass wir uns schließlich gegenseitig nur noch mehr Angst machen, als es schon jetzt unvermeidlich ist.«

»Das ist leicht gesagt.« Caroline blickte auf ihr Brandyglas. »Aber es ist leichter gesagt als getan. Ich glaube, von nun an werde ich mich dabei ertappen, dass ich die Leute mit anderen Augen sehe. Ich werde mich fragen, wieviel ich wirklich von ihnen weiß und ob sie eventuell dasselbe über mich – oder aber über meine Familie – denken.«

Sarah starrte sie mit hochgezogenen Augenbrauen an. »Du meinst, sie könnten Papa verdächtigen?«

»Warum nicht? Oder Dominic? Schließlich kennen sie die beiden nicht so gut wie wir.«

Charlotte erinnerte sich daran, wie ihr selbst für eine schwarze, beschämende Stunde Verdächtigungen durch den Kopf gegeistert waren – ihr und Mama –, dass Papa in die Sache verwickelt sein könnte. Sie schaute ihre Mutter nicht an. Wenn diese es vergessen konnte – um so besser.

»Wovor ich Angst habe«, erklärte sie ehrlich, »ist, dass ich eines Tages jemanden treffen könnte, der mir mein Misstrauen anmerkt. Das könnte schließlich bei jedem passieren – nur dass es dieses Mal gerechtfertigt wäre. Und wenn er dann meinen Argwohn bemerkt, würde ich in den Augen des Betreffenden lesen können, dass er berechtigt war. Dann würden wir uns gegenseitig ansehen, und er wüsste, dass ich Bescheid weiß, und er müsste mich töten, schnell, bevor ich reden oder es herausschreien könnte –«

»Charlotte!« Edward stand auf und schlug mit der Faust so fest auf den Beistelltisch, dass dieser umfiel. »Hör auf! Du versetzt alle anderen durch dein närrisches Gerede völlig unnötig in Angst und Schrecken. Keiner von euch wird mit diesem – oder irgendeinem anderen – Mann allein sein.«

»Aber wir wissen doch gar nicht, wer es ist.« Charlotte ließ sich nicht unterkriegen. »Es könnte sich um jemanden handeln, den wir für unseren Freund gehalten haben, für so ungefährlich wie einen von uns! Es könnte der Pfarrer sein oder der Metzgerjunge oder Mr. Abernathy ...«

»Mach dich nicht lächerlich! Es wird jemand sein, den wir allenfalls ganz oberflächlich kennen – wenn überhaupt. Wir mögen keine überragenden Menschenkenner sein, aber soviel Menschenkenntnis besitzen wir allemal, dass uns ein solch schwerwiegender Irrtum nicht unterlaufen könnte.«

»Wirklich nicht?« Charlotte sah auf eine freie Stelle an der Wand. »Ich habe mich oft gefragt, wieviel sich von einer Person nach außen offenbart, wieviel wir überhaupt wirklich über jemanden wissen. Selbst wir in der Familie wissen nicht sehr viel voneinander – ganz zu schweigen von denen, die lediglich zu unserem Bekanntenkreis gehören.«

Dominic starrte sie immer noch an – Überraschung lag in seinem Gesicht. »Ich habe mir immer eingebildet, dass wir einander sehr gut kennen würden.«

»Hast du das?« Sie blickte ihn wieder an; ihr Blick traf seine dunklen, klaren Augen, doch dieses Mal wollte sie nur wissen, was er meinte, ohne dass sie Herzklopfen bekam. »Und tust du das immer noch?«

»Vielleicht nicht.« Er wandte seinen Blick ab und ging zu der Karaffe mit Brandy, um sich noch ein Glas einzuschenken. »Sonst noch jemand, der ein Glas möchte?«

Edward erhob sich. »Ich denke, es ist besser, wenn wir heute alle früh zu Bett gehen; nach dem Schlaf haben wir uns vielleicht wieder etwas gesammelt und können die Probleme etwas – praktischer angehen. Ich werde mir die Sache noch mal durch den Kopf gehen und euch im Laufe des Morgens wissen lassen, was ich für uns als das Beste zu tun erachte, bis man die Bestie gefangen hat.«

Am folgenden Tag galt es die üblichen unerquicklichen Pflichten zu verrichten. Ein Schutzmann suchte sie am frühen Morgen auf, um sie offiziell über den Mord in Kenntnis zu setzen und um sie zu fragen, ob sie irgendwelche Informationen besäßen. Charlotte fragte sich, ob Pitt sie wieder aufsuchen würde, und als er nicht kam, verspürte sie ein merkwürdiges Gefühl von Erleichterung und Enttäuschung.

Das Mittagessen war eine mehr oder weniger stille Angelegenheit mit kaltem Fleisch und Gemüse. Am Nachmittag gingen alle vier aus, um den Lessings zu kondolieren und ihnen jede nur mögliche Hilfe anzubieten – obgleich es natürlich nichts gab, was ihnen über diesen Schicksalsschlag hinweghelfen oder den Schmerz auch nur hätte lindern können. Dennoch war es ein Besuch, der abgestattet werden musste, ein Gebot der Höflichkeit; würde man es nicht respektieren, wären die Lessings gekränkt.

Sie trugen alle gedeckte Farben. Mama war sogar in Schwarz gekleidet. Vor ihrem Aufbruch betrachtete sich Charlotte mit Widerwillen im Spiegel. Sie trug ein dunkelgrünes Kleid mit schwarzer Borte und einen schwarzen Hut. Es stand ihr nicht besonders gut – vor allem nicht in der Herbstsonne.

Da es nur ein kurzer Weg war, gingen sie zu Fuß. Sämtliche Jalousien am Haus der Lessings waren heruntergelassen. Vor dem Gebäude stand ein Polizist. Er wirkte zuverlässig und niedergeschlagen. Charlotte kam der Gedanke, dass er vielleicht an den Tod, sogar an die Gewalt gewöhnt war, nicht aber an die Verzweiflung derer, die den Toten geliebt hatten. Es war schrecklich, das Leid miterleben zu müssen, ohne helfen zu können. Sie fragte sich, ob Pitt dieses Gefühl der Hilflosigkeit wohl auch empfand oder ob er zu sehr damit beschäftigt war, die Einzelheiten des Falls zu einem Ganzen zusammenzusetzen: Alibis, Liebe, Hass, Motive. Ihr wurde plötzlich bewusst, wie ungern sie diese Aufgabe übernehmen würde, welche Angst sie vor der Verantwortung hätte. Die gesamte Nachbarschaft vertraute darauf, dass er sie von ihrer Angst befreien würde, dass er diese Kreatur fände und bewiese, dass es nicht jemand ist, den man liebte, wobei jeder von ihnen jemanden besonders mochte oder heimlich verdächtigte und, ohne es auszusprechen, Angst hatte, dass bestimmte Dinge ans Tageslicht kamen. Erwarteten sie Wunder von ihm? Er konnte die Wahrheit nicht ändern. Vielleicht konnte er sie nicht einmal herausfinden!

Das Dienstmädchen kam ihnen an der Haustür entgegen, nervös und mit geröteten Augen. Mrs. Lessing befand sich im vorderen Salon, den man aus Respekt vor der Toten abgedunkelt hatte. Die Gaslichter an der Wand zischten. Mrs. Lessing trug Schwarz, ihr Gesicht war kreidebleich, und ihr Haar wirkte ein wenig ungeordnet, so, als ob sie es letzte Nacht nicht gelöst, sondern es heute Morgen lediglich zurückgekämmt und ein paar Haarnadeln umgesteckt hätte.

Caroline ging sofort zu ihr hin, umarmte sie und küsste sie auf die Wange. Verity war das einzige Kind gewesen.

»Meine Liebe, es tut mir so leid«, flüsterte sie sanft. »Können wir irgendetwas für Sie tun? Möchten Sie, dass einer von uns für eine Weile hier bei Ihnen bleibt, um Ihnen zur Hand zu gehen?«

Mrs. Lessing versuchte etwas zu sagen, ihre Augen weiteten sich, und in ihnen lag ein Ausdruck von Überraschung und Hoffnung. Dann brach sie in Tränen aus und verbarg ihr Gesicht an Carolines Schulter.

Caroline schlang ihre Arme noch fester um sie und drückte sie an sich; dabei strich sie ihr übers Haar und ordnete sanft die Strähnen, die sich gelöst hatten – als ob das irgendeine Rolle spielen würde.

Charlotte spürte, wie eine Woge des Mitleids in ihr aufstieg. Sie erinnerte sich an das letzte Mal, als sie Verity gesehen hatte. Sie war barsch zu ihr gewesen und hatte vorgehabt, sich dafür zu entschuldigen. Dazu war es nun zu spät.

»Ich würde gerne hier bleiben, Mrs. Lessing«, begann sie entschlossen. »Ich habe Verity sehr gemocht. Bitte, lassen Sie mich Ihnen helfen. Es wird viel zu tun geben. Sie sollten nicht alles allein machen. Ich weiß, dass Mr. Lessing noch – Verpflichtungen – hat, die er nicht vernachlässigen kann.«

Es dauerte einige Minuten, ehe Mrs. Lessing ihre Selbstbeherrschung zurückgewann. Sie wandte Charlotte den Kopf zu. Nach wie vor kämpfte sie mit den Tränen, doch sie schämte sich ihrer Trauer nicht.

»Danke, Charlotte. Bitte ... bitte tun Sie das!«

Es gab wenig, was die anderen noch sagen konnten. Charlotte blieb zurück, denn sie wollte Mrs. Lessing nur ungern allein lassen, und es wurde vereinbart, dass Maddock ihr innerhalb der nächsten ein, zwei Stunden einen Koffer mit

Kleidungsstücken und Toilettenartikeln vorbeibringen würde.

Der Tag war sehr anstrengend. Als Küster hatte Mr. Lessing Pflichten, die es erforderlich machten, dass er den größten Teil des Tages außer Haus war. So blieb Charlotte bei Mrs. Lessing, um mit ihr gemeinsam die Besucher zu empfangen, die vorbeikamen, um zu kondolieren. Viel gab es nicht zu sagen; immer wieder waren es dieselben Worte der Erschütterung und des Mitgefühls, immer wieder bekundete man, wie sehr man Verity gemocht hatte, immer wieder äußerte man Angst darüber, was für furchtbare Dinge wohl als Nächstes geschehen würden.

Natürlich suchte sie auch der Pfarrer auf. Charlotte hatte das befürchtet, obgleich sie wusste, dass es unvermeidbar war. Anscheinend war er am Abend zuvor schon einmal dagewesen, als sich die Neuigkeit gerade verbreitet hatte. Dennoch kam er am späten Nachmittag in Begleitung von Martha erneut vorbei. Das Mädchen ließ sie herein, und Charlotte empfing sie im Salon. Mrs. Lessing hatte endlich zugestimmt, sich auf ihrem Bett etwas auszuruhen und war eingeschlummert.

»Ach, Miss Ellison.« Der Pfarrer sah sie einigermaßen überrascht an. »Machen Sie auch gerade der armen Mrs. Lessing Ihre Aufwartung? Wie aufmerksam von Ihnen. Nun, Sie können jetzt ruhig gehen, wir werden sie in dieser schrecklichen Stunde führen und trösten. Der Herr hat es gegeben, und der Herr hat es genommen.«

»Nein, ich bin nicht da, um Mrs. Lessing meine Aufwartung zu machen«, entgegnete Charlotte ein wenig spitz. »Ich bleibe hier, um ihr zu helfen, so gut ich kann. Es gibt eine ganze Menge zu tun ...«

»Ich bin sicher, dass wir das erledigen können.« Der Pfarrer war – wohl wegen ihres Tons – sichtlich verärgert. »Ich bin sicherlich etwas erfahrener, wenn es darum geht, eine Beerdigung vorzubereiten, als Sie es in Ihrem zarten Alter sind. Es ist meine Berufung, den Leidenden Trost zu spenden und mit den Trauernden zu trauern.«

»Ich bezweifle, dass Sie die Zeit haben, den Haushalt zu führen, Herr Pastor«, Charlotte blieb standhaft, »wie Sie selbst sagten, werden Sie ja mit den Begräbnisvorbereitungen beschäftigt sein. Und da es Ihre Berufung ist, den Leidenden beizustehen, werden auch andere Ihre Zeit beanspruchen. Und ich darf wohl sagen, die arme Mrs. Abernathy hat nach wie vor Beistand nötig.«

Aus dem Augenwinkel sah sie, wie Marthas weißes Gesicht noch bleicher wurde, bis ihre Augen schließlich wie Vertiefungen in ihrem Schädel wirkten und das helle Haar ihrer Augenbrauen im Kontrast dazu regelrecht dunkel erschien. Die arme Frau sah so aus, als würde sie jeden Moment ohnmächtig – trotz ihrer breiten Schultern und des kräftigen Körpers. »Bitte setzen Sie sich doch«, Charlotte schob einen Stuhl in ihre Richtung, »Sie müssen furchtbar erschöpft sein. Sind Sie die ganze Nacht aufgeblieben?«

Martha nickte und sank auf den Stuhl.

»Das ist sehr gütig von Ihnen«, sagte sie mit einem leichten Zittern in ihrer Stimme. »Es gibt so viele praktische Kleinigkeiten, um die man sich zu kümmern hat, das Kochen, Briefe, die geschrieben werden müssen, Trauerkleidung, die zurechtgelegt werden muss, und nebenbei sollen noch der Haushalt organisiert und den Dienstmädchen Anweisungen gegeben werden. Schläft Mrs. Lessing?«

»Ja, und ich möchte sie nur äußerst ungern wecken, wenn es sich nicht um etwas wirklich Dringendes handelt«, antwortete Charlotte bestimmt, und obwohl sie immer noch Martha ansah, waren ihre Worte eigentlich für den Pfarrer bestimmt.

Der Pastor brummte: »Ich hatte gehofft, ich könnte der armen Frau vielleicht seelischen Beistand leisten, aber wenn sie schläft, wie Sie sagen, werde ich wohl ein andermal hereinschauen müssen.«

»Genau«, stimmte Charlotte zu. Sie hatte eigentlich keine Lust, ihnen eine Erfrischung anzubieten, aber Marthas übernächtigtes Gesicht weckte ihr Mitgefühl. »Darf ich Ihnen eine Tasse Tee anbieten? Es würde keinerlei Umstände machen.«

Martha öffnete den Mund, so, als wolle sie annehmen, dann huschte ein Ausdruck von Zweifel, gemischt mit Angst, über ihr Gesicht. Sie zögerte erneut, stand dann auf und lehnte entschieden ab.

Nachdem sie gegangen waren, begab sich Charlotte in die Küche, um sich zu vergewissern, dass für das Abendessen eine leichte Mahlzeit vorbereitet wurde und dass die Verpflegung für den nächsten Tag gesichert war. Während sie sich um diese Aufgaben kümmerte, kam das Stubenmädchen, um ihr mitzuteilen, dass die Polizei eingetroffen sei. Sie hatte den Besuch erwartet, hatte von Anfang an daran denken müssen, und dennoch war sie jetzt überrascht.

Natürlich war es Pitt. Sie fühlte sich eigenartig verlegen, weil er sie hier antraf und wusste, dass sie da war, um zu helfen.

»Guten Abend, Miss Ellison«, grüßte er, wobei er seine Überraschung lediglich an einer hochgezogenen Augenbraue erkennen ließ. »Ist Mrs. Lessing in der Verfassung, um mit mir zu sprechen? Ich bin darüber unterrichtet, dass Mr. Lessing noch in der Kirche ist.«

»Ich nehme an, sie wird wohl mit Ihnen sprechen müssen«, entgegnete Charlotte ruhig. Ihr Ton war sanft; sie wollte nicht unhöflich klingen. »Vielleicht wäre es besser, es so schnell wie möglich hinter sich zu bringen. Es hat keinen Zweck, es aufzuschieben. Wenn Sie bitte warten möchten, werde ich sie wecken gehen. Bitte entschuldigen Sie, wenn es ein Weilchen dauern sollte.«

»Selbstverständlich.« Er zögerte. »Charlotte?«

Sie drehte sich um.

Er hatte die Stirn in Falten gelegt. »Wenn sie sich nicht wohl fühlt oder erschöpft ist, gibt es keine Frage, die nicht bis morgen warten könnte. Es ist nur – ich bezweifle, dass es dann leichter sein wird. Vielleicht könnte sie sogar besser schlafen, wenn sie es hinter sich hat.«

Sie musste lächeln. »Das könnte gut möglich sein. Dürfte ich bleiben, falls sie es wünscht?«

»Es wäre mir sogar lieber, wenn Sie es täten.«

Sie brauchte einige Minuten, um Mrs. Lessing aufzuwecken und ihr zu versichern, dass ihr Äußeres zufriedenstellend sei und sie sich vor solch einem unbedeutenden Wesen wie einem Polizisten nicht blamieren könnte. Außerdem sei er sehr höflich, sodass sie nichts zu befürchten habe, weil sie sich ja nichts hatte zuschulden kommen lassen, und dann würde sie auch besser schlafen, weil sie eine schwere Aufgabe erledigt hätte. Sie brachte es nicht übers Herz, ihr zu sagen, dass es sehr wahrscheinlich nur der erste von vielen Besuchen war. Für heute hatte sie genug Kummer und Angst gehabt.

Pitt war sehr behutsam mit ihr, doch einige Fragen waren unumgänglich: Wer waren Veritys Freunde? Wen hatte sie erst in letzter Zeit kennengelernt? Wer waren ihre Verehrer? Hatte sie irgendwelche Befürchtungen geäußert? Wie gut hatte sie Chloe Abernathy gekannt? Hatte sie die Hiltons oder Ellisons besucht, sodass sie vielleicht irgendwie das Dienstpersonal kannte oder umgekehrt? Verband die Mädchen irgendetwas Gemeinsames?

Mrs. Lessing wusste nichts, was ihm hätte weiterhelfen können. Sie antwortete mit den unzusammenhängenden, sinnlosen Worten eines Menschen, der immer noch unter Schock steht. Es war, als ob sie den Zweck seiner Fragen gar nicht verstand.

Schließlich gab er es auf und erhob sich, um sich zu verabschieden. Er beobachtete Mrs. Lessing, wie sie langsam in den Korridor ging, und schloss die Tür hinter ihr.

»Werden Sie hierbleiben, Charlotte?«

Es kam ihr in diesem Augenblick nicht einmal in den Sinn, sich über die Frechheit, sie beim Vornamen zu nennen, aufzuregen.

»Ja. Es gibt sehr viel zu tun, und Mr. Lessing muss nach wie vor seinen Verpflichtungen nachgehen. Er ist nicht gerade praktisch veranlagt, nicht gewohnt, einen geordneten Haushalt zu führen.«

»Vielleicht wäre es gar nicht so schlecht, sie gewisse Dinge selbst machen zu lassen. Arbeit kann zwar nicht heilen, aber sie kann lindern. Nichtstun gibt einem Zeit zum Nachdenken.«

»Ja, das ... das werde ich. Ich werde Arbeiten im Haushalt für sie finden, die keine Konzentration erfordern. Aber die Planung werde ich selbst übernehmen, die Begräbnisvorbereitungen, die

Benachrichtigung der Leute und so weiter.«

Er lächelte. »Ich erlebe in meinem Beruf eine Menge Tragödien und eine Menge hässliche Dinge; aber ich erlebe auch eine Menge Güte. Guten Abend.« An der Tür wandte er sich noch einmal um. »Ach, denken Sie daran, gehen Sie unter keinen Umständen allein aus dem Haus. Selbst wenn Sie einen Doktor benötigen sollten, schicken Sie jemand anderen, schicken Sie Mr. Lessing, oder bitten Sie die Nachbarn um Hilfe. Sie werden es sicherlich verstehen.«

»Mr. Pitt!«

»Ja?«

»Sind Sie schon weitergekommen? Ich meine, welche Sorte von Mensch es getan hat, aus welcher ... welcher Gesellschaftsschicht er stammt?« Sie dachte an George und Emily.

»Wissen Sie etwas, was Sie mir noch nicht erzählt haben?« Er schaute sie wieder mit dieser Art von Blick an, der in ihr Inneres zu dringen schien, so, als ob er sie genau kennen würde, als sei er ihr gleichgestellt und kein Polizist.

»Nein! Natürlich nicht! Wenn ich irgendetwas wüsste, würde ich es Ihnen sagen!«

»Würden Sie das?« Seine Stimme klang freundlich, aber etwas ungläubig. »Auch wenn es nicht mehr als ein Verdacht wäre? Hätten Sie dann keine Angst, jemandem Unrecht zu tun, vielleicht jemandem, den Sie lieben?«

Es lag ihr auf der Zunge, ihm mit deutlichen Worten zu verstehen zu geben, dass sie niemanden liebte, der auch nur im Entferntesten mit solchen Verbrechen zu tun haben könnte. Doch irgendetwas an ihm – seine Klugheit oder seine Ehrlichkeit – zwang sie, aufrichtig zu sein.

»Ja, natürlich hätte ich Angst, jemandem Unrecht zu tun, wenn es sich bloß um einen Verdacht handeln würde. Aber ich nehme an, dass Sie keine voreiligen Schlüsse ziehen, nur weil Ihnen jemand etwas erzählt hat?« Es war eine Frage, mit der sie sich selbst beruhigen wollte.

»Nein, sonst würden wir für jedes Verbrechen zehn Verbrecher schnappen.« Er lächelte erneut. »Was ist es denn, von dem Sie nicht möchten, dass ich ihm nachgehe?«

»Sie ziehen voreilige Schlüsse!«, fuhr sie ihn an. »Ich habe nicht gesagt, dass ich etwas weiß!«

»Sie haben es nicht direkt gesagt, aber Ihr Versuch auszuweichen, lässt es mich vermuten.«

Sie wandte sich von ihm ab und fasste den Entschluss, nicht darüber zu sprechen. »Sie irren sich. Ich wünschte, ich wüsste etwas, was Ihnen wirklich weiterhelfen könnte, aber ich weiß nichts. Es tut mir leid, falls irgendetwas, was ich gesagt habe, einen falschen Eindruck erweckt haben sollte.«

»Charlotte!«

»Sie werden mir langsam etwas allzu vertraulich, Inspector Pitt«, stellte sie ruhig fest.

Er trat von hinten an sie heran. Sie spürte, dass er jetzt ganz dicht bei ihr stand. Emilys Worte über seine Bewunderung für sie schossen ihr durch den Kopf, und sie fühlte, wie ihre Haut vor Verlegenheit und der plötzlichen entsetzlichen Erkenntnis glühte, dass sie recht hatte. Sie stand da wie angewurzelt.

»Charlotte«, begann er sanft, »dieser Mann hat bereits vier Frauen getötet. Es gibt keinen Grund anzunehmen, dass er aufhören wird. Höchstwahrscheinlich kann er selbst nichts daran ändern. Es ist besser, wenn eine unschuldige Person für eine Weile zu Unrecht verdächtigt werden sollte – sie wäre nur eine von vielen –, als dass noch eine Frau sterben muss. Wie alt war Lily? Neunzehn? Verity Lessing war erst zwanzig. Chloe Abernathy war kaum älter. Und das Hilton-Mädchen? Ich weiß nicht einmal mehr seinen Namen! Wenn Sie immer noch bezweifeln, wie abscheulich das alles ist, gehen Sie hinauf, und schauen Sie sich Mrs. Lessing noch einmal an –«

»Ich weiß!«, antwortete Charlotte wütend. »Sie brauchen mich nicht daran zu erinnern! Ich bin schließlich seit gestern Abend hier!«

»Dann erzählen Sie mir, was auch immer es sein mag, woran Sie gedacht oder was Sie gesehen oder gehört haben! Wenn es nicht stimmt, werde ich das schon herausfinden; niemand wird zu Unrecht verfolgt werden. Eines Tages schnappen wir ihn uns, je früher, desto besser – bevor er erneut zuschlägt.«

Ohne zu überlegen, drehte sie sich um und schaute ihn fest an: »Glauben Sie, er wird es erneut tun?«

»Glauben Sie das nicht?«

Sie schloss die Augen, um ihn nicht anblicken zu müssen. »Was ist hier nur geschehen? Das war hier immer ein ruhiger Ort, ein Ort, wo man zufrieden leben konnte. Hier hat es nichts Schlimmeres gegeben als ein paar zerbrochene Romanzen und ein bisschen Klatsch. Und jetzt sind plötzlich Menschen tot; wir beobachten uns gegenseitig, und es gibt kein Vertrauen mehr! Und mir geht es genauso! Ich sehe Männer an, denen ich jahrelang vertraut habe, und frage mich, ob sie es nicht sein könnten, mache mir Gedanken über sie, die mich vor Scham erröten lassen. Und ich kann ihren Gesichtern ansehen, dass sie wissen, dass ich misstrauisch bin! Und das ist fast das Schlimmste daran! Sie wissen, dass ich zweifle, dass ich mir nicht sicher bin. Wie müssen sie sich wohl fühlen? Was muss es für ein Gefühl sein, seine Frau oder seine Tochter anzusehen und auf ihren Gesichtern zu lesen, dass sie trotz aller Versicherungen nicht vollkommen davon überzeugt sind, dass man unschuldig ist, dass sie sogar mit dem Gedanken gespielt haben, dass man der Gesuchte ist? Kann man nach diesen Augenblicken jemals wieder das Gleiche empfinden? Kann die Liebe das überleben? Heißt Liebe denn nicht auch, jemandem zu glauben, zu vertrauen? Und den anderen so gut zu kennen, dass einem ein solcher Gedanke gar nicht erst kommen kann?«

Sie hielt die Augen geschlossen. »Mir wird mehr und mehr klar, dass ich selbst Menschen, die ich zu lieben glaubte, kaum kenne. Und dasselbe beobachte ich bei den anderen. All die Leute, die in dieses Haus gekommen sind. Ich höre ihnen zu, weil ich es tun muss. Und sie fangen an nachzudenken, versuchen, dort einen Schuldigen zu finden, wo es am wenigsten stören würde. Man beginnt zu reden und zu verdächtigen, kleine, geflüsterte Anspielungen machen die Runde. Es sind nicht nur die Toten, die leiden werden, und auch nicht nur jene, die sie liebten.«

»Dann helfen Sie mir, Charlotte. Was ist es, was Sie wissen oder was Sie zu wissen glauben?«

»George Ashworth. Lord George Ashworth; er kannte Chloe Abernathy recht gut, unmittelbar bevor sie starb. Er nahm sie zu einigen – einigen sehr unpassenden Orten mit – wenigstens hat das Mrs. Abernathy gesagt. Und gleichgültig, was Papa behauptet: Chloe war nicht unmoralisch, nein, das war sie nicht, sie war nur einfach dumm!«

»Ich weiß.«

Sie öffnete die Augen. »Emily befindet sich häufig in Ashworths Begleitung. Bitte vergewissern Sie sich, dass er kein ..., dass er nicht ...

Pitt verzog leicht das Gesicht. Er wirkte etwas verbittert. »Ich werde Lord George Ashworths Aktivitäten in der letzten Zeit diskret untersuchen, das verspreche ich Ihnen. Er ist für uns kein Unbekannter, zumindest was seinen Ruf angeht.«

»Sie meinen –«

»Ich meine, er ist ein Gentleman, dessen Geschmack ein wenig – rau – ist und der es sich aufgrund seines Geldbeutels und seiner adligen Herkunft erlauben kann, Dinge zu tun, für die man andere bestrafen würde. Ich nehme an, es hätte wohl keinen Zweck, mit Emily zu sprechen?«

»Überhaupt keinen. Ich habe es versucht, und wenn ich mehr erreicht hätte, würde ich Sie nicht damit belästigen.«

Er lächelte. »Natürlich. Seien Sie unbesorgt.« Er streckte die Hand aus, als wolle er ihren Arm berühren, zog sie dann aber befangen zurück. »Ich werde Lord Ashworth observieren lassen, ganz diskret. Ich werde alles tun, was in meiner Macht steht, um sicherzustellen, dass Emily nichts passiert, wenn ich sie auch möglicherweise nicht vor einem großen Schrecken bewahren kann.«

»Das wird ihr schon nicht schaden«, antwortete Charlotte kurz und bündig. Sie war nun doch sehr erleichtert. »Ich danke Ihnen, Inspector. Ich ... ich danke Ihnen für ... für Ihre Hilfe.«

Er errötete leicht und wandte sich um, um zu gehen. »Werden Sie bis nach der Beerdigung bei Mrs. Lessing bleiben?«

»Ja. Warum?«

»Nur so. Gute Nacht ... Miss Ellison. Und vielen Dank für Ihre Unterstützung.«

»Gute Nacht, Inspector Pitt.«

Es war über eine Woche später – das Begräbnis war vorbei –, als Charlotte von den Lessings nach Hause zurückkehrte. Nicht nur Pitt, sondern auch Papa hatte ihr verboten, den Weg allein zu gehen. Sie war mehr als erfreut, dass es Dominic war, der in der Droschke kam, um sie abzuholen.

Selbst die Erinnerung an das Begräbnis, die Endgültigkeit des Todes, das ergreifende Bild der Menschen in Trauerkleidung und Mrs. Lessings Leid konnten ihr nicht die Freude nehmen, Dominic zu sehen, allein mit ihm zu sein. Als ihre Augen sich trafen, war es so, als ob er sie berühren würde. Sein Lächeln erwärmte sie, ließ die innere Kälte, die Angst und Hilflosigkeit schmelzen. Sie saß neben ihm in der Droschke, und für einen Augenblick war alles andere vergessen, existierte für sie keine Vergangenheit und keine Zukunft. Sie plauderten über Banalitäten, aber das war ihr gleich. Mit ihm zusammen zu sein, zu wissen, dass er seine ganze Aufmerksamkeit ihr zuwandte – das allein zählte.

Der Kutscher lud ihren Koffer ab, und Maddock trug ihn ins Haus. Sie folgte ihm an Dominics Arm. Es war ein wunderbares Gefühl.

Doch es währte nur so lange, bis sie den Salon betrat. Sarah blickte von ihrem Sofa auf, wo sie stickte. Ihr Gesicht verfinsterte sich, sobald sie sie sah.

»Du betrittst hier keinen Ballsaal, Charlotte«, bemerkte sie spitz. »Und – es sei denn, du Ärmste fühlst dich so schwach – du brauchst auch niemanden, an den du dich derart klammern müsstest!«

Emily saß am Klavier und schaute verlegen auf ihre Hände.

Charlotte erstarrte; trotz der Wärme und Nähe Dominics war ihr Arm plötzlich wie abgestorben.

Vielleicht ging sie ja wirklich zu dicht neben Dominic, und sie konnte nicht einmal leugnen, dass sie es absichtlich getan hatte. Jetzt fühlte sie sich befangen und schuldbewusst. Sie versuchte, ihren Arm freizumachen, doch Dominic hielt ihn immer noch umklammert, und sein Griff wurde sogar noch fester.

»Sarah?«, sagte er mit einem missbilligenden Blick. »Charlotte ist soeben von einem Wohltätigkeitsbesuch zurückgekehrt. Wäre es dir etwa lieber gewesen, wenn ich es zugelassen hätte, dass sie allein hereinkommt?«

»Selbstverständlich ist es mir lieber, dass du sie willkommen heißt«, Sarah war verärgert, und ihre Stimme klang schroff und streng, »aber dass heißt nicht, dass ihr euch beim Eintreten derart aneinanderklammern müsst!«

Charlotte machte sich bedächtig frei; ihr Gesicht glühte.

»Es tut mir leid, wenn ich dich verletzt habe, Sarah, aber bevor du den Mund aufgemacht hast, war ich lediglich aufgeregt, wieder zu Hause zu sein.«

»Und jetzt, nachdem ich den Mund aufgemacht habe: Was ist jetzt?«, fragte Sarah beharrlich.

»Nun, du hast mir sicherlich einen Großteil meiner Freude darüber, wieder zu Hause zu sein, verdorben.« Jetzt wurde auch Charlotte langsam wütend. Es war einfach ungerecht. Sicherlich hatte sie sich unklug verhalten, aber das rechtfertigte noch lange nicht eine derartige Kritik, und schon gar nicht vor aller Augen.

»Du bist nur bei einem Nachbarn gewesen«, stieß Sarah hervor, »und nicht in Australien!«

»Sie ist bei Mrs. Lessing gewesen, um ihr über diese schweren Stunden hinwegzuhelfen, was eine außergewöhnlich gute Tat war.« Auch Dominic wurde langsam ungehalten. »Das ist unter den gegebenen Umständen sicherlich alles andere als einfach und angenehm gewesen.«

Sarah blickte ihn mit funkelnden Augen an.

»Ich weiß sehr gut, wo sie gewesen ist. Tu bei der Sache bloß nicht so scheinheilig. Es war sicherlich ein Akt der Nächstenliebe, aber nun auch wieder nicht so heilig, wie du es hinstellst.«

Charlotte verstand die Welt nicht mehr. Sie schaute Sarah an; es lag fast etwas wie Hass im Gesicht ihrer Schwester. Angeekelt und verunsichert wandte sie sich ab. Emily wich ihrem Blick aus. Sie drehte sich wieder Dominic zu.

»So ist's richtig!« Sarah stand auf. »Schau nur Dominic an! Das ist genau das, was ich von dir erwartet habe. Bloß hätte ich nicht gedacht, dass du so dreist bist, es vor meinen Augen zu tun!«

Charlotte konnte fühlen, wie ihr das Blut in die Wangen stieg. Sie liebte Dominic, hatte ihn immer geliebt – aber es waren ihre Gedanken, die sie erröten ließen, nicht ihre Taten. Soweit es ihr Tun betraf, war die Anschuldigung ungerecht.

Sie holte tief Luft und atmete langsam wieder aus.

»Sarah, ich weiß nicht, worauf du hinauswillst, aber falls du dabei an irgendetwas Ungebührliches denkst oder an etwas, was dir gegenüber irgendwie unredlich oder ungerecht wäre, dann irrst du dich – und deine Anschuldigung gereicht dir nicht zur Ehre. Es ist einfach nicht wahr, und ich glaube, du kennst mich gut genug, um das gewusst zu haben, bevor du das gesagt hast.«

»Ich habe geglaubt, ich würde dich kennen! Wie blind ich gewesen bin, habe ich erst entdeckt, als du bei Mrs. Lessing warst, um ihr zu helfen. Du bist die perfekte Heuchlerin, Charlotte. Und ich habe dir noch nicht einmal misstraut.«

»Und damit hattest du vollkommen recht«, Charlotte hörte ihre eigene Stimme wie aus weiter Ferne. »Es gab keinen Anlass zum Misstrauen. Du bist nämlich jetzt im Unrecht – und nicht vorher.«

Sie spürte, wie Dominic wieder ihren Arm nahm; sie versuchte, sich loszumachen, doch Dominic hielt sie fest.

»Sarah«, begann er ruhig, »ich weiß nicht, was du dir da einbildest, und ich möchte es auch gar nicht wissen. Aber du schuldest Charlotte eine Entschuldigung für alles, was immer du auch denken magst, und dafür, dass du es ausgesprochen hast.«

Sarah blickte ihm offen in die Augen, und ihr Mund verzog sich voll Abscheu. »Lüg mich nicht an, Dominic. Ich vermute es nicht nur, ich weiß es.«

Vor Überraschung machte er ein völlig verblüfftes Gesicht. »Du weißt was? Es gibt überhaupt nichts zu wissen!«

»Ich weiß Bescheid, Dominic. Emily hat es mir erzählt.«

Es war das erste Mal, dass Charlotte Dominic wirklich wütend erlebte. Emily sah plötzlich erschrocken aus, so erschrocken, dass sie es nicht wagte, sich zu rühren.

»Emily?«

»Es hat keinen Sinn, sich an Emily zu wenden oder zu versuchen, sie einzuschüchtern.« Sarah machte einen Schritt nach vorn.

»Emily einschüchtern?« Dominic hob sarkastisch die Augenbrauen. »Emily hat sich in ihrem ganzen Leben noch von niemandem einschüchtern lassen. Das wäre ein Ding der Unmöglichkeit.«

»Versuch nicht, dich lustig zu machen!«, fuhr Sarah ihn an. Charlotte ignorierte die beiden. Sie starrte unverwandt Emily an.

Emily hob leicht das Kinn. »Du hast Inspector Pitt von George und Chloe Abernathy erzählt«, sagte sie mit einem leichten Beben in der Stimme.

»Weil ich Angst um dich hatte!«, verteidigte sich Charlotte – jetzt allerdings ein wenig schuldbewusst. Sie wusste, dass Emily es als einen Verrat ansehen würde, und so wenig das auch ihre Absicht gewesen war – die Schuld blieb bestehen.

»Angst wovor? Dass ich George vielleicht heiraten könnte und dich dann hier allein zurücklasse, die Einzige von uns, die nicht verheiratet ist?« Sie schloss die Augen; ihr Gesicht war bleich. »Es tut mir leid. Es war furchtbar gemein von mir, so etwas zu sagen.«

»Ich hab' mir gedacht, dass er es vielleicht war, der Chloe getötet hat, und wenn du es eines Tages erraten würdest, müsste er dich auch umbringen«, erklärte Charlotte unverblümt. Sie hätte alles in der Welt darum gegeben, wenn nur Dominic nicht da gewesen wäre und das hier nicht hätte hören können.

»Du irrst dich«, erwiderte Emily ruhig, wobei sie die Augen nach wie vor geschlossen hielt. »George hat Fehler, Fehler, mit denen du dich wahrscheinlich nicht abfinden würdest, aber er wäre doch nicht zu so etwas fähig! Glaubst du, ich könnte mir vorstellen, jemanden zu heiraten, der zu solchen Morden fähig ist?«

»Nein. Ich glaube, du würdest dahinterkommen, und dann würde er dich auch töten.«

»Verabscheust du ihn so sehr?«

»Er ist mir vollkommen gleichgültig!« Charlotte war so wütend, dass sie fast schrie. »Ich habe mir deinetwegen Gedanken gemacht!«

Emily sagte nichts.

Dominic war immer noch verärgert. »Und so hast du irgendetwas Gemeines über Charlotte erfunden und es Sarah erzählt, um dich zu rächen?«, fragte er vorwurfsvoll.

Emilys Gesicht straffte sich. Sie sah sehr jung aus – und sehr beschämt. »Ich hätte es nicht erzählen sollen«, gab sie zu und sah Dominic an.

»Dann entschuldige dich, und nimm es zurück«, verlangte Dominic.

Emilys Gesicht wurde hart. »Ich hätte es nicht erzählen sollen, aber deshalb ist es immer noch wahr. Charlotte ist in Dominic verliebt. Und das ist sie schon, seit er das erste Mal hier war. Und Dominic fühlt sich dadurch geschmeichelt. Er genießt es. Ich weiß nicht, wie sehr?« Sie sagte das letzte in einem Ton, der einen peinlichen und zweideutigen Beigeschmack hatte.

»Emily!« Charlotte flehte sie regelrecht an.

Emily wandte sich ihr zu. »Kannst du etwa zurücknehmen, was du Inspector Pitt gesagt hast? Kannst du es ihn vergessen lassen? Warum erwartest du dann von mir, dass ich es zurücknehme? Du wirst eben damit leben müssen – genauso wie ich.« Sie drängte sich an ihnen vorbei und ging auf den Flur hinaus.

Charlotte sah Sarah an.

»Wenn du darauf wartest, dass ich mich entschuldige, dann wirst du vergeblich warten«, sagte Sarah steif. »Vielleicht würdest du jetzt so gütig sein, hinaufzugehen und deine Sachen auszupacken. Ich würde es nämlich vorziehen, mit meinem Ehemann allein zu sprechen. Es dürfte dich wohl nicht überraschen, dass ich ein paar Fragen an ihn habe!«

Charlotte zögerte, aber es gab nichts weiter zu sagen, nichts, was die Sache nicht nur noch schlimmer gemacht hätte. Sie machte sich von Dominic los und wandte sich zum Gehen. Vielleicht würde es morgen Entschuldigungen geben, vielleicht aber auch nicht. Aber was auch immer gesagt werden sollte, nichts würde die Erinnerung an den heutigen Tag löschen können; man würde nie wieder dasselbe füreinander empfinden können wie früher. Es stimmte, was sie Pitt gesagt hatte. Die Geschichte schlug Wellen wie auf einem Teich, und vielleicht würde die Wasseroberfläche sich ja niemals mehr beruhigen.

Kapitel 9

Am nächsten Tag war Dominic wie üblich in die Stadt gefahren und war jetzt – kaum nach Hause zurückgekehrt – im Begriff auszugehen, um bei einem pensionierten Brigadegeneral und dessen Gattin zu Abend zu essen. Es war eine Sache, auf die sich Sarah schon seit Langem gefreut hatte, doch als er nach Hause kam, fand er sie in einer Stimmung vor, die nichts von der Erregung und Vorfreude widerspiegelte, die er erwartet hatte. Seine Frau wirkte unnahbar; sie schien nicht nur in Gedanken versunken, sondern seine Gegenwart schien ihr regelrecht unangenehm zu sein. Er versuchte es mit den üblichen Taktiken. Er machte Komplimente über ihr Kleid; er erzählte ihr alles, was er über die Frau des Brigadegenerals und ihre gesellschaftlichen Verbindungen wusste; er versicherte ihr, dass sie diesem Ereignis mehr als gewachsen sein würde; er küsste sie und brachte dabei weder ihre Frisur noch ihr Kleid in Unordnung. Nichts von alledem zeigte auch nur den geringsten Erfolg; sie entzog sich seiner Umarmung und wich seinem Blick aus.

Es ergab sich keine Gelegenheit, um sie zu fragen, über was sie sich denn eigentlich ärgerte. Ein- oder zweimal im Verlaufe des Abends versuchte er, mit ihr unter vier Augen zu reden, aber jedesmal wurden sie entweder gestört, oder sie wechselte das Thema und verwickelte eine andere Person ins Gespräch.

Auf der Rückfahrt in der Kutsche waren sie zum ersten Mal allein.

»Sarah?«

»Ja?« Sie blickte stur in die andere Richtung.

»Was hast du, Sarah? Du hast dich den ganzen Abend wie … wie eine Fremde benommen. Nein, das stimmt nicht, eine Fremde hätte sich sicherlich manierlicher verhalten.«

»Das tut mir aber leid, dass du meine Manieren unzulänglich findest.«

»Hör auf, Theater zu spielen, Sarah. Wenn irgendwas nicht in Ordnung ist, dann sag es mir.«

»Etwas nicht in Ordnung?« Sie wandte ihm ihr Gesicht zu, und ihre Augen funkelten im Lichtschein der Gaslampen auf der Straße. »Ja, das kann man wohl sagen, und falls du noch nicht bemerkt haben solltest, dass das nicht in Ordnung ist, dann hast du eine Vorstellung von Moral, die ich nur verachten kann. Ich habe dir wirklich nichts zu sagen.«

»Moral – in welcher Beziehung? Ach, du meine Güte! Du machst doch wohl nicht immer noch Theater, nur weil ich gestern Charlottes Arm genommen habe, als sie nach Hause kam? Das ist doch lächerlich, und das weißt du auch. Du suchst nur nach einem Vorwand für einen Streit. Sei wenigstens ehrlich.«

»Suchen? Da brauche ich ja wohl nicht lange zu suchen, oder? Du bist damit beschäftigt, meiner Schwester den Hof zu machen, mit ihr Händchen zu halten, du flüsterst ihr ins Ohr und weiß der Himmel was sonst noch! Und da meinst du, ich müsse noch einen Grund zum Streiten suchen?«

Er streckte seinen Arm nach ihr aus, aber sie wies seine Berührung kühl zurück.

»Sarah! Sei nicht albern! Charlotte interessiert mich überhaupt nicht, mal abgesehen davon, dass sie deine Schwester ist. Ich mag sie, weiter nichts. Mein Gott, ich kannte Charlotte schon, bevor ich dich geheiratet habe. Wenn ich sie gewollt hätte, hätte ich um ihre Hand angehalten!«

»Das ist sechs Jahre her! Menschen verändern sich«, schluchzte sie – und war dann offensichtlich auf sich selbst böse, weil sie ein solches Verhalten gewöhnlich fand.

Es tat ihm leid. Er wollte sie nicht verletzen, aber das Ganze war einfach lächerlich. Er konnte es nun einmal nicht ändern, dass er nach dem verdorbenen Abend gereizt war – und nun auch noch diese alberne Auseinandersetzung, wo sie doch beide müde waren!

»Sarah, das ist doch Unsinn. Ich habe mich nicht geändert, und ich glaube, du auch nicht. Und soweit ich es beurteilen kann, ist auch Charlotte die alte geblieben. Aber sie hat ohnehin mit dieser Sache nichts zu tun. Dir ist doch wohl klar, dass Emily, was auch immer sie gesagt haben mag, das nur getan hat, weil sie George Ashworth liebt und Charlotte dem Polizisten – wie war doch gleich sein Name? – erzählt hat, dass Ashworth Chloe viel besser kannte, als er zugegeben hat. Du solltest eigentlich genügend Klugheit besitzen, um das zu erkennen, und es als das abzutun, was es ist – nämlich als Unsinn!«

»Warum wirst du dann so laut, wenn du unschuldig bist?«, entgegnete sie ruhig.

»Weil es so verdammt albern ist!« Er war jetzt wirklich wütend.

»Ich finde heraus, dass du in meine Schwester verliebt bist und sie in dich, und dann bin ich albern, weil ich mich deswegen aufrege!«

»Bitte, Sarah, hör um Himmels willen auf«, flüsterte er schwach. »Nichts von alledem ist wahr, und das weißt du.

Charlotte hat mich außer als Schwägerin niemals auch nur im Geringsten interessiert; sie ist intelligent, hat Witz und ihren eigenen Kopf – keine besonders weiblichen Eigenschaften, worauf du schließlich als Erste hingewiesen hast –«

»Inspector Pitt scheint es jedenfalls nicht zu stören!«, wandte sie vorwurfsvoll ein. »Er ist in sie verliebt; das sieht doch jeder!«

»Du meine Güte, Sarah! Was habe ich schon mit irgendeinem jämmerlichen Polizisten gemeinsam! Und ich nehme doch wohl an, dass Charlotte die ganze Sache schrecklich peinlich ist, wenn es denn wirklich wahr sein sollte. Er gehört ... zur Arbeiterklasse! Er ist nicht mehr als ein Handwerker! Und warum sollte er Charlotte schließlich auch nicht verehren, solange er nicht vergisst, wo er hingehört? Sie ist eine sehr hübsche Frau –«

»Findest du?« Wieder lag in ihrer Stimme ein anklagender Unterton und beinahe so etwas wie Triumph.

Wütend erhob er seine Stimme: »Ja, das finde ich!« Sie benahm sich jetzt wirklich äußerst dumm und ermüdend. Er war erschöpft und nicht in der Stimmung für ihre Launen; den ganzen Abend hatte er die Geduld bewahrt, aber jetzt näherte sie sich rapide ihrem Ende. »Hör jetzt bitte auf damit. Ich habe nichts, aber auch gar nichts getan, wofür ich mich zu entschuldigen hätte oder was deine Kritik verdiene.«

Sie sagte darauf nichts, aber als sie zu Hause ankamen, ging sie sofort nach oben. Als ihr Dominic – nachdem er noch mit Edward im Arbeitszimmer gesprochen hatte – nach oben folgte, lag sie bereits im Bett und hatte ihm den Rücken zugewandt. Für einen Moment überlegte er, ob er sich ihr nochmals nähern sollte, aber er verspürte kein Gefühl der Zärtlichkeit, kein Verlangen. Und offen gestanden war er auch viel zu müde, um sich anzustrengen oder ein Gefühl zu heucheln. Er zog sich aus und schlief ein, ohne noch etwas zu sagen.

Als er am nächsten Tag aufwachte, hatte er die ganze dumme Angelegenheit schon vergessen, aber er wurde schnell wieder daran erinnert. Als er abends nach Hause zurückkam, hatte die Sache sich nicht zum Guten gewendet. Auch zwischen Emily und Charlotte herrschte eine gewisse Kälte, die außer ihm jedoch niemand zu bemerken schien. Die Unterhaltung war ungewöhnlich unterkühlt. Caroline sprach über alltägliche Vorkommnisse in der Nachbarschaft, die Edward kaum mehr als zur Kenntnis nahm. Nur Großmama war redselig; sie erging sich in Spekulationen darüber, welche Geheimnisse der Klatsch in der Nachbarschaft den einzelnen Familien und natürlich besonders den Männern, die in der Nähe der Cater Street wohnten, wohl unterstellte. Schließlich befahl ihr Edward ziemlich gereizt, den Mund zu halten.

Der nächste Tag war auch nicht besser, und am darauffolgenden Abend beschloss Dominic, zum Dinner in seinem Club zu bleiben. Sarah würde sich früher oder später schon wieder beruhigen, aber im Augenblick ging sie ihm sehr auf die Nerven. Er hatte keine Ahnung, warum sie sich so benahm; er hatte niemals etwas anderes als ein freundschaftliches Interesse für Charlotte gehabt. Das musste Sarah doch wissen. Frauen taten oft sonderbare und unerklärliche Dinge; es war gewöhnlich eine verdeckte Strategie, um sich Beachtung zu verschaffen. Nach ein paar Schmeicheleien waren sie wieder die alten. Was auch immer Sarah diesmal erreichen wollte, sie trieb es doch etwas zu sehr auf die Spitze. Er war es leid, und langsam wurde er wirklich ärgerlich.

Auch die folgenden beiden Tage nahm er das Dinner in seinem Club zu sich. Es war am dritten Abend, als er mit vier anderen Männern ins Gespräch kam, die im Umkreis von zwei oder drei Kilometern von der Cater Street wohnten. Zunächst hatte er ihr Gespräch einfach nur mitangehört, doch sein Interesse wurde geweckt, als sie die Morde zu erörtern begannen.

»... überall diese elende Polizei, und dabei scheinen sie nicht einen verdammten Schritt voranzukommen!«, beklagte sich einer.

»Die armen Teufel tappen genauso im Dunkeln wie wir«, wandte ein anderer ein.

»Mehr noch! Gehören ja nicht einmal zu unserer Welt, gehören einer ganz anderen Gesellschaftsklasse an. Verstehen uns genauso wenig wie wir sie.«

»Gott im Himmel! Wollen Sie damit etwa andeuten, dass dieser Wahnsinnige ein Gentleman ist?« Belustigung, Ungläubigkeit und ein Anflug von Zorn lagen in der Stimme des Sprechers.

»Warum nicht?«

»Gott im Himmel!« Er war fassungslos.

»Nun, das müssen wir doch zugeben: Wenn es ein Fremder wäre, wäre er inzwischen doch längst aufgefallen.« Der Mann lehnte sich nach vorn. »Bei allem, was uns heilig ist, Sir, glauben Sie, dass – so wie wir uns zur Zeit alle fühlen – irgendein Fremder unbemerkt bleiben könnte? Jeder sieht sich selbst über die Schulter; die Frauen wagen sich nicht einmal allein ins Nachbarhaus; die Männer liegen alle auf der Lauer und warten. Die Lieferjungen stehen praktisch ständig an der Kontrolluhr, damit ihre Zeit registriert wird, wo sie wann gewesen sind. Selbst Droschkenkutscher kommen nicht mehr gerne in die Cater Street. In der letzten Woche sind zwei von ihnen nur deshalb von Polizisten angehalten worden, weil man sie in der Gegend nicht kannte.«

»Also«, der Mann ihm gegenüber legte die Stirn in Falten, »jetzt geht mir erst auf, worüber dieser alte Dummkopf Blenkinsop neulich geredet hat! Ich habe damals gedacht, er würde nur zusammenhangloses Zeug reden, aber jetzt wird mir klar, dass er mir auf Umwegen sagen wollte, dass er mich verdächtigt!«

»Genau! Das ist ja das Allerscheußlichste daran: Leute gucken dich schief an, ohne offen etwas zu sagen, aber du weißt verflucht gut, was in ihren Köpfen vorgeht. Selbst Botenjungen fangen an, sich Dinge herauszunehmen –«

»Das geht nicht allein Ihnen so, alter Bursche! Hab' meiner Frau die Kutsche dagelassen und bin bis spät aus gewesen. Musste mir eine Kutsche nach Hause nehmen. Fragt mich der verfluchte Droschkenkutscher, wohin ich wolle. Ich sag's ihm, und da besitzt der Kerl doch die Unverschämtheit, die Fahrt einfach abzulehnen. ›Fahre nicht zur Cater Street‹, knurrt er. Unglaublich!«

Aus den Augenwinkeln erblickte einer von ihnen Dominic.

»Hallo, Corde! Sie können sich schon denken, wovon wir reden. Furchtbare Sache, nicht wahr? Die ganze Gegend steht Kopf. Ist natürlich geisteskrank, diese Kreatur.«

»Leider ist das nicht offensichtlich«, erwiderte Dominic, während er auf dem angebotenen Stuhl Platz nahm.

»Nicht offensichtlich? Was meinen Sie damit? Ich denke mir doch, dass es kaum offensichtlicher sein könnte, als wenn jemand auf den Straßen herumläuft und hilflose Frauen erdrosselt!«

»Was ich meine, ist, dass es ihm normalerweise nicht anzusehen ist«, erklärte Dominic. »Seinem Gesicht, seinem Verhalten oder so. Die meiste Zeit muss er genau wie jeder andere aussehen.« Charlottes Worte fielen ihm wieder ein. »So wenig, wie wir wissen, könnte er jetzt hier sein; es könnte jeder beliebige dieser äußerst angesehenen Herren sein.«

»Ich mag Ihren Sinn für Humor nicht, Corde. Völlig fehl am Platze. Geschmacklos, wenn ich so sagen darf.«

»Über einen Mord Scherze zu machen, ist grundsätzlich geschmacklos. Aber das sollte kein Scherz sein, ich habe es vollkommen ernst gemeint. Selbst wenn Sie nicht an die Fähigkeiten der Polizei glauben, so wie die Gemüter zur Zeit erhitzt sind: Wenn man dem Mann ansehen könnte, was er ist, hätte ihn dann nicht einer von uns schon längst entdeckt?«

Sein Gegenüber starrte ihn an; sein Gesicht wurde erst hochrot und dann bleich.

»Verflixt! Entsetzlicher Gedanke. Nicht gerade angenehm, wenn die Nachbarn denken –«

»Ist es Ihnen noch bei niemandem in den Sinn gekommen?«

»Ich gebe zu, ich habe mal mit dem Gedanken gespielt. Gatling benahm sich ein wenig sonderbar. Hab' ihn neulich dabei ertappt, wie er etwas zu eifrig um meine Frau besorgt war. Hatte seine Hände, wo sie nichts zu suchen hatten, als er ihr mit dem Schal behilflich war. Hab' dann irgendetwas zu ihm gesagt. Hab' aber nie daran gedacht ... vielleicht war er ja deshalb so beleidigt. Dachte wohl, ich meinte ... nun ja, ist jetzt vorbei.«

»Trotzdem verflucht unangenehm! Hab' das Gefühl, als ob mir niemand mehr sagt, was er denkt. Vermute Bedeutungen hinter Bedeutungen, wenn Sie verstehen, was ich meine?«

»Was ich nicht ausstehen kann, ist, dass einen sogar die Dienstmädchen ansehen, als ob man...«

Und so ging es weiter. Dominic hörte immer wieder dieselben Sätze, man war verlegen, wütend, verwirrt und, was schlimmer war, war sich bewusst, dass es irgendwo ganz in der Nähe jemanden, den sie kannten, wieder treffen würde.

Er wollte es vergessen, wollte für ein paar Stunden wieder so leben, wie er es vor dem ersten Mord getan hatte.

Dominic war hocherfreut, als er eine Woche später George Ashworth begegnete. Er war tadellos gekleidet und hatte sich offenbar auf das Nachtleben vorbereitet.

»Ah, Corde!« Ashworth gab ihm einen freundschaftlichen Klaps auf den Rücken. »Kommen Sie mit? Wir machen uns einen vergnüglichen Abend. Solange Sie Emily nichts davon erzählen!« Er lächelte, denn es sollte ein Scherz sein. Es war natürlich undenkbar, dass Dominic irgendetwas sagen würde. Solche Dinge erwähnte man Frauen gegenüber nicht, keiner Frau, außer Bordelmüttern.

Dominic entschloss sich sofort. »Genau das, was ich brauche. Natürlich komme ich mit. Wohin gehen wir?«

Ashworth grinste. »Bessie Mullane zum Abschluss. Vorher vielleicht ein oder zwei andere Lokale. Haben Sie schon gegessen?«

»Nein.«

»Hervorragend. Ich kenne ein Lokal, das Ihnen bestimmt gefallen wird: ziemlich klein, aber das beste Essen und äußerst unterhaltsame Gesellschaft.«

Und so war es dann auch. Es war sicherlich ein wenig anrüchig, aber Dominic hatte niemals ein so üppiges und köstlich zubereitetes Mahl gegessen und so reichlich Wein genossen. Allmählich vergaß er die Cater Street und alle, die dort lebten – oder dort starben. Angesichts der guten Stimmung und der fröhlichen Gesellschaft verdrängte er selbst Sarahs augenblickliches törichtes Verhalten aus seinem Gedächtnis.

Bessie Mullane erwies sich als ein angenehmes und äußerst behagliches Bordell, wo man sie überschwenglich begrüßte. Offensichtlich war Ashworth hier bekannt und beliebt. Sie waren noch nicht länger als eine halbe Stunde da, als sich ein junger Stutzer zu ihnen gesellte. Er war extravagant gekleidet und leicht angetrunken, ohne deshalb unangenehm zu sein.

»George!«, sagte er mit offensichtlicher Freude. »Hab' Sie seit Wochen nicht gesehen!« Er ließ sich in den Sessel neben Ashworth gleiten. »Guten Abend, Sir«, begrüßte er Dominic mit einem Kopfnicken. »Hören Sie mal, haben Sie vielleicht Jervis gesehen? Dachte mir, ich könnte ihn vielleicht ein bisschen aufmuntern, aber ich kann ihn nirgendwo finden!«

»Was hat er denn?«, erkundigte sich Ashworth gut gelaunt. »Übrigens«, er deutete auf Dominic, »Dominic Corde, Charles Danley. «

Danley nickte.

»Der dumme Esel hat beim Kartenspiel verloren ... ziemlich viel verloren.«

»Man sollte eben nicht um mehr spielen, als man sich leisten kann«, konterte Ashworth ohne jedes Mitgefühl, »und man sollte nur auf seinem Niveau spielen.«

»Dachte wohl, das täte er.« Danley zog empört die Mundwinkel hoch. »Der andere Kerl hat falschgespielt. Hätte ich ihm vorher sagen können.«

»Ich dachte, Jervis wäre ganz gut gepolstert?« Ashworth sah fragend aus. »Wird sich schon wieder erholen. Muss seine Vergnügungen eben für eine Weile einschränken.«

»Darum geht es gar nicht! Er war so dämlich, den Bastard des Falschspiels zu bezichtigen.«

Ashworth grinste. »Und dann? Hat er ihn zu einem Duell herausgefordert? Ich hätte eigentlich angenommen, dass er so etwas nach diesem Skandal mit Churchill und dem Prinzen von Wales vor fünf Jahren aus dem Wege gehen würde!«

»Nein, das hat er natürlich nicht getan! Offensichtlich hat der andere nicht besonders geschickt gemogelt, so dass Jervis es mühelos aufdecken konnte – und er war auch idiotisch genug, es zu tun!«

»Wieso idiotisch?« Dominic unterbrach ihn voller Neugier. »Ich würde doch sagen, dass ein Mann, der so unfein ist, falsch zu spielen, und das auch noch schlecht macht, verdient hat, was auch immer mit ihm passiert.«

»Natürlich! Nur war er ein äußerst streitbarer Bursche, und einer mit beträchtlichem Einfluss dazu. Er ist natürlich ruiniert! Schlecht falsch zu spielen ist die größte aller Sünden. Lässt darauf schließen, dass man nicht einmal soviel Respekt vor seinen Gegenspielern hat, dass man es geschickt anstellt. Aber er wird verdammt gründlich dafür sorgen, dass er den armen Jervis mit hereinreißt.«

Ashworth runzelte die Stirn. »Wie denn? Jervis hat doch nicht falschgespielt, oder? Und selbst wenn, man hat ihn nicht erwischt, und das ist ja wohl die Hauptsache. Schließlich mogelt jeder. Die Anschuldigung wird als bloße üble Nachrede abgetan werden!«

»Hat nichts mit Falschspiel zu tun. Der Mann ist mit Jervis' Cousine verheiratet, die er sehr gern hat – Jervis, meine ich.«

»Und?«

»Sieht so aus, dass sie einen Liebhaber hat, was gar nichts Ungewöhnliches ist und an sich auch keine Rolle spielt. Hat ihm fünf Kinder geschenkt, und er langweilt sich mit ihr und sie sich mit ihm. Kann man ja verstehen. Alles völlig in Ordnung, solange es diskret geschieht. Scheint, dass sie es nicht war. Wochenende auf dem Lande, hatte ihre Tür nicht abgeschlossen. Jemand kam rein, weil er das Zimmer mit dem einer anderen Dame verwechselt hatte, und fand sie dort mit irgend so einem Kerl. Das Ergebnis des Ganzen war, dass ihr dieser lumpige Betrüger mit der Scheidung drohte.«

Ashworth schloss die Augen.

»Oh, mein Gott. Sie wäre ruiniert!«

»Natürlich. Hat den armen Jervis unendlich aufgeregt. Hat sie sehr gern, mal ganz abgesehen vom Ruf der Familie und alldem. Macht es ihm verdammt schwer in der Gesellschaft, mit 'ner geschiedenen Cousine ...«

»Und dieser Schwindler kommt ungestraft davon?«

»Genau! Und kann sich eine verdammt vergnügliche Zeit machen; wenn es ihm passt, heiratet er halt wieder. Und sie, das arme Geschöpf ... eine Ausgestoßene. Lehrt einen, seine Türen abzuschließen. «

»Er hat sie gar nicht selbst erwischt?«

»Gott bewahre, nein. Er war mit Dolly Lawton-Smith im Bett und hatte die Welt um sich vergessen. Aber das ist unwichtig. Bei einem Mann ist das natürlich was anderes.«

»Und was ist mit Dolly? Würde auch nicht gut für sie sein.«

»Aber ihr auch nicht schaden. Jeder weiß über den anderen Bescheid; nur das, was man sieht, zählt und die Geschmacklosigkeit, sich erwischen zu lassen. Statt so etwas wie ein ganzer Kerl zu sein, macht man sich lächerlich. Eine Scheidung bedeutet für einen Mann nicht allzuviel, doch für eine Frau ist sie der Ruin. Es ist schließlich eine Sache, selbst ein wenig Spaß zu haben, aber man steht wie ein vollkommener Idiot da, wenn die Leute sehen, dass deine Frau jemand anderen bevorzugt.«

»Und Dollys Ehemann?«

»Oh, ich glaube, sie haben ein recht gütliches Arrangement getroffen. Er wird sich bestimmt nicht von ihr scheiden lassen, wenn Sie das meinen. Warum sollte er? Ihn hat ja niemand beim Falschspielen erwischt!«

»Der arme alte Jervis«, seufzte Ashworth. »Das Leben ist aber auch gefährlich.«

»Apropos Gefahr, wie steht's eigentlich um diese grässliche Geschichte in der Cater Street? Vier Morde! Der Mann muss verrückt sein. Bin verdammt froh, dass ich da nicht wohne.« Er runzelte plötzlich die Stirn. »Du gehst doch ziemlich oft dorthin, nicht wahr? Dieses hübsche kleine Ding, mit dem ich dich im Acton sah: Hast du nicht gesagt, dass sie dort wohnt? Gefiel mir. Frau mit Geist. Kein blaues Blut, aber verflucht hübsch.«

Dominic öffnete den Mund, um etwas zu sagen, beschloss dann aber, lieber zuzuhören. Er mochte Emily, aber außerdem gab es auch so etwas wie Loyalität.

»Blaues Blut wirkt zuweilen ein bisschen ermüdend«, antwortete Ashworth langsam – ohne von Dominic Notiz zu nehmen.

»Alle viel zu streng erzogen, immer auf der Suche nach der geeigneten Partie. Ich sollte Geld heiraten, nehme ich an, oder zumindest jemanden, der eine gewisse Aussicht darauf hat, aber so viele reiche, junge Frauen sind so entsetzlich langweilig.«

Dominic erinnerte sich an Emilys kleines, entschlossenes Gesicht. Was immer sie war – und manchmal konnte sie einen schon ganz schön aufregen –, sie war niemals langweilig. Auf ihre Art war sie genauso eigensinnig wie Charlotte, wenn auch sehr viel diplomatischer.

»Also um Himmels willen, George«, Danley lehnte sich zurück und gab einer der Frauen ein Zeichen, indem er sein leeres Glas hochhielt. »Heirate auf jeden Fall eine Frau mit blauem Blut und Geld, und behalte die andere als Geliebte! Ich hätte gedacht, das liegt doch wohl auf der Hand.«

Ashworth warf einen flüchtigen Seitenblick auf Dominic und grinste. »Eigentlich verdammt guter Vorschlag, Charlie, aber nicht in Gegenwart ihres Schwagers!«

»Was?« Danleys Kinnlade klappte herunter, und dann schoss ihm die Röte ins Gesicht.

»Dein Sinn für Humor liegt mir nicht.« Er zog eines der Mädchen, die gerade an ihnen vorbeigingen, auf sein Knie, ohne ihr Gekicher zu beachten. »Unhöflich so was.«

Dominic blickte ihn an. »Miss Ellison ist meine Schwägerin«, erklärte er mit sichtlichem Vergnügen. »Und ich kann mir überhaupt nicht vorstellen, dass sie sich entschließen könnte, Geliebte von irgendjemandem zu werden, nicht einmal, wenn er so bemerkenswert ist wie George. Wie auch immer, Sie können es ja auf jeden Fall versuchen!«

Ashworth grinste breit. Er war ein ungewöhnlich gut aussehender Mann. »Der Spaß liegt in der Jagd. Für freizügigere Vergnügungen kann man schließlich hierhin kommen. Emily hat etwas sehr viel ... Interessanteres zu bieten. Fordert den Verstand, die Geschicklichkeit heraus, verstehen Sie?«

Sarah war immer zu Hause, wenn Dominic von seinen nächtlichen Unternehmungen zurückkehrte. Sie war nicht mehr so kühl und sprach auch nicht noch einmal über irgendeine unziemliche Zuneigung zwischen Charlotte und ihm, doch er konnte aus ihrer Art und einer gewissen Zurückhaltung entnehmen, dass sie die Angelegenheit nicht vergessen hatte. Es gab nichts, was er hätte tun können; allerdings zog er auch gar nicht ernsthaft in Erwägung, irgendetwas zu unternehmen. Aber trotzdem war es unangenehm. Es raubte ihm ein Gefühl der Wärme, des Glücks, das er bisher immer für selbstverständlich gehalten hatte.

Die Polizei verhörte nach wie vor Leute. Die Angst war immer noch da, wenn sich die erste Aufregung inzwischen auch gelegt hatte. Verity Lessing war beerdigt worden, und die Trauergäste nahmen ihr alltägliches Leben wieder auf. Vermutlich schwelten nach wie vor unter der ruhigen Oberfläche Verdächtigungen, aber die Hysterie hielt sich einigermaßen in Grenzen.

Es war Oktober, und es wurde merklich kühler, als Dominic eines Nachmittags Inspector Pitt ganz zufällig in einem Kaffeehaus begegnete. Dominic war allein. Pitt blieb an seinem Tisch stehen. Er war wirklich ein Kerl ohne jeden Schick. Niemand könnte ihn irrtümlicherweise für einen Herrn der Gesellschaft halten. Es gab bei seiner Kleidung keine Zugeständnisse an die Mode, sondern allenfalls eine flüchtige Anpassung an die Konventionen.

»Guten Tag, Mr. Corde«, begrüßte ihn Pitt gut gelaunt. »Allein hier?«

»Guten Tag, Mr. Pitt. Ja, mein Begleiter hat sich bereits verabschiedet.«

»Darf ich mich dann vielleicht zu Ihnen gesellen?« Er legte seine Hand auf die Lehne des Stuhls gegenüber.

Dominic war sprachlos. Er war es nicht gewöhnt, privat mit Polizisten zu verkehren, und schon gar nicht in der Öffentlichkeit. Dieser Mensch schien sich seiner Stellung überhaupt nicht bewusst zu sein.

»Wenn Sie wünschen«, antwortete er widerstrebend.

Pitt grinste breit, zog den Stuhl heran und machte es sich bequem.

»Vielen Dank. Ist der Kaffee frisch?«

»Ja. Bitte bedienen Sie sich. Wollten Sie mich wegen etwas ... Bestimmtem sprechen?« Der Mann drängte sich ihm doch bestimmt nicht auf, nur um ihm Gesellschaft zu leisten? So wenig Fingerspitzengefühl konnte er ja wohl nicht haben.

»Vielen Dank.« Pitt goss sich aus der Kanne ein und trank mit leicht gewölbten Nasenflügeln. »Wie geht es Ihnen und Ihrer Familie?«

Vermutlich meinte er Charlotte. Emily hatte wahrscheinlich etwas übertrieben, aber es bestand kein Zweifel, dass Pitt Charlotte verehrte.

»Ganz gut, glaube ich. Danke. Natürlich haben uns die tragischen Ereignisse in der Cater Street nicht unberührt gelassen. Ich nehme an, Sie sind der Lösung noch nicht nähergekommen?«

Pitt verzog das Gesicht. Er verfügte über eine bemerkenswert bewegliche, ausdrucksvolle Mimik. »Nur insofern, als wir weitere Möglichkeiten eliminiert haben. Ich denke, das ist auch schon eine Art Fortschritt!«

»Kein besonderer.« Dominic war nicht in der Stimmung, mit seiner Meinung hinterm Berg zu halten. »Haben Sie aufgegeben? Mir ist aufgefallen, dass Sie uns schon seit geraumer Zeit nicht mehr belästigen.«

»Mir ist nichts eingefallen, was ich Sie fragen könnte«, antwortete Pitt ungerührt.

»Ich hatte gar nicht bemerkt, dass das für Sie in der Vergangenheit ein Hindernis war.« Zum Teufel mit dem Mann. Wenn er das Verbrechen nicht aufklären konnte, dann sollte er bei seinen Vorgesetzten gefälligst Unterstützung anfordern.

»Warum übergeben Sie den Fall nicht an einen höhergestellten Polizisten oder holen sich Hilfe?«

Pitt blickte ihn an, mit Augen, aus denen eine solche Intelligenz sprach, dass Dominic ein wenig verlegen, ein wenig befangen wurde.

»Das habe ich, Mr. Corde. Ich versichere Ihnen, ganz Scotland Yard beschäftigt sich mit der Sache. Aber es gibt auch noch andere Verbrechen, wissen Sie? Raubüberfälle, Fälschungen, Unterschlagungen, Korruption, Einbrüche und sogar andere Morde.«

Dominic verspürte einen Stich. Konnte es etwa sein, dass ihn dieser Mann von oben herab behandelte?

»Selbstverständlich! Ich hatte auch nicht angenommen, dass unser Fall das einzige Verbrechen in London wäre. Aber Sie betrachten unseres doch sicherlich als das schwerwiegendste?«

Pitts Lächeln verschwand. »Selbstverständlich. Massenmord ist das schrecklichste aller Verbrechen – um so mehr, als es sich höchstwahrscheinlich wiederholen wird. Was, schlagen Sie vor, sollen wir tun?«

Die Frage war von einer solchen Dreistigkeit, dass Dominic verblüfft war.

»Woher um alles in der Welt soll ich das wissen? Ich bin schließlich kein Polizist! Aber ich hätte gedacht, wenn mehr von Ihnen an dem Fall arbeiten, Leute mit mehr Erfahrung vielleicht –«

»Um was zu tun?« Pitt hob die Augenbrauen. »Noch mehr Fragen stellen? Wir haben eine Unzahl von belanglosen Absonderlichkeiten aufgedeckt, unsittliche Handlungen, kleine Schwindeleien und Misshandlungen, aber keinen Hinweis auf Mord – zumindest keinen, der als solcher zu erkennen wäre.« Sein Gesicht verdüsterte sich. »Wir haben es mit einem Geisteskranken zu tun, Mr. Corde. Es hat keinen Sinn, nach Gründen oder Verhaltensmustern zu suchen, die Sie oder ich erkennen würden.«

Dominic starrte ihn erschrocken an. Dieser elende Mensch sprach über etwas Schreckliches, etwas Teuflisches und Unbegreifliches, und es machte ihm Angst.

»Nach was für einem Mann suchen wir denn eigentlich?«, fuhr Pitt fort. »Wählt er seine einzelnen Opfer nach irgendeinem bestimmten Kriterium aus? Oder handelt es sich um eine willkürliche Wahl? Sind sie einfach nur zufällig im passenden Moment an einem geeigneten Ort? Weiß er überhaupt, wer sie sind? Was haben sie miteinander gemein? Sie sind alle jung, alle recht hübsch, aber, soweit wir wissen, ist das auch schon alles. Zwei waren Dienstmädchen und zwei die Töchter aus angesehenen Familien. Das Hilton-Mädchen führte einen etwas freizügigen Lebenswandel, aber Lily Mitchell war äußerst sittsam. Chloe Abernathy war ein bisschen naiv, aber auch nicht mehr. Verity Lessing verkehrte in der gehobenen Gesellschaft. Und nun erzählen Sie mir mal, was die Opfer miteinander gemeinsam hatten, außer dass sie jung waren und dass sie in oder nicht weit von der Cater Street wohnten!«

»Es muss ein Verrückter sein!«, überlegte Dominic – überflüssigerweise.

Pitt verzog den Mund zu einem bitteren Lächeln. »So weit sind wir auch schon.«

»Raubüberfall?«, schlug Dominic vor und wusste im selben Moment, wie dumm es war.

Pitt hob die Augenbrauen. »An einem Dienstmädchen, das an seinem freien Abend unterwegs ist?«

»Wurden sie –?« Dominic wollte das Wort nicht aussprechen.

Pitt kannte solche Skrupel nicht. »Vergewaltigt? Nein. Verity Lessings Kleid war aufgerissen, und ihre Brust wies ziemlich tiefe Kratzwunden auf; das war alles.«

»Warum?«, schrie Dominic, ohne auf die Köpfe zu achten, die sich von den anderen Tischen nach ihnen umdrehten. »Er muss rasend sein! Ein – ein –« Er suchte vergeblich nach einem passenden Wort. Seine Wut brach in sich zusammen. »Es ergibt keinen Sinn!«, stammelte er hilflos.

»Nein«, stimmte Pitt zu. »Und während wir versuchen, es zu verstehen, versuchen, eine Struktur in die Fakten zu bringen, müssen wir uns auch um andere Verbrechen kümmern.«

»Ja, natürlich.« Dominic starrte in seine leere Kaffeetasse. »Können Sie das nicht Ihrem Sergeant oder so überlassen? Die ganze Straße ist in heller Aufregung, jeder hat vor jedem

Angst.« Er dachte an Sarah. »Es beeinflusst selbst die Art und Weise, wie wir übereinander denken.«

»Da bin ich mir sicher«, bestätigte Pitt. »Nichts legt die Seele eines Menschen so bloß wie Angst. Wir sehen Dinge in uns und in anderen, von denen wir lieber nichts gewusst hätten. Aber mein Sergeant liegt im Krankenhaus.«

»Ist er erkrankt?« Dominic war nicht wirklich interessiert, aber er wusste sonst nichts zu sagen.

»Nein, er ist verletzt worden. Wir gingen in ein Elendsviertel, als wir hinter einem Falschmünzer her waren.«

»Und er hat Sie angegriffen?«

»Nein«, sagte Pitt trocken. »Diebe und Falschmünzer laufen viel eher weg, als dass sie kämpfen. Sie sind noch nie in diesen riesigen Mietskasernen gewesen, wo diese Leute leben und arbeiten, sonst hätten Sie diese Frage nicht gestellt. Die Gebäude stehen so dicht zusammen, dass sie praktisch ineinander übergehen, und jede Häuserseite hat ein Dutzend Ein- und Ausgänge. Normalerweise postieren sie dort eine Art von Wachmann – ein Kind oder eine alte Frau, einen Bettler, irgendjemanden. Und sie bereiten Fallen vor. Wir sind die Falltüren gewohnt, die sich unter einem öffnen und einen in eine Art von Verlies fallen lassen, ein Loch, vielleicht vier bis sechs Meter tief, möglicherweise reicht es sogar bis in die Kloaken hinunter. Aber das hier war etwas anderes. Dieser Bursche lief nach oben auf das Dach zu, und wir verfolgten ihn die Treppe hoch. Zwei andere Schurken griffen mich an, und ich war damit beschäftigt, sie abzuwehren. Der arme Flack stürzte die Treppe hinauf, und der Falschmünzer verschwand vor ihm oberhalb der Treppe, wobei er eine Falltür hinter sich zuwarf.

Das Ding war mit großen Eisenspitzen versehen. Eine bohrte sich durch Flacks Schulter, eine andere verfehlte sein Gesicht nur um wenige Zentimeter.«

»Oh Gott!« Dominic war entsetzt. Er musste an Bilder von dunklen und schmutzigen Höhlen denken, von Gängen, die nach Müll stanken und in denen es von Ratten wimmelte; bei dem Gedanken daran, sie zu betreten, drehte sich ihm der Magen um. Er stellte sich vor, wie die Falltür vor ihm zuknallte, wie die Eisenspitzen sich ins Fleisch bohrten – den Schmerz und das Blut. Für einen Moment glaubte er, ihm würde übel.

Pitt starrte ihn an. »Er verliert wahrscheinlich den Arm, aber er wird – vorausgesetzt der Arm wird nicht brandig – überleben.« Er sah über die Kaffeetasse hinweg. »Wie Sie sehen, gibt es noch andere Verbrechen, Mr. Corde.«

»Haben Sie ihn erwischt?« Dominic merkte, dass er krächzte. »Man sollte ihn aufhängen!«

»Ja, wir haben ihn einen Tag später gefangen. Und er wird für fünfundzwanzig oder dreißig Jahre deportiert werden. Nach dem, was ich gehört habe, wird das wahrscheinlich genauso schlimm wie der Tod sein. Vielleicht kann er ja für irgendjemanden in Australien von Nutzen sein.«

»Trotzdem sage ich immer noch, er sollte gehängt werden!«

»Es ist leicht zu richten, Mr. Corde, wenn man einen Gentleman zum Vater hatte und jeden Tag Kleider am Leibe und Essen auf seinem Teller. Williams Vater war Resurrektionist, ein Anhänger der Auferstehungsgemeinde.«

»Ein Kirchenmann!« Dominic war schockiert.

Pitt lächelte sardonisch. »Nein, Mr. Corde, ein Mann, der seinen Lebensunterhalt damit verdiente, Leichen zu stehlen, um sie an Medizinschulen zu verkaufen, bevor das Gesetz in den dreißiger Jahren geändert wurde –«

»Grundgütiger Gott!«

»Oh, es gab eine Menge unerwünschter Leichen in der Gegend um die Siedlungen, den Elendsvierteln von damals. Natürlich war es ein Verbrechen, und es erforderte eine ganze Menge Geschick und starke Nerven, um sie von da, wo sie gestohlen wurden, dorthin zu schmuggeln, wo sie übergeben wurden und wo man dann das Geld erhielt. Manchmal waren sie sogar angekleidet und wurden aufrecht hingesetzt, damit sie wie lebendige Passagiere aussahen –«

»Hören Sie auf!« Dominic stand auf. »Ich akzeptiere ja Ihren Standpunkt, dass es der elende Mensch vielleicht nicht besser weiß, aber ich möchte nichts davon hören. Weder entschuldigt ihn das, noch hilft es Ihrem Sergeant. Soll der Mann doch sein Geld fälschen. Was machen ein paar Guineas mehr oder weniger in einer Stadt wie London schon aus? Aber finden Sie unseren Würger!«

Pitt war sitzengeblieben. »Ein paar Guineas mehr oder weniger bedeuten Ihnen nichts, Mr. Corde, aber für eine Frau mit einem Kind kann es vielleicht den Unterschied zwischen Essen und Verhungern ausmachen. Und falls Sie mir sagen können, was ich sonst noch tun kann, um Ihren Würger zu fangen, werde ich Ihre Anregungen nur allzu gerne aufgreifen.«

Als Dominic das Kaffeehaus verließ, fühlte er sich scheußlich; er war verwirrt und zutiefst verärgert. Pitt hatte kein recht, so mit ihm zu reden. Es gab nichts, aber auch gar nichts, was er daran ändern könnte; und es war unfair, ihn zu zwingen, zuzuhören.

Auch als er zu Hause ankam, fühlte er sich noch nicht besser. In der Halle begegnete ihm Sarah. Er küsste sie und schloss sie in die Arme, doch sie schmiegte sich nicht an ihn, was ihn so ärgerte, dass er sie abrupt losließ.

»Sarah, ich habe allmählich genug von deinem kindischen Verhalten. Du benimmst dich töricht, und es wird Zeit, dass du damit aufhörst!«

»Weißt du eigentlich, wie viele Nächte du im letzten Monat weggewesen bist?«, entgegnete sie.

»Nein, weiß ich nicht. Weißt du's?«

»Ja, es waren genau dreizehn Nächte in den letzten drei Wochen.«

»So wenig. Wenn du dich endlich deiner Stellung angemessen und wie eine erwachsene Frau benehmen würdest, statt wie ein ungezogenes Kind, würde ich dich auch mitnehmen.«

»Ich glaube kaum, dass ich mir etwas aus den Lokalitäten machen würde, in denen du verkehrt hast.«

Er holte Luft, um zu versprechen, dass er dort nicht mehr hingehen würde, doch dann wurde er wieder wütend, und er überlegte es sich anders. Es hatte keinen Sinn, sie mit Worten überzeugen zu wollen; es waren die Gefühle, auf die es ankam, und solange sie so fühlte, hatte es keinen Zweck. Er wandte sich ab und ging in den Salon. Sarah begab sich zurück in die Küche.

Charlotte war im Salon. Sie stand am geöffneten Fenster und malte.

»Das hier ist ein Salon und kein Atelier, Charlotte«, brummte er schlechtgelaunt.

Sie sah erstaunt und ein wenig verletzt aus.

»Entschuldige. Alle anderen sind entweder ausgegangen oder mit irgendetwas beschäftigt. Und ich habe dich nicht so früh zurückerwartet. Sonst hätte ich die Sachen weggeräumt.« Sie machte jedoch keine Anstalten, ihren Malkasten zu schließen.

»Ich habe deinen verdammten Polizisten getroffen.«

»Mr. Pitt?«

»Hast du noch einen anderen?«

»Ich habe überhaupt keinen.«

»Tu doch nicht so, Charlotte.« Verärgert setzte er sich. »Du weißt doch ganz genau, dass er dich verehrt, ja, dass er sich sogar in dich verliebt hat. Wenn du es selbst noch nicht bemerkt haben solltest, hat es dir Emily bestimmt erzählt!«

Charlotte wurde vor Verlegenheit rot.

»Emily hat das nur gesagt, um mich zu ärgern. Und gerade du solltest eigentlich wissen, dass Emily manchmal Dinge sagt, nur um Unruhe zu stiften!«

Er wandte sich um. Er war unfair gewesen und hatte seinen Ärger über Pitt und Sarah an Charlotte ausgelassen.

»Es tut mir leid«, gestand er ein und meinte es ehrlich. »Ja, Emily hat eine sehr leichtfertige Zunge, obwohl ich glaube, dass sie in Bezug auf Pitt recht haben könnte. Warum sollte er dich schließlich auch nicht anbeten? Du bist eine ausgesprochen gutaussehende Frau, und du besitzt die Einstellung, die er wahrscheinlich mag.«

Er war überrascht, als er sah, dass Charlotte nun sogar noch mehr errötete. Er hatte es gesagt, um sie zu beruhigen, und nicht, um sie noch mehr in Verlegenheit zu bringen. Sie war der aufrichtigste Mensch, dem er jemals begegnet war, und doch seltsamerweise auch der, den er am wenigsten durchschauen konnte.

Selbstverständlich sehnte man sich nicht gerade nach Aufmerksamkeiten von jemandem wie Pitt, aber es sollte nicht mehr als ein Ärgernis sein, das man schnell wieder vergessen konnte.

»Wo hast du ihn getroffen?«, fragte sie, während sie immer noch geistesabwesend an ihrer Farbpalette herumspielte.

»In einem Kaffeehaus. Wusste gar nicht, dass Polizisten an solchen Orten verkehren. Er besaß doch tatsächlich die Dreistigkeit, einfach aufzutauchen und sich an meinen Tisch zu setzen!« Als er sich wieder daran erinnerte, wurde er erneut zornig.

»Was wollte er denn?« Sie sah beunruhigt aus.

Er versuchte, sich zu erinnern, aber es fiel ihm nicht mehr ein. Pitt hatte eigentlich nichts gefragt, was mit der Sache zu tun hatte.

»Ich weiß nicht; vielleicht wollte er sich einfach nur unterhalten. Warum?«

Sie zuckte leicht mit den Achseln.

»Er ließ sich über Falschmünzer und Resurrektionisten aus.« Sie sah sich um. »Resurrektionisten? Was sind das – religiöse Scharlatane?«

»Nein, Männer, die Leichen stehlen, um sie an Medizinstudenten zu verkaufen.«

»Oh, wie erschütternd.«

»Erschütternd? Es ist abscheulich!«

»Und es ist erschütternd, dass Leute so weit erniedrigt werden.«

»Bist du sicher, dass sie sich nicht selbst erniedrigt haben?«

»Wenn sie es getan haben, dann ist es umso schlimmer.«

Was für eine ungewöhnliche Frau sie doch war. Sarah hätte es nie so gesehen. Charlotte strahlte eine Unschuld, eine Sanftmütigkeit aus, die völlig fehl am Platze war, und doch fühlte er sich gerade deshalb von ihr so angezogen. Seltsam, er hatte immer gedacht, dass Sarah die Sanftmütige sei und Charlotte diejenige, die einen Hang zur ... zur Widerspenstigkeit in sich hatte – etwas Unweibliches. Er betrachtete sie, wie sie mit dem Pinsel in der Hand dastand. Sie war nicht so hübsch wie Sarah, und es fehlten ihr auch die kleinen Accessoires – die feine Spitze, die kleinen Ohrringe, die neckischen Löckchen im Nacken – und doch war sie auf eine gewisse Art schöner. Und in dreißig Jahren, wenn Sarah mollig geworden, die Linie ihres Kinns verschwunden und ihr Haar grau geworden sein würde, würden Charlottes Gesichtszüge immer noch schön sein.

»Er trägt eine furchtbare Verantwortung«, erklärte sie langsam. »Wir alle erwarten, dass er die Morde für uns aufklären kann, sodass wir so leben können wie früher.«

Und sie würde weiterhin all das sagen, was ihr gerade in den Kopf kam, dachte er ironisch. Sie würde niemals die kleinen Täuschungsmanöver erlernen, die Frauen geheimnisvoll machen – und mit deren Hilfe sie überleben.

Aber Charlotte würde nicht irgendeiner eingebildeten Kränkung wegen schmollen; sie würde einen heftigen Krach vom Zaune brechen. Auf lange Sicht wäre das vielleicht besser; damit könnte man leichter fertig werden.

»Er braucht wenigstens nicht hier zu leben; ihn verdächtigt niemand«, entgegnete er, auf ihre Bemerkung zurückkommend.

»Das nicht, aber wir alle werden ihm die Schuld geben, wenn er den Mann nicht findet.«

Daran hatte er noch gar nicht gedacht. Jetzt, da sie ihn darauf aufmerksam gemacht hatte, empfand er eine Woge der Sympathie für Pitt. Er wünschte, er wäre im Kaffeehaus nicht so herablassend gewesen.

Charlotte starrte ihr Gemälde auf der Staffelei an. »Ich frage mich, ob er weiß, wer er ist, oder ob er Angst hat wie wir!«

»Natürlich nicht! Wenn er es wüsste, hätte er ihn schon längst verhaftet!«

»Ich meine nicht Pitt! Ich meine den Mann, wer auch immer er ist. Erinnert er sich, weiß er es überhaupt? Oder ist er genauso entsetzt und verwirrt wie der Rest von uns?«

»Oh Gott! Was für ein grässlicher Gedanke! Wie um alles in der Welt bist du denn darauf gekommen?«

»Ich weiß nicht. Aber es wäre doch denkbar, oder nicht?«

»Das möchte ich doch nicht annehmen, ja, es wäre mir sehr viel lieber, so etwas gar nicht in Erwägung zu ziehen. Wenn das wahr wäre, könnte es ... könnte es praktisch jeder sein!«

Sie sah ihn ernst an; ihr Blick war starr und düster. »Es könnte auch so praktisch jeder sein.«

»Charlotte, hör auf. Lass uns bloß beten, dass Pitt ihn findet. Denk darüber nicht mehr nach. Es gibt nichts, was wir tun können, außer eben niemals allein aus dem Haus zu gehen, unter gar keinen Umständen.« Er schauderte. »Geh nur hinaus, wenn es unbedingt sein muss, und nimm dann Maddock oder deinen Vater mit; oder ich werde dich begleiten.«

Sie lächelte – ein seltsames, kleines gezwungenes Lächeln – und wandte sich wieder ihrer Malerei zu. »Danke, Dominic.«

Er betrachtete sie. Seltsam, er hatte sie immer für offen, für durchschaubar gehalten; jetzt kam sie ihm rätselhaft vor, ja geheimnisvoller als Sarah.

Ob man jemals lernen würde, Frauen zu verstehen?

Ein paar Tage später hatte Dominic noch mehr Veranlassung, über die weibliche Seele nachzugrübeln. Nach dem Abendessen saßen sie alle im Salon; selbst Emily war zu Hause. Großmama häkelte und blinzelte ab und zu ein bisschen, wenn sie einen flüchtigen Blick auf ihre Handarbeit warf; die meiste Zeit arbeitete sie, ohne hinzusehen, so geübt waren ihre Finger.

»Ich habe heute Nachmittag den Pfarrer besucht«, begann Großmama ein wenig spitz. In ihrer Stimme lag eine Spur Kritik. »Sarah hat mich begleitet.«

»Ach ja?« Caroline sah auf. »Waren sie wohlauf?«

»Nicht besonders. Dem Pastor geht es ganz gut, glaube ich, aber ich fand, dass Martha sehr mitgenommen aussah. Eine Frau sollte sich niemals derartig gehen lassen. Sie fängt langsam an, wie ein Aschenbrödel auszusehen.«

»Sie arbeitet ja auch äußerst hart«, nahm Sarah sie in Schutz.

»Das hat damit gar nichts zu tun, meine Liebe«, antwortete Großmama missbilligend. »Wie schwer man auch arbeitet, man sollte immer auf sein Äußeres Wert legen. Das macht viel aus.«

Emily sah auf. »Ich bezweifle, dass es für den Pfarrer von Bedeutung ist. Es würde mich überraschen, wenn er so etwas jemals bemerken sollte.«

»Darum geht es nicht.« Großmama ließ sich nicht beirren. »Das ist man sich als Frau selbst schuldig. Es ist ihre Pflicht.«

»Ich bin sicher, dass dem Pfarrer alles gefallen würde, was irgendwie mit Pflicht zu tun hat«, bemerkte Charlotte. »Besonders, wenn es sich um etwas Unangenehmes handelt.«

»Charlotte, wir alle wissen, dass du dir nichts aus dem Pfarrer machst; das hast du bereits überreichlich deutlich gemacht.«

In Großmamas Blick lag ein wenig Verachtung. »Wie dem auch sei, solche Kommentare sind vollkommen unnütz und gereichen dir nicht zur Ehre. Der Pfarrer ist ein sehr ehrenwerter Mann und, wie es einem Mann der Kirche ansteht, missbilligt er Leichtfertigkeit und Farbe im Gesicht und alles, was zur Prostitution ermuntert.«

»Nicht einmal in meinen wildesten Phantasien könnte ich mir vorstellen, dass Martha Prebble zur Prostitution ermuntert«, sagte Charlotte mutig. »Außer durch ihr abschreckendes Beispiel.«

Caroline ließ den Kopfkissenbezug aus Leinen sinken. »Charlotte! Was um alles in der Welt meinst du?«

»Dass der Anblick von Marthas Gesicht und die Vorstellung, mit jemandem leben zu müssen, der so kritiksüchtig und selbstgerecht ist wie der Pfarrer, einen auf die Idee bringen könnte, dass die Prostitution vielleicht eine leichter zu ertragende Alternative wäre«, entgegnete Charlotte mit verheerender Offenheit.

»Ich kann nur annehmen«, sagte Großmama eisig, »dass du glaubst, das wäre irgendwie komisch. Wenn ich daran denke, was für Manieren heutzutage im Kommen sind, könnte ich manchmal verzweifeln. Was als Witz gilt, ist nichts weiter als einfach vulgär!«

»Ich finde, du bist etwas zu hart, Charlotte.« Carolines Ton war milder. »Ich gebe ja zu, der Pfarrer ist etwas schwierig und nicht gerade ein sehr liebenswerter Mann, aber er tut sehr viel Gutes. Und die arme Martha arbeitet nahezu unermüdlich.«

»Ich glaube, es ist dir gar nicht klar, was sie eigentlich alles tut«, fügte Sarah hinzu. »Und wie sehr sie doch unter all diesen Morden gelitten hat. Weißt du, sie hatte Chloe und Verity sehr gern!«

Charlotte sah überrascht aus. »Nein, das wusste ich tatsächlich nicht. Ich wusste das mit Verity, aber ich höre jetzt zum ersten Mal, dass sie Chloe kannte. Ich hätte eigentlich nicht gedacht, dass sie viele gemeinsame Interessen hatten.«

»Ich glaube, sie versuchte, Chloe zu helfen, den … den Boden unter den Füßen nicht zu verlieren. Weißt du, sie war ein wenig einfältig, aber doch recht nett.«

Als er ihr so zuhörte, tat Chloe Dominic plötzlich furchtbar leid. Er hatte sich nicht das Geringste aus ihr gemacht, solange sie lebte; er hatte sie sogar ermüdend gefunden. Jetzt empfand er etwas, was so stark wie Liebe war – und viel mehr schmerzte.

Unwillkürlich sah er Charlotte an. Sie kämpfte vergeblich mit den Tränen, und schon lief ihr die erste über die Wange. Caroline arbeitete weiter an ihrem Leinen; Emily tat gar nichts, und Großmama starrte Charlotte angewidert an.

Woran dachten sie wohl gerade?

Großmama gab sicherlich ihnen allen die Schuld an dem Verfall der Sitten. Caroline konzentrierte sich auf ihr Nähzeug. Auch Emily würde wohl an irgendetwas Praktisches denken. Sarah hatte Chloe verteidigt, und Charlotte weinte um sie.

Wie gut kannte er auch nur eine von ihnen?

Dominic ging auch weiterhin in seinen Club und in andere Lokale, um zu Abend zu essen und sich in jeder Beziehung gut zu amüsieren. Bei verschiedenen Gelegenheiten traf er George Ashworth und fand, dass er ein umgänglicher und liebenswürdiger Begleiter war.

Er war fest davon überzeugt gewesen, dass Sarah die alberne Sache mit Emily und deren Beschuldigungen gegen Charlotte und ihn vergessen würde, aber allem Anschein nach hatte sie das nicht getan. Sie sagte zwar nichts weiter, doch die Entfremdung blieb. Eher vergrößerte sich die Distanz zwischen ihnen sogar noch.

Es war ein eisiger Novemberabend; Nebel wirbelte durch die Straßen und hüllte die Gaslampen mit seinen Schleiern ein. Es war feucht und bitterkalt. Dominic war froh, als seine Droschke von der Cater Street in seine eigene Straße einbog und wenige Augenblicke später anhielt, um ihn abzusetzen. Er bezahlte und hörte, wie sich das Geklapper der Pferdehufe auf den Steinen entfernte und innerhalb von kurzer Zeit vom Nebel, der jedes Geräusch schluckte, gedämpft wurde. Der Kutscher hatte ihn auf der kleinen Lichtinsel einer Gaslaterne abgesetzt; um ihn herum war undurchdringliche Finsternis. Die nächste Laterne schien sehr weit entfernt zu sein. Es war ein reizender Abend gewesen, anregend, was den Wein als auch die Gesellschaft anging. Doch als er jetzt so allein im Nebel stand, konnte er an nichts anderes denken als an die Frauen, die allein auf der Straße waren – Schritte hinter ihnen – vielleicht sogar ein Gesicht oder eine Stimme, die sie kannten. Dann würden sie einen schneidenden Schmerz an der Kehle spüren – Dunkelheit – zerberstende Lungen – Tod. Der leblose Körper würde dann von irgendeinem Passanten am Morgen auf den Steinen gefunden und von der Polizei peinlich genau untersucht werden.

Er zitterte, als er die Kälte bis in seine Knochen spürte, und er fröstelte bei dem Gedanken an die Morde. Er eilte die Stufen hinauf und klopfte kräftig an die Tür. Es kam ihm wie eine Ewigkeit vor, bis Maddock endlich öffnete und er an ihm vorbei in die Wärme und das Licht schlüpfen konnte. Als die Tür hinter ihm geschlossen worden war und die Straße mit dem

Nebel und der Dunkelheit und Gott weiß was für grässlichen Kreaturen aussperrte, war er regelrecht erleichtert.

»Miss Sarah hat sich bereits zurückgezogen, Sir«, berichtete Maddock hinter ihm. »Aber es ist noch nicht lange her. Mr. Ellison befindet sich in seinem Arbeitszimmer; er liest und raucht. Aber der Salon ist leer. Wünschen Sie, dass ich Ihnen etwas bringe? Lieber ein warmes Getränk, Sir, oder einen Brandy?«

»Gar nichts, Maddock. Danke. Ich glaube, ich gehe auch zu Bett. Es ist höllisch kalt draußen, und der Nebel ist ganz schön dicht. «

»Äußerst unangenehm, Sir. Möchten Sie vielleicht, dass ich Ihnen ein heißes Bad einlasse?«

»Nein, das ist nicht nötig. Vielen Dank. Ich werde direkt zu Bett gehen. Gute Nacht.«

»Gute Nacht, Sir.«

Oben war alles ruhig; nur eine kleine Nachtlampe brannte im Flur. Er ging in sein Ankleidezimmer und zog sich aus. Zehn Minuten später machte er die Tür zum Schlafzimmer auf. Das Licht brannte, und Sarah saß aufrecht im Bett.

»Es gibt keinen Grund herumzuschleichen«, meinte sie kalt.

»Ich dachte, du würdest vielleicht schon schlafen.«

»Du meinst, du hofftest, dass ich schon schlafen würde!«

Er verstand nicht, worauf sie hinauswollte. »Warum sollte es mir was ausmachen, ob du nun schläfst oder nicht? Ich wollte dich lediglich nicht wecken.«

»Wo bist du gewesen?«

»In meinem Club.« Das entsprach nicht ganz der Wahrheit, kam ihr aber doch sehr nahe. Es war keine Lüge von Bedeutung.

Sie hob spöttisch die Augenbrauen. »Den ganzen Abend?«

Sie hatte ihn niemals zuvor ausgefragt. Er war zu überrascht, um ärgerlich zu werden. »Nein: Ich bin dann noch in ein paar andere Clubs gegangen. Warum?«

»Allein?«

»Nun, ich war bestimmt nicht mit Charlotte da, falls du das meinst«, stieß er hervor.

»Ich kann mir nicht vorstellen, dass sich Charlotte in dieser Art von Etablissement sehen lassen würde, nicht einmal, um mit dir zusammen zu sein.« Sie starrte ihn eisig an.

»Was um alles in der Welt ist denn in dich gefahren?« Er wurde immer verwirrter. »Ich war mit George Ashworth aus. Ich habe gedacht, du schätzt ihn!«

Sie wich seinem Blick aus. »Ich habe heute Mrs. Lessing besucht.«

»Ach.« Er setzte sich auf den Frisierhocker. Es interessierte ihn nicht im Geringsten, wen sie besucht hatte, aber sie wollte offensichtlich auf irgendetwas hinaus.

»Ich habe bis heute nicht gewusst, wie gut du Verity gekannt hast«, fuhr sie fort. »Ich wusste, dass du mit Chloe gut bekannt warst, aber das mit Verity war eine Überraschung für mich.«

»Was spielt das für eine Rolle? Ich habe mich lediglich ein paar Mal mit ihr unterhalten. Ich glaube, sie mochte mich. Aber das arme Kind ist tot. Um Himmels willen, Sarah, du kannst doch nicht auf ein totes Mädchen eifersüchtig sein. Vergiss nicht, wo sie jetzt ist!«

»Ich hatte nicht vergessen, wo sie ist, Dominic, genau so wenig, wie ich das bei Chloe vergessen habe.«

»Und bei Lily und Bessie. Oder bist du etwa auch auf

Dienstmädchen eifersüchtig?« Langsam wurde er wirklich wütend. Für ihn war Charlotte immer so etwas wie eine Schwester gewesen, und es war schlimm genug, dass ihn Sarah beschuldigt hatte, sich mit ihr eingelassen zu haben – aber das war einfach albern.

Sarah richtete sich kerzengerade im Bett auf.

»Wer ist Bessie? Das Hilton-Mädchen? Ich kannte nicht mal ihren Namen. Woher kennst du ihn eigentlich?«

»Weiß ich nicht. Was zum Teufel spielt das für eine Rolle? Sie ist tot!«

»Das weiß ich, Dominic. Sie sind alle tot.«

Er sah sie an. Sie starrte ihn mit großen Augen an, so, als ob er ein Fremder wäre und sie ihn zum ersten Mal sehen würde – so, als ob er aus dem Nebel gekommen wäre ... mit einer Drahtschlinge in der Hand.

Wie konnte er nur so etwas Entsetzliches denken? Weil es in ihrem Gesicht stand. Sie hatte Angst vor ihm. Sie saß auf dem Bett, zusammengekauert und mit hochgezogenen Schultern. Er konnte sehen, wie angespannt ihr Nacken, wie verkrampft die Muskeln an ihrem Hals waren.

»Sarah!«

Ihr Gesicht war eisig, starr, und sie schien unfähig zu sprechen.

»Sarah! Um Gottes willen!« Er ging zu ihr hin, setzte sich auf das Bett und beugte sich vor, um ihr seine Hände auf die nackten Arme zu legen. Ihr Fleisch fühlte sich unter seinen Fingern hart an. »Du glaubst doch nicht etwa – Sarah! Du kennst mich! Du glaubst doch nicht etwa, ich hätte ...« Seine Stimme verlor sich, bis sie ganz erstarb. Sarah zeigte keine Reaktion.

Er ließ sie los. Plötzlich wollte er sie nicht mehr berühren.

Er fühlte nichts, so, als ob er eine Verletzung erlitten hätte und die schreckliche Wunde nun sehen könnte. Aber der Schock betäubte sie. Der Schmerz würde später kommen ... morgen vielleicht.

Er stand auf.

»Ich werde im Ankleidezimmer schlafen. Gute Nacht, Sarah. Schließ die Tür ab, wenn du dich dann sicherer fühlst.«

Er hörte sie seinen Namen sagen, leise, heiser, doch er schloss die Tür hinter sich, ohne sich umzudrehen. Er wollte allein sein, um nachzudenken und um zu schlafen.

Kapitel 10

Charlotte wusste natürlich nichts von Dominics Gefühlen und von dem, was sich zwischen ihm und Sarah abgespielt hatte, nachdem er vom Club zurückgekehrt war. Doch am nächsten Tag konnte es ihr nicht verborgen bleiben, dass zwischen den beiden eine starke Spannung herrschte, die intensiver war als irgendetwas, was man mit Sarahs anhaltendem Argwohn Dominic und ihr gegenüber hätte erklären können.

Sie wurde jedoch gewaltsam auf andere Gedanken gebracht, als sie sich am Nachmittag allein im Haus befand und damit beschäftigt war, einen Hefter mit Kochrezepten für Mrs. Lessing ins Reine zu schreiben. Sie hatte sich gerade dem Fenster zugewandt und betrachtete die Wolken, die sich am Himmel zusammenballten – alle anderen waren ausgegangen, um Besuche zu machen, und Charlotte dachte gerade daran, dass sie nass werden würden –, als jemand schüchtern, aber nachdrücklich an die Tür klopfte.

»Herein«, sagte sie geistesabwesend. Für den Tee war es zu früh. Es musste irgendein Problem bei der Zubereitung des Abendessens geben.

Es war Millie, das neue Hausmädchen, und sie sah verängstigt aus. Charlottes erster Gedanke war, dass sie das Haus verlassen hatte, um irgendwelche Besorgungen zu erledigen; vielleicht war sie ja bis vor die Tür gekommen und dort entweder selbst belästigt worden, oder sie hatte irgendetwas oder irgendjemanden gesehen, der sie an den Würger erinnerte.

»Komm rein, Millie«, wiederholte Charlotte. »Du solltest dich lieber setzen. Du siehst ja furchtbar aus. Was ist denn los?«

»Ach, Miss Charlotte.« Das arme Kind zitterte, als ob es Fieber hätte. »Ich bin ja so froh, dass Sie es sind!«

»Setz dich, Millie, und erzähl mir, was passiert ist«, befahl Charlotte.

Millie stand da wie gelähmt und rang unwillkürlich die Hände. Plötzlich schien sie die Sprache verloren zu haben und sah so aus, als ob sie jeden Augenblick davonlaufen würde.

»Um Gottes willen«, seufzte Charlotte, nahm Millie an den Schultern und nötigte sie auf einen Stuhl. »Also, was ist passiert? Warst du draußen, um Besorgungen zu machen? Oder auf dem Weg zum Vorplatz?«

»Oh nein, Miss Charlotte!« Sie sah völlig überrascht aus. »Also gut, was hast du dann? Wo bist du gewesen?«

»Oben in meinem Zimmer, Miss. Oh, Mrs. Dunphy sagte, ich dürfe gehen!«

Charlotte trat zurück; auch sie war jetzt verwirrt. Sie war sicher gewesen, dass Millies blasses Aussehen irgendetwas mit dem Würger zu tun hatte. Jetzt schien es so, als ob dem nicht so wäre.

»Also, was hast du, Millie? Fühlst du dich nicht wohl?«

»Nein, Miss.« Millie starrte auf ihre Hände, die sie immer noch in ihrem Schoß rang. Charlotte folgte ihrem Blick und erkannte erst jetzt, dass sie etwas festhielt.

»Was hast du da, Millie?«

»Oh«, Millies Augen füllten sich mit Tränen. »Ich hätte sie ja nicht hergebracht, Miss, aber ich hatte Angst um meinen guten Ruf!« Sie schniefte heftig. »Ich bin ja so froh, dass Sie es sind, Miss.« Sie begann zu weinen – leise und verzweifelt.

Charlotte war bestürzt, und das nicht nur, weil Millie ihr leid tat; sie hatte jetzt selbst ein wenig Angst bekommen.

»Was ist das, Millie?« Sie streckte die Hand aus. »Gib es mir.«

Langsam öffneten sich Millies kleine Finger, und eine zerknitterte Krawatte kam zum Vorschein. Charlotte konnte überhaupt nichts damit anfangen. Es war ihr ein Rätsel, weshalb Millie sie ihr gebracht hatte. Warum sollte diese Krawatte bei irgendjemandem irgendwelche Gefühle hervorrufen, geschweige denn das lähmende Entsetzen, das Millie so offenkundig ergriffen hatte?

Charlotte nahm sie und hielt sie hoch, während Millie sie mit riesengroßen Augen anstarrte.

»Es ist eine Krawatte«, erklärte Charlotte überflüssigerweise. »Was ist damit?« Dann kam ihr eine andere Idee. »Millie, du hast doch nicht etwa angenommen, jemand sei mit einer Krawatte erdrosselt worden, oder?« Die Erleichterung, die sie verspürte, war so überwältigend, dass ihr fast die Knie weich wurden. Am liebsten hätte sie gelacht. »Es war keine Krawatte, Millie! Es war ein Würgedraht. Doch nicht so etwas! Bring sie weg, Maddock soll sich darum kümmern. Sie ist schmutzig!«

»Ja, Miss Charlotte.« Doch Millie rührte sich nicht. Bleich vor Angst stand sie bewegungslos da.

»Na los, Millie!«

»Sie gehört Mr. Dominic, Miss Charlotte. Ich weiß es, weil ich doch immer die Wäsche einsammle. Die vom Herrn sind aus einem anderen Stoff. Deshalb kann man sie immer gut auseinanderhalten. Wenn ich die Wäsche abhole, muss ich nur kurz gucken, und ich weiß, wem die Krawatte gehört.«

Charlotte spürte, wie die entsetzliche Angst wiederkam, obwohl sie vollkommen unbegründet war. Was sollte es schon für eine Rolle spielen, dass Dominic eine Krawatte verloren hatte?

»Nun, dann ist es eben eine von Mr. Dominic«, sagte sie und schluckte kurz. »Sie ist schmutzig. Leg sie zurück zur Wäsche.«

Millie erhob sich ganz langsam, ergriff mühsam die Krawatte und zerknüllte sie in den Händen.

»Ich habe nichts damit zu tun, Miss Charlotte, das schwöre ich. So wahr Gott mein Zeuge ist, Miss, ich schwöre es!« Sie zitterte vor Angst und dem leidenschaftlichen Bedürfnis, Charlotte davon zu überzeugen, dass sie die Wahrheit sagte.

Charlotte konnte nicht länger ausweichen. Sie hatte ein äußerst ungutes Gefühl im Magen. Es gab jetzt nur eine Frage, die wirklich von Bedeutung war, und die stellte sie.

»Wo hast du sie gefunden, Millie?«

»In meinem Schlafzimmer, Miss.« Vor Scham errötete sie. »Sie lag unter meinem Bett. Als ich die Matratze umdrehte, fiel sie vom Bettgestell auf den Boden, Miss. Deswegen ist sie auch so zerknittert und staubig. Sie war schon da, bevor ich kam, Miss, das schwöre ich!«

Charlotte hatte das Gefühl, als ob ihre Welt in Scherben fallen würde. Eine innere Stimme sagte ihr, dass sie so etwas eigentlich hätte erwarten müssen. Fieberhaft versuchte sie, einen klaren Gedanken zu fassen, um ihre Haltung wiederzugewinnen. Der Raum war jahrelang Lilys Zimmer gewesen. Sarah hatte niemals dort geschlafen; es hatte niemals einen legitimen Grund für Dominic gegeben, das Zimmer zu betreten. Konnte Lily aus irgendeinem Grund Wäsche mitgenommen haben? Konnte sie die Krawatte mitgenommen haben, um sie auszubessern? Diese Möglichkeit war leicht auszuschließen. Es war kein Riss zu sehen. Ob Millie womöglich log? Ein kurzer Blick auf ihr Gesicht reichte aus, um auch diese Idee schnell wieder fallenzulassen.

»Es tut mir leid, Miss«, flüsterte Millie verzweifelt. »Habe ich etwas Falsches getan?«

Charlotte streckte ihre Hand aus und legte sie auf den verkrampften Arm des Mädchens.

»Nein, Millie, du hast das Richtige getan, und du brauchst wirklich keine Angst zu haben. Aber damit es nicht zu Missverständnissen kommt: Sprich nicht mehr darüber, es sei denn…« Sie zog es vor, den Satz nicht zu beenden.

»Es sei denn, was, Miss?« Millie schaute sie mit einem dankbaren Blick an. »Was soll ich sagen, wenn ich gefragt werde, Miss Charlotte?«

»Ich wüsste keinen Grund, weshalb man dich fragen sollte, aber wenn, dann sage die Wahrheit, Millie; ganz genau das, was du weißt, und sonst nichts. Äußere keinerlei Vermutungen, verstehst du?«

»Ja, Miss Charlotte. Und – danke, Miss.«

»Ist schon gut, Millie. Und du solltest das Ding hier besser waschen und zur restlichen Wäsche legen. Bitte mach es selbst. Lass Miss Sarah nichts davon wissen.«

Millies Gesicht wurde noch bleicher.

»Miss Charlotte, glauben Sie –«

»Ich glaube überhaupt nichts, Millie. Und ich wünsche auch nicht, dass Miss Sarah irgendetwas glaubt. Jetzt geh, und tu, was ich dir gesagt habe.«

»Ja, Miss.« Millie machte einen kleinen Knicks und stolperte beim Herausgehen fast über ihre eigenen Füße.

Sobald sie gegangen war, sank Charlotte kraftlos auf den Sessel hinter sich; ihre Beine zitterten, und ihre Finger kribbelten.

Dominic und Lily! Dominic in Lilys Bett! Dominic, der seine Krawatte ablegte, sein Hemd und vielleicht mehr, um sich dann in einer solchen Eile wieder anzuziehen, dass er seine Krawatte vergaß. Sie fühlte sich krank. Lily ... die kleine Lily Mitchell.

Sie hatte Dominic von ganzem Herzen geliebt, ohne zu erwarten, dass er ihre Gefühle erwiderte, und er war zu Lily, zum Hausmädchen gegangen. Ob mit Dominic irgendetwas nicht stimmte, ob mit allen Männern etwas nicht in Ordnung war? Oder war sie es? War es ihre offene Art zu sprechen? War sie unweiblich? So mancher Mann hatte sie gemocht, aber nur dieser jämmerliche Pitt hatte sie jemals verehrt, war in sie verliebt gewesen, weil sie eine Frau war.

Es war albern. Selbstmitleid half niemandem. Sie musste an etwas anderes denken. Lily war tot. Hatte auch sie Dominic geliebt, oder war es nur ... nein, daran wollte sie nicht denken! Dominic war gutaussehend, charmant – ihr Herz schlug heftig. Warum sollte ihn nicht jede Frau verehren? Verity hatte es getan, und sie hatte diese Bewunderung auch in Chloes Augen erkennen können. Und beide waren sie tot!

Sie erstarrte. Das konnte einfach nicht sein! Dominic hatte Papa in der Nacht, als Lily getötet wurde, in der Carter Street gesehen. Das bedeutete, dass er selbst dort gewesen sein musste. Daran hatten sie nicht mehr gedacht. Sie hatten sich nur über Papa Gedanken gemacht. Es war ihr niemals in den Sinn gekommen, dass Dominic ...?

Was sagte sie da? Sie liebte Dominic; sie hatte ihn immer

geliebt. Seitdem sie eine Frau war. Wie konnte sie an so etwas auch nur denken?

Was war das dann schon für eine Liebe, die sie für ihn empfand, was war sie schon wert, wenn sie ihn so wenig kannte, dass sie im Innern ihres Herzens nicht einmal wusste, ob er zu so etwas fähig war? Konnte sie wirklich jemanden lieben, den sie so wenig kannte? Vor diesem Nachmittag hätte sie sich nicht im Traum vorstellen können, dass er mit Lily geschlafen hatte! Und jetzt hatte sie es innerhalb von nicht einmal einer Stunde akzeptiert. War ihre Liebe kaum mehr als bloße Faszination gewesen, Liebe, um überhaupt jemanden zu lieben, Liebe wegen etwas, von dem sie sich eingebildet hatte, dass er es verkörpere; hatte sie gar nur sein Gesicht geliebt, sein Lächeln, seine Augen, seine Frisur? Wusste – und liebte – sie überhaupt irgendetwas von dem, was in diesem Mann vorging? Was fühlte oder dachte er, was nichts mit ihr, nicht einmal mit Sarah zu tun hatte? War es möglich, dass er Lily geliebt hatte ... oder Verity – oder hatte er sie gehasst?

Je länger sie darüber nachdachte, desto verwirrter wurde sie, desto mehr zweifelte sie an sich selbst und an der Liebe, die sie all die Jahre hindurch so leidenschaftlich zu fühlen geglaubt hatte.

Sie saß noch da und hatte das Zimmer, das Haus und die Zeit völlig vergessen, als es an der Tür klopfte. Es war Dora, die eintrat, um ihr mitzuteilen, dass Mrs. Prebble zu Besuch gekommen sei, und um zu fragen, ob sie den Tee servieren solle, da es auf vier Uhr zugehe.

Unter größter Anstrengung sammelte sich Charlotte wieder. Sie verspürte nicht das geringste Verlangen, irgendjemanden zu sehen – und am allerwenigsten Martha Prebble.

»Ja, Dora, natürlich«, erwiderte sie mechanisch. »Und führe Mrs. Prebble herein.«

Martha Prebble sah weniger erschöpft aus als beim letzten Mal, als sie sie gesehen hatte. Etwas von ihrem Lebensgeist schien in sie zurückgekehrt zu sein, und ihr Gesicht drückte eine gewisse Entschlossenheit aus.

Mit leicht gerunzelter Stirn und mit ausgestreckten Händen kam Martha auf sie zu.

»Meine liebe Charlotte, Sie sehen sehr blass aus. Ihnen fehlt doch nichts, meine Liebe?«

»Oh nein, Danke für die Nachfrage, Mrs. Prebble.« Dann überlegte sie, dass es wohl besser wäre, irgendeine Erklärung für den Fall zu geben, dass sie tatsächlich so aussah, wie sie sich fühlte. »Ein bisschen müde vielleicht, ich habe die letzte Nacht nicht besonders gut geschlafen. Nichts von Bedeutung. Bitte, nehmen Sie Platz!« Sie wies auf den gepolsterten Stuhl, von dem sie wusste, dass er bequem war.

Martha setzte sich. »Sie müssen auf sich achtgeben. Sie waren eine solche Hilfe für die arme Mrs. Lessing. Sie dürfen sich jetzt nicht übernehmen.«

Charlotte zwang sich zu einem Lächeln. »Sie sind doch wohl die letzte Person, die einen solchen Rat geben kann. Sie scheinen überall zu sein, um jedem zu helfen.« Ein Gedanke kam ihr in den Sinn. »Und jetzt sind Sie allein hier. Sind Sie allein durch die Straßen gegangen? Das sollten Sie wirklich nicht tun! Ich werde veranlassen, dass Sie Maddock auf dem Rückweg begleitet. Wenn Sie gehen, wird es dunkel sein. Das könnte sehr gefährlich werden!«

»Das ist äußerst liebenswürdig von Ihnen, aber ich fürchte,

ich kann mich nicht daran gewöhnen, überall, wo ich hingehe, einen Begleitschutz dabei zu haben.«

»Dann müssen Sie zu Hause bleiben, wenigstens ... wenigstens so lange, bis–«

Martha beugte sich vor; ein schwaches Lächeln lag auf ihrem kräftigen Gesicht. »So lange bis was, meine Liebe? Bis die Polizei diesen Mann gefasst hat? Und wie lange, glauben Sie, wird das dauern? Ich kann doch meine Arbeit in der Gemeinde nicht einfach unterbrechen. Es gibt so viele, die mich brauchen. Wissen Sie, wir werden nicht alle gleichermaßen vom Schicksal begünstigt. Es gibt auch jene, die allein sind, alt, womöglich krank. Frauen, deren Männer tot sind oder die sie verlassen haben, Frauen, die ihre Kinder ohne jede Hilfe großziehen müssen. Die Wohlhabenden in unserer Pfarrgemeinde wollen nichts darüber hören, aber es gibt sie.«

»Hier in der Gegend?« Charlotte war erstaunt. Sie hatte gedacht, dass die Leute in der Umgebung der Cater Street doch alle zumindest zufriedenstellend situiert wären, dass sie über das Lebensnotwendige verfügten, ja, sogar über einen gewissen Komfort. Sie hatte niemals irgendwelche armen Leute gesehen, zumindest keine, die hier lebten.

»Oh ja, sehr achtbare Leute.« Martha blickte zum Fenster hinaus. »Die Armut ist nicht offensichtlich; die Kleidung ist wieder und wieder geflickt. Vielleicht besitzen sie nur ein einziges Paar Schuhe, vielleicht gibt es nur eine Mahlzeit am Tag. Der äußere Schein und die Selbstachtung sind alles.«

»Nein, wie furchtbar.« Charlotte meinte es nicht so floskelhaft, wie es sich anhörte. Es war furchtbar. Es schmerzte. Es war nicht wie die quälende Armut, von der Pitt erzählt hatte, durch die Menschen Hunger litten, doch es war trotzdem schmerzlich, ein dauernder, aufreibender Schmerz. Sie hatte niemals in ihrem Leben Hunger gehabt oder sich auch nur fragen müssen, ob man sich eine Sache würde leisten können. Gewiss, sie hatte Kleider bewundert, von denen sie wusste, dass sie sie nicht erstehen konnte, aber sie besaß mehr, als sie wirklich zum Leben brauchte.

»Das tut mir leid. Kann ich irgendwie helfen?«

Martha lächelte, während sie ihre Hand ausstreckte, um Charlottes Knie zu berühren.

»Sie sind ein sehr nettes Mädchen, Charlotte. Sie kommen nach Ihrer Mutter. Ich bin sicher, dass es Dinge gibt, die Sie tun können, und Dinge, die Sie bereits getan haben. Es ist wirklich ein Trauerspiel, dass sich nicht alle jungen Frauen so wie Sie verhalten.«

Sie wurde von Dora unterbrochen, die den Tee hereinbrachte. Nachdem sie wieder gegangen war und Charlotte Martha eine Tasse eingeschüttet und gereicht hatte, fuhr diese fort.

»So viele sind gedankenlos und streben nur nach dem eigenen Vergnügen.«

Widerstrebend musste Charlotte an Emily denken. So sehr sie sie auch liebte, sie konnte sich nicht daran erinnern, dass Emily jemals irgendwelche anderen Zwecke verfolgt hätte als ihre eigenen.

»Ja, leider«, bestätigte sie. »Vielleicht ist es ja nur ein Mangel an Einsicht?«

»Unwissenheit mag bis zu einem gewissen Grad eine Entschuldigung sein, aber sie entschuldigt nicht alles. Oft genug sehen wir nicht hin, denn wenn wir hinsehen würden, müssten wir uns verpflichtet fühlen, etwas zu tun.«

Die Wahrheit ihrer Worte ließ sich nicht leugnen, und sie riefen ein Gefühl der Schuld in Charlotte hervor. Ohne es zu wollen, musste sie an Pitt denken. Er hatte sie gezwungen, Dinge wahrzunehmen, die sie lieber nicht gewusst hätte, Dinge, die sie verwirrten, ihre innere Ruhe, das Gefühl der Zufriedenheit zerstörten. Und er war ihr deswegen zutiefst unsympathisch gewesen.

»Ich habe versucht, Verity dazu zu bringen, es wie Sie zu sehen«, sagte Martha und richtete dabei ihren Blick auf Charlottes Gesicht. »Sie besaß so viele gute Eigenschaften, die arme Verity.«

»Wie ich gehört habe, kannten Sie Chloe auch recht gut.« Schon in der gleichen Sekunde, in der Charlotte das gesagt hatte, bereute sie es auch schon. Es war eine grausame Erinnerung, die den Schmerz erneut wachrief. Sie sah, wie sich Marthas Gesicht straffte und sich die Muskeln um den Mund verkrampften.

»Die arme Chloe«, flüsterte sie in einem Ton, den Charlotte nicht deuten konnte. »So leichtfertig, so oberflächlich. Lachte, wenn sie es nicht sollte. Strebte in die vornehme Gesellschaft. Ich fürchte, dass sie manchmal sündige Gedanken hatte. Gedanken, die ...« Sie holte Luft. »Aber wir wollen nicht schlecht über Tote reden. Sie hat für ihre Sünden bezahlt, und alles, was verkommen und verderblich an ihr war, ist vergangen.«

Charlotte starrte sie an. Das kräftige und ehrliche Gesicht sah verwirrt und niedergeschlagen aus.

»Reden wir doch von etwas anderem«, begann Charlotte mit Bestimmtheit. »Ich habe gerade einige Kochrezepte ins

Reine geschrieben. Ich bin sicher, dass Sie zumindest eins davon interessieren wird, denn ich weiß noch, wie Sarah sagte, Sie hätten sich nach einem Rezept für Kalbfleischfricandeau mit Spinat erkundigt. Wie ich gehört habe, hat Mrs. Hilton eine ausgezeichnete Köchin. Jedenfalls hat das Mrs. Dunphy zu Mama gesagt.«

»Ja, in der Tat. Und so willig«, bestätigte Martha. »Sie macht so viel für Kirchenfeste und so weiter. Hat übrigens ein ausgezeichnetes Händchen für Pasteten. Wissen Sie, längst nicht jede Köchin kann eine gute Blätterteigpastete zubereiten. Kneten zu fest mit den Fingern herum. Locker und schnell muss man dabei sein. Und sie besitzt auch ein großes Geschick bei Konfitüren und kandierten Früchten. Sie schickte immer ihr Mädchen zu uns mit ...« Sie hielt inne. Ihr Gesicht war bleich, und sie sah wieder betrübt aus. Charlotte streckte instinktiv ihre Hand aus.

»Ich weiß. Wir wollen nicht daran denken. Wir können es jetzt auch nicht mehr ändern. Ich werde Ihnen das Rezept für das Kalbsfricandeau heraussuchen.« Sie zog ihre Hand schnell weg und stand auf. Martha folgte ihrem Beispiel, und Charlotte ging um die andere Seite des Tisches herum. Sie wollte die unangenehme Unterredung beenden, in der sie sich ausgesprochen ungeschickt angestellt hatte. Martha tat ihr in ihrer Trauer um die Mädchen und auch wegen ihres Lebens an der Seite des Pfarrers entsetzlich leid – ein Schicksal, das ihr im Moment genauso schlimm vorkam wie die Geschichten, die Pitt erzählt hatte.

»Hier.« Sie hielt ihr einen Zettel hin. »Ich habe das Fricandeau bereits ins Reine geschrieben. Es macht mir keine Mühe, es noch einmal zu schreiben. Bitte, ich bestehe darauf, dass Maddock Sie nach Hause begleitet.«

»Das ist nicht nötig.« Martha nahm das Rezept, ohne einen Blick darauf zu werfen. »Ganz bestimmt nicht!«

»Ich werde es auf keinen Fall zulassen, dass Sie unser Haus allein verlassen«, entgegnete Charlotte bestimmt. Sie griff nach der Klingelkordel. »Ich würde krank vor Sorgen!«

Und so blieb Martha keine andere Wahl, als das Angebot anzunehmen, und zehn Minuten später brach sie mit Maddock auf, der pflichtbewusst hinter ihr hertrottete.

Charlotte war es nicht vergönnt, einen friedlichen Abend zu verbringen, um ihre verwirrten Gefühle zu ordnen. Emily kehrte mit der sensationellen Neuigkeit von einem Besuch zurück, dass sie Lord Ashworth zum Abendessen eingeladen habe und ihn kurz nach sieben Uhr erwarte.

Emilys Nachricht versetzte augenblicklich den gesamten Haushalt in Panik. Nur Großmama schien sie ungetrübte Freude zu bereiten. Sie war entzückt, als sie die Hektik sah, und hielt einen nicht enden wollenden Vortrag über die ordnungsgemäße Art, einen Haushalt so zu organisieren, dass selbst ein unerwarteter Besuch Seiner Majestät persönlich mit Würde und zumindest mit einem angemessenen Mahl arrangiert werden könnte. Emily war viel zu aufgeregt, Caroline viel zu besorgt und Charlotte viel zu sehr mit ihren eigenen Problemen beschäftigt, um ihr etwas darauf zu erwidern. Schließlich war es Sarah, die ihr in einem scharfen Ton befahl, den Mund zu halten und auf diese Weise einen furchtbaren Wutausbruch Großmamas auslöste, der so heftig war, dass sie nach oben gehen und sich hinlegen musste.

»Gut gemacht«, stellte Charlotte lakonisch fest, und zum ersten Mal seit Wochen schenkte Sarah ihr ein echtes Lächeln.

Gute fünf Minuten bevor George Ashworth eintraf, war alles in bester Ordnung – zumindestens oberflächlich betrachtet. Gemeinsam saßen sie im Salon. Emily war in Rosarot gekleidet, was ausgezeichnet zu ihr passte, obwohl die Verschwendung für ein weiteres neues Kleid Papa überhaupt nicht gepasst hatte. Sarah trug Grün, was ihr ebenfalls sehr gut stand, und Charlotte ein mattes Schieferblau, eine Farbe, die ihr nie gefallen hatte, bis sie einmal zufällig ihr Spiegelbild in einer Fensterscheibe gesehen hatte und feststellen konnte, wie es ihren Augen und dem warmen Ton ihrer Haut und ihres Haares schmeichelte.

Sie errötete verlegen, als er sich über ihre Hand beugte und seine Augen anerkennend auf ihr verweilten. Sie mochte ihn nicht und hatte das Gefühl, dass er mit Emily nur spielte. Sie antwortete förmlich und mit gerade so viel Herzlichkeit, wie es die Höflichkeit erforderte.

Im Verlauf des Abends fühlte sie sich dann jedoch genötigt, ihre Meinung bis zu einem gewissen Grade zu revidieren. Er benahm sich tadellos, ja, hätte nicht die Gefahr bestanden, dass er Emily sowohl in ihrer gesellschaftlichen Stellung als auch als Mensch verletzen könnte, so hätte sie ihn aufrichtig mögen können. Er hatte Witz und besaß eine gewisse unverblümte Offenheit, wobei er es sich in seiner gesellschaftlichen Position natürlich auch erlauben konnte, das zu sagen, was er wollte, ohne Konsequenzen befürchten zu müssen. Sogar Großmama fühlte sich von seiner Anwesenheit geschmeichelt, was allerdings auch nicht schwer war, da sie gutaussehende Männer liebte – und Titel liebte sie noch mehr.

Charlotte blickte zu Emily hinüber und sah, wie ein leichtes Lächeln auf ihrem Gesicht spielte. Allem Anschein nach wusste sie sehr genau, was er machte, und es gefiel ihr. Und wieder stieg die Wut in Charlotte auf. Verflucht sei der Mann dafür, dass er Emily verletzte. Im Vergleich zu ihm war sie ein Kind, was den Lauf der Welt anging!

Als Charlotte das nächste Mal mit ihm sprach, lag eine merkliche Kälte in ihrer Stimme. Sie sah, wie Dominic sie vor Verblüffung anstarrte, doch sie war zu wütend, um sich darum zu kümmern. Und dann plötzlich wurde sie wieder ganz unsicher, was sie von Dominic halten sollte. Sie hatte ihn so sehr geliebt, und alles, was sie jetzt noch fühlen konnte, war das herzzerreißende Bedürfnis, ihn zu beschützen. Beschützen vor... wovor? Vor Pitt, der Polizei – oder vor sich selbst?

Der Abend schien kein Ende zu nehmen. Und doch war es erst elf, als sich George Ashworth verabschiedete. Charlotte entschuldigte sich und flüchtete dankbar ins Bett. Sie hatte erwartet, dass sie die ganze Nacht vor Gedanken fiebernd wachliegen würde, aber sie merkte kaum noch, dass sie sich hinlegte, als sie auch schon der Schlaf der Erschöpfung übermannte.

Am nächsten Tag erwartete sie etwas unendlich viel Schlimmeres. Es war nicht später als zehn Uhr morgens, als Maddock erschien, um ihr mitzuteilen, dass Inspector Pitt in der Halle sei und sie zu sprechen wünsche.

»Mich?« Sie versuchte, einem Zusammentreffen mit Pitt aus dem Wege zu gehen und hoffte, dass er mit jemand anderem sprechen würde, dass er vielleicht sogar gekommen war, um Papa an diesem Abend aufzusuchen, und jetzt nur hier war, um sicherzustellen, dass Papa dann auch zu Hause sein würde.

»Ja, Ma'am«, bestätige Maddock mit fester Stimme. »Er hat ausdrücklich nach Ihnen verlangt.«

»Maddock, bitte vergewissern Sie sich, ob es wirklich nicht der Herr ist, den er heute Abend aufsuchen möchte?«

»Ja, Ma'am.« Maddock wandte sich zum Gehen, und als er an der Tür war, war es Pitt selbst, der sie öffnete und hereinkam.

»Inspector Pitt!«, grüßte Charlotte scharf. Sie beabsichtigte, ihn so in Verlegenheit zu bringen, dass er sich zurückzog. Er war der letzte Mensch auf der Welt, den sie sehen wollte. Die Erinnerung an Dominics Krawatte beherrschte so sehr ihre Gedanken, dass sie das Gefühl hatte, als ob Pitt nur mit Millie zu sprechen oder in die Küche oder Waschküche zu gehen brauchte, um auf die Krawatte zu stoßen und alles zu erraten. Und noch mehr fürchtete sie sich vor dem, was sie eventuell selbst verraten könnte. Die völlige Konzentration darauf, die Angelegenheit bloß nicht zu erwähnen, und die Angst davor, bestimmten ihr ganzes Denken.

»Guten Morgen, Miss Ellison.« Er wartete, bis Maddock im Flur verschwunden war, und schloss hinter ihm die Tür. »Charlotte, ich bin gekommen, um Ihnen über George Ashworth zu berichten.«

Die Erleichterung, die sie fühlte, war überwältigend. Es hatte also gar nichts mit Dominic zu tun.

»Sie erinnern sich doch?«, fragte er erstaunt. Was für ein außergewöhnliches Gesicht er doch hatte; es spiegelte so offen seine Gefühle wider, verstärkte sie beinahe noch.

Sie war verwirrt.

»Ja. Was ist mit ihm? Haben Sie es herausgefunden?« Bei dem Gedanken an Emily bekam sie wieder Angst. War es gar

Ashworth, der...? Wenigstens würde das bedeuten, dass er Emily nicht mehr kränken, sie nicht mehr verletzen konnte, indem er sie einer anderen wegen verließ. Bei dieser Vorstellung verspürte sie jedoch auch ein tiefes Bedauern, was lächerlich war. Es war nur ein sehr kleiner Teil von ihr, der ihn gern mochte.

Pitt beobachtete sie. »Sie mögen ihn«, stellte er mit einem Lächeln fest. Seine Augen blickten sanft.

»Ich kann ihn ganz und gar nicht leiden«, erwiderte sie mit beachtlicher Schärfe.

»Warum? Weil Sie Angst um Emily haben? Angst, dass er sie töten könnte, oder Angst, dass sie ihm schließlich langweilig werden und er sich eine andere suchen könnte – vielleicht eine mit Geld oder Titel?«

Sie verübelte ihm seine Scharfsichtigkeit, seine Art, sich einzumischen. Emilys Verletztheit und Kummer gingen ihn überhaupt nichts an.

»Die Angst, er könnte sie töten, natürlich! Was, bitte, wollten Sie mir berichten, Mr. Pitt?«

Er ignorierte ihren kurzangebundenen Ton und lächelte sie weiter an. »Dass er das Hilton-Mädchen wahrscheinlich nicht einmal gekannt hat und dass er Lily Mitchell mit Sicherheit nicht getötet hat. Wir haben einen vollständigen Bericht über alles, was er an jenem Tag und in jener Nacht unternommen hat.«

Sie war erfreut, sehr erfreut, was keinen Sinn ergab. Es bedeutete, dass Ashworth frei bleiben würde und Emily verletzen konnte, und es lag ihr sehr viel daran, dass das nicht geschah.

»Damit hätten Sie also noch eine Person ausgeschlossen«, stellte sie fest und suchte nach Worten, nach irgendetwas, was sie ihm sagen konnte, um die Stille zu überbrücken und um seinen Augen auszuweichen, die sie lächelnd beobachteten und jeden Ausdruck und jeden Gedanken in ihrem Gesicht registrierten.

»Ja«, bestätigte er. »Nicht gerade eine sehr befriedigende Ermittlungsmethode.«

»Ist das alles, was Sie tun können?«, fragte sie.

Er lächelte ein wenig gezwungen, in seiner Miene lag Selbstkritik. »Nicht ganz. Ich versuche, mir in meiner Phantasie ein Bild von dem Typ Mann zu machen, den wir suchen, der dazu getrieben wird, etwas Derartiges zu tun.«

Unwillkürlich sprach sie denselben Gedanken aus, der Dominic so entsetzt hatte. »Glauben Sie, dass es sich vielleicht um einen Mann handelt ... der ... selbst gar nicht weiß, was er getan hat, nicht weiß, warum er es getan hat, sich anschließend nicht einmal daran erinnert? Dann wüsste er genauso wenig und hätte genauso viel Angst wie wir alle!«

»Ja«, bestätigte er knapp.

Das war nicht gerade beruhigend. Sie wünschte, er hätte nein gesagt. Es rückte diese Person – den Würger – in ihre Nähe; es beseitigte die Distanz zwischen ihnen. Es könnte jeder von ihnen sein. Gott allein konnte wissen, was er wohl empfinden würde, wenn er es selbst entdecken würde.

»Es tut mir leid, Charlotte«, sagte er ruhig. »Auch mir macht es Angst. Er muss gefunden werden, aber ich bin nicht gerade glücklich darüber, ihn suchen zu müssen.«

Sie wusste nichts darauf zu sagen. In ihren Gedanken sah sie nur Dominics schwarze Krawatte, breit genug, um die ganze Welt damit zu erdrosseln. Sie wünschte sich, Pitt möge gehen, bevor sie diesen übermächtigen Gedanken unfreiwillig aussprach.

»Ich habe Ihren Schwager vor kurzem gesehen«, fuhr er fort. Sie fühlte, wie ihr Körper sich straffte. Glücklicherweise hatte sie ihm den Rücken zugekehrt, so dass er nicht sehen konnte, wie ihr die Angst die Kehle zuschnürte. Sie versuchte zu sprechen, beiläufig zu klingen, aber sie schaffte es nicht. War er etwa gekommen, weil er es wusste oder schon erraten hatte …?

»In einem Kaffeehaus«, fuhr er fort.

»Wirklich?« Es gelang ihr schließlich doch zu sprechen.

Er antwortete nicht. Sie wusste, dass er sie beobachtete. Sie konnte die Stille nicht ertragen. »Ich kann mir nicht vorstellen, dass Sie viel mit ihm zu besprechen hatten.«

»Es ging um den Würger – natürlich. Darüber hinaus haben wir kaum über etwas anderes gesprochen, außer über einige andere Verbrechen. Er schien zu glauben, dass Ihre Morde die wichtigsten seien.«

»Sind sie das etwa nicht?« Sie wandte sich ihm zu, um an seinem Gesicht abzulesen, was er meinte.

»Ja, natürlich, aber es gibt noch viele andere Verbrechen. Mein Sergeant hat vorige Woche einen Arm verloren.«

»Einen Arm verloren!« Sie war entsetzt. »Wie? Was ist passiert?« Sie erinnerte sich noch genau an den kleinen Mann. Wie konnte er nur einen solch furchtbaren Unfall gehabt haben?

»Wundbrand«, antwortete er nur, aber sie sah die Wut in seinen Augen. Einen Augenblick lang vergaß sie Dominic völlig. »Sein Arm wurde von einer Eisenspitze durchbohrt«, fuhr er fort, »als wir in die Elendsviertel gingen, um einen Fälscher festzunehmen.« Er erzählte ihr, was passiert war.

»Das ist ja furchtbar«, seufzte sie erschüttert. »Passiert so etwas ... vielen von Ihnen?«

Sie sah einen Hoffnungsschimmer in seinen Augen und dann die Selbstironie, mit der er wohl seine eigenen Gefühle verspotten wollte. Emily hatte zumindest teilweise recht. Es war ihm nicht gleichgültig, was sie von ihm dachte.

»Nein, das passiert nicht vielen«, antwortete er. »Im Polizeidienst begegnet man ebenso oft tragischen, mitleiderregenden und sogar komischen Dingen wie der Gewalt. Die meisten Verbrecher würden es vorziehen, ihre Strafe zu verbüßen und dafür am Leben zu bleiben. Die Strafen für Gewaltverbrechen sind zu grausam, um sie auf die leichte Schulter zu nehmen. Auf Mord steht der Galgen.«

»Komisch?«, fragte sie ungläubig.

Er saß auf der Lehne eines Sessels. »Ja, glauben Sie etwa, die Menschen in den Elendsvierteln blieben ohne ihren Sinn für Humor am Leben? Ohne ihr sarkastisches Gespür für das Lächerliche, ohne Galgenhumor würden sie dort umkommen. Sie könnten die Hehler, die Prostituierten, die Händler mit ihren Handkarren nie verstehen. Aber wenn Sie es könnten, dann würden auch Sie sie manchmal komisch finden. Sie sind grausam, sie gewähren kein Pardon, aber sie erwarten ihn auch nicht. Sie sind erfinderisch, gierig, aber oft auch komisch. So ist die Welt, in der sie leben. Schwache und Verräter kommen in ihr um.«

»Und die Kranken, die Verwaisten, die Alten?«, fragte sie. »Wie können Sie die mit Humor betrachten?«

»Die sterben, genauso, wie das sogar in Ihren Kreisen vorkommt«, antwortete er. »Ihr Tod ist bloß anders, das ist alles.

Aber was widerfährt einer geschiedenen Frau in Ihrer Welt oder einer Frau, die ein uneheliches Kind hat, oder einer Frau, deren Mann stirbt oder deren Mann die Rechnungen nicht mehr bezahlen kann? Er wird höflich in den Ruin getrieben – und oft genug in den Selbstmord. Soweit es Sie angeht, ist er schon von dem Tag an ruiniert, an dem er oder sie in Ungnade gefallen ist. Man übersieht sie auf der Straße. Man besucht sie nicht mehr am Nachmittag. Es gibt für sie keine Möglichkeit mehr zu arbeiten, ihre Töchter zu verheiraten, und es gibt keinen Kredit bei den Kaufleuten. Es ist eine andere Art von Tod, aber meistens können wir das Ende absehen, und es kommt auf dasselbe heraus.«

Darauf gab es keine Antwort. Sie hätte ihn gerne gehasst, alles bestritten oder gerechtfertigt, aber in ihrem Herzen wusste sie, dass er die Wahrheit sagte. Sie erinnerte sich vage an Leute, deren Namen nicht mehr erwähnt werden durften, Leute, die man plötzlich nicht mehr sah.

Er streckte seine Hand aus und berührte sanft ihren Arm. Sie konnte seine Wärme spüren.

»Es tut mir leid, Charlotte. Ich hatte kein Recht, das so zu sagen, als ob es Ihre Schuld wäre, als ob Sie willentlich oder bewusst daran beteiligt wären.«

»Das ändert aber nichts, oder?«, sagte sie traurig.

»Nein.«

»Erzählen Sie mir ein paar von den komischen Geschichten. Ich glaube, das brauche ich jetzt.«

Er lehnte sich zurück und zog dabei seine Hand weg. Sie spürte den Luftzug. Sie hatte erwartet, seine Berührung als anmaßend zu empfinden, und war überrascht, dass sie es nicht tat. Er lächelte ein wenig gezwungen. »Sie haben Willie auf der Polizeiwache kennengelernt?«

Auch sie musste lächeln. Sie erinnerte sich an sein schmales Gesicht, die freundliche Mischung aus Interesse und Verachtung für ihre Unwissenheit.

»Ja; ja, ich kann mir lebhaft vorstellen, dass er ein paar lustige Geschichten kennt.«

»Hunderte, und einige davon sind sogar wahr. Ich kann mich an eine erinnern, die er mir über eine Hehlerfamilie erzählt hat und über eine lange und abenteuerliche Rache an einem Blüten-willi.«

»Einem was?«

»Einem, der gefälschtes Geld unter die Leute bringt. Und über Belle – fast hätte ich gesagt, Sie würden Belle mögen, aber sie ist eine Prostituierte ...«

»Nun, vielleicht würde ich sie trotzdem mögen«, antwortete Charlotte und fragte sich dann, ob sie sich nicht etwas übereilt festgelegt hatte. »Vielleicht...«

Amüsiert entspannten sich seine Gesichtszüge. »Belle kam aus Bournemouth. Ihre Eltern waren ehrbare Leute, aber sehr arm. Sie arbeiteten in einem Haus der mittleren Gesellschaftsschicht. Soweit ich weiß, wurde Belle vom Sohn des Hauses eher mit Gewalt als mit Charme verführt. Die Folge war, dass sie hinausgeworfen wurde. Von da an war sie gebrandmarkt. Es kam natürlich niemand auf die Idee, dass er sie nun heiraten müsste. Sie ging nach London und stellte fest, dass sie schwanger war. Zunächst arbeitete sie als Näherin und nähte Hemden – mit abgestepptem Kragen und Manschetten, sechs Knopflöchern und vier Längsnähten auf der Frontpartie. Das

Ganze für zweieinhalb Pence pro Stück. Nähen Sie, Charlotte? Wissen Sie, wie lange man für ein Hemd braucht? Führen Sie ein Haushaltsbuch? Wissen Sie, was man für zweieinhalb Pence kaufen kann?

Sie versuchte, Arbeit in einem Armenhaus zu bekommen, wurde aber abgewiesen, weil sie keine behördliche Genehmigung hatte. Und dann bekam sie einen unsittlichen Antrag. Der Mann war nicht alt genug, um genügend Geld für eine glückliche Ehe zu haben, aber er war mit einem überreichen Triebleben gesegnet. Das Verhältnis brachte ihr genug ein, um ihr Kind zu ernähren und ihm eine Decke zum Schlafen kaufen zu können.

Ihr eröffnete sich eine ganz neue Welt. Jede Woche schrieb sie ihren Eltern; das tut sie heute noch und schickt ihnen Geld. Sie glauben, dass sie es mit der Schneiderei verdient. Und was für einen Sinn hätte es, sie herausfinden zu lassen, dass alles ganz anders ist? Sie wissen schließlich nicht, was Schneiderinnen in London verdienen.

Sie fand einen Zimmerwirt, der sie schützte, aber dann begann er, immer mehr von ihrem Geld zu nehmen. Zu dieser Zeit hatte sie schon Freunde – auch richtige, nicht nur Kunden. Sie ist ein hübsches Mädchen, klug, aber nicht hinterhältig, und ich habe selten gesehen, dass sie über etwas nicht lachen konnte.«

»Was hat sie dann getan?«, wollte Charlotte wissen.

»Sie hatte einen ständigen Liebhaber, der schreiben konnte, einen, der Briefe, Dokumente, falsche Aussagen und so weiter fälschte. Der hatte einen Onkel, der Kinder auf Diebstahl abrichtete. Er trommelte all seine kleinen Schützlinge zusammen, um den Zimmerwirt jedesmal, wenn er zur Tür hinausging, zu belästigen. Seine Uhr wurde gestohlen, seine Siegel, sein Geld.

Aber noch schlimmer war, dass sie ihn verspotteten, ihm Zettel ansteckten und ihn zur Witzfigur machten.«

»Wenn er bestohlen wurde, warum hat er dann nicht die Polizei gerufen?«, musste sie fragen. »Besonders, wenn er doch gesehen hat, wer es war und dass man nicht damit aufhörte?«

»Oh, das hat er getan! So haben wir davon erfahren.«

»Und haben Sie sie eingesperrt?« Sie war entsetzt und wütend. Er lächelte sie an und schaute ihr direkt in die Augen.

»Unglücklicherweise hatte ich an diesem Tag ein steifes Bein, und ich konnte nicht schnell genug rennen, um einen von ihnen zu schnappen. Sergeant Flack bekam etwas ins Auge und musste stehenbleiben, um es zu entfernen. Als er wieder etwas sehen konnte, waren sie alle weg.«

Sie spürte eine Welle der Erleichterung. »Und Belle?«

»Sie musste eine angemessene Miete bezahlen und behielt den Rest ihres Einkommens.«

»Und hat sie weiter als ... als Prostituierte gearbeitet?«

»Was sonst? Hätte sie wieder Hemden für zweieinhalb Pence nähen sollen?«

»Nein, natürlich nicht. Ich gebe zu, das war eine dumme Frage. Jetzt sehe ich erst, wieviel Glück ich gehabt habe, dass ich als das geboren wurde, was ich bin. Ich habe immer gedacht, dass das Sprichwort falsch ist, wonach die Sünden der Väter auf die Kinder und bis in die dritte und vierte Generation weitervererbt werden. Aber das ist es nicht, oder? Es ist einfach eine Spielregel des Lebens: Wir ernten, was die Eltern gesät haben.«

Sie blickte auf und bemerkte, dass Pitt sie ansah. Die Wärme in seinem Blick brachte sie in Verlegenheit, und sie wandte sich ab.

»Und der Würger? Glauben Sie, dass er … dass er einfach nicht anders kann?«

»Ich halte es für möglich, dass er selbst nicht einmal von seinen Verbrechen weiß. Und deshalb wissen die, die ihm am nächsten stehen, es vielleicht auch nicht«, antwortete er.

Mit Schrecken fiel ihr die schwarze Krawatte wieder ein. Für einen Augenblick hatte sie alles vergessen, hatte vergessen, dass Pitt eine Bedrohung sein konnte und hatte ihn nur als – nein, es war lächerlich, ihn so zu sehen! Sie erhob sich ein wenig schwerfällig. »Ich danke Ihnen, dass Sie gekommen sind und mir von Lord Ashworth erzählt haben. Es war außerordentlich aufmerksam von Ihnen, und es hat mich beruhigt. Zumindest haben Sie mir meine schlimmsten Befürchtungen genommen.«

Er akzeptierte die Verabschiedung und stand ebenfalls auf, aber in seinem Gesicht lag Enttäuschung. Das tat ihr leid; er hatte das nicht verdient. Aber sie hatte zu viel Angst davor, ihn noch länger bleiben zu lassen. Er konnte sie durchschauen und ihre Gedanken lesen. Sein spontanes Mitgefühl und seine Intelligenz würden sie dazu bringen, sich selbst und Dominic zu verraten.

Verdammt noch mal: Er sah sie immer noch an!

Oh Gott! Hatte sie ihn etwa so abrupt verabschiedet, dass er ihre Angst bemerkt hatte? Hatte sie ihn zu schnell hinauskomplimentiert, als die Rede auf den Würger kam, der sich möglicherweise seiner eigenen Handlungen nicht bewusst war, so dass Pitt nun vermutete, sie wisse etwas? Sie musste diesen Eindruck korrigieren.

»Es tut mir leid, Mr. Pitt. Ich wollte nicht unhöflich erscheinen. Ich habe Ihnen noch nicht einmal eine Erfrischung angeboten.« Sie zwang sich, ihm in die Augen zu schauen. Dabei lächelte sie steif. Sie musste fürchterlich aussehen. »Darf ich Ihnen etwas kommen lassen?«

»Nein, danke«, sagte er und ging zur Tür. Er drehte sich um und runzelte ein wenig die Stirn. »Charlotte, wovor haben Sie Angst?«

Sie atmete tief ein, und ihr Hals war wie zugeschnürt. Es verging ein Augenblick, bevor sie einen Ton herausbringen konnte.

»Wovor? Vor dem Würger natürlich. Hat nicht jeder vor ihm Angst?«

»Ja«, erwiderte er ruhig. »Möglicherweise auch der Würger selbst.«

Das Zimmer schien sich um sie zu drehen. So musste man sich bei einem Erdbeben fühlen. Es war lächerlich. Sie durfte nicht ohnmächtig werden! Dominic mochte schwach sein, seinen Neigungen nachgeben, aber man musste schließlich auch akzeptieren, dass alle Gentlemen so waren. Aber Dominic konnte unmöglich etwas mit Mord zu tun haben, mit Drähten, die auf der Straße um weiße Kehlen zugezogen wurden! Sie musste von Sinnen gewesen sein, ihm in einem Moment der Schwäche so etwas unterstellt zu haben, außer sich, als ihr solch ein Gedanke in den Sinn gekommen war.

»Ja«, pflichtete Charlotte bei, »das könnte ich mir vorstellen. Aber trotzdem müssen Sie ihn im Interesse aller fangen.« Sie hob ihre Stimme absichtlich an, so dass sie zustimmend klang, so, als ob das alles nur am Rande mit ihr zu tun hätte und es eher um ein allgemeines Interesse und nicht um ein persönliches ginge.

Seine Mundwinkel verzogen sich ein wenig. Er deutete eine Verbeugung an, wandte sich um und verließ das Zimmer. Sie hörte, wie Maddock ihm die Eingangstür öffnete und hinter ihm schloss.

Ihre Knie gaben nach, und sie brach mit tränenüberströmtem Gesicht auf dem Sofa zusammen.

Als Dominic am Abend heimkehrte, konnte sie ihm nicht in die Augen sehen. Sarah nahm das Essen ebenfalls schweigend ein. Emily war mit George Ashworth und einer Gruppe von Freunden ausgegangen. Großmama erging sich in einem Vortrag über den Niedergang gesellschaftlicher Umgangsformen. Edward und Caroline hielten eine notdürftige Unterhaltung aufrecht, der niemand zuhörte.

Später erklärte Sarah ein wenig steif, sie habe Kopfschmerzen, und zog sich ins Bett zurück. Mama begleitete Großmama hinauf in ihr Wohnzimmer, um ihr etwa eine Stunde lang vorzulesen, und Papa ging in das Arbeitszimmer, um zu rauchen und einige Briefe zu schreiben.

Dominic und Charlotte blieben allein im Wohnzimmer zurück. Es war eine Situation, vor der sich Charlotte gefürchtet hatte, aber jetzt fühlte sie schon fast so etwas wie eine Erleichterung. Vielleicht war alles in Wirklichkeit doch nicht so schlimm, wie sie befürchtete.

Nachdem die anderen gegangen waren, wartete sie noch ein paar Minuten; dann blickte sie auf, weil sie fürchtete, dass auch er das Zimmer verlassen würde, wenn sie nicht bald etwas sagte.

»Dominic?«

Er drehte sich zu ihr um.

Sie war mit ihm allein; seine ganze Aufmerksamkeit galt ihr.

Seine dunklen Augen ruhten nur auf ihr, wobei er ein wenig beunruhigt schien. Das hätte ihr Herz erfreuen müssen. Aber sie konnte nur an Lily Mitchell denken und an Sarah, die oben in ihrem Bett lag und wegen einer Nichtigkeit unglücklich war. Dabei gab es viel mehr, von dem Sarah noch nicht einmal die leiseste Ahnung hatte – oder wusste sie …? Und Pitt. In ihren Gedanken sah sie Pitts Gesicht, seine hellen, forschenden Augen, die sie so anzogen. Sie musste sich zusammenreißen – der Gedanke war einfach lächerlich.

»Ja?« erwiderte Dominic.

Taktgefühl war nie ihre Stärke gewesen, und sie hatte noch nie die Fähigkeit besessen, Probleme diplomatisch zu lösen. Mama würde es so viel besser machen können.

»Mochtest du Lily?«, fragte sie.

Sein Gesicht zuckte vor Überraschung. »Das Dienstmädchen Lily, Lily Mitchell?«

»Ja.«

»Ob ich sie mochte?«, wiederholte er ungläubig.

»Ja, hast du sie gemocht? Bitte gib mir eine ehrliche Antwort. Es ist wichtig.« Es war in der Tat wichtig, obwohl sie sich nicht sicher war, welche Antwort sie hören wollte. Schon allein die Vorstellung, dass er sie gemocht haben könnte, tat sehr weh, und dennoch war die Vorstellung, er könnte sie ausgenutzt haben, ohne sie zu mögen, noch viel schlimmer – schäbiger, schmutziger, von viel weiter reichender Bedeutung.

Eine leichte Röte schoss in sein Gesicht.

»Ja, ich habe sie ganz gern gemocht. Sie war ein lustiges kleines Ding. Erzählte viel über die Gegend, in der sie aufgewachsen ist. Warum? Willst du wegen ihr irgendetwas unternehmen? Sie war eine Waise, weißt du. Unehelich, soviel ich weiß. Sie hatte keine Familie.«

»Nein, ich hatte nicht daran gedacht, etwas zu unternehmen«, antwortete sie recht scharf. Sie hatte nicht gewusst, dass Lily eine Waise war. Jahrelang hatte sie mit ihr im selben Haus gewohnt und so wenig Interesse für Lily gezeigt, als ob es sie gar nicht gäbe. War Dominic wirklich schlimmer als sie selbst? »Ich wollte es deinetwegen wissen.«

»Meinetwegen?«

Irrte sie sich, oder vertiefte sich die Farbe in seinem Gesicht?

»Ja.« Es hatte keinen Sinn zu lügen oder zu versuchen auszuweichen. Er starrte sie an. Warum – um alles in der Welt – hätte sie ihn gerade jetzt so furchtbar gern berührt? Um sich zu vergewissern, dass er immer noch derselbe war, der Dominic, den sie geliebt hatte, seit sie eine Frau war? Oder fühlte sie so etwas wie Mitleid?

»Ich verstehe dich nicht«, sagte er langsam.

Sie sah mit einer Offenheit in seine Augen, die sie noch vor einem Monat nicht für möglich gehalten hätte. Zum ersten Mal sah sie ohne flatterndes Herz oder rasenden Puls tief in ihn hinein. Sie sah den Menschen an und vergaß den Mann, seine Schönheit, seine Ausstrahlung.

»Doch, du verstehst ganz gut. Millie hat mir die Krawatte gebracht, die sie unter dem Bett gefunden hat, als sie die Matratze umdrehte. Es war deine.«

Er machte noch nicht einmal den Versuch zu lügen und war offensichtlich peinlich berührt, aber er blickte nicht weg.

»Ja, ich mochte sie. Sie war sehr ... unkompliziert. Sarah ist manchmal schrecklich prüde.«

»Du auch«, antwortete sie brutal und war über sich selbst überrascht. Ein neuer wütender Gedanke kam ihr, und sobald er ihr durch den Kopf ging, sprach sie ihn auch schon aus. »Wie würdest du dich fühlen, wenn Sarah mit Maddock schlafen würde?«

Er starrte sie fassungslos an. »Sei nicht albern!«

»Was ist daran albern?«, fragte sie kühl. »Du warst mit dem Dienstmädchen im Bett, nicht wahr? Lily war noch nicht einmal ein Butler, sondern nur ein Dienstmädchen!«

»Sarah würde nicht im Traum an so etwas denken; sie ist schließlich keine Schlampe. Es ist unerhört und niederträchtig, so etwas auch nur im Spaß zu sagen.«

»Ich bin ganz und gar nicht zu Späßen aufgelegt! Mit welchem Recht bist du über etwas wütend, was ich nur beschreibe, und du gibst es ohne die geringste Scham zu? Du schämst dich wohl gar nicht!«

Wieder wurde er rot, und zum ersten Mal wandte er sich von ihr ab.

»Ich bin nicht sehr stolz darauf.«

»Wegen Sarah oder weil Lily tot ist?« Wieso sah sie ihn nun plötzlich so realistisch? So unbarmherzig wie die Morgensonne auf der Haut, die alle Unreinheiten sichtbar macht.

»Das verstehst du nicht«, murmelte er verzweifelt. »Wenn du verheiratest bist, wirst du es verstehen.«

»Was verstehen?«

»Dass...« Er stand auf. »Dass Männer ... Männer manchmal zu...« Er brach den Satz ab, unfähig, ihn diplomatisch zu beenden.

Sie beendete ihn an seiner Stelle.

»Dass ihr einen Kodex für euch habt und einen anderen für uns«, erklärte sie spitz. Ihr Hals schmerzte, so, als ob sie weinen müsste. »Von uns verlangt ihr absolute Treue, aber ihr glaubt das Recht zu haben, zu lieben, wann und wo ihr wollt.«

»Es ist nicht Liebe!«, explodierte er. »Um Gottes willen, Charlotte ...«

»Was dann? Ist es ein Bedürfnis? Habt ihr einen Freibrief?«

»Das verstehst du nicht!«

»Dann erklär es mir!«

»Sei nicht naiv. Du bist kein Mann. Wenn du verheiratet wärst, dann würdest du vielleicht verstehen, dass Männer anders sind. Du kannst nicht die Gefühle einer Frau, die Verhaltensregeln einer Frau bei einem Mann anwenden.«

»Ich kann die Regeln der Treue und der Ehre bei jedermann anwenden!«

Jetzt war er wütend. »Das hat gar nichts mit Treue oder Ehre zu tun! Ich liebe Sarah. Zumindest, Gott steh mir bei, ich tat es, bis sie ...«, sein Gesicht war plötzlich bleich, »bis sie anfing zu denken, ich könnte der Würger sein.« Er starrte sie an, und sie konnte die Hilflosigkeit und den Schmerz in seinen Augen sehen.

Sie stand ebenfalls auf, und ohne nachzudenken, streckte sie ihre Hand aus, um ihn zu berühren, seine Hand festzuhalten, und er erwiderte die Geste.

»Charlotte, das tut sie! Sie hat es ganz klar gesagt!«

»Sie glaubt, was Emily gesagt hat«, erwiderte sie ruhig, »und vielleicht wusste sie auch von Lily.«

»Aber um Gottes willen: Das ist doch etwas ganz anderes, als vier hilflose Mädchen zu ermorden und ihre Leichen auf der Straße liegen zu lassen.«

»Wenn sie von Lily weiß und mich verdächtigt, dann hast du ihr wehgetan. Vielleicht wollte sie sich nur revanchieren?«

»Aber das ist grotesk! Sie kann nicht so verletzt sein, dass ...« Er starrte sie an.

Voller Ernst erwiderte sie seinen Blick. »Ich wäre es. Wenn ich mir vorstelle, ich hätte dir all meine Liebe, mein Herz und meinen Körper geschenkt, wäre dir treu gewesen und hätte an niemand anders gedacht und müsste dann erfahren, dass du mit meinem Dienstmädchen geschlafen hast und meiner Schwester den Hof machst – ich wäre wohl verletzter, als ich es mir jetzt überhaupt vorstellen kann. Ich würde wahrscheinlich versuchen, dir so weh zu tun wie nur irgend möglich. Wenn du mich so dreist betrügen konntest, erschiene mir wohl selbst ein Mord als gar nicht mehr so viel schlimmer.«

»Charlotte!« Seine Stimme überschlug sich und wurde schrill. »Charlotte, wie kannst du nur so etwas über mich denken? Oh, Gott im Himmel! Ich meine, ich habe nicht ... ich habe nie jemandem etwas getan!« Er griff wieder nach ihrer Hand und hielt sie so fest, dass ihre Finger schmerzten.

Sie zog sie nicht weg.

»Außer Sarah – und vielleicht Lily? Hat sie dich auch geliebt, oder dürfen Dienstmädchen Gelüste haben, so wie Männer?«

»Charlotte, um Gottes willen, sei nicht sarkastisch! Hilf mir!«

»Ich wüsste nicht, wie!« Für einen Augenblick drückte sie fest seine Hand. »Ich habe keinen Einfluss auf Sarahs Gefühle; ich kann nichts von dem, was sie gesagt hat, zurücknehmen oder dich vergessen lassen, was sie gesagt hat.«

Lange Zeit stand er regungslos da. Er sah in ihre Augen und in ihr Gesicht.

»Nein«, gab er schließlich zu und schloss seine Augen. »Und, lieber Gott«, fügte er sanft hinzu, »du kannst noch nicht einmal mich selbst wirklich davon überzeugen, dass ich es nicht getan habe. Dein verdammter Polizist hat vermutet, dass dieser Mann vielleicht selbst gar nicht weiß, was er tut. Das bedeutet, dass auch ich es sein könnte. Ich könnte dies alles tun, ohne es zu wissen. Ich habe deinen Vater auf der Straße gesehen; bis jetzt ist noch niemand darauf gekommen, dass das bedeutet, dass also auch ich da war. Und ich kannte alle vier Mädchen, und jedesmal, wenn eins getötet wurde, war ich ausgegangen.«

Ihr fiel nur eine Sache ein, die ihn trösten könnte, und die trotzdem der Wahrheit entsprach. »Würde Pitt wirklich glauben, dass du es getan hast, dann wäre er zurückgekommen, um dich zu verhören. Er würde dich nicht verschonen, nur weil du ein Gentleman bist.«

»Glaubst du, dass er wirklich einen Verdacht hat?«, fragte er eifrig. Man sah es ihm überdeutlich an, wie sehr er ihr glauben wollte – und wie schwer es ihm fiel.

»Ich weiß, dass du ihn nicht magst, aber glaubst du, du könntest ihm lange etwas vormachen?«

Er verzog den Mund. »Ich glaube nicht, dass ich wirklich etwas gegen ihn habe. Ich glaube, ich habe Angst vor ihm.«

»Weil du glaubst, dass er klug ist?«

»Ja.« Er seufzte. »Danke, Charlotte. Ja, ich nehme an, Pitt hat sich jeden von uns genau angesehen. Wenn es einer von uns wäre, dann würde er ihn jetzt wohl schon einkreisen. Und das tut er deiner Meinung nach nicht, oder?« Die quälende Angst war wieder da.

Diesmal log sie, so als ob sie ein Kind beschützen müsste.

»Nein.«

Er atmete wieder aus und setzte sich. »Wie kann Sarah nur glauben, ich hätte es getan? Sicher würde jeder, der mich nur ein wenig kennt ... Du sagst, sie liebt mich; wie kann sie mich lieben und so etwas von mir denken?«

»Weil es nicht dasselbe ist, jemanden zu lieben und jemanden zu kennen«, hörte sie sich hart und deutlich selbst sagen. Ob diese Worte für ihn wohl dieselbe Bedeutung hatten wie für sie?

»Sie liebt mich nicht wirklich«, sagte er langsam, »sonst hätte sie so etwas nie gedacht.«

»Du hast es selbst in Erwägung gezogen!«

»Das ist etwas ganz anderes. Ich kenne mich. Aber ich habe nie schlecht von ihr gedacht, in keiner Beziehung.«

»Dann kennst du sie nicht besser, als sie dich kennt.« Charlotte meinte, was sie sagte, obwohl sie die Bedeutung ihrer Gedanken erst erkannte, als sie sie aussprach.

»Was meinst du damit?«

»Wir alle haben Fehler – auch Sarah. Wenn du von ihr erwartest, dass sie vollkommen ist, dann tust du ihr ein Unrecht an, das genauso groß ist wie das Unrecht, das sie dir antut.«

»Ich verstehe dich nicht, Charlotte.« Er verzog das Gesicht. »Manchmal glaube ich, du weißt überhaupt nicht, was du sagst.«

»Nein«, stimmte sie zu. Es tat ihr weh, erkennen zu müssen, dass er sie wirklich nicht verstand. »Nein, ich habe mir schon gedacht, dass du mich nicht verstehen würdest.« Aus einem tiefen Gefühl heraus fasste sie einen schnellen Entschluss. »Ich werde nach oben gehen und nachsehen, wie es Sarah geht.«

»Sarah?« Er war überrascht.

Sic ging zur Tür und wandte sich um.

»Ja.«

Er sah sie an und runzelte die Augenbrauen. Alles tat ihr weh – die ganze Kehle hinunter bis zum Magen. Sie wollte ihre Arme um ihn legen, um ihm seine Angst zu nehmen, von der sie nur zu gut wusste, aber ihre Liebe zu ihm hatte sich geändert. Sie war nicht mehr geheimnisvoll, romantisch, und sie brachte ihr Blut nicht mehr in Wallung. Sie fühlte sich reifer als er –und stärker.

»Charlotte ...«

Sie wusste, was er sagen wollte. Er wollte sagen »Hilf mir« und wusste nicht, wie.

Sie lächelte. »Ich werde ihr nichts sagen. Und jeder hier in der Cater Street, der nur ein wenig nachgedacht hat, hat bestimmt die gleiche Angst wie du.«

Er atmete aus und versuchte zu lächeln. »Danke, Charlotte. Gute Nacht.«

»Gute Nacht.«

Als sie oben in Sarahs Zimmer kam, saß diese im Bett und starrte an die Wand. Vor ihr lag ein aufgeschlagenes Buch mit dem Umschlag nach oben.

»Wie geht es dir?«, fragte Charlotte.

»Was willst du?« Sarah blickte sie kühl an.

»Kann ich dir irgendetwas holen? Ein heißes Getränk?«

»Nein, danke. Was ist los? Will Dominic nicht mit dir reden?« In Sarahs Stimme lag eine bittere Schärfe, und Charlotte glaubte, dass sie den Tränen nahe war.

Sie setzte sich auf die Bettkante. »Doch, er hat sich eine ganze Weile mit mir unterhalten.«

»Oh.« Sarah heuchelte Desinteresse. »Worüber denn?«

»Über den Würger.«

»Wie scheußlich. Du wirst noch davon träumen.«

Charlotte streckte ihre Hand aus und nahm Sarahs. »Sarah, du solltest ihn nicht glauben lassen, dass du ihn verdächtigst ...«

»Hat er sich bei dir beschwert und sich an deiner Schulter ausgeweint?«

»Man kann dir so leicht ansehen, was du denkst! Sarah!« Als Sarah sich von ihr freimachen wollte, hielt Charlotte sie noch fester. »Selbst wenn du es denkst, kannst du dann nicht so gütig oder so vernünftig sein, es ihn nicht spüren zu lassen? Selbst wenn er schuldig wäre, hätten wir – wenn es nicht mehr bestritten werden kann – immer noch genug Zeit, darüber nachzudenken. Wenn er aber unschuldig ist und du ihn zu Unrecht verdächtigst, dann wirst du einen Graben zwischen euch aufreißen, den du später kaum mehr überbrücken kannst.«

Tränen standen in Sarahs Augen. »Ich verdächtige ihn nicht«, sagte sie und musste schlucken. »Jedenfalls nicht wirklich. Die Möglichkeit ist mir nur einmal kurz durch den Kopf gegangen. Ist das denn so schwer zu verstehen? Ich konnte einfach nicht anders. Er war in letzter Zeit so oft lange aus. Er beachtet mich kaum noch. Ist er in dich verliebt, Charlotte? Sag es mir ehrlich. Ich muss es jetzt wissen.«

»Nein.« Charlotte lächelte und schüttelte den Kopf. »Ich war in ihn verliebt; das wollte Emily sagen. Aber er hat mich nicht einmal wahrgenommen.«

Tränen strömten über Sarahs Gesicht. »Oh, Charlotte, es tut mir so leid. Das wusste ich nicht!«

»Ich wollte auch nicht, dass du es erfährst.« Charlotte zwang sich zu lächeln. Sie war sich plötzlich über ihre eigenen Gefühle ganz klar. Sarah tat ihr furchtbar leid, weil sie Dominic verletzt und sich dabei selbst einen nicht wiedergutzumachenden Schaden zugefügt hatte. Selbst jetzt noch verstand die Ältere nicht, was sie angerichtet hatte. Sarah starrte sie an, und durch ihre Tränen hindurch konnte man ihr Mitgefühl erkennen.

»Oh, es ist schon in Ordnung«, lächtelte Charlotte leicht. »Ich bin nicht mehr in ihn verliebt. Ich mag ihn sehr gern, aber ich bin nicht mehr verliebt.«

Sarah lächelte und zog die Nase hoch. »Ist es dieser unmögliche Polizist?«

Charlotte war schockiert. »Um Himmels willen, nein!«

Sarahs Lächeln vertiefte sich.

Charlotte beugte sich ein wenig nach vorne. Mehr als alles andere auf der Welt wollte sie Sarah helfen und beschützen, wollte dazu beitragen, dass alles wieder so wurde, wie es einmal gewesen war.

»Sarah, sag Dominic, dass du ihn nicht wirklich verdächtigst, dass es nur ein flüchtiger Gedanke war, wie schrecklich es wäre ... Wenn es sein muss, dann lüge. Aber lass ihn nicht weiter glauben, dass –«

»Er wird nicht zu mir kommen.«

»Dann geh zu ihm.«

»Nein«, sagte Sarah und schüttelte den Kopf.

»Sarah!«

»Ich kann nicht.«

Es gab nichts, was Charlotte noch hätte sagen können. Schweigend strich sie Sarah übers Haar, schob ihr eine Strähne aus den Augen, stand dann auf und ging langsam weg. Sie war zu müde, zu aufgewühlt von den Erschütterungen in ihrem Leben, um heute Abend noch Irgendetwas zu empfinden. Morgen würden die Angst und das Mitleid zurückkommen.

Kapitel 11

Sarah dachte über die Dinge nach, die Charlotte gesagt hatte, aber sie konnte sich nicht überwinden, zu Dominic zu gehen. Er war in der letzten Zeit so kühl gewesen, so unnahbar, dass sie sich vor einer weiteren Zurückweisung fürchtete. Und wenn er wirklich verletzt wäre: Er könnte doch so leicht zu ihr kommen.

Oder war da mehr als Schmerz? Könnte es sein, dass er sich auf eine ganz andere Art schuldig fühlte? Sie erinnerte sich an einen flüchtigen selbstzufriedenen Ausdruck auf Lilys Gesicht und ein Lachen. Damals hatte sie sich geweigert, es zur Kenntnis zu nehmen, obwohl sie sehr wohl wusste, dass Frauen vor manchen Dingen die Augen verschließen. Sie hatte gedacht, die Affäre sei vorbei, und um ihren Seelenfrieden zu behalten, hatte sie sich bemüht zu vergessen. Nun kam ihr alles erneut zu Bewusstsein, so widerwärtig und peinlich, wie es gewesen war. War es Lilys Tod, der sie daran erinnert hatte? Aber wenn er fragen würde, nur ein einziges Mal, dann würde sie ihm erklären – so, dass er ihr einfach glauben musste –, dass sie ihn nicht wirklich eines Mordes für fähig gehalten hatte. Sie war nur ganz kurz von einer absurden Furcht ergriffen worden, die der Verstand als unsinnig erkannte, als sie sich ihre Angst bewusst gemacht hatte.

Aber er kam nicht, und sie sprach nicht mit ihm darüber.

Was sich verändert hatte, war die Einstellung Sarahs Charlotte gegenüber. Ihr Geständnis erklärte so vieles. Jetzt verstand sie, warum Charlotte so wenig Interesse an den vielen annehmbaren jungen Männern gezeigt hatte, die ihr durch Mamas diplomatisches Geschick vorgestellt worden waren. Jetzt, wo sie es wusste, erinnerte sie sich an seltsame kleine Vorfälle, Worte, Blicke, Launen und unerklärliche Tränen. Damals konnte sie nicht verstehen, warum Charlotte ihr aus dem Wege ging, es sei denn, weil sie Dominic geheiratet hatte. Wie hatte sie so blind sein können? Sie hatte ihr eigenes Glück als eine Selbstverständlichkeit hingenommen und dabei nie an Charlotte gedacht. Emily hatte die Situation erkannt und das Geheimnis in einem Augenblick des Zorns preisgegeben. Das war eigentlich unverzeihlich.

Wenigstens dieses Kapitel war nun abgeschlossen. Charlotte war nicht mehr verliebt. War es etwa möglich, dass sie sich zu dem schrecklichen Polizisten hingezogen fühlte? Sicherlich nicht! Aber wenn überhaupt jemand zu solch einem gesellschaftlichen Wahnsinn fähig wäre, dann Charlotte!

Nun, sollte das tatsächlich passieren, so konnte sie sich darüber immer noch Gedanken machen. Papa würde es zweifellos früh genug regeln, obwohl er sich anscheinend um Emily und diesen George Ashworth kaum zu kümmern schien. Sie würde ihn daran erinnern müssen, oder Emily könnte nicht nur verletzt, sondern auch gesellschaftlich ruiniert werden. Im Augenblick war Sarah versucht zu denken, dass dies Emily wegen ihres Verrats an Charlotte recht geschähe, aber vielleicht würde sie das Schicksal ohnehin hart genug bestrafen, ohne dass auch noch jemand aus ihrer Familie etwas dazu beitrug.

Zwei Tage später, als sie Martha Prebble in einer Gemeindeangelegenheit besuchte, kam das Gespräch auf Mrs. Attwood, die behinderte Frau, die Papa in der Nacht, in der Lily getötet wurde, besucht hatte.

»Die arme Seele«, murmelte Martha mit einem leichten Seufzen. »Sie ist wirklich eine Prüfung Gottes!«

Sarah erinnerte sich an das, was Papa gemeint hatte. »Man sagt, dass sie oft leicht übertreibt und dass ihre Erinnerung durch ihre Einbildung getrübt wird. Neigt sie vielleicht ein wenig zum Wunschdenken?«

Martha zog ihre Augenbrauen hoch. »Nicht, dass ich wüsste. Als ich sie sah, redete sie in einem fort und immer von den guten alten Zeiten, obwohl ich zugeben muss, dass ich nicht gut genug hingehört habe, um zu entscheiden, ob sie nun die Wahrheit oder Unsinn geredet hat. Ich glaube, die Arme ist einfach nur einsam.«

»Besucht sie denn niemand?«, fragte Sarah. Ganz plötzlich empfand sie Mitleid, doch gleichzeitig widerstrebte es ihr, sie selbst aufzusuchen.

»Kaum jemand, fürchte ich. Wie ich bereits sagte, geht sie einem doch ein wenig auf die Nerven.«

»Ist sie nicht behindert und an ihr Heim gebunden?« Sarah fühlte sich verpflichtet, dem nachzugehen. Sie würde sich schuldig fühlen, falls die Frau in Not wäre und sie sie nicht beachtet hätte – vor allen Dingen dann, wenn ihr Ehemann ihrem Vater in der Vergangenheit eine Gefälligkeit erwiesen haben sollte.

»Oh nein«, erklärte Martha mit Nachdruck. »Sie leidet lediglich an den üblichen kleinen Altersbeschwerden.«

»Sie ist nicht bettlägerig?« Sarah verzog ihr Gesicht. Könnte sie Papa falsch verstanden haben? Sie versuchte, sich genau an das zu erinnern, was er gesagt hatte, aber es gelang ihr nicht.

»Oh nein, keineswegs. Aber ich bin sicher, sie würde sich sehr freuen, wenn Sie sie besuchen würden, um sich ein wenig mit ihr zu unterhalten.«

»Ist sie in Not, ich meine finanziell?« Sarah hätte es eher vorgezogen, materielle Hilfe zu leisten, als ihre Zeit zu opfern.

»Meine liebe Sarah, wie großzügig Sie sind. Es ist typisch für Sie, dass Sie helfen wollen, dass Sie nicht an sich selbst, sondern nur an die Bedürfnisse anderer denken. Aber ich versichere Ihnen, sie ist nicht arm – außer im Geiste. Sie braucht Freunde«, sagte sie zögernd, und ihre Hände umklammerten Sarahs Schultern, »und ein wenig Wärme.« Ihre Stimme klang plötzlich heiser, so, als ob sie von starken Gefühlen überwältigt wurde. Sarah war einen Augenblick lang verlegen und erinnerte sich dann an die eisige Selbstgerechtigkeit des Pfarrers. Sie versuchte, sich in Marthas Situation hineinzuversetzen. Es war merkwürdig, aber Dominics kühles Benehmen in der letzten Zeit half ihr dabei. Sie beantwortete Marthas Griff, indem sie ihre Arme ausstreckte und sie ihrerseits berührte.

»Sicher«, flüsterte sie leise. »Die brauchen wir alle. Ich werde sie heute Nachmittag besuchen. Ich werde ihr diesmal nichts mitbringen, sondern sie einfach nur besuchen, solange ich noch die Kutsche zur Verfügung habe. Aber ich werde sie nochmal besuchen, vielleicht mit Charlotte oder Mama, und ihr dann eine kleine Aufmerksamkeit mitbringen.«

Martha starrte sie mit reglosen Augen an.

»Halten Sie das nicht für richtig?«, fragte Sarah und schaute in ihr bleiches Gesicht. »Glauben Sie, ich sollte nicht gehen, bevor ich vorgestellt worden bin?«

Marthas Augen wurden lebhafter. »Aber sicher«, bejahte sie und atmete tief ein. »Sie sollten sie besuchen, ja, heute noch.«

»Mrs. Prebble, fühlen Sie sich wohl?« Sarah war jetzt doch etwas besorgt; sie sah überanstrengt aus – so, als hätte sie sich ein wenig verausgabt. Hatte Sarah etwas gesagt, was sie beunruhigte, oder war es die plötzliche Erinnerung an ihr eigenes Leben ohne Wärme und Zuneigung?

Sarah legte ihre Hände über die von Martha und drückte sie. Dann, als sie fühlte, wie sich die Muskeln der älteren Frau anspannten, beugte sie sich nach vorne, küsste sie sanft auf die Wange und ging zur Tür.

»Ich werde ihr sagen, dass Sie sich nett nach ihr erkundigt haben. Ich bin sicher, sie wird sich darüber freuen. Sie tun so viel für so viele Leute; es gibt wohl kein Haus in der Gemeinde, in dem nicht mit Wärme über Sie gesprochen wird.« Und bevor Martha darauf etwas entgegnen konnte, entschuldigte sie sich und verließ das Haus.

Sarah wusste nicht genau, was sie erwartet hatte, aber die Frau, die ihr schließlich die Tür öffnete, war für sie eine solche Überraschung, dass sie wie angewurzelt dastand und sie anstarrte.

»Ja bitte?« Die Frau zog ihre Augenbrauen hoch und schaute sie forschend an.

Sarah schluckte und versuchte sich zu sammeln.

»Mein Name ist Sarah Corde. Ich hatte noch nicht das Vergnügen, Sie kennenzulernen, aber Mrs. Prebble sprach so nett von Ihnen, dass ich mich entschloss, Ihre Bekanntschaft zu machen, falls ich Ihnen nicht ungelegen komme.«

Das Gesicht der Frau hellte sich sofort auf. Sie war eine hübsche Erscheinung, und vor fünfundzwanzig Jahren war sie vielleicht eine Schönheit gewesen. An ihrer Figur und der eleganten Art, wie sie ihre Haare trug, die zwar grau, aber nicht dünner geworden waren, konnte man immer noch Spuren einstiger Schönheit erkennen. Nichts an ihr wirkte auch nur annähernd mitleiderregend, und falls sie einsam war, konnte man es zumindest nicht sehen.

»Bitte kommen Sie doch herein«, forderte sie Sarah auf und trat einen Schritt zurück, sodass Sarah der Einladung folgen konnte.

Das Wohnzimmer war klein und ungewöhnlich schlicht eingerichtet, aber Sarah hatte den Eindruck, dass dies eher eine Sache des Geschmacks als der Armut war. Sie fand die Wirkung überraschend angenehm. Es wirkte dezenter als die oft überladenen Zimmer, an die sie gewöhnt war, mit Dutzenden von Fotografien und Bildern, ausgestopften Vögeln, getrockneten Blumengebinden, Stickereien, Verzierungen und Möbeln in allen möglichen Größen. Das Zimmer hier schien viel heller, viel weniger bedrückend.

»Dankeschön.« Sie setzte sich auf den angebotenen Stuhl. Sarah war überglücklich, dass sie nichts zu essen als Geschenk mitgebracht hatte; es wäre hier überflüssig gewesen, hätte vielleicht sogar verletzend gewirkt.

»Wie freundlich von Mrs. Prebble, so gut von mir zu sprechen«, begann die Frau. »Ich fürchte, ich kenne sie nicht so gut, wie ich sollte. Ich finde Gemeindearbeit … « Sie hielt inne. Offensichtlich dachte sie daran, dass Sarah dort wahrscheinlich aktiv wäre, und unterdrückte das, was sie hatte sagen wollen.

Sarah musste lächeln. »Langweilig?«, ergänzte sie an ihrer Stelle.

Das Gesicht der Frau entspannte sich. »Vielen Dank für Ihre Offenheit. Ja, ich fürchte, Sie haben recht. Sie leistet eine Menge guter Arbeit, aber sie muss ein Engel sein, um all diese endlosen, nichtssagenden Unterhaltungen und den Tratsch ertragen zu können. Und, meine Liebe, es ist noch nicht einmal interessanter Tratsch!«

»Kann Klatsch überhaupt interessant sein, außer für die, die ihn verbreiten?«

»Aber sicher! Mancher Tratsch hat sehr viel Esprit, und selbstverständlich steckt hinter so manchem ein echter Skandal. Früher wenigstens. Ich habe schon seit Jahren von keinem guten Skandal mehr gehört. Andererseits besucht mich heutzutage auch kaum noch jemand. Ich bin ehrbar geworden. Was für eine schreckliche Grabsteininschrift!«

Sarahs Neugier wuchs. Wer genau war diese Frau? Bis jetzt schien sie überhaupt nicht die bemitleidenswerte, wirr redende Person zu sein, die Papa beschrieben hatte. Im Gegenteil: Sie war unterhaltsam und sehr selbstbeherrscht.

»Ist Grabinschrift nicht ein wenig voreilig?«, fragte Sarah mit einem Lächeln. »Noch leben Sie schließlich.«

»Ich könnte genauso gut tot sein, so, wie ich hier in einem Zimmer in der Cater Street sitze und zusehe, wie draußen das Leben weitergeht. Und ich habe niemanden, der mir zuhört, selbst wenn ich geistreiche Bemerkungen machen könnte. Es ist schrecklich, meine Liebe, Esprit zu haben, aber niemanden, mit dem man ihn austauschen könnte. Darf ich Ihnen eine Erfrischung anbieten, Tee vielleicht? Wie Sie wohl bemerkt haben, habe ich kein Dienstmädchen, aber wenn Sie mich entschuldigen, kann ich ihn schnell selbst kochen.«

»Oh nein, bitte nicht.« Sarah streckte eine Hand aus, als ob sie sie zurückhalten wollte. »Ich habe eben noch mit Mrs. Prebble Tee getrunken.« Das war zwar eine Lüge, aber sie wollte ihr keine Umstände bereiten. »Es sei denn, Sie möchten selbst welchen. Wenn das so ist, lassen Sie mich ihn machen und ihn Ihnen bringen?«

»Um Gottes willen, mein Kind, Sie sind ja richtig begierig auf gute Taten! Nun gut, es wäre sehr angenehm, auch einmal bedient zu werden. Sie finden alles in der Küche. Sollte etwas nicht griffbereit sein, bitte fragen Sie mich.«

Fünfzehn Minuten später kam Sarah mit einem großen Tablett und Teegeschirr für zwei Personen zurück. Sie goss selbst ein, und sie führten ihre Unterhaltung fort.

»Wie lange wohnen Sie schon in der Cater Street?«, fragte sie. Die Frau lächelte. »Seitdem mein Mann starb und der gute

Edward dieses Haus für mich ausgesucht hat«, antwortete sie. »Edward? Ist das Ihr Sohn?«

Die anmutigen Augenbrauen der Frau hoben sich vor amüsierter Überraschung. »Um Himmels willen, nein! Er war mein Geliebter. Aber das ist schon lange her, über fünfundzwanzig Jahre. Ich war damals vierzig, und er war in den Dreißigern.«

»Sie haben ihn nicht geheiratet?«

Sie lachte laut auf. »Selbstverständlich habe ich ihn nicht geheiratet. Er war schon verheiratet, mit einer sehr schönen Frau, wie ich gehört habe, und er hatte eine Tochter. Stimmt was nicht, meine Liebe? Sie sehen blass aus. Haben Sie sich verschluckt?«

Sarah war wie vor den Kopf geschlagen. Ein unaussprechlicher Gedanke kam ihr in den Sinn. Sie starrte in das Gesicht der Frau und versuchte, sie sich vorzustellen, wie sie vor fünfundzwanzig Jahren ausgesehen haben mochte. War dies der wirkliche Grund, weshalb Papa hier gewesen war? War dies der Grund, warum er zunächst gelogen hatte, als er sagte, er sei den ganzen Abend über im Club gewesen, bis Dominic ihn verraten hatte? Hatte er sich deshalb geweigert, Pitt den Namen der Frau oder ihre Adresse zu geben? Je mehr sie versuchte, dieser Schlussfolgerung auszuweichen, desto mehr drängte sie sich ihr auf. Sie hörte, wie die eigene Stimme, so, als wäre sie selbständig, fragte: »Ich nehme an, es war eine Art Abschiedsgeschenk, um sicherzustellen, dass Sie versorgt waren?«

»Wie romantisch«, lächelte die Frau. »Ein großartiger Abschied – mit versteckten Tränen und Andenken, die für immer in Seidenpapier eingewickelt mit einem Bändchen drumherum aufbewahrt werden sollen? Er ist weder tot, meine Liebe, noch ist er ausgewandert. Es geht ihm vielmehr sehr gut, und wir sind einigermaßen gute Freunde geblieben, so weit Diskretion und Lebensumstände dies zulassen. Es ist nicht halb so romantisch, wie Sie es sich vorstellen, sondern einfach nur eine Affäre, die sich zu einer Freundschaft entwickelte, um dann zu kaum mehr als einer Bekanntschaft mit angenehmen Erinnerungen zu werden.«

»Dann wohnt er hier in der Nähe?« Sarah fühlte den unwiderstehlichen Zwang fortzufahren, selbst jetzt noch in der Hoffnung, dass irgendetwas ihre Befürchtungen widerlegen könnte. Jede neue Aussage bot die Chance, auf einen Umstand zu stoßen, der auf Papa nicht zutraf.

Die Frau lächelte, und ihre Augen leuchteten humorvoll.

»Natürlich«, bejahte sie, »und deshalb wäre es vielleicht indiskret von mir, Ihnen noch mehr über ihn zu erzählen. Er könnte schließlich jemand sein, den Sie kennen!«

»Ja, das könnte sein«, antwortete Sarah mechanisch. Ihre Unterhaltung wurde nun förmlich, aber die Gedanken wirbelten in ihrem Kopf durcheinander, und sie versuchte, die bruchstückhaften Vermutungen über Papa und Dominic zu einem Gesamtbild zusammenzusetzen. Wusste Mama davon? Hatte sie es schon immer gewusst und war bereit gewesen, beide Augen davor zu verschließen? Hatte sie nichts dagegen gehabt? Oder war dies eins der Dinge, die sie von ihrer Erziehung her schon fast erwartete, sozusagen als einen Teil der männlichen Natur akzeptieren musste? Aber Männer waren im Allgemeinen doch ganz anders als der eigene Papa ... oder Ehemann! Sarah konnte und wollte es nicht akzeptieren. Sie hatte niemals an einen anderen Mann als Dominic gedacht, und ihre Vorstellungen von Liebe ließen es auch gar nicht zu. Liebe schloss Treue ein. Man gab Versprechen, und man hielt sie. Gelegentlich konnte man eigennützig, unvernünftig oder schlecht gelaunt sein; man konnte nachlässig oder extravagant sein. Aber man log und betrog nicht.

Sie blieb noch eine Zeitlang sitzen und unterhielt sich mit der Frau, ohne dabei eigentlich zu wissen, was sie sagte – höflichen Unsinn, leere Phrasen, die jeder benutzte und denen keiner zuhörte. Nach einer Weile brach sie auf und bestieg die Kutsche, um nach Hause zu fahren.

Caroline saß allein im Schlafzimmer. Sarah hatte gerade das Zimmer verlassen und die Tür hinter sich geschlossen.

Sie fühlte sich benommen, ihr Geist war wie gelähmt, ihre Gedanken kreisten wieder und wieder um das, was sie gerade gehört hatte, so, als ob diese Wiederholung es erleichtern würde, es zu ertragen. Edward hatte eine Affäre mit einer anderen Frau gehabt. Fünfundzwanzig Jahre lang hatte er diese Beziehung verheimlicht, und sogar heute noch besuchte er sie. Aus Liebe? In Erinnerung an eine vergangene Romanze? Oder trieb ihn eine Art Schuld, die man nicht abschütteln konnte? Vielleicht sogar aus Mitleid?

Arme Sarah.

Sarah war zu ihr gekommen, um ihren Beistand zu suchen, um sich zu versichern, dass sie nicht allein dastünde, und war nicht getröstet worden, denn Caroline konnte ihr nicht helfen. Sarah war verwirrt gewesen, selbst zu schockiert, um zu wissen, was sie tat, und um sich darüber im Klaren zu sein, dass Caroline nichts von der Affäre gewusst hatte. Sarah hatte den Frieden von dreißig Jahren in dreißig Minuten zerstört.

Caroline starrte sich im Spiegel an. Es hatte nichts mit dem Altern zu tun. Die andere Frau war älter! Was hatte Edward an ihr gefunden, was ihr fehlte? Schönheit, Wärme, Geist, Vollendung? Oder war es nur Liebe, Liebe, die keinen bestimmten Grund hatte? Warum hatte er seine Geliebte verlassen? Um einen Skandal zu vermeiden? Wegen der Kinder? Oder war es vielleicht so etwas Materielles wie Geld? Sie würde es niemals erfahren, weil sie niemals wissen würde, ob das, was er sagte, auch der Wahrheit entsprach.

Und damit erhob sich die nächste Frage. Sollte sie ihm sagen, dass sie davon wusste? Es würde jetzt nicht mehr viel nützen; andererseits: Würde sie es verbergen können? Sie würde unmöglich jemals wieder dasselbe für ihn empfinden können. Mit den Jahren war ein tiefes Gefühl der Vertrautheit gekommen, eine gewisse Neigung, bestimmte Dinge nicht zur Kenntnis zu nehmen, die Angewohnheit, kleine Vergehen und Schwächen zu übersehen; aber es gab immer das Vertrauen, das Wissen, dass etwas wirklich Schlimmes bei ihnen nicht geschehen würde.

Ihre Gedanken gingen immer wieder zu der Frau zurück. Was für eine Frau war sie? Hatte sie Edward geliebt, etwas sehr Wichtiges für ihn aufgegeben; oder war es nur eine Affäre, eine Frage von Gewinn und Verlust, lockten das gesellschaftliche Ansehen, das Geld oder die Sicherheit, das Vergnügen? Was war es, was sie ihm gab, das Caroline ihm nicht geben konnte?

Sie versuchte, sich an ihre Gefühle für ihn während der ersten Jahre zu erinnern. Sarah musste ein kleines Kind gewesen sein, Charlotte gerade erst geboren, an Emily dachte noch niemand. War es das? War sie zu sehr mit den Kindern beschäftigt gewesen? Hatte sie ihn vernachlässigt? Sicherlich nicht. Sie glaubte sich an viele gemeinsame Stunden erinnern zu können, an lange Abende zu Hause, an Einladungen zum Abendessen, Parties, sogar an Konzerte. Oder war das erst später gewesen? In der Erinnerung war es ihr nicht mehr möglich zu sagen, wann genau welche Dinge geschehen waren.

Hatte er die andere Frau geliebt, oder war sie ein Zeitvertreib, etwas, um ein Bedürfnis, eine Lust zu befriedigen? War die ganze Vergangenheit eine einzige Lüge?

Die Vorstellung, dass er Mrs. Attwood geliebt hatte, war abstoßend, etwas, was tief verletzte und Gefühle der vergangenen Jahre veränderte, den Frieden zerstörte, alles zerstörte, was mit Zärtlichkeit oder Vertrauen zu tun hatte. Selbst wenn es nur Lust gewesen wäre – würde dies etwas ändern?

Sie erschauderte. Plötzlich fühlte sie sich schmutzig, so, als ob etwas von ihr Besitz ergriffen und sie befleckt hätte, das sie nicht abwaschen konnte. Die Erinnerung an seine Berührung, an ihre Vertrautheit wurde unerträglich, etwas, das sie vergessen wollte, weil sie es nun nicht mehr ungeschehen machen konnte.

Sie stand auf, brachte gedankenverloren ihr Haar in Ordnung und strich ihr Kleid glatt. Sie musste hinuntergehen und ihrer Familie ein Gesicht zeigen, das wenigstens einen Teil des Unglücks und der Verwirrung in ihrem Innern verbarg.

Großmama wusste, dass mit Sarah und Caroline etwas nicht stimmte. Sie nahm zunächst an, dass sie sich über etwas gestritten hätten, und natürlich wollte sie wissen, worum es ging. Am nächsten Morgen saß Sarah im hinteren Teil des Wohnzimmers. Großmama kam herein und gab vor, sie wolle sich nach den Vorbereitungen für den Fünfuhrtee und den zu erwartenden Gästen erkundigen; in Wirklichkeit ging es ihr natürlich darum, die Einzelheiten des Streits in Erfahrung zu bringen.

»Guten Morgen, meine liebe Sarah«, begann sie wohlüberlegt. »Guten Morgen, Großmama«, erwiderte Sarah, ohne von dem Brief aufzuschauen, den sie gerade schrieb.

»Du siehst ein wenig blass aus. Konntest du nicht schlafen?«, fuhr Großmama fort und setzte sich auf das Sofa.

»Doch, danke für die Nachfrage.«

»Bist du sicher? Du siehst mir ein wenig angegriffen aus.« »Mir geht es ausgezeichnet, danke. Mach dir um mich keine Sorgen.«

Großmama nahm dieses Stichwort sofort auf.

»Aber ich mache mir Sorgen, mein Liebes; ich muss mich einfach um dich sorgen, wenn ich dich und deine Mutter müde und bedrückt sehe. Wenn ihr euch gestritten habt, kann ich euch vielleicht helfen, den Streit zu begraben.«

Wenn Sarah Charlotte gewesen wäre, so hätte sie wahrscheinlich patzig erwidert, dass Großmama den Streit wohl eher anheizen als ihn begraben würde, aber da sie nun einmal Sarah war, blieb sie zunächst nach außen hin höflich.

»Es gibt keinen Streit, Großmama; wir verstehen uns sehr gut.« Sie lächelte bitter. »Wir teilen sogar dasselbe Schicksal.«

»Schicksal? Was für ein Schicksal? Ich wusste gar nicht, dass etwas passiert ist.«

»Kannst du auch nicht. Es ist vor fünfundzwanzig Jahren passiert.«

»Was um alles in der Welt meinst du damit?«, wollte Großmama wissen. »Was ist vor fünfundzwanzig Jahren passiert?«

Sarah versuchte einen Rückzug. »Nichts, was mit dir zu tun hat. Es ist jetzt ohnehin alles vorbei.«

»Wenn es dich und deine Mutter immer noch bedrückt, dann ist es alles andere als vorbei!«, entgegnete Großmama scharf. »Was ist passiert, Sarah?«

»Männer«, erwiderte Sarah. »Das Leben. Vielleicht ist es sogar dir einmal passiert.« Sie setzte ein verunglücktes kleines Lächeln auf. »Es würde mich jedenfalls nicht wundern. Nein, es würde mich nicht im Geringsten wundern!«

»Wovon redest du? Was ist mit Männern?«

»Sie sind oberflächlich, untreu und heuchlerisch!«, rief Sarah außer sich. »Sie predigen das eine und tun das andere. Sie haben gewisse Regeln für uns und leben selbst nach ganz anderen.«

»Sicher, das trifft für einige Männer zu. Und das ist nie anders gewesen. Es gibt auch ehrliche und aufrechte Männer. Dein Vater ist einer von ihnen. Es tut mir leid, wenn dein Mann nicht dazugehört.«

»Papa!«, fauchte Sarah. »Du alte Närrin! Er ist der Schlimmste von allen. Dominic hat vielleicht schon einmal irgendwohin geschielt, wo er nicht hingucken sollte, aber er hat sich niemals eine Geliebte genommen und sie fünfundzwanzig Jahre lang ausgehalten!«

Diese Worte berührten Großmama nicht. Sie waren eine groteske Lüge. Sarah musste den Verstand verloren haben, für kurze Zeit aus der Bahn geworfen worden sein durch den Schock, als sie entdeckte, dass Dominic sich danebenbenommen hatte. Natürlich, wenn man einen so gutaussehenden Mann wie ihn heiratete, musste es zu einer Katastrophe führen. Das hatte sie von Anfang an gewusst. Sie hatte dies auch Caroline gesagt. Aber Caroline ließ sich ja nichts sagen.

»Unfug!«, protestiere sie verärgert. »Es ist kindisch, so etwas zu sagen, einfach lächerlich. Ich werde es noch einmal mit der offensichtlichen Verwirrung entschuldigen, die dich wohl ergriffen hat, als du Dinge über deinen Mann erfuhrst, die ich dir von Anfang an hätte sagen können. Deiner Mutter jedenfalls habe ich davon erzählt. Aber wenn du noch einmal eine solch unerhörte Verleumdung über deinen Vater außerhalb dieses Zimmers oder in Gegenwart von anderen verbreitest, werde ich ...« Sie zögerte und war sich nicht sicher, was abschreckend genug sein könnte, um Sarah einzuschüchtern.

»Was wirst du?«, zischte Sarah scharf. »Beweisen, dass es nicht wahr ist? Das kannst du nicht! Wenn du einmal einen

Nachmittag opferst, werde ich dich mit ihr bekanntmachen. Sie ist alt, älter als Papa, aber immer noch sehr hübsch. Sie muss einmal eine ziemliche Schönheit gewesen sein.«

»Sarah! Ich befehle dir, dich sofort zusammenzureißen. Wenn du das nicht kannst, dann geh nach oben, und leg dich hin, bis du dich wieder unter Kontrolle hast. Nimm etwas Riechsalz, und wasch dein Gesicht mit kaltem Wasser.«

»Mit kaltem Wasser! Papa hält sich eine Geliebte, und du schlägst vor, ich soll das kurieren, indem ich mein Gesicht mit kaltem Wasser wasche!« Sarahs Stimme hob sich mit beißendem Spott. »Hast du Mama auch Riechsalz angeboten? Und hast du es auch genommen? Hielt sich Großpapa auch irgendwo eine Geliebte?«

Alte, unerfreuliche Erinnerungen kamen wieder hoch.

»Sarah, du wirst hysterisch!«, fuhr Großmama sie an. »Verlasse das Zimmer, du benimmst dich wie ein Dienstbote! Reiß dich zusammen, und denk an dein gutes Benehmen. Du solltest dich besser hinlegen, bis du wieder bei Verstand bist.« Als Sarah sich nicht bewegte, wurde sie wütender. »Sofort!«, schrie sie. »Ich werde deiner Mutter sagen, dass du dich nicht wohl fühlst. Ich wünsche nicht, dass du dich hier zum Narren machst, und ich bin sicher, das ist auch nicht in deinem Interesse. Was ist, wenn einer der Dienstboten hereinkommt? Möchtest du, dass sich die Dienstboten über dich den Mund zerreißen – und mit ihnen zweifellos die Dienstboten der ganzen Straße?«

Mit einem Blick tiefster Feindseligkeit verließ Sarah das Zimmer.

Großmama ließ sich auf das Sofa fallen. Was für ein schrecklicher Morgen! Was war nur in Sarah gefahren, dass sie so eine schockierende Anschuldigung machte? Sie musste völlig die Kontrolle über sich verloren haben.

Edward hatte zweifellos mal über die Stränge geschlagen, aber er hatte nichts verbrochen, das es rechtfertigen konnte, ihn der Unehrenhaftigkeit zu beschuldigen! Von einem Mann zu verlangen, sich über dreißig Ehejahre hinweg tadellos zu benehmen, war einfach zuviel; jede Frau wusste das. Man akzeptierte so etwas, trug es mit Fassung und – vor allem – mit Würde.

Aber eine Geliebte zu unterhalten, einen Hausstand für sie einzurichten und sie auszuhalten, war etwas völlig anderes. Das war nicht zu entschuldigen. Wie konnte Sarah es wagen, so etwas zu sagen! Was auch immer sie über Dominic erfahren haben mochte, den Namen ihres Vaters so in Verruf zu bringen, war unentschuldbar. Es musste einfach jeder Grundlage entbehren.

Oder?

Großmama dachte gerade darüber nach, wie unmöglich es sei, dass Edward sich derart verhalten könnte, als Charlotte hereinkam. Auch sie sah verbittert und äußerst angespannt aus. Wie dem auch sei, sie war ein eigenartiges Mädchen, völlig weltfremd und sehr sprunghaft. Es könnte sein, dass auch sie von Dominic enttäuscht war. Völlig unsinnig, ihre Vernarrtheit in Dominic! Sie sollte inzwischen wirklich zu erwachsen für solch kindische Romanzen sein.

»Was fehlt dir, Charlotte?«, fragte sie. »Du hast doch hoffentlich nicht auf Sarahs dummes Geschwätz gehört?«

Charlotte fuhr herum. Großmama setzte erneut an. »Sie ist natürlich etwas verärgert, erkennen zu müssen, dass Dominic unzulänglich ist, aber sie wird darüber hinwegkommen, wenn du ihr hilfst, anstatt dich wie eine Gestalt aus einem tragischen Gedicht aufzuführen. Reiß dich zusammen, Mädchen, und hör auf, so eigensüchtig zu sein.«

»Und Mama?«, fragte Charlotte bitter. »Wird sie sich zusammenreißen und auch darüber hinwegkommen?«

»Es gibt nichts, worüber sie hinwegkommen müsste!«, fuhr Großmama sie an. »Es überrascht mich, dass du so albern und naiv bist, Sarah zu glauben. Siehst du denn nicht, wie aufgebracht sie ist?«

»Sicherlich ist sie aufgebracht! Und ich bin es auch. Wenn dich das nicht aufregt, dann kann ich nur annehmen, dass deine Moralvorstellungen anders sind als meine!«

Das war nun wirklich zuviel! Großmama fühlte Empörung in sich aufsteigen, bis sie kaum noch atmen konnte. Charlottes Unverschämtheit überschritt jegliche Grenzen, die sie noch tolerieren konnte.

»Meine Moralvorstellungen sind mit Sicherheit anders als deine!«, sagte sie beißend. »Ich habe mich nicht in den Ehemann meiner Schwester verliebt!«

»Ich bin völlig sicher, dass du dich niemals verliebt hast«, erwiderte Charlotte eisig.

»Ich habe niemals die Kontrolle über mich verloren«, erklärte Großmama hinterhältig, »wenn es das ist, was du unter ›sich verlieben‹ verstehst. Ich halte einen gefühlsmäßigen Exzess nicht für eine Entschuldigung für unmoralisches Verhalten. Wärest du anständig erzogen worden, würdest du das auch nicht tun.«

Das war es, worauf Charlotte gewartet hatte. Ihr Gesicht leuchtete mit grimmigem Triumph auf. »Du bist dir selbst in die Falle gegangen, Großmama. Wenn die Erziehung an allem schuld ist, was ist denn dann mit Papa passiert? Wie kommt es, dass du ihm nicht erklärt hast, dass man seine eigene Frau und Kinder nicht betrügt, indem man sich fünfundzwanzig Jahre eine Geliebte hält?«

Großmama spürte, wie ihr das Blut ins Gesicht schoss. Ihr war schwindelig vor Wut, Furcht – und weil ihr Korsett äußerst stramm saß.

»Wie kannst du es wagen, solche bösartigen und unverantwortlichen Lügen zu wiederholen! Geh auf dein Zimmer! Wenn es für deinen Vater nicht sowohl peinlich als auch verletzend wäre, würde ich verlangen, dass du dich bei ihm entschuldigst.«

»Ich bin sicher, es wäre peinlich – und zwar für euch beide«, fuhr Charlotte mit einem zynischen Lächeln fort. »Du würdest ihm im Gesicht ansehen, dass er schuldig ist, und dann wärst du gezwungen, deine Worte zurückzunehmen und einen großen Teil deiner Vorstellungen zu revidieren.«

»Unsinn!«, widersprach Großmama eisig. Sie würde es nicht zulassen, dass Edward von diesem unverschämten Kind kritisiert wurde. Wie konnte Sarah es wagen, eine solche Verleumdung zu verbreiten? Es war unverzeihlich. »Ich nehme an, dass dein Vater sich gewissen Versuchungen hingegeben hat – Gentlemen tun dies bisweilen –, aber niemals etwas Unredlichem, Ehrlosem, wie du es behauptest. Von Betrug zu sprechen, ist lächerlich.«

Charlottes Mund verzog sich vor Verachtung. »Ich verehrte Dominic, und obwohl ich niemals etwas getan habe, ja noch nicht einmal darüber sprach, bin ich unmoralisch: Doch Papa hat seit fünfundzwanzig Jahren eine Geliebte, kauft ihr ein Haus und hält sie aus, und er benimmt sich nur so, wie es Gentlemen tun? Das ist also nichts Ehrenrühriges! Du Heuchlerin! Ich weiß, dass es für Männer einen Maßstab und für Frauen einen anderen gibt, aber nicht einmal du kannst es so großzügig auslegen! Warum sollte es eine unverzeihliche Sünde für eine Frau sein, ihren Mann zu betrügen, aber nur ein Kavaliersdelikt, nichts, worüber man die Nase rümpfen müsste, wenn ein Mann seine Frau betrügt? Sünde ist und bleibt Sünde, gleichgültig, wer sie begeht; nur einigen soll Vergebung gewährt werden, weil sie es entweder nicht besser wissen oder willensschwächer sind! Ist das die Entschuldigung für den Mann: seine größere Willensschwäche? Sie sagen doch immer, dass wir die Schwächeren seien, oder ist das nur physisch zu verstehen? Wird von uns wirklich erwartet, dass wir moralisch stärker sind?«

»Red keinen Unsinn, Charlotte!« Aber die Schärfe war aus ihrer Stimme gewichen. Sie erinnerte sich an Carolines Gesicht beim Frühstück. Wenn sie sich nicht sehr täuschte, waren dort Spuren von Tränen gewesen, die sorgfältig überpudert worden waren, aber Großmamas Augen waren immer noch gut genug, um das zu durchschauen.

Caroline glaubte es also auch!

War es denn wirklich möglich? Hatte Edward in all diesen Jahren eine andere Frau ausgehalten? Und was für eine Art Frau war sie?

Sie schaute in Charlottes entschlossenes, verletztes Gesicht. Charlotte sah, wie sie schwankte, sah den Zweifel. Verachtung flackerte in ihren Augen.

Großmama fühlte, wie sich eine eisige Desillusionierung in ihr ausbreitete und die finstere Einsicht zurückblieb, dass an der Geschichte wenigstens etwas Wahres sein musste. Sie hatte Edward immer geliebt; er hatte das Bild seines Vaters und auch die Erinnerungen an ihre eigene Jugend und die schönen Dinge während dieser Zeit lebendig erhalten. Sie hatte in Edward all das gesehen, was gut und bewundernswert an einem Mann war: die besten Eigenschaften seines Vaters ohne dessen negative Seiten.

Nun fühlte sie sich gezwungen, der Tatsache ins Auge zu sehen, dass sie ihn so sah, weil sie es aus einer gewissen Distanz tat. Hätte sie näher hingeschaut, so, wie es Caroline musste, hätte sie die Fehler gesehen. Dann wäre es nicht solch ein Schlag gewesen. Es waren nicht nur die Vorstellungen, die sie von ihm hatte, sondern auch diejenigen von sich selbst, die Schaden nahmen. Alte Wertvorstellungen wurden umgestoßen, und es gab nichts, was sie ersetzen konnte. Sie fühlte sich alt und unendlich einsam. Die Welt, der sie angehörte, existierte nicht mehr, und das, was von ihr in Edward übriggeblieben war, hatte sie betrogen.

Sie hasste Charlotte dafür, dass sie ihr die Wahrheit vor Augen geführt hatte. »Du bist nicht stark, Charlotte«, antwortete sie verächtlich auf ihre Frage. »Du bist hart. Aus diesem Grund nahm Dominic auch Sarah und nicht dich!« Sie suchte nach etwas, was ihre Enkeltochter noch mehr verletzen konnte. »Kein Mann wird dich jemals lieben. Du bist völlig unweiblich. Selbst dieser jämmerliche Polizist bewundert dich nur, weil er ungebildet ist und nicht weiß, was eine Lady ist. Er denkt, dass er durch dich aufsteigen könnte. Und, selbst wenn du ihn akzeptieren würdest – gut möglich, dass es das einzige Angebot sein wird, das du bekommst –, so würdest du ihn doch nicht auf deine soziale Stellung heben. Er wurde niedrig geboren, und er wird niedrig bleiben. Du würdest auf seine Stufe absinken, und dies ist vielleicht auch genau der Ort, wo du hingehörst.«

Charlottes Gesicht war weiß. »Du bist eine gemeine alte Frau«, sagte sie ruhig. »Es würde mich gar nicht wundern, wenn Großpapa auch eine Geliebte gehabt hätte, um von dir wegzukommen. Vielleicht war die andere ja sanft. Vielleicht hat Papa es ja so gelernt. Es wäre eine kleine Entschuldigung für sein Verhalten. Das ist etwas, was ich von dem – wie hast du gesagt? – ungebildeten Polizisten gelernt habe: Wie sehr unsere Eltern uns zu dem machen, was wir sind, und wie sehr sie nicht nur unsere Erziehung beeinflussen, unsere Vermögensverhältnisse und die gesellschaftliche Stellung, die wir einnehmen, sondern auch unsere Wertvorstellungen. Wenn ich dich anschaue, dann wird mir klar, dass Papa vielleicht gar nicht so sehr zu verurteilen ist, wie ich dachte.«

Und damit drehte sie sich um, ging zur Tür hinaus und ließ die alte Frau zurück, die nach Luft rang; Großmamas Hals war wie zugeschnürt, und ihre Korsettstangen bohrten sich in sie wie Messer. Sie rief um Hilfe und hoffte instinktiv, Mitleid zu erregen, aber Charlotte hatte die Tür schon hinter sich geschlossen.

Das Mittagessen war unerträglich. Es wurde in fast völliger Stille eingenommen, und anschließend fand jeder irgendeinen Vorwand, um sich so schnell wie möglich zu entfernen. Emily sagte, sie würde zum Schneider gehen, und fragte, ob Mama sie begleiten könnte, damit sie nicht allein auf der Straße sei. Großmama warf einen scharfen Blick auf Charlotte und erklärte, dass sie sich nach oben zurückziehen würde, da sie sich äußerst unwohl fühle. Sarah äußerte den Wunsch, die mitfühlende und tugendhafte Martha Prebble zu besuchen. Im Haus des Pfarrers mochte es ein wenig selbstgerecht zugehen, aber die Abwesenheit von lüsternen Gedanken und Fleischeslust zog sie immer mehr an.

»Sarah, du solltest nicht allein gehen«, bat Charlotte schnell. »Möchtest du, dass ich dich begleite?« Dies war das Letzte, was sie wollte, aber in jüngster Zeit fühlte sie sich mit Sarah zum ersten Mal, nachdem Dominic in das Haus gekommen war – und sie nur wie ein Kind behandelt worden war –, stärker verbunden. Sie litt mit Sarah unter dem Verlust, ihrer Enttäuschung und ihrem Schock. Auch sie fühlte ihn, weil auch sie Dominic geliebt hatte. Aber sie war auf andere Weise betroffen, und sie war über sich selbst erstaunt, dass es ihr so leichtfiel, sich davon zu erholen. Sie fürchtete, dass ihre Liebe wesentlich oberflächlicher gewesen war, als sie es geglaubt hatte, eine Liebe, die nicht darauf gegründet hatte, dass sie ihn kannte, sondern auf einer Laune. Bei Sarah war das anders: Sie hatte die Vertrautheit, das Gefühl der Gemeinsamkeit verloren, Realitäten, nicht Träume, waren zerstört worden.

Sarah schaute sie an. »Nein, danke«, meinte sie und lächelte, so gut sie konnte. »Ich weiß, dass du den Pfarrer nicht magst, und es ist gut möglich, dass er zu Hause ist. Und wenn das nicht der Fall sein sollte, dann würde ich doch lieber allein mit Martha sprechen.«

»Wenn du möchtest, dann bringe ich dich nur bis zur Tür«, drängte Charlotte.

»Sei nicht albern! Dann müsstest du doch allein nach Hause gehen. Mir wird schon nichts passieren. Ich könnte mir vorstellen, dass der Verrückte schon verschwunden ist. Es ist schon lange nichts mehr passiert. Wir haben uns wahrscheinlich geirrt. Er kam bestimmt aus den Slums und ist dorthin zurückgegangen.«

»Inspector Pitt war da anderer Meinung.« Charlotte erhob sich halb von ihrem Stuhl.

»Bist du etwa von ihm so angetan, wie er es von dir ist?« Emily zog ihre Augenbrauen hoch. »Weißt du, er ist nicht unfehlbar!«

»Ich werde auf kürzestem Wege zum Pfarrer gehen und dann mehrere Häuser in Gemeindeangelegenheiten aufsuchen«, erklärte Sarah entschieden. »Und ich könnte mir vorstellen, dass Martha mich sogar begleiten wird. Es wird mir bestimmt nichts passieren! Kein Grund zur Sorge! Ich sehe euch dann heute Abend. Auf Wiedersehen.«

Die anderen gingen ebenfalls, und Charlotte blieb zurück, ohne etwas Besonderes vorzuhaben. Sie suchte schnell nach irgendeiner Beschäftigung, um nicht an Papa oder Dominic denken zu müssen, an den Schmerz, den die Enttäuschung verursacht hatte, an die Torheit, Träume um Menschen herum aufzubauen – und an die entsetzliche Angst vor dem Mörder, die ihre Gedanken beherrschte. Denn trotz allem, was Sarah und Emily gesagt hatten, glaubte sie nicht einen Augenblick daran, dass er in irgendeinen Slum – von dem die anderen meinten, dass er von dort gekommen sei – zurückgekehrt wäre. Er kam aus der Umgebung, aus der Cater Street oder der unmittelbaren Nachbarschaft. Tief in ihrem Herzen wusste sie das.

Es war zwanzig vor drei. Sie war gerade dabei, mehrere Briefe an entfernte Verwandte zu schreiben, denen sie seit geraumer Zeit eine Antwort schuldig war – was sie als eine lästige Pflicht empfand –, als Maddock hereinkam, um ihr mitzuteilen, dass Inspector Pitt an der Tür sei und sie zu sehen wünsche.

Sie empfand eine recht unangemessene Freude, fast schon ein Gefühl der Erleichterung, etwa so, als ob er ihr Gefühl der Enttäuschung lindern könne; und dennoch fürchtete sie sich gleichzeitig vor ihm. Jeder im Haus wusste von Papas Fehlverhalten, obgleich niemand mit mehr als jeweils einer anderen Person darüber redete. Es wurde immer nur vertraulich darüber gesprochen, und dennoch schien es, als ob das Haus selbst davon wüsste und als ob Pitt es nur betreten müsste, um es zu erfahren. Und wenn Papa zu einem derartigen Betrug fähig war, zu einer Täuschung über fünfundzwanzig Jahre hinweg, was hatte er dann wohl noch alles vor ihnen verbergen können? Dieses andere Leben, von dem sie nichts wussten, konnte alles mögliche einschließen. Vielleicht wusste er selbst gar nicht, was alles? Das war der schreckliche Gedanke, der ihr seit Stunden durch den Kopf ging. Nun war es heraus. War es möglich, dass ein Mann sich so benahm? Könnte er noch andere Geliebte gehabt haben? Hatte er vielleicht den ermordeten Mädchen Avancen gemacht? Und sie dann ermordet, um nicht bloßgestellt zu werden? Sicherlich nicht! Papa? Was um Himmels willen malte sie sich da bloß aus? Sie kannte Papa ihr ganzes Leben lang. Er hatte sie auf seinen Knien gehalten und mit ihr gespielt, als sie ein Kind war. Sie erinnerte sich an Geburtstage, Weihnachten, an Spielzeug, das er ihr geschenkt hatte.

Aber die ganze Zeit über hatte er ein Verhältnis mit dieser anderen Frau gehabt, die nur ein paar Kilometer entfernt wohnte! Und die arme Mama hatte niemals etwas davon erfahren!

»Miss Charlotte?« Maddock brachte sie wieder in die Gegenwart zurück.

»Oh ja, Maddock, ich glaube, Sie bitten ihn besser herein.«

»Wünschen Sie eine Erfrischung, Miss?«

Die Vorstellung, einem Polizisten Tee oder Wein zu servieren, war aberwitzig! Was war nur in Maddock gefahren?

»Natürlich nicht«, verneinte sie ein wenig schroff. »Ich nehme nicht an, dass er länger als eine halbe Stunde bleiben wird.«

»Ja, Ma'am.« Maddock zog sich zurück, und einen Augenblick später kam Pitt herein. An seinem äußeren Erscheinungsbild hatte sich nichts verändert, auch das übliche breite Lächeln zeigte sich auf seinem Gesicht.

»Guten Tag, Charlotte«, begrüßte er sie fröhlich.

Sie sah ihn indigniert an, um anzudeuten, dass sie dieses Maß an Vertrautheit ablehne, aber es schien bei ihm überhaupt nicht zu fruchten.

»Guten Tag, Mr. Pitt. Können wir Ihnen bei Ihren Nachforschungen noch irgendwie weiterhelfen? Sind Sie dem Erfolg etwas nähergekommen?«

»Oh ja, wir haben schon viel mehr Verdächtige ausschließen können.« Er lächelte immer noch. Ging denn gar nichts durch sein dickes Fell?

»Ich freue mich, das zu hören. Sagen Sie, haben Sie eine lange Liste von Verdächtigen?«

Er zog seine Augenbrauen hoch. »Etwas hat Sie beunruhigt.« Es war eine Feststellung, in der eine Frage mitschwang.

»Einige Dinge haben mich beunruhigt, aber davon sind Sie in keiner Weise betroffen«, antwortete sie kühl. »Sie haben mit dem Mörder nichts zu tun.«

»Es geht mich sehr wohl etwas an, wenn Sie etwas beunruhigt.«

Sie drehte sich um und bemerkte, wie er sie mit einem Ausdruck in den Augen anschaute, der zweifellos freundlich war, und da war noch etwas, was mehr war als Freundlichkeit. Niemals zuvor hatte sie solch einen Blick im Gesicht eines Mannes gesehen, und es verwirrte sie sehr. Sie fühlte das Blut in ihr Gesicht schießen – und eine völlig ungewohnte Wärme in ihr. Verwirrt blickte sie schnell weg.

»Das ist nett von Ihnen«, erwiderte sie unbeholfen, »aber es sind Familienangelegenheiten, und die werden sich zweifellos im Laufe der Zeit von selbst erledigen.«

»Machen Sie sich immer noch Gedanken über Emily und George Ashworth?«

Diese Sache hatte sie völlig vergessen, aber es schien eine günstige Gelegenheit zu sein, der Wahrheit auszuweichen, und er selbst hatte sie ihr eröffnet.

»Ja«, log sie. »Ich befürchte, dass er sie verletzen wird. Sie entspricht nicht seiner gesellschaftlichen Stellung, und sie wird ihn bald langweilen; dann wird sie feststellen, dass ihr Ruf ruiniert ist und dass ihr nichts außer tief verletzten Gefühlen bleibt.«

»Sie glauben, dass er nicht in Erwägung ziehen wird, sie zu heiraten, weil seine gesellschaftliche Stellung höher als die ihre ist?«, fragte er.

Es schien eine dumme Frage zu sein. Sie ärgerte sich ein wenig über ihn, weil er sie gestellt hatte.

»Natürlich tut er das nicht!«, gab sie spitz zu. »Männer in seiner Position heiraten entweder aus familiären Gründen oder wegen des Geldes. Emily kann nichts von beidem bieten.«

»Unterstützen Sie diese Haltung?«

Sie fuhr herum. »Natürlich nicht! Sie ist unwürdig und zu verachten! Aber es ist nun einmal so.« Dann sah sie das Lächeln auf seinem Gesicht; und sie sah noch etwas anderes. Könnte es womöglich Hoffnung sein? Sie fühlte, wie ihr Gesicht brannte. Das war ja lächerlich! Sie holte tief Luft und versuchte, sich zu beherrschen.

Er starrte sie immer noch an, aber nun lag Selbstironie auf seinem Gesicht. Ganz sanft half er ihr aus ihrer Verlegenheit.

»Ich glaube, Sie machen sich zu viele Gedanken um Emily«, meinte er. »Sie ist viel vernünftiger, als Sie annehmen. Ashworth denkt vielleicht, dass er den Ton angibt, aber ich glaube, dass es Emily sein wird, die entscheidet, ob er sie heiratet oder nicht. Eine Frau wie Emily könnte für einen Mann in seiner Lage von Vorteil sein. Zunächst einmal ist sie viel vernünftiger als er und klug genug, das so zu verbergen, dass er es vielleicht vermutet, aber niemals ganz sicher sein wird, sodass er sich ihr nie in irgendeiner Weise unterlegen fühlen könnte. Sie wird genau die Richtige sein, und sie wird ihn davon überzeugen, dass dies seine eigene Einsicht gewesen ist.«

»Sie stellen sie als sehr – berechnend – dar.«

»Das ist sie auch.« Er lächelte. »Sie ist so ganz anders als Sie. Wo Sie vorwärts stürmen, da weicht Emily aus, um von hinten anzugreifen. «

»Und Sie stellen mich als dumm hin!«

Sein Lächeln vertiefte sich. »Ganz und gar nicht. Sie könnten Ashworth nicht für sich einnehmen, aber andererseits sind Sie auch vernünftig genug, ihn nicht zu wollen!«

Unwillkürlich entspannte sie sich. »Das tue ich allerdings nicht. Warum sind Sie gekommen, Mr. Pitt? Bestimmt nicht, um wieder über Ashworth und Emily zu sprechen. Sind Sie der Identität des Mörders wirklich noch nicht nähergekommen?«

»Ich bin nicht sicher«, erklärte er aufrichtig. »Ein- oder zweimal dachte ich zwar, wir hätten ihn bereits, aber dann stellte sich heraus, dass wir uns geirrt hatten. Wenn wir nur wüssten, warum! Wenn wir nur wüssten, warum er es getan hat, warum ausgerechnet diese Mädchen? Warum nicht irgendwelche anderen? War es reiner Zufall?«

»Aber ...«, sie stockte, »wenn es nichts weiter als Zufall wäre, wie wollen Sie ihn dann jemals finden? Er könnte irgendjemand sein!«

»Ich weiß.« Er schürte keine falschen Hoffnungen, gab keinen Trost, und das rechnete und lastete sie ihm zugleich an. Sie wollte beruhigt werden, und trotzdem wollte sie auch Aufrichtigkeit. Offensichtlich konnte sie nicht beides haben.

»Gibt es da keine Verbindung, keine Person, die alle kannten, die vielleicht ...?«

»Wir suchen immer noch. Deshalb bin ich heute gekommen. Ich würde gerne Dora sprechen, wenn ich darf, und auch Mrs. Dunphy. Ich habe gehört, dass Dora mit dem Dienstmädchen der Hiltons befreundet war, und zwar enger, als sie es uns gegenüber zugegeben hat. Vielleicht hat sie es aus Furcht bestritten. Viele halten Informationen zurück, weil sie glauben, dass Mord skandalös ist und sie in einen Skandal hineingezogen werden könnten, nur weil sie darüber etwas wissen. Sie denken, sie wären schuldig schon allein dadurch, dass sie damit irgendwie in Verbindung gebracht werden.« Seine Mundwinkel senkten sich.

»Und Mrs. Dunphy? Sie hat vielleicht etwas verschwiegen; sie hasst Skandale.«

»Da bin ich mir ganz sicher. Alle guten Dienstboten tun das, mehr sogar noch als ihre Herrschaft, wenn dies überhaupt möglich ist. Aber eigentlich möchte ich nur ihren Beistand. Vielleicht kann ihre Gegenwart verhindern, dass Dora wieder Ausflüchte macht. Dora mag mich anlügen, aber wenn sie so wie die meisten anderen Dienstmädchen ist, wird sie es nicht wagen, die Köchin anzulügen.«

Charlotte lächelte. Das war absolut richtig.

Dann kam ihr ein anderer Gedanke. War das alles, was er fragen wollte? Und selbst wenn es so war, würden Dora oder Mrs. Dunphy – ohne es zu wollen – die Tragödie preisgeben, die zur Zeit das Haus belastete? Anzunehmen, dass die Dienstboten nichts von den privaten Auseinandersetzungen und Tränen in den Räumen der Herrschaft wussten, war ein frommer Selbstbetrug zur Aufrechterhaltung der eigenen Würde. Sie hatten Augen und Ohren, und sie waren neugierig. Irgendjemand hatte es sicher zufällig gehört. Bestimmt wurde diskret, vielleicht sogar mitfühlend geklatscht, aber geklatscht wurde auf jeden Fall. Natürlich wurde nichts außerhalb des Hauses erzählt. Treue und der Stolz auf das Haus waren unerschütterlich, aber die Dienstboten selbst würden sicherlich von der Sache wissen.

»Möchten Sie, dass ich sie hier hereinrufe?,« fragte sie, wobei sie sich dachte, dass sie die Situation besser kontrollieren konnte, wenn sie anwesend wäre, um ›Versprecher‹ zu verhindern. »Mich wird sie auch nicht anlügen.«

Pitt sah sie an, seine Augen verengten sich etwas.

»Bitte bemühen Sie sich nicht. Außerdem glaube ich, dass sie in Ihrer Gegenwart eher zurückhaltend sein könnte. Ich will sie auch nicht in Mrs. Dunphys Gegenwart verhören; ich möchte mich zuerst mit Mrs. Dunphy unterhalten, um Dora zum Sprechen zu bringen. Sollte sie etwas getan haben, das Sie nicht billigen könnten, dann wird sie es nicht in Ihrer Gegenwart sagen, aber es könnte sein, dass sie es mir erzählt, wenn wir allein sind.«

Sie wollte widersprechen, suchte irgendeinen Grund für die Notwendigkeit ihrer Anwesenheit, aber sie fand nichts, was überzeugend klang. Trotzdem musste sie verhindern, dass er etwas von Papa und der Frau erfuhr. Sie glaubte, dass er es ebenso wie sie als einen Betrug ansehen würde, eine moralische Verfehlung, die man vor sich selbst zu entschuldigen versuchen, aber nie vergessen konnte. Der Respekt war verloren; man konnte ihrem Vater nicht mehr vertrauen. Unsinn. Pitt war ein Mann, und ohne Zweifel würde er wie andere Männer finden, dass diese Dinge ganz selbstverständlich und akzeptabel seien – natürlich nur, solange Frauen nicht das Gleiche taten. Vielleicht machte sie sich ja auch unnötige Sorgen. Mord war eine ganz andere Sache als Ehebruch, für Männer jedenfalls.

»Wie geht es Ihrem Sergeant?«, fragte sie. Sie versuchte, ihn so lange aufzuhalten, bis ihr etwas einfiel, womit sie verhindern könnte, dass er allein mit Dora spräche.

»Auf dem Weg der Besserung, danke.« Wenn er überrascht war, so zeigte er es nicht.

»Brauchen Sie jetzt einen anderen Sergeant?«, fuhr sie fort.

»Ja.« Er lächelte. »Sie würden ihn mögen; er ist ein recht unterhaltsamer Bursche. Ein wenig wie Willie.«

»Oh?« Das Interesse, das sie zeigte, war echt – und gewährte ihr einige Minuten Aufschub. »Mir scheint Willie ein recht unsicherer Kandidat für einen Posten bei der Polizei zu sein.«

»Oh, es war auch ein Risiko, Dickon einzustellen; er musste früh eine Arbeit finden, und natürlich fand er dann schneller eine wenig ehrbare Beschäftigung. Er erwarb sich ausgezeichnete Kenntnisse über die Unterwelt, und dann, nachdem es ihm beinahe einmal an den Kragen gegangen wäre, sah er ein, dass es sicherer sein könnte, sein Fachwissen auf der Seite des Gesetzes anzuwenden als auf der Gegenseite.« Er grinste breit. »Wissen Sie, er verliebte sich ernsthaft in ein Mädchen, das gesellschaftlich über ihm stand. Er versprach ihr, ein ehrenwerter Mann zu werden, wenn sie ihn heiraten würde. Bis jetzt hat er sich daran gehalten.«

»Warum musste er so jung anfangen zu arbeiten?«, wollte sie wissen – auch um ihn gleichzeitig von der Küche fernzuhalten. Sie erinnerte sich gut an Willies verhärmtes Gesicht, und in ihrer Phantasie malte sie sich Dickon mit denselben Gesichtszügen aus.

»Sein Vater starb bei einer Hinrichtung, siebenundvierzig oder achtundvierzig, und seine Mutter blieb mit fünf Kindern zurück, von denen er das jüngste war; die anderen vier waren Mädchen.«

»Oh nein! Wie hat sie das nur geschafft? Wie unverantwortlich von ihm, ein Verbrechen zu begehen, das ihn an den Galgen brachte!« Charlotte konnte nur an die arme Frau mit den fünf hungrigen Kindern denken.

»Er wurde nicht gehängt«, verbesserte sie Pitt. »Er wurde bei einer Hinrichtung getötet. Damals gab es öffentliche Hinrichtungen, und sie wurden als ein sehr unterhaltsames Ereignis betrachtet.«

Sie glaubte ihm nicht. »Eine Hinrichtung? Machen Sie keine Witze! Welcher Mensch sieht sich schon gerne irgendeinen armen Teufel an, der zum Galgen geführt und aufgehängt wird?« Sie schluckte schwer und rümpfte vor Abscheu die Nase.

»Da gibt es viele«, antwortete er ernst. »Das war früher ein ziemliches Spektakel; Hunderte von Schaulustigen fanden sich ein, und andere kamen, um sie zu bestehlen, zu spielen oder um Teegebäck, Strandschnecken und im Winter heiße Maronen zu verkaufen. Und es gab natürlich diese merkwürdigen Hundekämpfe, um sie anzuheizen.

Die Armen drängten sich auf dem Platz, während die ›Crème de la crème‹, die Gentlemen, in den anliegenden Häusern Zimmer mit Blick auf den Schauplatz hinaus anmieteten.«

»Das ist widerlich!«, empörte sie sich. »Das ist ekelerregend!«

»Man vermietete sie für viel Geld«, fuhr er fort, ohne auf ihre Empörung einzugehen. »Unglücklicherweise sprang die Aufregung über die eigentliche Hinrichtung oft auf die Masse über, und es kam zu Schlägereien. Dickons Vater ist in einer dieser Schlägereien erschlagen worden.«

Er lächelte frostig über ihr Entsetzen. »Heute gibt es keine öffentlichen Hinrichtungen mehr. Lassen Sie mich jetzt mit Dora sprechen. Ich weiß nicht, ob ich herausbekommen werde, wovor Sie sich so fürchten, aber ich muss es versuchen.«

Wieder schluckte sie schwer.

»Ich weiß nicht, was Sie meinen! Fragen Sie Dora, was immer Sie wollen. Es gibt nichts, wovor ich mich fürchte, außer vor dem Mörder selbst, und vor dem haben wir alle Angst.«

»Aber Sie befürchten, dass es jemand ist, den Sie kennen, nicht wahr, Charlotte?«

»Aber ist es nicht so? Ist es nicht jemand, den wir alle kennen?«, fragte sie. Es hatte keinen Zweck, weiter zu lügen. »Wenigstens fürchte ich nicht, dass ich es bin, irgendeine schwarze, schreckliche Seite von mir, von der ich nichts weiß. Aber jeder Mann, der auch nur die geringste Phantasie besitzt, muss wenigstens einmal in den dunklen Stunden der Nacht genau das gefürchtet haben.«

»Und Sie haben anstelle dieser Männer daran gedacht«, fügte er sanft hinzu. »Ihr Vater, Dominic, George Ashworth, Maddock, wahrscheinlich der Pfarrer und auch der Küster. Für wen fürchten Sie jetzt, Charlotte?«

Sie öffnete ihren Mund, um es abzustreiten, und erkannte dann, dass es sinnlos war. Stattdessen weigerte sie sich einfach, es zu bestätigen.

Pitt berührte leicht ihre Hand; dann verließ er den Raum und ging durch die Halle in die Küche, um Dora zu suchen.

Kapitel 12

Charlotte wandte sich wieder ihren Briefen zu, da Pitt Dora nicht in ihrer Gegenwart vernehmen wollte. Sie wusste nicht, ob er beabsichtigte, noch einmal mit ihr zu sprechen, bevor er ging, oder ob er ihr sagen würde, was Dora ihm erzählt hatte, falls es von Bedeutung gewesen sein sollte. In der ersten Viertelstunde konnte sie nur daran denken, worüber man in der Küche wohl spräche – ob Pitt nach etwas anderem als nach dem Dienstmädchen der Hiltons fragen würde oder ob er durch Zufall von Papa und der Frau in der Cater Street erführe.

Als sie sich schließlich aufraffte zu schreiben, wurden es zusammengestoppelte Briefe, die, wie sie fürchtete, voll von Wiederholungen und Nichtigkeiten waren. Trotzdem war das immer noch besser, als in Gedanken in der Küche zu sein.

Gegen vier Uhr wurde es draußen dunkel. Nebel stieg vom Fluß auf und hing schon wie ein Schleier um die Gaslampen auf der Straße.

Mama und Emily kehrten ein paar Minuten später vom Schneider zurück, durchgefroren und unzufrieden mit dem Kleid. Sie verlangten sofort nach Tee und erkundigten sich, ob Sarah schon zu Hause sei.

»Nein«, antwortete Charlotte und verzog das Gesicht. »Inspector Pitt ist hier gewesen. Ich weiß nicht, ob er schon gegangen ist.«

Mama blickte verärgert auf.

»Warum war er hier?«, fragte sie mit scharfer Stimme. Hegte sie dieselbe Befürchtung wie Charlotte – dass er irgendwie von Papa und der Frau erfahren könnte? Charlotte wollte nicht danach fragen, vielleicht hatte ihre Mutter ja auch noch gar nicht darüber nachgedacht?

»Irgendetwas wegen Dora, wegen ihrer Bekanntschaft mit dem Dienstmädchen der Hiltons, und weil sie darüber nichts gesagt hatte«, antwortete sie.

»Warum sollte Dora lügen?«, fragte Emily, wobei sie ihre Tasse ohne zu trinken absetzte, weil der Tee noch zu heiß war. »Was könnte schon Schlimmes dahinterstecken, selbst wenn sie gelogen haben sollte?«

»Sie hat es aus Angst getan, nehme ich an«, antwortete Charlotte. »Vor dem Skandal und so. Wollte wohl mit der Polizei nichts zu tun haben. Viel einfacher, es abzustreiten.«

»Vielleicht kannte sie sie ja auch gar nicht, und Pitt irrt sich?«, warf Emily ein. »Es hat sowieso nichts zu bedeuten. Es ist schon ziemlich dunkel draußen. Sarah kann doch unmöglich immer noch mit Martha Prebble für die Gemeinde unterwegs sein!«

Caroline stand auf und ging zum Fenster. Draußen war nichts als trüber Nebel und Dunkelheit.

»Wenn sie es doch ist, dann werde ich mal ein ernstes Wort mit ihr reden, wenn sie wiederkommt. Es ist nicht nötig, so spät noch unterwegs zu sein, und dann noch an solch einem scheußlichen Abend, es sei denn, jemand ist krank geworden. Wir werden Maddock losschicken müssen, um sie zurückzuholen. Man kann es nicht zulassen, dass sie allein bei diesem Wetter unterwegs ist.«

»Ich nehme an, dass der Pfarrer sie begleiten wird«, meinte Emily ruhig. »Charlotte mag ihn nicht, und ich mag ihn genauso wenig«, ergänzte sie und warf einen Seitenblick auf ihre Schwester, »aber er besitzt immer noch genug Manieren und Erziehung, um Sarah nach Anbruch der Dunkelheit nicht allein nach Hause gehen zu lassen.«

»Nein, natürlich nicht.« Caroline kam vom Fenster zurück, setzte sich und war bemüht, ihre Selbstbeherrschung zu bewahren. »Ich stelle mich wohl nur ein wenig an. Ach, ich weiß auch nicht, warum ich Angst habe. Wir wissen, wo sie ist, und sie leistet zweifellos hervorragende Arbeit. Unglücklicherweise nehmen weder Tod noch Geburt Rücksicht auf angenehmes Wetter oder zivile Tageszeiten; und eine Krankheit tut das schon gar nicht. Ich habe gehört, die alte Mrs. Petheridge ist sehr krank. Vielleicht ist Sarah bei ihr?«

»Ja, das könnte sein«, stimmte Charlotte schnell zu. Sie versuchte ein anderes Gesprächsthema zu finden, das reizvoll genug war, um sie alle zu interessieren. »Glaubt ihr, dass Sir Nigel Miss Decker heiraten wird? Sie hat sich ja nun wirklich alle erdenkliche Mühe gegeben.«

»Vermutlich«, überlegte Emily trocken. »Er ist äußerst einfältig.«

Es gelang ihnen, das Gespräch – unterbrochen durch kleine Arbeiten – eine weitere Stunde in Gang zu halten, bis Edward kurz nach fünf zurückkam.

»Wo ist Sarah?«, fragte er sofort.

»Beim Pfarrer und Mrs. Prebble«, antwortete Caroline und warf unwillkürlich einen Blick auf das Fenster.

»Zu dieser Tageszeit?« Edward hob seine Augenbrauen.

»Handelt es sich um einen Notfall? Sie werden wohl kaum nach Anbruch der Dunkelheit normale Gemeindearbeiten erledigen. Wisst ihr überhaupt, was draußen für ein Wetter ist?«

»Natürlich wissen wir das«, erwiderte Caroline scharf. »Ich bin selbst draußen gewesen, und ich habe auch Augen, um es von hier aus zu sehen.«

»Natürlich, meine Liebe, tut mir leid«, sagte Edward sanft. »Das war eine dumme Frage. Ich mache mir ein wenig Sorgen um Sarah. Sie verbringt viel zu viel Zeit mit dieser Arbeit. Ich bin ja auch für Wohltätigkeit, aber im Augenblick verlangt sie ihr zu viel ab. Sie wird sich noch verausgaben, und an einem Abend wie diesem könnte sie sich leicht erkälten.«

Er hatte den Mörder nicht erwähnt, sondern nur über die Gefahr einer Erkältung wegen des Nebels gesprochen, und Charlotte empfand ein plötzliches Gefühl der Wärme für ihn, weil er es nicht getan hatte. Vielleicht war die Affäre mit der Frau nur ein Fehltritt, dessen Folgen er bereute. Sie stand auf und küsste ihn schnell auf die Wange; er war zu überrascht, um reagieren zu können. Sie drehte sich an der Tür um, und ihre Blicke trafen sich. Könnte es sogar so etwas wie Dankbarkeit sein, was sie da sah? Sie würde jetzt in die Küche gehen, um festzustellen, was Dora Pitt erzählt hatte.

»Ich sehe nach, wie es mit dem Essen steht«, verkündete sie. »Ich glaube nicht, dass Dora verstört ist, aber ich möchte doch sichergehen. «

»Warum sollte Dora verstört sein?«, hörte sie Edward fragen, als sie die Tür schloss.

Es schien, als hätte die Befragung Doras wenig mehr ergeben als Einzelheiten über deren Freundschaft mit dem

Dienstmädchen der Hiltons, und sie kehrte völlig zufriedengestellt ins Wohnzimmer zurück. Es war zwanzig vor sechs, als die Flurtüre sich öffnete und Pitt mit aschgrauem Gesicht auf der Schwelle stand. Maddock war nirgends zu sehen.

Edward wandte sich um, und dann, als er sah, um wen es sich handelte, erhob er sich halb. Er wollte gerade eine Erklärung für Pitts unangekündigtes Erscheinen verlangen, als er sich das Gesicht des Mannes genauer ansah. Es spiegelte stets seine Gefühle wider, und jetzt zeigte es einen solchen Ausdruck von Schock und Entsetzen, wie sie es bei ihm noch nie gesehen hatten. Sein Blick wanderte kurz zu Charlotte und dann zurück zu Edward.

»Um Gottes willen, was ist los, Inspector?« Edward stand auf. »Sind Sie krank?« Er musste es sein, so schrecklich, wie er aussah.

Pitt schleppte sich vorwärts und schien nicht in der Lage zu sein, sie zu finden.

Charlotte fühlte eine eisige Kälte in sich. »Sarah«, sagte sie ruhig. »Es ist Sarah, nicht wahr?«

Pitt nickte. Er schloss seine Augen. »Es tut mir leid.«

Edward schien nicht zu verstehen. »Was ist mit Sarah? Was ist los mit ihr? Hatte sie einen Unfall?« Er schwankte ein wenig.

Charlotte stand auf und ging zu ihm. Sie hakte sich bei ihm ein und klammerte sich an ihn. Dann wandte sie sich Pitt zu, ihr Herz schlug ihr bis zum Halse, und sie hielt ihre Finger so verkrampft, dass ein kribbelndes Gefühl den Arm heraufstieg. Schon bevor sie fragte, kannte sie die Antwort.

»Der Würger?«, fragte sie. Sie wollte nicht wissen, ob auch Sarah verstümmelt worden war. Der Gedanke daran war unerträglich.

»Ja.« Kummer und das Gefühl, mit Schuld zu sein, verzerrten sein Gesicht.

»Das kann nicht sein!«, widersprach Edward und schüttelte leicht den Kopf – verständnislos, unfähig, es zu glauben. »Warum Sarah? Warum sollte ihr irgendjemand ein Leid zufügen wollen?« Seine Stimme schwankte, und er kämpfte, um fortfahren zu können. »Sie war so ...« Er verstummte, und Tränen liefen über sein Gesicht.

Hinter ihnen setzte sich Emily neben Caroline, legte ihre Arme um sie, hielt sie fest und verbarg ihr Gesicht. Caroline weinte hemmungslos und herzzerreißend; der Schmerz schüttelte sie.

»Ich weiß es nicht«, antwortete Pitt. »Gott, ich weiß es nicht.«

»Gibt es irgendetwas, was erledigt werden müsste?«, fragte Charlotte heiser. Das Kribbeln hatte ihre Ellenbogen erreicht, und Pitts Gesicht schien zu verschwimmen.

»Nein«, antwortete er und schüttelte den Kopf.

»Wo ist Maddock?«

»Ich fürchte ... es ging ihm nicht gut. Es hat ihn sehr hart getroffen. Ich habe ihn losgeschickt, Brandy und Riechsalz zu holen, falls ...« Seine Stimme verlor sich. Er wusste nicht, was er sonst noch sagen sollte.

Charlotte klammerte sich noch fester an ihren Vater. »Papa, du solltest dich hinsetzen. Wir können jetzt nichts tun. Es wird einiges zu erledigen geben, morgen, aber für heute Abend ist alles getan.«

Edward ging gehorsam auf seinen Sessel zu; seine Beine schienen unter ihm wegzuknicken.

Maddock kam einen Augenblick später mit einem Tablett, einer Karaffe mit Brandy und Gläsern herein. Er sah zu Boden und sagte kein Wort. Emily und Caroline nahmen ihn überhaupt nicht wahr, und umständlich stellte er das Riechsalz auf den Tisch. Er war schon wieder auf dem Wege nach draußen, als Charlotte ihn ansprach.

»Maddock, bitte bestellen Sie das Abendessen ab, und seien Sie so freundlich, Mrs. Dunphy zu bitten, ein paar kalte Speisen für etwa acht Uhr vorzubereiten.«

Er sah sie ungläubig an, und sie wusste, dass er sie für unbeschreiblich kalt hielt, so als ob sie das Ganze überhaupt nichts anginge. Sie konnte ihm nicht erklären, dass es ihr unendlich viel ausmachte, so viel, dass sie es nicht ertragen konnte, daran zu denken. Etwas Praktisches zu tun, sich um den Schmerz der anderen zu kümmern – das war leichter zu ertragen, als an ihren eigenen Schmerz zu denken.

Sie wandte sich von Maddock ab und blickte Pitt an. Und wieder sah sie diesen Ausdruck der Zärtlichkeit auf seinem Gesicht, der sie vorher so verlegen gemacht hatte, aber diesmal empfand sie seine Wärme wie eine schützende Hülle. Sie wusste, dass er verstand, was sie machte, und warum sie es machte. Schnell blickte sie weg, die Tränen schnürten ihr die Kehle zu. Sein Mitgefühl war viel schwerer mit Fassung zu ertragen, als wenn er ihr Verhalten missverstanden hätte: Hier gab es nichts, wogegen man ankämpfen konnte.

»Danke, Inspector Pitt.« Sie versuchte, das Zittern ihrer Stimme, das ihre Worte undeutlich werden ließ, unter Kontrolle zu bekommen. »Vielleicht könnten Sie Ihre Fragen morgen stellen? Heute Abend können wir Ihnen nur wenig mitteilen, außer dass Sarah das Haus am frühen Nachmittag verlassen hat, um Mrs. Prebble zu besuchen und, wie wir vermuten, danach einige Hausbesuche in der Gemeinde zu machen. Wenn Sie Mrs. Prebble fragen, wird sie Ihnen sicherlich sagen können ... zu welcher Zeit ...« Sie war nicht in der Verfassung, ihren Satz zu beenden. Man sprach plötzlich nicht mehr über irgendwelche Tatsachen .. sondern über Sarah. Sie hatte ihre Schwester deutlich vor Augen und verscheuchte das Bild. Sie wünschte, dass er ginge, bevor sie ihre Selbstbeherrschung verlor. »Morgen werden wir besser auf alle Fragen antworten können.«

»Sicher«, stimmte er schnell zu. »Im Augenblick ist es sowieso sinnvoller, wenn ich mit dem Pfarrer und Mrs. Prebble spreche.« Er wandte sich wieder Edward zu, offenbar unfähig, Caroline anzusehen. »Es ... es tut mir leid«, stammelte er.

Edward zeigte sich jetzt der Lage gewachsen. »Natürlich«, erwiderte er. »Ich bin sicher, Sie haben alles Menschenmögliche getan. Angesichts des Wahnsinns sind normale Menschen hilflos. Ich danke Ihnen dafür, dass Sie persönlich vorbeigekommen sind, um es uns mitzuteilen. Gute Nacht, Inspector.«

Nachdem Pitt gegangen war, gab es nichts, was man hätte sagen können. Es gab keine Fragen, außer der einen, die nicht beantwortet werden konnte: warum Sarah?

Es verstrich eine lange Zeit, bevor jemand fähig war, sich zu bewegen; es war Edward, der in die Küche ging, um die Dienstboten offiziell vom Tode Sarahs zu unterrichten. Emily brachte Caroline nach oben. Das Abendessen bestand aus einer kalten Platte, die im Wohnzimmer serviert wurde. Mit Ausnahme von Caroline zwangen sich alle, etwas zu essen. Um neun Uhr schickte Edward Charlotte und Emily nach oben ins Bett. Er selbst wartete allein auf Dominic, um ihm von der Tragödie zu berichten, ganz gleich, zu welcher Zeit er heimkehren mochte.

Charlotte kam der Aufforderung nur zu gerne nach. Je später es wurde, desto mehr verlor sie ihre Selbstbeherrschung. Sie war plötzlich sehr müde, und die Anstrengung, ihre Tränen zurückzuhalten, wurde zuviel für sie.

Sie zog sich in ihrem Zimmer aus, hängte ihre Kleider auf, wusch ihr Gesicht erst mit heißem, dann mit kaltem Wasser, löste ihr Haar und bürstete es; anschließend ging sie zu Bett, und dann endlich weinte sie aus vollem Herzen, bis die Kraft sie verließ.

Der folgende Morgen war bedrückend und kalt. Charlotte erwachte, und ein paar Minuten lang war alles wie sonst, aber dann kam die Erinnerung wieder. Sarah war tot. Sie musste es mehrere Male aussprechen. Es war ein wenig wie am Morgen nach Sarahs Hochzeit; auch damals hatte eine lange Beziehung ihr Ende gefunden. Sarah war nicht mehr ihre Schwester, sondern Dominics Frau. Sie erinnerte sich an die Jahre ihrer Kindheit. Es war Sarah gewesen, die ihr beigebracht hatte, ihre Schuhe selbst zuzuknöpfen, es war Sarah gewesen, mit der sie mit Puppen gespielt hatte, es waren Sarahs Kleider gewesen, in die sie hineingewachsen war. Es war Sarah gewesen, die ihr das Lesen beigebracht hatte, es war Sarah gewesen, der sie von ihrer ersten Jugendliebe erzählt und der sie ihren ersten Liebeskummer anvertraut hatte. Etwas war aus ihrem Leben verschwunden, als Sarah heiratete und sie nicht mehr ganz allein ihr gehörte. Aber das war ganz natürlich, wenn man erwachsen wurde; sie hatte immer gewusst, dass es einmal so kommen würde. Dies hier war etwas anderes. Dies war nicht natürlich. Es war schrecklich. Und diesmal gab es keinen Neid, nur das Gefühl des erdrückenden, unerträglichen Verlustes.

Hatte Sarah es bewusst erlebt, hatte sie das Gesicht ihres Mörders gesehen? Hatte sie die erstickende, herzzerreißende Angst gespürt? Bitte, lieber Gott, lass es schnell gegangen sein!

Es hatte keinen Sinn, hier zu liegen und nachzudenken. Es war besser, aufzustehen und sich mit etwas zu beschäftigen. Für Mama war es viel schlimmer. Die Erkenntnis, ein Kind verloren zu haben, einen Menschen, dem man mit seinem eigenen Körper das Leben geschenkt hatte, musste schrecklich sein.

Unten waren auch schon alle auf und angezogen.

Das Frühstück wurde fast schweigend eingenommen. Dominic war bleich, und er schaute niemanden an. Charlotte beobachtete ihn eine Weile lang. Dann, aus Angst, dass er es bemerken könnte, senkte sie den Blick auf ihren Toast. Die mechanische Beschäftigung mit dem Essen wirkte übertrieben, eine Beschäftigung, die von anderen Gedanken ablenkte.

Wo war Dominic gestern Abend gewesen? Wäre es fair, sich zu überlegen, ob Sarah wohl zu Hause geblieben wäre, wenn auch er daheim gewesen wäre oder sie ihn erwartet hätte? Oder hatte der Würger sie als Opfer ausgesucht, um sie, wenn nicht gestern, dann an einem anderen Tag zu ermorden?

War er irgendein Verrückter aus den nebligen Slums, der von Schmutz und Armut zum Wahnsinn getrieben worden war, so dass er nur noch daran denken konnte zu töten? Oder kam er aus der Cater Street, jemand, der sie alle kannte, der sie beobachtete und auf seine Gelegenheit wartete, jemand, der ihnen folgte, vielleicht sogar mit ihnen plauderte, mit ihnen spazierenging, und dann plötzlich den Draht hervorholte, und …

Sie durfte nicht an Sarah denken. Jetzt war es vorbei; was

auch an Schmerz, Entsetzen oder Wissen dagewesen sein mochte, es war nun vorbei.

Hatte sie ihn gekannt?

Was mochte in ihm heute Morgen wohl vorgehen? Saß er irgendwo beim Frühstück? Hatte er Hunger? Saß er allein in irgendeinem schmutzigen Zimmer und aß Brot, oder saß er an einem polierten Esszimmertisch inmitten seiner Familie und aß Eier, Nierchen und Toast? Unterhielt er sich vielleicht mit anderen, gar mit Kindern? Worüber würde er sprechen? Hatte seine Familie überhaupt die leiseste Ahnung, was er war und wo er gewesen war? Hatten sie Angst, so wie sie Angst gehabt hatte? Hatten auch sie die verschiedenen Stadien der Verdächtigungen durchlebt, die erste Ahnung, die Selbstverachtung und das Schuldgefühl, so etwas überhaupt gedacht zu haben? Hatten sie schließlich kleinere Vorfälle analysiert, an die sie sich erinnerten, und versucht, sie mit dem Vorgefallenen in Einklang zu bringen, um schließlich festzustellen, dass das Phantom der Angst eine bestimmte Gestalt annahm?

Und was dachte er selbst? Oder wusste er es gar nicht? Saß er irgendwo und grübelte genauso, wie sie es tat, dachte er vielleicht dasselbe, sah er die anderen an, seinen Vater, seinen Bruder, und fürchtete er um sie?

Sie sah wieder zu Dominic hinüber. Wo war er letzte Nacht gewesen? Wusste er es genau? Pitt würde ihn danach fragen.

Das Frühstück wurde abgeräumt, und jeder suchte nach einer Beschäftigung, bis die Polizei kommen würde, um die obligatorischen Fragen zu stellen.

Glücklicherweise mussten sie nicht lange warten. Pitt und sein neuer Sergeant kamen vor neun. Der Inspector sah müde aus, so, als ob er gestern lange aufgeblieben wäre, und er sah außergewöhnlich ordentlich aus. Seltsamerweise ließ ihn das gehemmt erscheinen, als ob er auf eine schwere Stunde vorbereitet wäre.

»Guten Morgen«, grüßte er förmlich. »Es tut mir leid, aber was jetzt kommt, muss sein.«

Jeder von ihnen stimmte dem zu. Man konnte es so leichter hinter sich bringen. Alle setzten sich und warteten darauf, dass Pitt begann. Nur Dominic blieb stehen.

Er kam sofort zur Sache. »Sie sind gestern Abend ausgegangen, Mr. Corde?«

»Ja.« Man sah, wie Dominic litt. Charlotte beobachtete ihn und fühlte, dass er sich ebenfalls fragte, ob Sarah wohl auch dann ausgegangen wäre, wenn er daheim geblieben wäre.

»Wohin?«

»Wie bitte?« Dominic schien verwirrt.

»Wo waren Sie?«, wiederholte Pitt.

»In meinem Club.«

»Schon wieder? Hat Sie irgendjemand gesehen?«

Das Blut wich aus Dominics Gesicht, als er erkannte, was Pitt in Erwägung zog. Obwohl es Sarah war, die tot war, wurde er als Verdächtiger nicht ausgeschlossen.

»Ja … ja«, stotterte er. »Einige Leute. Ich kann mich nicht an all ihre Namen erinnern. B … brauchen Sie sie?«

»Es wäre besser, wenn ich sie hätte, Mr. Corde, bevor Sie sie vergessen oder die anderen Sie.«

Dominic öffnete seinen Mund, wohl um zu protestieren, gab es dann aber auf. Er spulte ein halbes Dutzend Namen ab. »Ich … ich glaube, das sind sie. Ich glaube, sie waren gestern Abend alle da. Verstehen Sie, ich bin nicht den ganzen Abend über mit jedem Einzelnen von ihnen zusammen gewesen.«

»Wir werden zweifellos alles rekonstruieren können. Warum waren Sie gestern Abend im Club, Mr. Corde? Gab es einen besonderen Anlass?«

Dominic sah erst überrascht und dann verwirrt aus, als er verstand, was Pitt meinte. Warum war er nicht zu Hause gewesen?

»Ähm ... nein, keinen besonderen.«

Pitt verfolgte diesen Punkt nicht weiter. Stattdessen wandte er sich Caroline zu, entschloss sich dann anders und sprach Charlotte an.

»Brach Mrs. Corde am frühen Nachmittag auf, um die Frau des Pfarrers zu besuchen?«

»Ja, kurz nach dem Mittagessen.«

»Allein?«

»Ja.« Charlotte senkte ihren Blick. Mit Schmerz – und nun auch mit Schuldgefühlen – erinnerte sie sich der Szene, die erst so kurz zurücklag. Es war unmöglich zu begreifen, wie schnell sich ein ganzes Leben verändern konnte.

»Warum?«

Sie schaute ihn wieder an. »Ich bot ihr an, sie zu begleiten, aber sie wollte allein gehen. Sie wollte mit Martha Prebble unter vier Augen sprechen und anschließend vielleicht noch ein paar Hausbesuche in der Gemeinde machen.« Es fiel ihr schwer zu sprechen; ihr Hals war wie zugeschnürt, und sie konnte nicht weiterreden.

»Sie arbeitete oft für die Gemeinde«, fügte Emily leise hinzu.

»Für die Gemeinde? Sie meinen, sie besucht die Armen, die Kranken?« Unwillkürlich benutzte er das Präsens.

»Ja.«

»Wissen Sie, wen sie gestern besuchen wollte?«

»Nein. Was hat Martha gesagt? Mrs. Prebble.«

»Dass Sarah ihr gegenüber mehrere Leute erwähnt hat, aber dass sie das Pfarrhaus erst sehr spät verließ und dass sie nicht genau gesagt hat, wen sie nun besuchen wollte – beziehungsweise in welcher Reihenfolge. Mrs. Prebble selbst ging es nicht gut, und sie behauptete, sie hätte ihr davon abgeraten, allein zu gehen, aber Sarah hätte nicht auf sie hören wollen. Es gab einige Kranke ...« Er ließ den Satz unvollendet.

»Glauben Sie ...«, begann sie, »es war nur ein Zufall?«

»Ich weiß es nicht. Vielleicht. Möglicherweise wartete er auf jemanden, auf irgendjemanden ...«

»Wie in Gottes Namen wollen Sie ihn dann jemals finden?«, rief Edward aus. »Sie können doch unmöglich in jeder Straße Polizisten aufstellen, bis er wieder zuschlägt. Er wird einfach warten, bis Sie wieder fort sind ... Er könnte an Ihnen vorbeigehen, Sie ansprechen, Sie grüßen, und Sie können ihn noch nicht einmal vom ... vom Pfarrer oder von einem Ihrer Leute unterscheiden!«

Niemand antwortete ihm.

»Sie sagten, sie hätte in der letzten Zeit oft für die Gemeinde gearbeitet?«, fuhr Pitt fort. »Tat sie das zu bestimmten Zeiten und immer bei denselben Leuten?«

Dominic starrte ihn an. »Sie glauben, er wollte ... Sarah? Ich meine Sarah und niemand anderen?«

»Ich weiß es nicht, Mr. Corde. Kennen Sie jemanden, der sie genug geliebt oder gehasst haben könnte, um so etwas zu tun?«

»Geliebt!«, flüsterte Dominic ungläubig. »Mein Gott! Meinen Sie etwa mich?«

Zum ersten Mal hatte es jemand laut ausgesprochen. Charlotte schaute in ihre Gesichter und versuchte, in ihnen zu lesen, wer von ihnen schon vorher an diese Möglichkeit gedacht hatte. Es schien, als ob dieser Gedanke nur Papa noch nicht gekommen war. Sie sah Pitt wieder an und wartete.

»Ich weiß nicht, wen genau ich meine, Mr. Corde, sonst wäre die Suche vorbei.«

»Aber ich könnte es sein!« Dominics Stimme wurde hysterisch. »Obwohl es diesmal Sarah war, glauben Sie immer noch, dass ich es gewesen sein könnte!«

»Halten Sie das für ausgeschlossen?«

Dominic schaute ihn einige Augenblicke lang wortlos an. »Ich hätte Sarah nichts antun können, es sei denn, ich wäre absolut wahnsinnig und in der Lage, mich in einen völlig anderen Menschen zu verwandeln, von dem ich selbst nichts weiß. Ich weiß selbst nicht genau, wie sehr ich sie geliebt habe, wie sehr ich überhaupt jemanden liebe, aber ich liebte sie zu sehr, als dass ich ihr absichtlich ein Leid hätte antun können. Unabsichtlich ... ich weiß ... und durch Engstirnigkeit von uns beiden ... aber doch nicht ... nicht so etwas.«

Charlotte konnte ihre Tränen nicht zurückhalten. Wenn Sarah davon doch bloß überzeugt gewesen wäre. Warum nur ist man seinen Mitmenschen gegenüber nicht offen, solange noch Zeit ist? Stattdessen rückt man völlig nebensächliche Dinge in den Vordergrund. Sie durfte jetzt nicht die anderen durch ihr Weinen aus der Fassung bringen. Sie stand auf.

»Entschuldigt mich«, bat sie schnell und ging langsam hinaus; wäre sie gerannt, so hätte das verraten, in welcher Verfassung sie sich befand.

Es war nicht Dominic, um den Emily sich Sorgen machte, sondern ihr Vater. Sie hatte nie die Möglichkeit erwogen, dass der Charakter ihres Schwagers dunkle Seiten haben könnte. Er war nicht mehr als das, was man sah: gutaussehend, gutmütig, wenn auch ein wenig verwöhnt, geistreich – wenn er wollte –, und sehr oft liebenswürdig – aber auch ohne besonders viel Phantasie. Es war komisch, dass Charlotte sich in ihn verliebt hatte. Er war absolut der Falsche für sie und hätte sie schrecklich unglücklich gemacht. Er hätte nie die Tiefe ihrer Gefühle erwidern können, und sie hätte ihr Leben damit verbracht, nach etwas zu suchen, was es nicht gab.

Aber Papa war ganz anders. Anscheinend hatte er Neigungen, die keiner von ihnen vorher erkannt hatte. Und er war entweder nicht gewillt oder nicht in der Lage gewesen, der Versuchung zu widerstehen.

War die Frau in der Cater Street die einzige? Heute sei sie eine alte Frau, hatte Sarah gesagt. Als Papa sich von ihr getrennt hatte, wer hatte ihre Stelle eingenommen? Das war eine Frage, von der Sarah glaubte, dass die anderen sie sich noch nicht gestellt hatten.

Aber Emily kam nachmittags beim Nähen auf dieselbe Idee, und sie fragte sich, ob auch Pitt darauf kommen würde, wenn er die Sache mit Mrs. Attwood herausfand, was zweifellos geschehen würde, sei es durch den Tratsch in der Nachbarschaft über Sarahs Besuch, durch einen Versprecher eines der Dienstboten oder vielleicht sogar durch Charlotte selbst. Sie war so leicht zu durchschauen wie Wasser! Oder war er vielleicht sogar schon bei ihr gewesen und hatte mit der Frau selbst gesprochen? Er mochte nicht elegant sein und aus einfachen Verhältnissen stammen, aber er war bestimmt nicht dumm!

Wie dem auch sei, dachte Emily, sie sollte sich lieber langsam daran gewöhnen, gut von ihm zu denken, denn er würde bestimmt den Mut aufbringen, Charlotte einen Antrag zu machen, und es war denkbar, dass sie ihn annehmen würde, wenn sie genug Courage und Verstand besaß. Papa würde sich winden, und Großmama würde einen Anfall bekommen, aber das würde nichts ändern.

Es sei denn – natürlich –, Papa hätte etwas viel Schlimmeres getan, als eine oder auch eine Reihe von Geliebten auszuhalten. In diesem Fall wären sie alle ruiniert, und man bräuchte sich keine Gedanken mehr über die Heirat mit irgendjemandem zu machen. Aber so etwas hätte er doch nie getan! Sie konnte es nicht wirklich glauben, aber sie würde auch nicht den Verdacht aus ihren Gedanken verscheuchen können, solange sie nichts dagegen unternahm. Sie wusste, dass er allein in der Bibliothek war. Heute oder morgen würde sicher pflichtbewusst der scheußliche Pfarrer vorbeikommen, jetzt, wo die Polizei, zumindest für den Augenblick, fort war. Es war besser, das Gespräch hinter sich zu bringen.

Edward blickte überrascht auf, als sie in die Bibliothek kam. »Emily? Suchst du etwas zu lesen?«

»Nein.« Sie setzte sich in den großen Ledersessel ihm gegenüber.

»Was dann? Fällt es dir schwer, allein zu sein? Ich muss gestehen, ich freue mich auch über deine Gesellschaft.«

Sie lächelte ein wenig. Es würde schwieriger werden, als sie gedacht hatte.

»Papa?«

»Ja, mein Liebes?« Wie müde er aussah. Sie hatte vergessen, wie alt er war.

»Papa, die Frau in der Cater Street – wie lange ist es her, seit sie deine Geliebte war?« Es war besser, offen und direkt zu fragen. Den meisten anderen Leuten gegenüber hätte sie unaufrichtig sein können, aber es war ihr nie gelungen, ihn zu täuschen.

»Wie sehr du manchmal Charlotte ähnelst.« Er lächelte traurig, und sie wusste instinktiv, dass er weder an sie noch an Charlotte, sondern an Sarah dachte.

»Wie lange?« , wiederholte sie. Es musste jetzt durchgestanden werden; es ein anderes Mal zu versuchen, würde nur noch schmerzlicher sein.

Er sah sie an. Versuchte er festzustellen, wieviel sie wusste? Ob er auch jetzt noch lügen, ausweichen konnte?

»Wir wissen von ihr«, sagte sie mit grausamer Offenheit. »Sarah hat sie aufgesucht – es war einer ihrer Wohltätigkeitsbesuche. Sie entdeckte die Wahrheit. Bitte, Papa, mach es nicht noch schlimmer!« Ihre Stimme schwankte. Sie hasste, was sie tat, aber die Ungewissheit war noch unerträglicher. Diese Spannung war wie ein Krebsgeschwür, viel schlimmer als der Schmerz, den die Gewissheit verursachen konnte. Sie durfte nicht zulassen, dass er jetzt log und sich selbst erniedrigte.

Er sah sie immer noch an. Sie wollte ihre Augen schließen, die Frage zurücknehmen, aber sie wusste, es war zu spät.

Er gab nach. »Vor langer Zeit«, er seufzte, »es war eine sehr kurze Affäre, jedenfalls dieser Abschnitt unserer Beziehung. Etwa ein oder zwei Jahre nach deiner Geburt war alles vorbei, aber ich mochte sie immer noch gern. Deine Mutter war oft beschäftigt ... mit dir. Du kanntest sie damals nicht, aber sie war Sarah nicht unähnlich; ein wenig stur und rechthaberisch.« Plötzlich füllten sich seine Augen mit Tränen, und Emily blickte weg, um ihm die Peinlichkeit zu ersparen. Sie stand auf und ging zum Fenster, um ihm Zeit zu geben, sich wieder zu fangen.

»Gab es nach ihr noch jemanden?«, fragte sie. Es war besser, alles auf einmal hinter sich zu bringen.

»Nein.« Es klang überrascht. »Natürlich nicht! Warum fragst du, Emily?«

Sie musste rasch eine Ausrede finden, sodass er nie erfahren würde, wessen sie ihn verdächtigt hatte. Jetzt – das war das Verrückte – wollte sie ihn schonen. Sie hatte gedacht, sie würde ihm niemals verzeihen können, was er Mama angetan hatte, aber stattdessen wollte sie ihn nun beschützen, so als ob er derjenige wäre, den man verletzt hatte. Sie verstand sich selbst nicht mehr – das war eine neue Erfahrung für sie, aber keine ausschließlich unangenehme.

»Wegen Mama, natürlich«, antwortete sie. »Über einen Fehler kann man hinwegsehen, besonders wenn er vor langer Zeit geschah. Man kann jedoch keinen Fehler vergessen, der wieder und wieder begangen wurde.«

»Glaubst du, dass deine Mutter genauso darüber denken wird?« Seine Stimme klang so rührend hoffnungsvoll, dass sie ein wenig verlegen wurde.

»Ich würde sie fragen«, entgegnete sie schnell. »Ich glaube, sie hat sich oben etwas hingelegt. Du weißt, sie trauert sehr um Sarah.«

Er stand auf. »Ja, ich weiß. Ich glaube, ich selbst habe auch nicht gewusst, was sie mir wirklich bedeutet hat.« Er legte seinen Arm um sie und küsste sie sanft auf die Augenbrauen. Sie merkte, wie sie sich plötzlich an ihn presste und um Sarah, um sich selbst, um jeden weinte, weil es einfach alles zu viel für sie war.

Am späten Nachmittag kam George Ashworth, um sein Beileid auszusprechen. Natürlich wollte er der ganzen Familie kondolieren, und deshalb wurde er in aller Form von Edward im Wohnzimmer empfangen. Es war angebracht, den Fünfuhrtee anzubieten, und es war ebenso angebracht, ihn dankend abzulehnen. Anschließend bat Ashworth darum, Emily sprechen zu dürfen.

Sie empfing ihn in der Bibliothek, einem Ort, an dem sie wahrscheinlich nicht Gefahr liefen, gestört zu werden.

Er schloss die Tür hinter sich. »Emily, es tut mir so leid. Ich hätte vielleicht nicht so bald kommen sollen, aber ich konnte es nicht ertragen, dass Sie vielleicht denken könnten, es ließe mich unberührt oder ich würde nicht Ihren Schmerz teilen. Ich nehme an, es ist müßig, Sie zu fragen, ob ich etwas für Sie tun kann?«

Emily war bewegt und überrascht, dass ihn tiefere Gefühle bewegten als solche, die nur von guten Manieren zeugten. Sie hatte schon seit einiger Zeit gewünscht, ja sogar geplant, ihn zu heiraten, ja sie mochte ihn wirklich gern, aber ein solches Feingefühl hatte sie bei ihm nicht erwartet. Sie freute sich darüber, und merkwürdigerweise verlor sie ein bisschen von der selbstbeherrschten, kontrollierten Haltung, die sie sich in jüngster Zeit hatte aneignen können.

»Ich danke Ihnen«, sagte sie vorsichtig. »Das ist nett gemeint, aber es gibt eigentlich nichts, was man tun könnte. Wir müssen es ertragen, bis wir das Gefühl haben, dass es an der Zeit ist, unser Leben wieder von Neuem zu beginnen.«

»Ich nehme an, man weiß immer noch nicht, wer es getan hat.«

»Ich glaube nicht. Ich fange an zu bezweifeln, ob man es jemals herausfinden wird. Kürzlich hörte ich, wie so ein törichter Diener meinte, es sei gar kein menschliches Wesen, sondern eine übernatürliche Kreatur, ein Vampir oder irgendein Dämon.« Sie brachte ein ersticktes Geräusch hervor, das eigentlich ein zorniges Lachen hatte werden sollen.

»Ist Ihnen der Gedanke nie gekommen?«, fragte er ungeschickt.

»Natürlich nicht!«, antwortete sie verachtungsvoll. »Es ist jemand aus der Cater Street oder der Umgebung, jemand, den ein schrecklicher Wahnsinn zum Morden treibt. Ich weiß nicht, ob er die Leute aus einem bestimmten Grund umbringt oder nur, weil sie zufällig in der Nähe sind, wenn der Wahnsinn von ihm Besitz ergreift. Aber er ist ein Mensch, da bin ich ganz sicher.«

»Warum sind Sie so sicher, Emily?« Er setzte sich auf die Lehne von einem der Sessel.

Sie sah ihn neugierig an. Dies war der Mann, den sie heiraten, mit dem sie den Rest ihres Lebens verbringen wollte, der sie versorgen sollte. Er sah außergewöhnlich gut aus, und, was noch wichtiger war, er gefiel ihr – und heute mochte sie ihn wegen seiner unerwarteten Sorge um sie besonders.

»Weil ich nicht an Monster glaube«, erklärte sie offen. »An Verbrecher, sicherlich, und an Wahnsinn, aber nicht an Monster.

Ich könnte mir vorstellen, er möchte, dass wir glauben, er sei ein Monster, weil wir dann aufhören könnten, in unseren

Reihen nach ihm zu suchen. Vielleicht würden wir dann die Suche ja auch ganz aufgeben.«

»Was für ein realistisches Geschöpf Sie sind, Emily«, lächelte er. »Tun Sie nie etwas Unvernünftiges?«

»Nicht oft«, gab sie offen zu und lächelte dann auch. »Wäre Ihnen das lieber?«

»Um Himmels willen, nein! Sie sind die ideale Kombination. Sie sehen weiblich und zart aus, Sie wissen, wann es besser ist zu sprechen und wann zu schweigen, und trotzdem handeln Sie mit Klugheit und Weitsicht wie ein intelligenter Mann.«

»Ich danke Ihnen«, antwortete sie hocherfreut.

»Und deswegen«, er schaute auf den Boden hinab und dann wieder zu ihr auf, »sollte ich Sie heiraten, wenn ich nur einen Funken Verstand hätte.«

Sie holte tief Luft, hielt den Atem eine Weile an und atmete dann aus.

»Und haben Sie ihn?«, fragte sie sehr vorsichtig.

Sein Lächeln vertiefte sich. »Im Allgemeinen nicht. Aber ich glaube, diesmal handelt es sich um eine Ausnahme «

»Machen Sie mir einen Heiratsantrag, George?« Sie wandte sich um und schaute ihn an.

»Merken Sie das denn nicht?«

»Ich möchte da ganz sicher sein. Es wäre außerordentlich dumm, in einer solchen Angelegenheit einen Fehler zu begehen.«

»Ja, ich mache Ihnen einen.« Der Ausdruck seiner Augen machte eine Frage daraus. Er sah verwundbar aus, so, als ob ihre Antwort ihm viel bedeuten würde.

Sie entdeckte, dass sie ihn noch mehr mochte, als sie vorher gedacht hatte.

»Ich fühle mich geehrt«, sagte sie aufrichtig. »Und ich nehme ihn an! Sie sollten in ein paar Wochen mit Papa sprechen, wenn es angebrachter ist.«

»Das werde ich.« Er stand auf. »Und ich werde sicherstellen, dass er mein Angebot annehmen kann. Jetzt sollte ich besser gehen, bevor ich die Regeln des Anstands verletze. Auf Wiedersehen, Emily, meine Liebe.«

Kapitel 13

An jenem Abend beschloss Edward, dass er von Caroline nicht länger verlangen konnte, Großmama zu besänftigen oder ihre Kritik und schlechte Laune zu ertragen. Er schickte Maddock mit der Nachricht zu Susannah, dass Großmama sobald wie möglich, mit allen notwendigen Kleidungsstücken und Toilettenartikeln versehen, zu ihr geschickt würde und dass sie wünschten, dass sie nicht zurückkehre, ehe sie sich vom tragischen Verlust erholt hätten. Es würde kein Vergnügen für Susannah sein, aber das war nun einmal eine der Lasten des Familienlebens, und sie würde das Beste daraus machen müssen.

Großmama beklagte sich voll bitterem Selbstmitleid und mit mindestens einem Schwindelanfall, um den sich jedoch niemand im Geringsten kümmerte. Emily war ganz in Gedanken. Edward und Caroline schienen zu guter Letzt zu einem Einverständnis gekommen zu sein, was das Thema Mrs. Attwood anbelangte. Am Abend vorher hatten sie sich lange unterhalten, und Caroline hatte viele Dinge erfahren, nicht nur über Edward, sondern auch über die Einsamkeit und über das Gefühl, sich aus einem engen, vertrauten Kreis ausgeschlossen zu finden, und nicht zuletzt über sich selbst. Sie hatten nun einen neuen Zugang zueinander gefunden, und sie schienen einander viel zu sagen zu haben.

Dominic verzichtete ausnahmsweise auf seine sonst übliche Diplomatie, und Charlotte achtete sogar noch weniger als sonst darauf, ihre Worte genau abzuwägen. Wie vereinbart halfen Caroline und Emily Großmama am nächsten Morgen beim Packen und begleiteten sie um zehn Uhr in ihrer Kutsche zu Susannah.

Charlotte war somit allein, als der Pfarrer und Martha Prebble sie aufsuchten, um der Etikette entsprechend ihr Beileid und ihr großes Entsetzen über den Verlust von Sarah zu bekunden. Dora führte sie herein.

»Meine liebe Miss Ellison«, begann der Pastor feierlich, »ich finde kaum Worte, um Ihnen unsere Trauer auszudrücken.«

Charlotte konnte nicht umhin zu hoffen, dass er sie auch weiterhin nicht finden würde, aber dies blieb ein frommer Wunsch.

»Das teuflisch Böse wandelt unter uns«, fuhr er fort und nahm ihre Hand, »das eine Frau wie Ihre Schwester in der Blüte Ihres Lebens erschlug und ihren Mann und ihre Familie beraubte. Ich versichere Ihnen, ich spreche im Namen aller aufrechten Männer und Frauen der Gemeinde, wenn ich Ihnen unser tiefstes Mitgefühl für Sie und Ihre arme Mutter ausdrücke.«

»Vielen Dank«, sagte Charlotte und zog ihre Hand zurück. »Ich nehme Ihr Beileid dankbar an, und ich werde meine Eltern, meine Schwester und natürlich meinen Schwager von Ihrer Güte in Kenntnis setzen.«

»Es ist unsere Pflicht«, antwortete der Pfarrer und merkte offensichtlich nicht, dass seine Antwort den Besuch in Charlottes Augen jeglicher Bedeutung beraubte.

»Gibt es irgendetwas, das wir tun könnten?«, bot Martha an.

Charlotte wandte sich ihr erleichtert zu, aber die Erleichterung währte nur einen Augenblick. Marthas Gesicht war verhärmter, als sie es je zuvor gesehen hatte. Ihre Augen lagen in dunklen Höhlen, und ihr Haar hing in verknoteten Strähnen über ihren Ohren.

»Ihre Anteilnahme ist uns die größte Hilfe«, sprach Charlotte sanft, von tiefem Mitleid für die Frau bewegt. Mit einem Mann wie dem Pfarrer zu leben, der vor Pflichtgefühl fast erstickte, musste die Kräfte einer warmherzigen und fürsorglichen Frau übersteigen.

»Wann wäre es recht, dass ich mit Ihrem Vater die – ähem – Formalitäten besprechen könnte?«, fuhr der Pfarrer fort, ohne Martha anzusehen. »Wissen Sie, diese Dinge müssen erledigt werden. Alles muss seinen geordneten Gang gehen. Wir kehren zu dem Staub zurück, aus dem wir kamen, und unsere Seelen treten vor Gottes Richterstuhl.«

Was sollte sie darauf schon sagen! Also kam Charlotte auf die erste Frage zurück.

»Ich weiß es nicht, aber ich halte es für angebracht, dass Sie, zumindest zunächst einmal, mit meinem Schwager sprechen.« Sie war froh, weil sie eine Anstandsregel gefunden hatte, die er verletzt hatte und bei der sie ihn korrigieren konnte. »Sollte er sich dazu nicht in der Lage fühlen, wird sich Papa sicherlich der Sache annehmen.«

Der Pfarrer hatte Mühe, seine Verärgerung zu verbergen. Er lächelte und zeigte dabei seine Zähne, aber seine Wangen erröteten leicht, und seine Augen waren hart.

»Natürlich«, stimmte er zu. »Ich hatte gedacht, dass vielleicht ... ein älterer Herr ... die Trauer ... «

»Schon möglich«, meinte Charlotte, war jedoch nicht geneigt, ihm auch nur einen kleinen Sieg zuzugestehen. Auch sie lächelte – genauso kalt wie er. »Aber es wäre einfach unfreundlich, ihn nicht zu konsultieren; eine unnötige Unhöflichkeit, wie mir scheint.«

Die Muskeln im Gesicht des Pastors verhärteten sich.

»Hat die Polizei inzwischen irgendeinen Fortschritt bei der Suche nach dem Täter dieser grauenvollen Verbrechen gemacht? Ich habe gehört, dass Sie einem der Polizisten ... nun, sagen wir, etwas näherstehen.« Er hatte den letzten Satz in dem gleichen Tonfall ausgesprochen, den er benutzen würde, wenn er von einem Rattenfänger spräche oder von denjenigen, die die Küchenabfälle beseitigen. Seine Augen flackerten vor Genugtuung.

»Ich weiß nicht, wem Sie zugehört haben, Herr Pfarrer, um auf so eine Idee zu kommen.« Charlotte sah ihm offen ins Gesicht. »Haben die Dienstmädchen getratscht?«

Zornesröte stieg in sein Gesicht.

»Ich höre nicht auf Dienstmädchen, Miss Ellison! Und ich nehme es Ihnen übel, dass Sie so etwas in Erwägung ziehen! Ich bin nicht irgendein tratschendes Weib!«

»Ich wollte Sie nicht beleidigen, Herr Pfarrer«, log Charlotte, ohne die geringsten Gewissensbisse zu haben. »Da ich selbst eine Frau bin, hätte ich diese Formulierung nicht gewählt, um Kritik zu äußern.«

»Natürlich nicht«, knurrte er schroff. »Gott erschuf die Frau, wie er auch den Mann erschuf ... als schwächeres Wesen natürlich, aber immerhin ist auch sie eine Schöpfung des Allmächtigen.«

»Ich war immer der Meinung, alles sei eine Schöpfung Gottes«, fuhr Charlotte fort und ließ ihn abermals in das eigene Messer laufen. »Andererseits ist es in der Tat beruhigend, daran erinnert zu werden, dass auch wir Geschöpfe Gottes sind. Nun, um Ihre Frage zu beantworten: Mir ist nicht bekannt, ob die Polizei im Laufe ihrer Ermittlungen zu weiteren Erkenntnissen gelangt ist, aber es obliegt ihr natürlich auch nicht, mich zu informieren, wenn dies der Fall wäre.«

»Wie ich sehe, hat diese Angelegenheit Sie doch sehr mitgenommen.« Der Tonfall des Pfarrers wurde nun belehrend. »Das ist völlig normal. Für jemanden aus Ihrer behüteten Umgebung und in Ihrem zarten Alter ist die Belastung einfach zu groß. Sie müssen sich auf die Kirche stützen und auf den Allmächtigen vertrauen, um diese Prüfung durchzustehen. Lesen Sie jeden Tag in der Bibel! Sie werden darin großen Trost finden. Beachten Sie strengstens ihre Gebote, und sie wird Ihre Seele erfreuen, auch wenn Sie in diesem Tal der Tränen harte Schicksalsschläge treffen.«

»Vielen Dank«, sagte Charlotte trocken. Bis jetzt hatte ihr die Bibel Freude bereitet, aber seine Worte waren nun wirklich dazu angetan, sie ihr zu verderben. »Ich werde Ihren Rat weitergeben. Ich bin sicher, dass er uns allen helfen wird.«

»Und fürchten Sie niemals, dass die Bösen ihrer Strafe entgehen. Auch wenn sie nicht die Gerechtigkeit dieser Welt trifft, so wird Gottes Rache sie doch in der Ewigkeit einholen, und sie werden im Höllenfeuer zugrunde gehen. Der Tod ist der Sünde Sold. Die Fleischeslust vernichtet die Seelen der Verdammten im ewigen Feuer, und keiner wird ihm entkommen. Nein, auch nicht der geringste Gedanke an fleischliche Vergnügungen wird dem großen Gericht verborgen bleiben!«

Charlotte zitterte. Sie empfand die Vorstellung als entsetzlich, in einer solchen Philosophie Trost zu finden. Auch sie hatte Gedanken, deren sie sich schämte, Begierden und Träume, von denen sie hoffte, dass sie nie bekannt würden, und so, wie sie Vergebung dafür benötigte, so wollte sie auch anderen vergeben.

»Aber doch wohl die Gedanken, die unterdrückt und nicht in die Tat umgesetzt werden«, erwiderte sie zögernd.

Martha blickte plötzlich auf. Ihr Gesicht war weiß, die Muskeln um ihren Kiefer verkrampft. Ihre Stimme war rau, als sie sprach, und klang so, als ob sie ihr nicht richtig gehorchen wollte.

»Sünde ist und bleibt Sünde, meine Liebe. Der Gedanke ist Vater des Wunsches und der Wunsch Vater der Tat. Deshalb ist der Gedanke schon böse, und er muss wie ein giftiges Unkraut, das wachsen wird, ausgerissen und ausgemerzt werden, damit er die Saat der Worte des Herrn nicht in dir erstickt. Wenn dich dein linkes Auge zum Bösen verführt, dann reiß es aus! Denn es ist besser, eins deiner Glieder geht verloren, als dass dein ganzer Körper befallen wird und umkommt.«

»Ich ... so habe ich das noch nie gesehen«, stammelte Charlotte. Sie war bestürzt über Marthas Eifer, über die Leidenschaft, die sie hinter diesen Worten spürte. Sie spürte fast körperlich die Seelenqual, die das Zimmer erfüllte, ein Gefühl, das über ihre bisherigen Erfahrungen weit hinausging. Es machte ihr Angst, weil sie nicht wusste, wie sie Martha trösten könnte.

»Das müssen Sie aber«, bestand Martha eindringlich darauf. »So und nicht anders ist es. Die Sünde liegt stetig auf der Lauer, tief in unserem Herzen und unseren Gedanken, und der Teufel versucht, seinen Anspruch auf uns geltend zu machen. Er benutzt die Schwächen des Fleisches, um uns zu regieren. Er ist verschlagener als wir, und er schläft nie. Denken Sie daran, Charlotte! Seien Sie immer auf der Hut! Werden Sie nicht müde, um die rettende Gnade des Erlösers zu beten, damit er Ihnen die wahre Fratze des Leibhaftigen zeigt, sodass Sie ihn erkennen und aus Ihrer Brust reißen, seinen Einfluss zerstören und rein bleiben können.« Plötzlich hielt sie inne und starrte auf ihre Hände, die auf ihrem Schoß lagen. »Ich bin damit gesegnet, einen Mann Gottes in meinem Hause zu haben, der mich führt. Gott ist sehr gut zu mir; er hat mich vor all meinen Schwächen bewahrt und mir den Weg gezeigt. Ich bin nicht sicher, ob ich mich eines solchen Segens auch würdig erweise.«

»Na, na, meine Liebe«, beschwichtigte der Pfarrer und legte seine Hand auf ihre Schulter. »Ich bin sicher, dass wir alle am Ende die Gnade erfahren werden, die wir verdient haben. Du brauchst dich nicht selbst anzuklagen. Gott erschuf die Frau als Hilfe für Seine Diener, und du bist deiner Berufung hervorragend gerecht geworden. Du wirst nie müde, für die Armen und Gestrauchelten zu arbeiten. Ich bin sicher, das wird im Himmel nicht übersehen werden.«

»Auch auf Erden wird das nicht übersehen«, fügte Charlotte schnell hinzu. »Sarah ist nie müde geworden zu preisen, was für wundervolle Arbeit Sie leisten.« Bei der Erwähnung von Sarahs Namen verlor sie so die Fassung, dass sie peinlicherweise den Tränen wieder nahe war. Wichtiger als alles andere war es jedoch für sie, nicht vor den Augen des Pfarrers zu weinen.

»Sarah.« Ein unbeschreiblicher Blick trat in Marthas Gesicht. Sie schien einen inneren Kampf auszufechten und hatte, was Charlotte mit größtem Mitleid beobachtete, offensichtlich eine Weile Mühe, nicht die Kontrolle über sich zu verlieren.

»Ich bin sicher, sie ruht jetzt in Frieden«, murmelte Charlotte und legte ihre Hand auf die Marthas. Sie vergaß ihren eigenen Schmerz und versuchte, den der anderen Frau zu lindern. »Wenn all das wahr ist, was man uns über den Himmel erzählt hat, dann sollten wir nicht um sie trauern, sondern nur um uns selbst, weil wir sie vermissen.«

»Der Himmel?« wiederholte Martha. »Möge Gott ihr gnädig sein und alle ihre Sünden vergeben und sich nur ihrer Tugenden erinnern; und möge er sie reinwaschen mit dem Blute Christi.«

»Amen«, sagte der Pastor inbrünstig. »Nun, meine liebe Miss Ellison, müssen wir Sie Ihrer inneren Einkehr überlassen, und dazu brauchen Sie Ruhe. Bitte teilen Sie Ihrem Schwager mit, dass ich ihm zur Verfügung stehe, wann immer es ihm recht ist. Komm, Martha, meine Liebe, wir haben noch andere Pflichten zu erfüllen. Auf Wiedersehen, Miss Ellison.«

»Auf Wiedersehen, Herr Pfarrer.« Charlotte reichte Martha die Hand. »Auf Wiedersehen, Mrs. Prebble. Ich bin sicher, Mama wird von Ihrem Mitgefühl tief bewegt sein.«

Der Pfarrer und Mrs. Prebble gingen, und Charlotte ließ sich auf den viel zu hart gepolsterten Sessel im Wohnzimmer fallen. Ihr war plötzlich kalt, und sie fühlte sich furchtbar unglücklich.

Als Mama und Emily zum Mittagessen wiederkamen, berichtete Charlotte natürlich vom Besuch des Pastors. Sie gaben keinen Kommentar ab, sondern nahmen ihn lediglich mit der gebotenen Höflichkeit zur Kenntnis.

Mama zog sich auf ihr Zimmer zurück, um am Nachmittag die notwendigen Briefe an Familienangehörige, Paten, Vettern und Cousinen zu schreiben und sie über Sarahs Tod zu informieren. Emily machte sich in der Küche nützlich. Charlotte beschäftigte sich mit Flickarbeiten. Eigentlich war das Millies

Aufgabe, aber Charlotte brauchte etwas, was sie vom Nichtstun abhielt; Millie musste eben eine andere Aufgabe finden; vielleicht konnte sie ja die Wäsche noch einmal bügeln.

Es war fast drei, als Pitt sie erneut aufsuchte. Zum ersten Mal gestand sie sich offen ein, dass sie sich freute, ihn zu sehen.

»Charlotte«, begann er und nahm sie sanft bei der Hand. Seine Berührung tat gut, und sie wollte die Hand nicht wegziehen; im Gegenteil, sie sehnte sich nach mehr.

»Guten Tag, Herr Inspector«, erwiderte sie förmlich. Sie musste ihre Fassung bewahren. »Was können wir diesmal für Sie tun? Sind Ihnen noch ein paar Fragen eingefallen?«

»Nein«, er lächelte reumütig. »Es ist mir nichts mehr eingefallen. Ich bin nur gekommen, um Sie zu sehen. Ich hoffe, ich brauche dafür keine Ausrede.«

Sie war verlegen und nicht in der Lage, darauf etwas zu antworten. Es war lächerlich. Kein Mann außer Dominic hatte sie je so in Verlegenheit gebracht, und bei Dominic war es lediglich eine Verwirrung der Gefühle gewesen, ohne dass sie sich dabei Gedanken über die Folgen gemacht hätte. Diesmal aber wünschte sie sich zutiefst und mit zitterndem Herzen, dass diese Sache ein bestimmtes Ende nehmen würde.

Sie zog ihre Hand zurück. »Ich würde trotzdem gerne wissen, ob Sie weitere ... Informationen haben. Einige Vermutungen, vielleicht?«

»Einige«, sagte er und blickte auf den Sessel, womit er indirekt fragte, ob er sich setzen dürfte. Als sie nickte, nahm er entspannt Platz, wobei er nicht aufhörte, sie anzusehen. »Aber bis jetzt ist es nur eine ganz vage Vermutung. Ich bin mir noch nicht im Klaren, und vielleicht steckt auch gar nichts dahinter.«

Sie wollte ihm von ihrer Besorgnis um Martha Prebble erzählen, von der Seelenqual, die das Zimmer erfüllt hatte, von ihrer eigenen Hilflosigkeit angesichts eines Phänomens, das sie gespürt, aber nicht verstanden hatte.

»Charlotte? Was bedrückt Sie? Ist etwas passiert, seit ich zum letzten Mal hier war?«

Sie drehte sich um und sah ihn an. Zum ersten Mal wusste sie nicht, wie sie ihre Gedanken in Worte fassen sollte, eine Schwäche, die sie noch nie an sich festgestellt hatte. Es war schwierig, das Gefühl der Beklemmung zu beschreiben, das während und nach dem Besuch der Prebbles auf ihr gelastet hatte, ohne dabei albern oder überspannt zu erscheinen. Und dennoch wollte sie ihm davon berichten; es würde sie sehr erleichtern, wenn er sie verstünde. Vielleicht könnte er sogar ihre Sorgen zerstreuen und sie davon überzeugen, dass alles nur Einbildung war.

Er wartete und schien zu wissen, dass sie nach Worten suchte.

»Der Pfarrer und Mrs. Prebble waren heute Morgen hier«, begann sie.

»Das ist nicht ungewöhnlich«, meinte er. »Es gehört schließlich zu seinen Aufgaben.« Er setzte sich bequemer hin. »Ich weiß, Sie mögen ihn nicht. Ich gebe zu, dass ich selbst die größten Schwierigkeiten habe, höflich zu ihm zu sein.« Er lächelte trocken. »Ich könnte mir vorstellen, dass es Ihnen noch schwerer fällt.«

Sie schaute ihn an und wusste einen Augenblick lang nicht, ob er sich über sie lustig machte. Er tat es, aber neben der Verschmitztheit lag auch Zärtlichkeit in seinem Blick. Die Wärme und das Behagen, die sie dabei empfand, verscheuchten für einen Moment alle Gedanken an Martha Prebble.

»Warum hat Sie das beunruhigt?«, fragte er und brachte sie zurück in die Gegenwart.

Sie wandte sich ab, so dass sein Blick sie nicht verwirren konnte. »Martha gegenüber hatte ich immer gemischte Gefühle.« Sie war nun ernsthaft darum bemüht, ihm zu schildern, welche Gedanken ihr durch den Kopf gingen und Form annehmen wollten. »Ihr Gerede über die Sünde ist so deprimierend. Sie redet wie der Pfarrer, der Böses auch dort sieht, wo ich meine, dass es sich nur um ein bisschen Leichtsinn handelt, der mit der Zeit und mit zunehmendem Verantwortungsgefühl ohnehin verschwindet. Leute wie der Pfarrer scheinen immer darauf aus zu sein, einem den Spaß zu verderben, so, als ob die Freude allein schon gegen Gott gerichtet wäre. Ich sehe ein, dass manche Vergnügungen dies tatsächlich sind oder dass sie einen von den Dingen, die man tun sollte, abhalten, aber ... «

»Vielleicht hält er das für seine Pflicht?«, meinte Pitt. »Es ist viel leichter, diese Haltung zu vertreten, als über Nächstenliebe zu predigen, und bestimmt einfacher, als sie zu praktizieren.«

»Das nehme ich auch an. Und wenn ich mit jemandem wie ihm lange Zeit leben würde, dann würde ich mit der Zeit genauso denken wie Martha Prebble. Vielleicht war ihr Vater auch Pastor. An diese Möglichkeit habe ich vorher noch nie gedacht.«

»Und was denken Sie noch?«, bohrte er nach. »Sie sagten, Sie hätten gemischte Gefühle.«

»Oh, Mitgefühl natürlich. Und ich glaube, auch ein wenig Bewunderung. Wissen Sie, sie bemüht sich wirklich, den Maßstäben, die dieser furchtbare Mann lehrt, gerecht zu werden. Mehr noch, sie macht ständig Hausbesuche und sorgt für die

Armen und Einsamen. Ich frage mich manchmal, wieviel sie von dem, was sie über Sünde sagt, selbst glaubt. Vielleicht sagt sie es ja auch nur aus Gewohnheit oder weil sie glaubt, es sagen zu müssen, nur weil sie weiß, dass er es tun würde.«

»Ich könnte mir vorstellen, sie weiß es selbst nicht. Aber das ist noch nicht alles, Charlotte. Warum sind Sie gerade heute so beunruhigt über die Prebbles? Die sind doch schon immer so gewesen; Sie konnten nichts anderes erwarten.«

Was war das für ein Unbehagen, das sie gefühlt hatte? Sie wollte es ihm erzählen, sie verspürte sogar das regelrechte Verlangen, es zu tun. »Sie sprach davon, dass Bestrafung nötig sei, ja, sogar von Dingen wie ›wenn dich dein Auge verführt, dann reiß es aus‹, und vom Abschneiden von Händen und solchen Dingen. Es schien so ... so extrem, so als ob sie davor Angst hätte – ich meine, so als ob sie wirklich außer sich vor Furcht wäre. Sie sprach vom Reinwaschen durch das Blut Christi und dergleichen.« Sie sah ihn an. »Und sie sprach über Sarah, als ob etwas Schlechtes in ihr gewesen sei. Ich meine damit nicht die allgemeinen Unzulänglichkeiten, die wir alle haben, sondern so, als ob sie etwas Bestimmtes wüsste. Ich nehme an, das war es, was mich beunruhigt hat – sie sprach, als ob sie etwas wüsste, wovon ich keine Ahnung habe.«

Er runzelte die Stirn. »Charlotte«, begann er langsam, »bitte seien Sie mir nicht böse, aber glauben Sie, Sarah hat ihr etwas anvertraut, was sie Ihnen nicht erzählt hat? Wäre das möglich?«

Charlotte schrak vor diesem Gedanken zurück, erinnerte sich jedoch daran, dass Sarah Martha allein besuchen wollte; sie hatte Martha vertraut. Manchmal war es einfacher, mit jemandem außerhalb der Familie zu sprechen.

»Vielleicht«, gab sie zögernd zu. »Aber ich glaube es nicht. Ich weiß nicht, was Sarah getan haben könnte, aber es könnte ...«

Er stand auf und trat näher an sie heran. Sie konnte seine Gegenwart fühlen, so, als ob sie eine Quelle der Wärme wäre. Sie verspürte nicht den Wunsch auszuweichen. Im Gegenteil, sie wünschte sich, es wäre nicht schamlos, nicht ungehörig, ihn zu berühren.

»Es könnte etwas ganz Belangloses sein«, sagte er sanft. »Etwas von geringer Bedeutung, das aber in Martha Prebbles Augen und in denen des Pfarrers eine Sünde war, die vergeben werden musste. Verwechseln Sie um Himmels willen nicht den Pfarrer mit dem lieben Gott! Ich bin sicher, Gott ist alles andere als selbstgerecht.«

Ohne es zu wollen, musste sie lächeln. »Seien Sie nicht albern. Gott ist die Liebe. Ich bin sicher, der Pfarrer hat in seinem ganzen Leben nie jemanden geliebt«, sie kam zu einer düsteren Einsicht, »einschließlich Martha.« Sie holte tief Atem. »Kein Wunder, dass die arme Martha trotz all ihrer guten Taten und obwohl sie die Sünde bekämpft, verzweifelt ist. Sie wird nicht geliebt, und sie liebt nicht.«

Ganz leicht berührte er ihren Arm. »Und Sie, Charlotte? Lieben Sie immer noch Dominic?«

Sie errötete und schämte sich, dass es so offensichtlich gewesen war.

»Wie kommen Sie darauf, ... dass ich ...?«

»Natürlich wusste ich es.« In seiner Stimme lag Trauer, die Erinnerung an einen Schmerz. »Ich liebe Sie. Wie könnte es mir da verborgen bleiben, dass Sie einen anderen liebten?«

»Oh!«

»Sie haben mir nicht geantwortet. Lieben Sie ihn immer noch?«

»Wissen Sie denn nicht, dass ich es nicht mehr tue? Oder spielt es für Sie jetzt keine Rolle mehr?« Sie war fast sicher, wie die Antwort lauten würde, und dennoch wollte sie sie hören.

Er fasste sie fest am Arm und drehte sie zu sich herum, sodass sie ihm gegenüber stand.

»Es spielt eine Rolle für mich. Ich möchte nicht die zweite Wahl sein.« Er hob fragend seine Stimme.

Ganz langsam blickte sie zu ihm auf. Zunächst war sie angesichts der Stärke des Gefühls, das sich in seinem Gesicht widerspiegelte, aber auch angesichts der Tiefe und Süße ihres eigenen Gefühls ein wenig ängstlich und verlegen. Dann aber verbarg sie ihre Gefühle nicht länger und war ganz offen.

»Sie sind nicht die zweite Wahl«, sagte sie entschlossen. Sie hob ihre Hand und berührte scheu seine Wange. »Dominic war nur ein Traum. Jetzt bin ich wach, und Sie sind die erste Wahl.«

Er nahm ihre Hand und hielt sie an sein Gesicht und an seine Lippen.

»Und haben Sie den Mut, einen einfachen Polizisten zu heiraten, Charlotte?«

»Zweifeln Sie an meinem Mut, Mr. Pitt? An meiner Willenskraft können Sie jedenfalls nicht zweifeln.«

Er fing langsam an zu lächeln, sein Lächeln vertiefte sich, bis es schließlich zu einem Lachen wurde.

»Dann werde ich mich zum Kampf mit Ihrem Vater rüsten.« Sein Gesicht wurde wieder ernst. »Aber ich werde warten, bis diese Angelegenheit geregelt und eine angemessene Zeit vergangen ist.«

»Können Sie sie regeln?«, fragte sie zweifelnd.

»Ich glaube schon. Ich habe das Gefühl, wir stehen kurz vor der Lösung, unmittelbar davor. Ich bin da auf etwas völlig Unglaubliches gestoßen, auf etwas, an das wir bis jetzt nicht einmal im Traum gedacht haben. Ich kann es noch nicht ganz fassen, aber es ist da. Ich habe gefühlt, wie seine Finsternis und Qual mich berührten.«

Sie erschauderte. »Seien Sie vorsichtig. Noch hat er keinen Mann getötet, aber wenn sein eigenes Leben in Gefahr ist ...«

»Das werde ich. Ich muss jetzt gehen. Es gibt da noch ein paar Fragen, Dinge, die vielleicht dazu beitragen, die Angelegenheit durchschaubarer zu machen, die dem Schatten ein Gesicht geben. Die Lösung ist so nahe, noch ein kleiner Schritt ...«

Sie wandte sich langsam ab. Der Schatten des Würgers war von ihr gewichen, und sie war erfüllt von einem strahlenden, jubilierenden Glück. Sie brachte ihn selbst zur Tür.

Am folgenden Tag wurden die Vorbereitungen für Sarahs Beerdigung getroffen, und alle waren sehr beschäftigt, als Millie mit einem Brief hereinkam, in dem ihnen mitgeteilt wurde, dass Martha Prebble krank geworden sei und im Bett bleiben müsse.

»Oh je, das ist nun wirklich zuviel!«, seufzte Caroline verzweifelt. »Sie wollte sich um all die Kleinigkeiten kümmern, vor allem in der Kirche. Und ich weiß noch nicht einmal, was sie bis jetzt schon erledigt hat!« Sie ließ sich auf den harten Holzstuhl hinter sich fallen. »Ich glaube, ich werde für Martha eine Liste mit ein paar Fragen schreiben und einen Dienstboten zu ihr schicken. Das erscheint zwar herzlos, wenn die Ärmste krank ist, aber was soll ich sonst machen? Und außerdem regnet es!«

»Wir können doch keinen Dienstboten schicken, Mama«, meinte Charlotte müde. »Das Mindeste, was wir tun sollten, ist, selbst hinzugehen. Sie besucht alle Kranken in der Gemeinde, bringt ihnen Sachen und bleibt sogar die Nacht über bei ihnen, wenn sie allein sind. Es wäre gerade jetzt, wo sie krank ist, unverzeihlich, einen Dienstboten mit einem Zettel hinzuschicken, um herauszufinden, wie weit sie mit ihren Vorbereitungen gekommen ist, die sie schließlich für uns übernommen hat. Einer von uns muss hingehen und ihr etwas mitbringen.«

»Sie wird auch so schon genug Sachen bekommen haben«, wandte Emily ein. »Wir sind sicherlich nicht die Einzigen, die davon wissen. Es hat sich bestimmt schon in der ganzen Gemeinde herumgesprochen. Du weißt, was es hier für Tratschtanten gibt!«

»So wie du denken sie möglicherweise alle, dass nämlich jemand anders sie schon besuchen wird«, argumentierte Charlotte. »Und darum geht es außerdem auch gar nicht.«

»Worum geht es dann?«

»Es geht darum, dass wir ihr etwas mitbringen sollten, um ihr zu zeigen, dass wir um sie besorgt sind, auch wenn sich in ihrem Hause die Geschenke stapeln.«

Emily zog die Augenbrauen hoch. »Ich wusste gar nicht, dass sie dir etwas bedeutet. Ich dachte immer, Martha wäre dir gleichgültig und den Pfarrer könntest du nicht ausstehen.«

»Das ist richtig. Und gerade deshalb sollte man etwas vorbeibringen! Sie kann schließlich nichts dafür, dass sie so wenig liebenswürdig ist. Ich bin sicher, du wärst genauso geworden, wenn du dein Leben lang mit dem Pfarrer verheiratet wärst!«

»Ich wäre noch viel schlimmer geworden«, sagte Emily spitz.

»Wahrscheinlich wäre ich schon längst wahnsinnig. Ich finde, er ist ein entsetzlicher Mann!«

»Emily, bitte!« Caroline war den Tränen nahe. »Ich kann euch nicht beide entbehren. Emily, siehst du bitte nach, ob wir auch alle benachrichtigt haben, die wir benachrichtigen müssen. Überprüfe meine Liste noch einmal, und streiche diejenigen an, die mit Sicherheit kommen werden. Und dann besprich mit Mrs. Dunphy die Vorbereitungen für das Essen. Charlotte, meinetwegen geh in die Küche, und treibe etwas auf, was du Martha mitbringen kannst, wenn du so darauf bestehst. Und versuche um Himmels willen so taktvoll wie möglich herauszufinden, wie weit sie mit den Vorbereitungen für die Kirche gediehen ist. Und du solltest auf jeden Fall versuchen, in Erfahrung zu bringen, was sie eigentlich hat – wenn es der Takt erlaubt. Vielleicht ist es ja auch besser, nicht zu fragen. Ich muss mich danach erkundigen, sonst meint man noch, ich sei gefühllos.«

»Ja, Mama. Was soll ich ihr nun mitnehmen?«

»Da wir nicht wissen, was sie eigentlich hat, ist das schwierig zu entscheiden! Sieh mal nach, ob Mrs. Dunphy noch etwas Eierpudding hat. Sie macht ihn sehr gut, und ich weiß, dass Marthas Köchin nicht sehr geschickt ist.«

Mrs. Dunphy hatte keinen Eierpudding mehr, und der Nachmittag war schon fast vorbei, ehe sie ihn zubereitet hatte. Sie schickte Charlotte eine Nachricht nach oben, um ihr mitzuteilen, dass er fertig sei.

Charlotte zog Umhang und Hut an und ging in die Küche, um ihn abzuholen.

»Bitte schön, Miss Charlotte.« Mrs. Dunphy gab ihr einen vollgepackten Korb, der mit einem Küchentuch abgedeckt war.

»Der Eierpudding ist in dem Glas dort, und ich habe ein kleines Glas mit Eingemachtem und eine Bouillon dazugelegt. Die Ärmste! Ich hoffe, sie fühlt sich bald besser. Ich nehme an, diese ganze Tragödie war einfach zuviel für sie. Sie kannte jedes dieser armen Mädchen. Und sie tut so viel für die Armen und andere. Niemals ruht sie sich aus. Es ist wirklich an der Zeit, dass sich ihr jemand einmal erkenntlich zeigt!«

»Ja, Mrs. Dunphy, vielen Dank«, stimmte Charlotte ihr zu und nahm den Korb. »Ich bin sicher, sie wird sich sehr freuen.«

»Überbringen Sie ihr bitte meine besten Wünsche, Miss Charlotte!«

»Natürlich.« Sie wandte sich um und wollte gerade gehen, als sie ein eisiger Schrecken durchfuhr. Auf dem Beistelltisch sah sie einen langen, dünnen Draht mit einem Handgriff. Sie erschauderte, so, als ob jemand das Ding in der Hand hielt, als ob es erst kürzlich um die Kehle eines Menschen festgezogen worden sei.

»Mrs. Dunphy«, stammelte sie. »W...was, um Himmels willen ...«

Mrs. Dunphy folgte ihren Augen. »Oh, Miss Charlotte«, sagte sie lachend. »Nicht doch, das ist ein einfacher Käseschneider. Jessas! Wenn Sie ein wenig mehr Interesse am Kochen gezeigt hätten, dann wüssten Sie das. Was dachten Sie denn ... oh, bei allen Heiligen! Dachten Sie etwa, das wäre ein Würgedraht? Oh je!« Sie ließ sich auf einen Stuhl plumpsen. »Oh je! Den gibt es fast in jeder Küche. Er schneidet den Käse gut und sauber, besser als ein Messer; ein Messer bleibt kleben. Miss Charlotte, gehen Sie etwa allein aus? In ein oder zwei Stunden wird es dunkel sein, und ich würde mich nicht wundern, wenn der Regen aufhört und Nebel aufzieht.«

»Ich muss gehen, Mrs. Dunphy. Mrs. Prebble ist krank, und abgesehen davon müssen wir wissen, wie es um die Vorbereitungen für Miss Sarahs Beerdigung steht.«

Mrs. Dunphys Gesicht verzog sich, und Charlotte befürchtete, dass sie im nächsten Augenblick anfangen würde zu weinen. Sie streichelte ihren Arm und eilte davon.

Draußen war es kalt und feucht. Sie ging so schnell wie möglich, wobei sie sich fest in ihren Umhang hüllte, so dass er bis zum Hals hinauf geschlossen blieb. Als sie in die Cater Street einbog, hörte es gerade auf zu regnen; der Himmel war trocken, aber bedeckt, als sie bei den Prebbles ankam.

Das Dienstmädchen ließ sie hinein, und sie wurde direkt in Marthas Schlafzimmer geführt. Es war sehr dunkel, vollgestellt mit Möbeln und überraschend unbehaglich eingerichtet. Es war so ganz anders als ihr eigenes Zimmer mit Bildern, Nippes und Bilderbüchern – den Überbleibseln ihrer Kindheit.

Martha saß auf Kissen gestützt im Bett und las in einer Abhandlung über die Predigten von John Knox. Ihr Gesicht war verhärmt, und sie sah aus, als sei sie gerade aus einem Albtraum erwacht, dessen Figuren sie immer noch verfolgten. Als sie Charlotte erkannte, lächelte sie, aber es fiel ihr schwer.

Charlotte setzte sich auf das Bett und stellte den Korb zwischen sie.

»Es tut mir leid zu hören, dass Sie krank sind«, sagte sie aufrichtig. »Ich habe Ihnen etwas mitgebracht. Ich hoffe, Sie freuen sich darüber.« Sie nahm das Tuch vom Korb, um ihr zu zeigen, was darin war. »Mama und Emily lassen Sie grüßen, und Mrs. Dunphy – wissen Sie, unsere Köchin – auch. Sie sprach davon, wieviel Sie für die ganze Gemeinde tun.«

»Das war sehr freundlich von ihr.« Martha versuchte zu lächeln. »Bitte danken Sie ihr von mir und natürlich auch Ihrer Mutter und Emily.«

»Kann ich irgendetwas für Sie tun?«, bot Charlotte an. »Brauchen Sie irgendetwas? Soll ich Ihnen einige Briefe schreiben, oder kann ich Ihnen mit kleinen Besorgungen helfen?«

»Mir fällt im Augenblick nichts ein.«

»Ist der Arzt schon dagewesen? Ich finde, Sie sehen außerordentlich blass aus.«

»Nein. Ich glaube, ich brauche ihn nicht zu bemühen.«

»Das sollten Sie aber. Ich glaube, er würde es nicht als Mühe betrachten, sondern eher als seine Pflicht und Berufung.«

»Ich verspreche Ihnen, ich werde nach ihm schicken, wenn es mir nicht bald besser geht.«

Charlotte setzte den Korb auf den Boden.

»Ich erwähne es nicht gerne, jetzt, wo Sie krank sind und Sie schon so viel für uns getan haben, aber Mama würde gerne wissen, welche Vorbereitungen noch für Sarahs Beerdigung getroffen werden müssen, soweit sie die Kirche betreffen.«

Ein unbeschreiblicher Blick huschte über Marthas Gesicht, und wieder hatte Charlotte das unangenehme Gefühl, sie hätte einen schmerzenden Nerv getroffen.

»Sie brauchen sich keine Sorgen zu machen. Bitte sagen Sie Ihrer Mutter, dass alles erledigt ist. Glücklicherweise bin ich erst krank geworden, nachdem ich schon alles arrangiert hatte.«

»Sind Sie sicher? Es scheint doch zu viel für Sie gewesen zu sein. Ich hoffe, dass Sie nicht wegen der Arbeit, die Sie uns abgenommen haben, krank geworden sind.«

»Das glaube ich nicht. Das war doch das Mindeste, was ich

tun konnte. Es gehört sich nun einmal ...«, ihre Stimme klang angestrengt, und sie befeuchtete sich ihre Lippen, »... für die Toten alles zu tun, was wir noch tun können. Sie sind nicht mehr von dieser Welt. Sie legen das fleischliche Verhängnis ab, und ein gerechtes Urteil wird über sie gefällt. Sie werden mit dem Blut Christi reingewaschen, die Auserwählten werden auf ewig zu Füßen Gottes sitzen. Die Sünde wird für immer besiegt sein.«

Charlotte war verlegen. Sie wusste nicht, was sie sagen sollte, aber es schien, als redete Martha sowieso mehr mit sich selbst als mit ihr.

»Es ist unsere Pflicht, die wertlose Hülle, die zurückbleibt, zu beseitigen«, fuhr Martha fort, und ihre leeren Augen starrten über Charlottes Schulter hinweg auf einen Punkt an der Wand. »Alles, was ansteckt und verwest, muss fortgeräumt, in der Erde begraben werden, und Worte der Reinigung müssen darüber gesprochen werden. Das ist unsere Pflicht, unsere Pflicht gegenüber den Toten und den Lebenden.«

»Ja, natürlich.« Charlotte stand auf. »Sie sollten sich jetzt vielleicht lieber ein wenig ausruhen. Es scheint mir, dass Sie Fieber haben.« Sie lehnte sich nach vorne und legte ihre Hand auf Marthas Stirn. Sie war heiß und feucht. Sanft schob sie eine Haarsträhne zurück. »Sie haben ein wenig Temperatur. Darf ich Ihnen etwas zu trinken holen? Etwas Bouillon vielleicht? Oder hätten Sie lieber Wasser?«

»Nein, nein danke«, rief Martha aus. Sie warf sich von einer Seite auf die andere. Charlotte sah sich das Bett an; es war unordentlich und konnte nicht bequem sein. Die Kissen waren nicht aufgeschüttelt worden und in der Mitte fast flachgelegen.

»Bitte lassen Sie mich Ihr Bett neu machen«, bot sie an. »So kann man sich kaum darin ausruhen.« Ohne ein Antwort abzuwarten und weil sie unbedingt etwas Gutes tun wollte, um sich dann verabschieden und gehen zu können, beugte sie sich wieder nach vorne und begann das Bett um Martha herum zu richten. Sie half ihr ein wenig hoch, um das Laken unter ihr strammziehen und das Kissen ausschütteln zu können, schlang dann ihre Arme um sie und legte sie wieder vorsichtig auf den Rücken. Dann ging sie schnell um das Bett herum, zog dabei die Decken glatt und schlug sie ein.

»Ich hoffe, so ist es besser«, lächelte sie und blickte prüfend auf das Bett. Martha sah jetzt etwas erhitzt aus. Auf ihren Wangen hatte sie zwei rote Flecken, und ihre Augen glänzten fiebrig. Charlotte machte sich Sorgen um sie.

»Sie sehen nicht gut aus«, stellte sie fest und verzog unbewusst das Gesicht. Wieder legte sie ihre Hand auf Marthas Stirn und beugte sich vor. »Haben Sie ein wenig Eau de Cologne?«, fragte sie und sah sich danach suchend um, während sie sprach. Es stand auf einem kleinen Tisch beim Fenster. Sie ging durch das Zimmer, um es zu holen, und brachte es zurück, wobei sie in der anderen Hand ein Taschentuch hielt. »Hier, und jetzt lassen Sie mich ein wenig Ihr Haar kämmen, und danach können Sie vielleicht etwas schlafen. Wenn ich mich unwohl fühle, dann stelle ich immer fest, dass Schlaf die beste Medizin ist.«

Martha sagte nichts, und Charlotte vermied es, ihr in die Augen zu sehen, weil ihr kein Gesprächsthema einfiel.

Fünfzehn Minuten später stand Charlotte wieder auf der Straße. Als sie Martha verlassen hatte, hatte diese mit fiebrigen Augen, Flecken und Schweißperlen im Gesicht auf

Kissen gestützt im Bett gesessen. Wenn es ihr morgen nicht besser ging, dann konnte man nur hoffen, dass der Pfarrer am frühen Morgen als Erstes nach dem Arzt schicken würde.

Draußen war es kälter geworden, und der Nebel hatte sich schon bedrohlich verdichtet. Das nasse Pflaster dämpfte ihre Schritte, und die Gaslaternen sahen verschwommen aus wie viele kleine gelbe Monde. Sie fröstelte und zog ihren Umhang enger um sich.

Es war eine scheußliche Nacht. Die Cater Street schien kilometerlang zu sein. Es war besser, an etwas Schönes zu denken, um die Entfernung kürzer und den Abend wärmer erscheinen zu lassen. Als ihr der gestrige Tag – und Pitt – wieder einfielen, lächelte sie. Papa würde von der Aussicht, dass sie gesellschaftlich unter ihrem Niveau heiratete, mit Sicherheit nicht erfreut sein. Aber auf der anderen Seite sollte er schon etwas erleichtert sein, dass ihr überhaupt jemand einen Antrag gemacht hatte! Besonders dann, wenn sie wirklich so wenig begehrenswert war, wie Großmama glaubte. Wie auch immer: Sie würde Mr. Pitt heiraten, gleichgültig, was Papa dazu sagen würde; noch nie in ihrem Leben war sie sich einer Sache so sicher gewesen. Schon der bloße Gedanke an ihn erfüllte sie mit einer Wärme, die ausreichte, den Nebel und die Kälte dieses Novemberabends zu vertreiben.

Waren das Schritte hinter ihr?

Unsinn! Und wenn es nun doch welche waren? Es war noch recht früh. Natürlich mussten noch andere Leute auf der Straße sein; sie war sicherlich nicht als Einzige unterwegs.

Trotzdem ging sie schneller. Es war töricht und völlig absurd, sich einzubilden, die Schritte hätten irgendetwas mit ihr zu tun. Sie waren noch immer ein wenig von ihr entfernt, und es hörte sich eher nach einer anderen Frau an als nach einem Mann.

Sie ging noch ein wenig schneller.

Und wenn es ein Mann war? Sie kannte fast jeden Mann, der hier in der Gegend wohnte; es konnte also nur ein Freund oder ein Bekannter sein. Vielleicht würde er sie sogar bis nach Hause begleiten.

Der Nebel war nun schon sehr dick – so wie Kränze und Girlanden. Wie konnte sie jetzt nur an Kränze denken? Aber natürlich, Sarah würde ja in ein paar Tagen beerdigt werden. Arme Sarah!

Oh mein Gott! War Sarah etwa auch diese Straße hinuntergeeilt, so wie sie, von Schritten im Nebel verfolgt, als plötzlich –?

Sie ermahnte sich selbst, nicht hysterisch zu werden. Es hatte keinen Zweck, darüber nachzudenken! Würde sie sich nicht zum Narren machen, wenn sie jetzt rennen würde? Aber was machte es schon aus, ein Narr zu sein?

Sie ging noch schneller. Die Schritte waren jetzt sehr nah. Sie hatte immer noch den Korb in der Hand. War etwas darin, was sie als Waffe benutzen konnte? Glas oder etwas Schweres? Nein. Hatte nicht irgendjemand ein schweres Einmachglas benutzt, um sich zu wehren? Ihre Hände waren leer.

Wenigstens würde sie ihn zu Gesicht bekommen – wenn er es überhaupt war! Sie würde sein Gesicht sehen, und sie würde schreien, schreien, so laut sie konnte. Sie würde seinen Namen so laut schreien, dass jedes Haus in der Cater Street ihn hören würde.

Haus! Aber sicher, sie würde zum nächstgelegenen Haus gehen, gerade noch diese Gartenmauer entlang, und an die Tür hämmern, bis jemand sie hereinließe. Was machte es schon aus, wenn sie dachten, sie sei ein hysterisches Weib! Irgendjemand würde sie nach Hause bringen. Jeder würde sagen, sie sei kindisch, aber was machte das schon?

Die Schritte waren direkt hinter ihr. Sie wollte sich nicht überrumpeln lassen. Sie wirbelte herum, um ihm ins Auge zu sehen.

Da stand er ihr gegenüber, genauso groß wie sie, nicht größer, aber breiter, viel breiter. Die Gaslaterne erhellte sein Gesicht, als er sich bewegte.

Kein Grund, hysterisch zu werden! Es war Martha, nur Martha Prebble.

»Martha«, stieß sie unendlich erleichtert hervor. »Warum um Himmels willen sind Sie nicht im Bett geblieben? Sie sind krank! Brauchen Sie Hilfe? Kommen Sie, lassen Sie mich –«

Aber Marthas Gesicht war zu einer unkenntlichen Fratze verzerrt, ihre Augen glühten, und ihre Lippen entblößten ihre Zähne. Sie hob ihre kräftigen Arme, und das Licht der Gaslaterne fiel auf den dünnen Silberdraht eines Käseschneiders, den sie in ihren Händen hielt.

Charlotte war wie gelähmt!

»Du Dreckstück!«, stieß Martha durch die zusammengebissenen Zähne hervor. Speichel lag auf ihren Lippen, und sie zitterte. »Du Kreatur des Teufels! Du hast mich mit deinen weißen Armen und mit deinem Fleisch in Versuchung geführt, aber du wirst nicht gewinnen! Der Herr sagte, es wäre besser, du wärst nicht geboren worden, als dieses, eins meiner Kinder zu versuchen, zu zerstören und es zur Sünde zu verführen. Man sollte dir einen Mühlstein um den Hals legen und dich ins Meer werfen!

Ich werde dich vernichten, so oft du auch wiederkommst, mit deinen schmeichelnden Worten und deiner sündigen Berührung. Ich werde nicht fallen! Ich weiß, wie dein Körper brennt, ich kenne deine geheimen Gelüste, aber ich werde euch alle zerstören, bis ihr mich in Frieden lasst. Der Satan wird niemals siegen!«

Charlotte verstand nur Bruchstücke – wirre Sätze von Liebe und Einsamkeit, von ungestillten Wünschen, die lange Jahre unterdrückt worden waren, bis sich alles in einer Gewalt entlud, die sich nicht mehr unterdrücken ließ.

»Oh nein! Martha!« Ihre Angst schlug in Mitleid um. »Oh, Martha, du verstehst mich falsch, du armes Geschöpf!«

Aber Martha hatte den Draht, der straff zwischen ihren Händen gespannt war, hochgehoben und näherte sich ihr bis auf weniger als einen Meter.

Der Bann war gebrochen.

Charlotte schrie so laut, wie ihre Lungen es zuließen. Immer wieder schrie sie Marthas Namen. Sie schlug mit dem Korb nach ihr, nach ihrem Gesicht, und hoffte, ihr damit Angst zu machen, ihr eine Zeitlang die Sicht zu nehmen, ja sogar, sie niederzuschlagen.

Es kam ihr wie eine Ewigkeit vor, und Marthas Hände lagen schon auf ihren Armen und umschlossen sie wie Stahl, als Pitts hünenhafte Gestalt aus dem Nebel auftauchte. Sekunden später folgten ihm zwei Polizisten. Sie ergriffen Martha und rissen sie weg, wobei sie Marthas Arme auf den Rücken drehten.

Charlotte brach an der Mauer zusammen; ihre Knie schienen nicht die Kraft zu haben, sie zu halten, und das Blut in ihren Händen prickelte.

Pitt beugte sich über sie und nahm ihr Gesicht ganz zärtlich in seine Hände. »Du schrecklicher Dummkopf!«, stieß er hervor. »Was in Gottes Namen hast du dir dabei gedacht, sie allein zu besuchen? Ist dir eigentlich klar, dass du, hätte ich dich heute nicht noch einmal besuchen wollen und man mir nicht gesagt hätte, von wo du kommen würdest, dann hier auf diesen Steinen liegen würdest, tot wie Sarah und all die anderen?«

Sie nickte und schluckte, und dann liefen ihr Tränen über das Gesicht.

»Ja.«

»Du, du...« Er fand kein Wort, das seinen Zorn hätte ausdrücken können.

Bevor er länger danach suchen konnte, kamen weitere Schritte auf sie zu, und einen Augenblick später trat die massige Gestalt des Pfarrers aus dem Nebel hervor.

»Was geht hier vor?«, wollte er wissen. »Was ist passiert? Wer ist verletzt?«

Pitt wandte sich ihm mit unverhohlener Abneigung zu. »Niemand ist verletzt, Mr. Prebble – jedenfalls nicht so, wie Sie es meinen. Ich glaube, hier ist jemand sein ganzes Leben lang verletzt worden.«

»Ich weiß nicht, was Sie meinen. Nun reden Sie schon! Martha! Was um Himmels willen machen diese Polizisten mit Martha? Sie sollte zu Hause im Bett sein. Sie ist krank. Ich habe sie vermisst, und deshalb bin ich nach draußen gegangen. Sie können sie jetzt loslassen. Ich werde sie nach Hause bringen.«

»Nein, Mr. Prebble, das werden Sie nicht. Ich fürchte, Mrs. Prebble steht unter Arrest und wird bei uns bleiben.«

»Unter Arrest!« Das Gesicht des Pfarrers zuckte. »Sind Sie

verrückt? Martha kann nichts Falsches getan haben. Sie ist eine gute Frau. Wenn sie leichtsinnig ...« Seine Stimme wurde schärfer vor Ärger, so, als wäre man ihm zu nahe getreten. »Es geht ihr nicht gut –«

Pitt unterbrach ihn. »Nein, Mr. Prebble, es geht ihr in der Tat nicht gut. Sie ist so krank, dass sie fünf Frauen ermordet und entstellt hat.«

Der Pfarrer starrte ihn an, und in seinem Gesicht arbeitete es, während er zwischen Unglauben und Wut schwankte. Er drehte sich zu Martha um, die, in sich zusammengesackt, mit wilden Augen und Speichel auf Lippen und Kinn, von einem Polizisten hochgehalten wurde. Er wandte sich schnell wieder Pitt zu.

»Besessen!«, zischte er wütend. »Sünde!« Seine Stimme wurde laut. »Oh Schwachheit, dein Name ist Weib!«

Pitts Gesicht war vor Empörung erstarrt. »Schwachheit?«, fragte er. »Weil sie Anteil nimmt, und Sie nicht? Weil sie zur Liebe fähig ist und Sie es nicht sind? Weil sie Schwächen, Hoffnungen und Mitgefühl besitzt, von denen Sie nichts wissen? Hören Sie auf, Mr. Prebble, und beten Sie, wenn Sie überhaupt wissen, wie man das macht!«

Nebel umhüllte den Pfarrer, als er sich entfernte.

»Sie tat mir leid«, sagte Charlotte sanft. Sie zog die Nase hoch. »Und sie tut mir immer noch leid. Ich wusste noch nicht einmal, dass Frauen solche Gefühle hegen können – anderen Frauen gegenüber. Bitte sei mir nicht mehr böse!«

»Oh, Charlotte, ich ...« Er gab es auf. »Steh auf. Du erkältest dich auf den Steinen. Sie sind nass.« Er half ihr auf die Beine, schaute in ihr tränenüberströmtes Gesicht, schloss sie dann so fest er konnte in seine Arme; er strich ihr nicht das Haar aus den Augen oder hob den Korb auf, er hielt sie einfach nur fest.

»Ich weiß, dass sie dir leid tut«, flüsterte er. »Lieber Gott, mir doch auch.«

Ende

Nachwort

»Gaslight Era« – das »Zeitalter der Gaslaternen« – ist im englischsprachigen Bereich geradezu zur Gattungsbezeichnung für die Detektiv- und Kriminalromane geworden, die in der zweiten Hälfte des 19. Jahrhunderts spielen. Die Herrschaft der Gaslaternen, die zum ersten Mal das Dunkel der Großstadt mehr als nur symbolisch erhellten, fällt zusammen mit der Viktorianischen Ära, und Königin Victoria war es, die höchstpersönlich anlässlich der grausigen Morde von »Jack the Ripper« zu einer besseren Beleuchtung auch der Seitenstraßen riet. Mit dem Ende dieser Ära, dem Beginn des neuen Jahrhunderts, trat die hellere elektrische Beleuchtung ihren Siegeszug im Haus wie in der Öffentlichkeit an, und es war nur die durch die Erfindung des Glühstrumpfs verbesserte und ungleich hellere neue Generation von Gaslaternen, die der elektrischen Konkurrenz bis in unsere Tage standhielt.

»Opas Gaslaterne« ist mehr als eine technische Errungenschaft – schon von den Zeitgenossen wurde sie als Sinnbild des Helldunkels, des malerischen »clair-obscur« empfunden. Während seit Menschengedenken die Nacht des Menschen Feind war, in der die wilden Tiere, die Geister und Dämonen losgelassen waren, ja Satan selbst allnächtlich sein Reich der Finsternis errichtete, sobald die Welt ins undurchdringliche Dunkel der Urnacht zurückfiel, griffen staatlicher Absolutismus und philosophisch-technische Aufklärung ein, um auch diesen Raum dem Menschen und der Öffentlichkeit nach und nach zu erobern: Zwischen den Häusern wurden Laternen mit Talglichtern aufgezogen, wer nach Einbruch der Dämmerung noch unterwegs war, hatte eine Laterne mit sich zu führen, Nachtwächter schritten mit Leuchten durch die Stadt. Die Gaslaterne brachte dann im größeren Stil Licht ins Dunkel – mit der schon die Zeitgenossen faszinierenden Doppelwirkung, dass sie die Finsternis einerseits erhellte, sie andererseits aber aufgrund ihrer technischen Unzulänglichkeit auch erst so recht sichtbar machte. Der berühmt-berüchtigte Londoner Nebel, der in keinem Schauerroman von Paul Févals »Mystères de Londres« (1844) bis zu Edgar Wallace' Londoner Kriminalromanen aus den 20er Jahren fehlt, bekommt erst im siegreichen Kampf mit der Gaslaterne seine unverwechselbaren amorphen Konturen.

Die Faszination dieses Hell-Dunkel-Gegensatzes erstreckt sich aber auch metaphorisch auf eine Gesellschaft, in der die einen »im Dunkeln« »und die andern [...] im Licht [sind]. Doch man siehet die im Lichte, die im Dunkel sieht man nicht«, wie es in Brechts »Dreigroschenoper« heißt. Von John Gays »Beggar's Opera« (1728) über William Hogarths Kupferstiche bis zu Bert Brecht sind Künstler vom Nebeneinander von Glanz und Elend, von den Tag- und den Nachtseiten ein und derselben Stadt fasziniert und gleichzeitig bestrebt, gerade in das Dunkel Licht zu bringen. Eugène Sue hatte 1842/43 seine »Mystères de Paris« mit der schockierenden Feststellung eröffnet, im Herzen der französischen Hauptstadt, des Vororts der Zivilisation, »mitten unter uns« lebten genauso wilde und mörderische Barbaren, wie sie die nordamerikanischen Wälder und Prärien bei James F. Cooper bevölkern, mit eigenen

Sitten, eigener Sprache und eigenen Namen. Sein Rivale Féval hatte diesen so sensationell erfolgreichen Ansatz sogleich auf London übertragen, dessen Elendsquartiere durch Charles Dickens' Welterfolg »Oliver Twist« (1837/38) berühmt und berüchtigt waren. Und während Kaiser Napoleon III. und sein Präfekt Georges Eugène Haussmann Paris sanierten und modernisierten, behielten die Londoner »Slums« als Wort und Sache ihren traurigen Weltruf und ihre eigenartige Faszination. Vom Wort »slum« wurde fast gleichzeitig mit seiner Entstehung ein Verb abgeleitet – »to slum«: Elendsquartiere aus Neugierde besuchen, und, in seiner schlimmeren Bedeutung, sich in Elendsquartieren und deren Kneipen und Spelunken amüsieren.

Diese Gaslicht-Ära Londons mit ihrem Hell-Dunkel-Kontrast von Westend und Eastend, von City und Docks, von Reich und Arm hat die in London geborene Engländerin Anne Perry zum historischen und lokalen Schauplatz ihrer 1979 begonnenen Serie viktorianischer Detektivromane gemacht: das London Sherlock Holmes'. Doch im Unterschied zu Sir Arthur Conan Doyle und seinen Geschichten um den Superdetektiv und seinen bewundernden Adlatus Watson verbindet Anne Perry die Elemente des Verbrechens und seiner Aufklärung mit denen des traditionellen viktorianischen Gesellschaftsromans. Indem die Autorin bewusst die Perspektiven von »damals« wählt und die Handlung strikt aus der Sicht ihrer Personen von 1881 erzählt, entsteht vor den Augen des Lesers die fremde Welt einer untergegangenen Klassengesellschaft mit kompliziertester Schichtung. Die Familie Ellison mit den drei Töchtern Sarah, Charlotte und Emily ist wohlhabend und gehört zur oberen

Mittelschicht, aber nicht zur »leisured class«, die sich über ihr Privileg des Müßiggangs, Einkommen zu haben, ohne arbeiten zu müssen, definiert: Vater und Schwager Dominic, der mit Ehefrau Sarah noch im schwiegerelterlichen Hause lebt, gehen einer geregelten Tätigkeit in der City nach, und auf das offensichtlich sehr hohe Einkommen des Vaters ist die Familie auch angewiesen. Die Abgrenzung gegenüber den unteren Klassen scheint bei weitem rigider zu sein als gegenüber den oberen Schichten: Dienerschaft, Handwerker, Lieferanten wirken in den Augen der Ellisons wie Menschen von einem anderen Stern, die man nicht kennt oder nicht zur Kenntnis nimmt, und »Arme« sind Wesen, die irgendwo – in London? – zu existieren scheinen und die offensichtlich die von den Ellison-Damen in ihren Mußestunden gestrickten Schals in größeren Mengen benötigen. Mit den oberen Schichten dagegen verkehrt man gesellschaftlich, und wenn ein Mädchen es geschickt anstellt, kann es sogar in den Adel einheiraten ...

Diese Klassengesellschaft kennt aber noch eine weitere Differenzierung, die sich mit der anderen kurios überlagert: die in Männer und Frauen. Da wir die Welt des Romans überwiegend aus der Sicht der Damen Ellison kennenlernen, erfahren wir nie genau, welcher Tätigkeit die Herren eigentlich nachgehen – offensichtlich gehört das zu dem riesigen Bereich dessen, was sich für eine Dame nicht zu wissen ziemt. So viele Dinge in der Welt gehören dazu, dass Zeitungslektüre generell als unschicklich gilt: Der Herr des Hauses liest die ihm passend erscheinenden Artikel vor und bestimmt im übrigen auch, über welche Themen in seiner Gegenwart und sogar in seiner Abwesenheit gesprochen werden darf. Kinder, Küche, allerdings im weiten Sinne der Organisation und Rechnungsführung eines großen Hauses verstanden, Kirche – das ist wortwörtlich die Welt der verheirateten Frau; Küche, Kirche und Kleider die der unverheirateten. Kleider spielen eine wichtige Rolle, weil sie neben dem Talent zur Konversation das Mittel sind, um das einzige Lebensziel zu erreichen, das sich einem jungen Mädchen bietet: von einem passenden Mann geheiratet zu werden. Das Mädchen, das sitzen bleibt, wird sich lebenslang auf die Küche – der Geschwister – und die Kirche beschränken müssen.

Dieses behütete, tagaus, tagein, jahrein, jahraus nach strengsten, unverbrüchlichen Regeln ablaufende Leben der Ellisons und ihrer Freunde und Nachbarn wird plötzlich von einer Mordserie gestört, begangen in nächster Nachbarschaft von einem geheimnisvollen Verbrecher, der »der Würger von der Cater Street« (»the Cater Street Hangman«) genannt wird. Anfangs versucht man noch so zu tun, als könne man die Verbrechen distanziert betrachten: Man gibt den Opfern die Schuld; es waren schließlich Dienstboten, die es getroffen hat, und es wird wohl gute Gründe geben, warum das Mädchen aus guter Familie ermordet wurde. Der Hausherr verhängt kurzerhand eine Nachrichtensperre, aber der immer wieder – und zum Schluss sogar zweimal im Haushalt der Ellisons – zuschlagende Würger ist nicht länger totzuschweigen, wie man es bei anderen unerfreulichen Vorkommnissen in den eigenen Kreisen, Bankrotten, Skandalen, Scheidungen, stets so erfolgreich praktiziert hat. Die feindliche Außenwelt dringt plötzlich ins Haus der Ellisons ein – und das im wahrsten Sinne des Wortes. Ein Polizeiinspector, also ein Polizist und damit doch eher ein Domestike, steht plötzlich im Salon, lässt sich nicht abweisen, kommt immer wieder, schlimmer noch, er macht etwas, was Mr. Ellison noch nie erlebt hat: Er bestimmt den Gang der Unterhaltung, schreibt die Themen vor und besteht darauf, dass auch unangenehme Fragen beantwortet werden.

Vor allem die mittlere Schwester Charlotte ist mehr und mehr von ihm fasziniert. Er sieht zwar nicht so aus wie ein Gentleman, aber – und das ist in England, wie wir spätestens seit George Bernard Shaws Stück »Pygmalion« und seiner Popularisierung zu »My Fair Lady« wissen, viel wichtiger – er spricht wie einer, dank des frühen Privatunterrichts an der Seite eines Adelssprosses. Wenn in Charlotte und in ihrer scharfsichtigen und scharfzüngigen Umgebung auch schnell der Verdacht aufkeimt, die Besuche Inspector Pitts bei ihr dienten nicht nur den Recherchen nach dem »Würger«, so beginnt sie die Unterhaltungen mit dem ebenso klugen wie sensiblen Mann doch bald zu genießen. Charlotte, durch deren Augen wir die Welt des Romans überwiegend sehen, fällt so die Rolle der Ich-Erzählerinnen bei Mary Roberts Rinehart zu (»Die Wendeltreppe«, »DuMont's Kriminal-Bibliothek« Band 1004; »Der große Fehler«, »DuMont's Kriminal-Bibliothek« Band 1011; »Das Album«, »DuMont's Kriminal-Bibliothek« Band 1020); sie ist Vermittlerin zwischen der Welt, in der die Verbrechen geschehen, und der von außen hinzutretenden Polizei. Diese Erzähltechnik lässt bei Mary Roberts Rinehart wie in Anne Perrys erstem Pitt-Roman die polizeilichen Ermittlungen wenig stringent und ineffizient wirken, ein Eindruck, der sich bei den späteren Romanen um – soviel darf hier verraten werden – Inspector Thomas Pitt und Charlotte Pitt ändern wird.

In den Gesprächen Charlottes mit dem Inspector wird der vornehmen Gesellschaft die Mordserie auf eine unangenehme Weise »nahegebracht«, indem ihr die bequeme Ausflucht genommen wird, irgendein Mitglied der fernen unbekannten kriminellen Unterwelt begehe die grausigen Taten: Ausführlich informiert Pitt sie – ganz im Sinne Eugène Sues – über die Kriminellen Londons, ihre eigene Sprache und ihre eigenen Gesetze, nach denen man Verbrechen aus bestimmten Gründen, und zwar fast ausschließlich aus materiellen Gründen, begeht. Keins der Opfer des Cater-Street-Würgers ist jedoch beraubt worden oder hätte einen Raubmord gelohnt.

Indem Charlotte dieses Wissen an ihre Umgebung weitergibt, verbreitet sich in den feinen Kreisen mehr und mehr die Einsicht, dass es nicht nur zwischen Westend und Eastend, Unter- und Oberschicht eine Grenze zwischen Hell und Dunkel gibt, sondern dass diese Grenze auch mitten durch die eigene Gesellschaft, ja durch jeden von ihnen verläuft: Jeder Einzelne hat seine Tag- und seine Nachtseite – ein Thema, das in der Zeit, in der unser Roman spielt, seine eindringlichste und augenfälligste Gestaltung in Robert Louis Stevensons Erzählung »The Strange Case of Dr. Jekyll and Mr. Hyde« (1886) fand. Keiner ist sicher, ob nicht das Nachtgesicht des Nachbarn, Freundes, Ehemanns oder Vaters den »Würger von der Cater Street« zeigt, ja ob sich nicht die eigenen Züge in Momenten geistiger Abwesenheit unbemerkt und unerinnert wieder und wieder zu denen des »Würgers« verzerren. Dass zumindest jeder der Männer ein Doppelleben führt, kommt zum Erschrecken der Frauen bei der Suche nach dem Würger schnell ans Licht. Zu den Dingen, die man als Dame zu akzeptieren, aber nicht zu reflektieren oder gar zu diskutieren hat, gehört die dunkle »Triebseite« der Männer – dass Frauen sie nicht haben, ist nach der Palmströmschen Logik, dass »nicht sein kann, was nicht sein darf«, eine selbstverständliche Konvention der Zeit. Dass aber der eigene Vater und der geliebte Schwager auch diese dunkle Seite besitzen, zu der Bordellbesuche, Nächte im Zimmer des Dienstmädchens, ja ein veritables Doppelleben über mehr als zwei Jahrzehnte hinweg gehören, ist schmerzlich und schockierend.

Die heile Welt, in die der »Würger« so unvermittelt eingebrochen ist, zerfällt vor unseren Augen, und auch nachdem der Mörder gefasst ist, bleiben Brüche bestehen; das Licht der polizeilichen Ermittlung ist ins eigene Dunkel gefallen und hat es allen bewusst gemacht. Für Charlotte Ellison aber, die eigentliche Heldin des Romans, bedeutet diese Wahrheit ein Stück Freiheit; sie gibt ihr den Mut zu einem Ausbruch aus den Konventionen in ein stärker selbstbestimmtes Leben, als sie es sonst gelebt hätte. Auf diesem Weg dürfen wir sie in den folgenden Bänden von Anne Perrys »Inspector Thomas Pitt and Charlotte Pitt Mysteries« begleiten.

Volker Neuhaus

Band 2

Anne Perry

CALLANDER SQUARE

Die Welt ist in Ordnung am Callander Square. Die Herren der feinen Gesellschaft gehen ihren Geschäften nach oder vergnügen sich in ihren Clubs, während ihre Gattinnen beim Tee die neuesten Gerüchte verbreiten. Ruhe und Harmonie werden jäh zerstört, als zwei Gärtner einen Busch umpflanzen wollen und dabei zwei Skelette entdecken. Inspector Thomas Pitt stößt bei seinen Recherchen auf eine Mauer des Schweigens. Daher entschließen sich Pitts Frau Charlotte und deren Schwester Emily, unauffällig ihre eigenen Ermittlungen anzustellen. Hinter den Kulissen einer nur scheinbar geordneten Welt stoßen sie auf Intrigen, Untreue, Erpressung. Als die beiden merken, dass sie mit dem Feuer spielen, ist es fast zu spät ...

Band 3

Anne Perry

NACHTS AM PARAGON WALK

Skandal: In der Parkanlage am Paragon Walk ist ein junges Mädchen erstochen und geschändet aufgefunden worden. In den Salons der feinen Familien gibt es keinen Zweifel: Offensichtlich hat ein Kutscher, während er auf seine Herrschaft wartete, dem armen Mädchen aufgelauert. Schließlich wäre kein Gentleman zu einer solchen Tat fähig!
Inspector Pitt ist sich da nicht so sicher. Sein Verdacht scheint sich zu bestätigen, als ein zweites Verbrechen geschieht. Aber die vornehmen Leute wissen sich vor indiskreten Fragen der Polizei zu schützen. Zum Glück stellt Charlotte — Pitts kluge Frau — ihre eigenen Ermittlungen an. Behilflich ist ihr dabei ihre Schwester Emily, der seit ihrer Heirat mit einem Lord Türen offenstehen, die Scotland Yard verschlossen bleiben.